FOLIO POLICIER

Carlene Thompson

Mortel secret

Traduit de l'américain
par Emma Talent

Gallimard

Titre original :

IF YOU EVER TELL

Carlene Thompson est américaine. Elle est l'auteur de nombreux romans dont douze ont paru aux Éditions de La Table Ronde. Elle a enseigné l'anglais dans l'Ohio, vit désormais en Virginie et est considérée comme l'une des émules les plus talentueuses de Mary Higgins Clark.

À April Blankenship
et à son fidèle compagnon, Promise.

Merci à Jennifer Meadows.

Et tout particulièrement à Bridget,
Rebekah, et Laurah Bush.

PROLOGUE

Teresa Farr ne sut jamais exactement ce qui l'avait réveillée cette chaude nuit de fin avril. Tout simplement, ses yeux s'étaient ouverts, la fenêtre en partie relevée laissait passer une douce brise qui caressait son visage, sur sa table de chevet les chiffres rouges de son réveil digital avaient sauté de 2 h 57 à 2 h 58, et elle avait senti que quelque chose n'allait pas.

Un instant, Teresa était restée immobile, les yeux grands ouverts, s'assurant qu'elle ne s'éveillait pas seulement d'un cauchemar. Qu'il soit trois heures du matin n'était pas pour la rasséréner. Mais elle finit par comprendre qu'elle était bel et bien réveillée et qu'autour d'elle, l'atmosphère vibrait d'une tension palpable et menaçante.

Elle aurait aimé crier, comme lorsqu'elle était encore enfant et que sa mère, au beau milieu de la nuit, se précipitait pour la calmer, lui dire que tout allait bien. Mais elle n'était plus une enfant. Elle avait dix-sept ans, sa mère était malade – prisonnière d'une interminable dépression, qu'un divorce humiliant n'avait fait qu'aggraver – et son père, Hugh, s'était remarié avec son ancienne secrétaire, Wendy, une peste cupide qui n'avait pas trente ans.

Tout le monde sauf Hugh semblait savoir que si Wendy avait divorcé de son jeune mari Jason et épousé un homme du double de son âge, c'était parce qu'il était le président et principal actionnaire de la Société Farr Coal, une entreprise qui valait bien trente millions de dollars. Teresa et son frère Kent détestaient Wendy, bien que cette jeune femme futile fût la mère d'une adorable et malicieuse enfant, Celeste, âgée de huit ans à présent, que Teresa ne pouvait s'empêcher d'aimer.

Quelque chose n'allait pas dans la maison. Cette sensation aurait dû inciter Teresa à sauter du lit, se précipiter dans le couloir et allumer le plafonnier. Mais elle s'était déjà fait violemment prendre à partie par son père ce soir-là, pour être rentrée un peu tard. Furieux, il s'était emporté, exigeant de savoir d'où elle venait, ce qu'elle avait fait, et avec qui, bon sang ! Devant le silence glacial de Teresa, il avait continué à hurler pendant dix minutes, avant de s'essouffler et de lui ordonner de monter dans sa chambre. Sa rage se ranimerait vite si elle réveillait toute la maisonnée alors qu'il ne se passait probablement rien.

Pourtant, elle fut incapable de refermer les yeux et de faire semblant que tout allait bien. Elle avait beau être épuisée, en colère contre son père et effrayée, un instinct viscéral la poussa à chercher quelle menace rôdait dans la maison des Farr.

Elle rejeta sa légère couverture, balança ses pieds sur le sol avant de se décider à avancer de quelques pas. Les rideaux n'étaient pas fermés et le clair de lune projetait une sinistre lueur argentée à travers la pièce. Après un instant d'hésitation, elle ouvrit la porte de sa chambre.

Au début, elle ne remarqua rien de spécial. La maison était silencieuse. Dans le couloir, la lampe

Tiffany que Teresa aimait tant était comme d'habitude restée allumée pour la petite Celeste dont la chambre donnait sur l'avant. Hugh Farr et sa nouvelle femme Wendy occupaient la chambre juste en face de celle de Teresa.

C'est alors qu'elle avait compris ce qui n'allait pas. Hugh et Wendy fermaient toujours la porte de leur chambre la nuit.

Elle était maintenant entrouverte.

Pendant quelques instants, le malaise lui donna une sensation de fourmillement. Elle s'approcha de la lampe Tiffany, choisie par sa mère. Regarder l'un de ses objets préférés procura à Teresa un léger sentiment de bien-être. Une faible lumière traversait les tons délicats, bleu, mauve et jaune pâle de l'abat-jour en verre. Toucher cet abat-jour, c'était presque comme toucher une patte de lièvre ou quelque porte-bonheur. Un peu idiot, mais rassurant.

Debout à côté de la lampe, Teresa regarda la porte entrebâillée de la chambre. Elle prit une profonde inspiration puis, d'un pas résolu, franchit le seuil, entra dans la pièce, surprise une fois de plus de marcher sur une épaisse moquette.

La mère de Teresa avait apprécié les beaux parquets d'acajou vernis, agrémentés ici et là de tapis d'Aubusson aux teintes feutrées. Wendy s'étant plainte du sol froid sous ses pieds nus, Hugh avait aussitôt fait poser une moquette, que la jeune femme avait choisie rose bonbon, tout comme les tentures surchargées de franges et de pompons. Même Kent, le frère aîné de Teresa, qui ne connaissait rien à la décoration intérieure, ne pouvait s'empêcher d'avoir un mouvement de recul en entrant.

Ce soir, pourtant, Teresa était loin de penser au décor de la chambre profanée. Elle se demandait pourquoi elle n'entendait pas le marmonnement confus de Wendy endormie, ni les petits sons aigus et les sifflements qui parfois s'échappaient de l'appareil que Hugh venait d'acheter pour réprimer ses puissants ronflements. C'est une grande chambre et je suis trop loin du lit pour entendre quoi que ce soit, se dit-elle.

De crainte de les réveiller, elle n'alluma pas. Elle se rapprocha de l'immense lit qui se trouvait, elle le savait, droit devant elle. Puis elle s'immobilisa et, de nouveau, écouta.

Pas le moindre son en provenance du lit. Ni bruit d'une personne qui se retourne dans son sommeil, ni grommellement de Wendy, ni grognement ou bredouillement de Hugh. Pas même la profonde et régulière respiration de deux personnes qui dorment paisiblement. Teresa n'entendit absolument rien.

Mais elle sentit quelque chose — une odeur toute fraîche, puissante et cuivrée. *Cuivrée*. Elle avait déjà senti l'odeur du sang auparavant, et c'était bien ce qu'elle sentait à présent. Non, ce n'est pas du sang, tu es en train de te faire peur, se tança-t-elle.

S'armant de courage, elle avança vers l'extrémité du lit, puis à droite, du côté de Wendy. Elle décida de réveiller celle-ci plutôt que Hugh qui, lui, s'énerverait aussitôt. Elle étendit donc la main gauche et toucha doucement la jambe de Wendy sous les couvertures. Wendy ne bougea pas.

Au rez-de-chaussée, la grande horloge de parquet marqua trois coups. Elle aussi avait appartenu à la mère de Teresa. Teresa avait toujours aimé son exécution soignée, et le timbre singulièrement profond de son carillon. Mais, cette nuit, il résonna d'une manière étrangement inquiétante. De nouveau, Teresa inspira longuement et se força à avancer de quelques pas.

Son pied écrasa une tache humide sur la moquette, sa main toucha l'abdomen glissant de Wendy et faillit s'enfoncer dans une large déchirure.

À ce moment-là seulement, Teresa cria. Elle mit la main devant sa bouche mais, comme elle venait de toucher le ventre de Wendy, du sang en coula et elle se remit à crier. Puis, sans réfléchir, elle se précipita vers le mur, tâtonna à la recherche de l'interrupteur. Wendy avait choisi l'un des plus grands lustres qu'elle avait pu trouver, et ce fut comme si Teresa allumait un projecteur. Un éclair éblouissant traversa la pièce, aveuglant Teresa quelques instants. Elle ferma les yeux, les rouvrit, et vit le lit, les dormeurs éclaboussés d'un rouge criard et luisant.

Teresa n'eut pas conscience de sa propre voix déchirant le silence de la nuit. Elle se sentait étrangement détachée de toute cette scène sanglante. Elle courut du côté de son père, éventré tel un insecte épinglé sur une planche, la gorge tranchée, le sang suintant de son abdomen. Son bras gauche était tendu comme pour atteindre Wendy, dont le joli visage n'était plus qu'un amas méconnaissable de déchirures et d'entailles, ses cheveux blonds ondulant sur l'oreiller de satin blanc en de longues mèches rouges et humides.

Teresa avait déjà reculé, tentant de réprimer sa nausée, lorsqu'elle se rendit compte qu'elle était en train de hurler. Elle entendit le grand danois des voisins qui s'était mis à aboyer puis hurler frénétiquement. Elle leva les yeux, jeta un coup d'œil par l'une des fenêtres de la chambre, et vit des lumières s'allumer dans la maison d'à côté, lumières qui provenaient, elle le savait, de la chambre principale, face à celle de Hugh et Wendy. Son cri et les aboiements du chien avaient réveillé les voisins, pensa-t-elle, soulagée. Elle cessa de crier, le temps d'inspirer profondément et de remplir ses poumons en manque d'air. Puis l'image de la petite Celeste explosa dans son esprit.

Teresa éteignit le plafonnier, comme si la lumière risquait encore de déranger quelqu'un. Elle se précipita hors de la chambre de son père, courut dans le couloir obscur, se cogna à une petite table ancienne. Elle cria et heurta le corps vigoureux d'un adulte qui se tenait là, dans le passage. « Non, s'il vous plaît », réussit tout juste à dire Teresa, avant de sentir une douleur courir le long de son bras gauche, la violente douleur d'une lame de couteau tailladant la chair. Mon Dieu, c'est à mon tour de mourir, pensa-t-elle avec désespoir.

Alors qu'elle appuyait de toutes ses forces sur l'estafilade, l'inconnu s'approcha et Teresa perçut une odeur familière. Le santal. Sa mère portait toujours un parfum à base de santal, se dit-elle presque inconsciemment. De profil, elle aperçut une silhouette qui se tenait tout près d'elle – celle d'une personne plus grande qu'elle, vêtue d'une sorte d'imperméable en caoutchouc ou en vinyle, la tête couverte de ce qui semblait une large capuche, le visage baissé.

Paralysée par la terreur, Teresa resta parfaitement immobile, comme un animal dans l'attente de l'attaque inévitable et fatale. Le souffle coupé, elle ne put se retenir de jeter un nouveau coup d'œil sur le côté. Elle vit une grande main, gantée de latex, s'approcher de la capuche. Deux doigts se posèrent devant des lèvres qu'elle ne pouvait voir, et qui émirent un long et doux « Chut… ». Le son feutré résonna de manière sinistre dans l'esprit de Teresa. Elle vit la silhouette disparaître comme l'image d'un rêve – s'éloigner, descendre les escaliers, quitter la maison.

Teresa resta immobile un instant encore, sous le choc, ne ressentant que vaguement la douleur de son bras. Puis plusieurs gouttes de sang chaud tombèrent sur son pied nu et la ramenèrent à la réalité. La silhouette était venue de l'avant de la maison : la chambre de Celeste.

« Celeste », chuchota Teresa. Seul un filet de voix s'échappa de sa gorge nouée. Elle se précipita, et finit par réussir à crier : « Celeste ! »

En atteignant la chambre de l'enfant, elle s'immobilisa, prise d'hyperventilation. Son cœur semblait s'écraser contre ses côtes, les faire presque craquer. La douleur de son bras tailladé avait pratiquement disparu. Je ne peux pas, pensa-t-elle, figée. Je ne peux pas entrer dans cette pièce.

Son corps, cependant, ne l'écoutait plus et, sur la pointe des pieds, elle entra. Elle ne put se résoudre à allumer le plafonnier. Le clair de lune lui montra le lit froissé. Terrorisée, elle tourna lentement les yeux vers l'éclat tamisé de la lampe de chevet de Celeste, une lampe blanche, en forme de cheval, que Teresa lui avait offerte à Noël. L'enfant l'avait adorée et appelée Snowflake – Flocon de Neige.

Teresa s'approcha du lit. « Celeste ? » Silence. La lumière de la lampe de chevet ne révéla aucune tache de sang. Teresa posa les mains sur l'amas de couvertures et de draps. Rien. Le lit était vide.

Elle leva les yeux. Un peu plus loin, elle put distinguer le coffre à jouets. Elle se mit à trembler violemment, et s'obligea à marcher droit vers lui. Elle souleva le couvercle, et trouva Celeste pelotonnée, comme un ballon immobile, tout au fond. Elle aperçut également les taches de sang qu'elle s'était attendue à voir sur le lit. L'enfant avait essayé de se cacher, sans y parvenir apparemment.

« Non », gémit Teresa, avant de sentir la désolation la submerger comme une vague glacée, tandis qu'elle soulevait le petit corps rigide et le sortait du coffre à jouets, qui ressemblait à un étroit cercueil. « Celeste, murmura-t-elle, désespérée. Ne sois pas morte. Mon Dieu, mon trésor, je t'en supplie, ne sois pas morte.

– Je ne suis pas morte, dit l'enfant d'une voix terne et râpeuse. Je-ne-suis-pas-morte. »

De soulagement, Teresa, toute tremblante, éclata en sanglots. Elle ignorait que Celeste, pendant huit ans, ne prononcerait plus un mot.

CHAPITRE Ier

Huit ans plus tard

1

« Vous avez gardé une petite place pour le dessert ? »

La jolie serveuse de chez Bennigan adressa un sourire à Celeste Warner. Celeste lui rendit un regard vide de toute expression, les yeux d'un bleu très pâle écarquillés, les lèvres parfaites esquissant ce qui ressemblait de très loin à un sourire. Ses longs cheveux blonds, retenus par un étroit ruban de velours rose, laissaient dégagé son front sans rides.

« Je crois que ça ira comme ça, n'est-ce pas ? » répondit Jason Warner, regardant sa fille de seize ans comme s'il attendait une réponse. En fait, il n'en attendait pas. Elle n'avait pas parlé depuis huit ans, depuis la nuit, chez les Farr, où sa mère avait été assassinée et où elle-même avait reçu un coup de couteau. Jason regarda la serveuse, qui n'avait manifesté aucune réaction devant le silence et l'impassibilité de Celeste. Ce n'était pas la première fois qu'elle servait Jason et sa fille. « L'addition et ça ira, je crois, fit-il. C'était délicieux.

– Merci ! » La serveuse semblait tellement ravie qu'on aurait pu croire qu'elle avait préparé le repas elle-même. « Je vous laisse l'addition, et je reviens dans un instant. Prenez votre temps. »

Jason ne put que remarquer le regard dur que le directeur lança à la serveuse. On était ici chez Benigan, un samedi, à douze heures cinquante-cinq, et la salle était comble. Jason savait que le directeur n'aimait pas que son personnel incite les clients à s'attarder. Il ouvrit rapidement la discrète pochette en vinyle noir, jeta un coup d'œil à l'addition, glissa un billet de vingt et un autre de dix, puis regarda de nouveau sa fille. « J'ai laissé ce qu'il faut pour le repas *et* pour le pourboire, comme ça la serveuse ne perdra pas de temps à rapporter la monnaie », expliqua-t-il.

Celeste se contenta de cligner des yeux. Ce que je donnerais pour la voir sourire ! pensa Jason. Bon sang, ça me serait même égal si elle piquait une colère ! Un jour, il avait entendu quelqu'un qualifier l'expression de Celeste de « bovine », ce qui l'avait mis hors de lui. Et pas seulement parce que c'était une insulte, mais parce que c'était la vérité. Celeste était belle, mais n'exprimait pas plus d'émotion qu'une vache repue.

Jason jeta un coup d'œil autour de lui, essayant de cacher ses sombres pensées sous un air joyeux. « Dis donc, cet endroit est encore plus bondé que d'habitude, tu ne trouves pas, mon trésor ? » Aucune réaction. Un groupe passa devant eux, bavardant et riant, et pour Jason, cet entrain parut presque cruel, comparé à la sinistre réserve de sa fille. Mais il était bien décidé à ne pas se laisser déprimer. Il posa la main sur son ventre plat. « J'ai trop mangé, Celeste. Et toi ? » Aucune réaction. « Bon, prête pour aller au parc ? »

Jason attendit que plusieurs personnes dépassent leur box puis se leva. Au lieu de se lever à son tour, de lui prendre la main et de le suivre, tête légèrement penchée comme elle le faisait toujours, Celeste resta assise, sans bouger. Jason était tellement habitué à la voir se lever immédiatement de table qu'il avait déjà fait quelques pas en direction de la porte avant de remarquer que Celeste était restée à sa place. Il se dépêcha de revenir vers elle. Elle se tenait étrangement immobile, sourcils froncés. Puis elle rejeta la tête en arrière et plissa très légèrement le nez, comme si elle sentait quelque chose. Surpris d'un signe de réaction de sa part, aussi ténu soit-il, Jason se glissa aussitôt dans le box et regarda attentivement Celeste.

« Quelque chose ne va pas, mon trésor ? »

Sourcils toujours froncés, Celeste prit une profonde inspiration et retint son souffle. Cela faisait huit ans que Jason ne l'avait pas vue froncer les sourcils. Il s'assit, comme hypnotisé. Puis il fut contrarié. D'accord, Bennigan était toujours bondé le samedi, mais aujourd'hui, on aurait dit que la moitié de Point Pleasant s'y était donné rendez-vous pour déjeuner. L'endroit était bruyant, les gens se bousculaient tout à côté d'eux. J'aurais dû amener Celeste dans un endroit plus calme, moins fréquenté, se dit-il. « Tu exiges trop d'elle », lui reprochait parfois sa mère, ce qui avait le don de l'agacer.

En de tels moments, Jason se rappelait que, si Fay manquait souvent de tact, elle le compensait en amour et en attentions. Après le meurtre de Wendy, elle avait accueilli Celeste sans la moindre hésitation. « Tu ne peux pas t'occuper d'elle, tu as ton travail », lui avait-elle dit avec raison lorsque Celeste, après la période de rééducation exigée par son agression, avait pu sortir de l'hôpital.

Physiquement, Celeste s'était totalement remise. Mais ses blessures psychiques ne semblaient pas guérir. Deux psychiatres et deux psychologues s'étaient accordés à attribuer son silence et son repli au choc qu'elle avait subi. Deux ans plus tard, ils étaient pratiquement persuadés que son mutisme était à présent délibéré, et son absence d'émotion feinte. « Le cerveau de Celeste ne souffre d'aucun dommage physiologique. C'est par choix qu'elle garde le silence et cette attitude détachée, avait affirmé l'un d'eux à Jason. Je ne saurais vous dire avec certitude pourquoi. Peut-être, tout simplement, parce qu'elle ne veut pas discuter des meurtres et de son agression. Mais ce comportement ne durera pas éternellement. Soyez patient, monsieur Warner. Celeste parlera lorsqu'elle sera prête. » Jason avait donc amené Celeste à Fay, qui n'avait pas tenu compte des protestations de son fils, lequel prétendait que s'occuper de Celeste serait trop éprouvant pour elle et qu'ils avaient besoin de l'aide de professionnels.

« Ne sois pas stupide, avait-elle affirmé. Ces soi-disant professionnels n'ont rien fait pour Celeste. De plus, tu me rendrais service en me laissant m'occuper d'elle. Et de toi. Depuis que ton père est mort, je suis seule à la maison toute la journée, et je deviens folle à force de tourner en rond. Je suis en pleine forme et je veux me rendre utile. Vous avez besoin de moi, tous les deux, et moi j'ai besoin de vous. Tu verras — tout se passera bien ! »

Et tout s'était bien passé, sauf qu'à l'instant même, Fay Warner ne serait pas très contente de lui, songea tristement Jason. Elle lui ferait remarquer qu'il aurait dû savoir que le restaurant serait plein à craquer, puisque toutes les places du parking étaient occupées. Elle lui dirait qu'il n'aurait pas dû se rendre là simplement parce que *lui* aimait l'atmosphère chaleureuse du lieu. Elle lui…

Soudain Celeste se pencha vers Jason, le fixa d'un air pénétrant et, d'une voix devenue rauque par le manque d'habitude, elle se mit à parler : « La lune brillait cette nuit-là mais j'ai quand même allumé ma lampe de chevet – ma lampe en forme de cheval, celle que Teri m'avait donnée, Snowflake. J'aimais cette lampe, parce que c'était un cheval, mais aussi parce que c'était un cadeau de Teri. »

Jason, ses yeux gris écarquillés, la bouche légèrement ouverte, regardait fixement sa fille. Pour commencer, la seule chose qui le frappa, c'est qu'au bout de huit ans elle ait fini par parler. Il ressentit une brève onde de joie à l'idée que les médecins avaient eu raison – le moment où elle déciderait de parler avait fini par arriver. Puis, avec un sursaut déplaisant, il se rendit compte que Celeste était en train de décrire la nuit pendant laquelle sa mère avait été assassinée.

Le froncement de sourcils de Celeste s'accentua, ses yeux se plissèrent. Elle continua, d'une voix insensible, sans émotion : « Je sortais de la salle de bains quand quelqu'un a ouvert la porte de la chambre de Maman, tout doucement, quelqu'un qui ne voulait pas être vu. »

Jason passa sa langue sur ses lèvres sèches. Au bout d'un moment, il réussit à demander : « Qui sortait de la chambre de Maman ? »

Celeste eut l'air perplexe. « Je n'ai vu qu'une… capuche.

– Une capuche ? » Celeste acquiesça. « Tu ne peux pas décrire cet individu ?

– Elle portait quelque chose de long, comme une cape. Mais c'était peut-être juste un grand manteau.

Et les yeux… ils étaient immenses, avec des ombres noires tout autour. » Celeste frissonna. « Je ne pouvais pas bouger. Tout ce que je pouvais faire, c'était serrer Yogi très fort. » Yogi, se souvint Jason, était son gros ours en peluche. « Il a sursauté, il ne s'attendait pas à me voir. Puis il m'a donné un coup de couteau, tellement vite que je ne m'en suis même pas rendu compte. Le couteau a traversé Yogi. Je sais que j'ai été touchée, moi aussi, mais je n'ai rien senti. Presque tout mon sang est tombé sur Yogi. Une infirmière m'a dit que c'est pour ça qu'il a fallu le jeter. » Les yeux de Celeste s'emplirent de larmes. « Je l'aimais, Yogi, et on l'a jeté à la poubelle ! »

Maudite infirmière trop bavarde, pensa Jason, furieux. Elle n'avait donc pas compris qu'elle s'occupait d'une enfant traumatisée ?

Celeste essuya une larme qui coulait le long de sa joue. « Après le coup de couteau qu'on a reçu tous les deux, j'ai serré Yogi encore plus fort et j'ai couru dans ma chambre. »

Jason s'obligea à garder le silence. Sa fille le regardait avec de grands yeux soudain remplis d'horreur et de douleur — la première expression qu'il lisait en eux depuis ce qui semblait une éternité. Il tendit le bras, toucha sa main, et les doigts de Celeste s'enroulèrent autour des siens, à la manière d'un bébé. Il dit doucement : « Je suis désolé pour Yogi, mais il t'a sûrement sauvé la vie. Il en aurait été heureux. » Une autre larme coulait lentement sur la joue de Celeste. « Trésor, cette personne t'a-t-elle donné le coup de couteau dans ta chambre ?

— Non. Dans le couloir. C'est après que j'ai couru dans ma chambre. »

Selon la police, Celeste avait dû entendre quelqu'un dans la maison, s'était cachée dans son coffre à jouets, et c'était là que le tueur lui avait donné un coup de couteau. Les policiers avaient pensé que le sang de Celeste était tombé goutte à goutte du couteau du tueur pendant qu'il se rendait de la chambre de Celeste à celle des Farr. C'était en fait Celeste qui avait perdu son sang en courant se réfugier dans sa chambre.

« Mais il voulait encore me blesser. Il m'a poursuivie, reprit Celeste d'un ton pressant, la voix montant dans l'aigu, comme si elle risquait de perdre de nouveau la capacité de parler. Un jour qu'on était en train de jouer, Teri et moi, elle m'a dit que mon coffre à jouets était une bonne cachette, parce qu'il n'y avait pas beaucoup de jouets dedans. C'est pour ça que je m'y suis cachée.

» Au moment de refermer le couvercle, j'ai entendu qu'on entrait dans la chambre. Je savais que, cette fois, j'allais me faire tuer. Et puis j'ai entendu crier. Le gros chien d'à côté aboyait et grondait, il a réveillé les autres chiens, ils se sont tous mis à aboyer. » Celeste se tut brusquement, comme si tout l'air s'était échappé d'elle, et reprit d'une voix épuisée : « Et je n'ai pas été tuée. »

Jason savait qu'il n'aurait pas dû continuer à questionner Celeste dans un restaurant rempli de monde, mais il avait peur qu'en la faisant sortir de la salle, il n'interrompe sa concentration et qu'elle cesse alors de parler. Pendant des mois, ou même des années. Il but une gorgée d'eau, s'éclaircit la gorge, et demanda, d'un ton à peine plus élevé qu'un murmure : « Ma chérie, es-tu certaine de ne pas savoir qui t'a donné le coup de couteau ?

– Je ne crois pas... » Ses lèvres tremblèrent. « *Non.* »

Jason plissa les yeux. « C'est ce que tu as dit en premier qui compte. *Je ne crois pas*. Celeste, qui astu vu ?

– Personne, dit Celeste avec obstination. Mais j'ai senti une sorte d'odeur douceâtre, ajouta-t-elle précipitamment, comme pour prévenir d'autres questions. Je viens de la sentir, il y a quelques minutes.

– Ici même ? » fit Jason, abasourdi.

Celeste regarda tout autour d'elle, l'air absent. « Il y a beaucoup de gens ici.

– C'est à cause de cette odeur que tu t'es mise à parler ? » À contrecœur, Celeste acquiesça d'un signe de tête. Jason se retourna brusquement, puis revint à sa fille, espérant vivement que personne n'avait entendu Celeste, ni remarqué la manière dont il venait d'examiner les clients.

« Celeste, que s'est-il passé pour que tu te mettes à parler, précisément *maintenant* ? »

Celeste répondit, comme si les mots lui étaient arrachés : « L'odeur. Mais aussi un bruit. Une voix. Tout à coup, j'ai eu l'impression d'être revenue à cette nuit-là, et les mots sont sortis, alors que je n'avais pas l'intention de parler. J'ai été tellement surprise. Et effrayée, termina-t-elle d'une voix douce.

– Je vois. » Calmement, Jason lui demanda : « Trésor, ça fait déjà longtemps que tu es capable de parler, n'est-ce pas ? »

Celeste parut vaincue. « Juste après cette nuit-là, je ne pouvais absolument pas parler. Je ne sais pas pourquoi. J'avais peur, tout le temps, vraiment peur. Et j'étais tellement... »

De toute évidence, elle ne trouvait pas le mot qu'elle cherchait. « Sous le choc ? proposa Jason. Horrifiée par ce qui t'était arrivé ? Par ce qui était arrivé à Maman ?

— Oui. Sous le choc. Horrifiée. Je voulais être dans un endroit secret, tout noir, où personne ne pourrait me blesser, alors c'est là où je suis allée. Un endroit dans ma tête, qui n'existait pas. Plus tard, je suis sortie de cet endroit secret, mais j'ai essayé de ne penser à rien. J'ai essayé d'avoir l'air de ne penser à rien. Et je ne parlais pas, parce que je ne le voulais pas. » Celeste adressa un petit sourire à son père. « Tu sais, Papa, je sais écrire, aussi. Je savais déjà, avant d'être blessée, et je me suis exercée sans arrêt depuis que je suis sortie de l'endroit secret. Quand j'ai pris des cours à l'hôpital, et quand tu as fait venir des professeurs à la maison, j'écrivais un peu, mais je n'ai jamais montré que j'étais capable de très bien écrire, parce que je savais que des gens me poseraient des questions sur cette nuit horrible et voudraient que j'écrive les réponses. Ce qui aurait été aussi désagréable que d'en parler.

» Je ne veux pas parler de ce qui s'est passé, Papa. S'il te plaît, ne m'y oblige pas, dit-elle d'un ton suppliant. Si tu me poses trop de questions, je retournerai dans mon endroit secret, là où je suis en sécurité. Et alors je n'en ressortirai peut-être plus, parce que j'ai encore tellement peur, Papa. Peut-être que j'aurai peur toute ma vie. C'était tellement horrible… Tellement horrible… »

Celeste se mit à trembler très fort. Jason pressa sa main si fine, mais elle la retira, saisit son autre main, et commença à les tordre nerveusement. Elle se retourna légèrement pour regarder la salle. Jason l'observa avec attention, et vit son regard se voiler, se perdre dans le lointain. Ou, au contraire, se replier, s'absorber dans le souvenir. Il crut l'avoir perdue de nouveau, qu'elle ne prononcerait plus le moindre mot. Et puis l'expression de Celeste parut se durcir, se métamorphoser en une malice espiègle. Elle lui adressa un regard amusé, effronté presque, puis inclina la tête et se mit à chanter d'une voix audible :

L'horloge a sonné trois fois,
La Mort est venue pour moi.
J'ai ouvert les yeux,
Et j'ai vu… Teri !

Les gens autour d'eux avaient cessé de parler, et tout le monde s'était retourné pour fixer des yeux la jolie adolescente. Quelque part dans la salle, un verre se brisa sur le sol. Consterné, Jason entendit Celeste répéter d'une voix perçante : « L'horloge a sonné trois fois, la Mort est venue pour moi. J'ai ouvert les yeux, et j'ai vu… *Teri !* » Un silence total les entoura, le sang se retira du mince visage de Jason, et il se rendit compte qu'il fixait sa fille de la même manière exactement que les clients du restaurant. Pour finir, Celeste inspira profondément, se pencha en arrière, fit un grand sourire à son père, et dit d'une voix très douce : « J'ai eu beaucoup de chance, tu sais. »

2

« Margarita glacée, piña colada, brandy Alexander, répéta le serveur aux trois femmes assises à la même table, près de l'estrade, au Club Rendezvous.

— Et je veux *trois* cerises avec la piña colada », fit Teresa Farr, d'une voix suffisamment forte pour couvrir la musique du groupe qui jouait là.

Le serveur la regarda avec une feinte indignation. « Une cerise supplémentaire ? Miss Farr, voulez-vous grever le budget du Club ce mois-ci ?

– Je paierai la troisième cerise.

– C'est votre argent, après tout », rétorqua le serveur, sur le ton du désespoir absolu. Puis il fit un clin d'œil à Teresa. « J'en ai pour une seconde, mesdames. »

La femme assise à côté de Teresa, aux mèches blond vénitien, lui donna un coup de coude : « Il t'a fait un clin d'œil, Teri. Et il est tout à fait mignon.

– Il a tout juste l'âge de pouvoir travailler ici, Sharon ! » répliqua en riant Teresa à sa belle-sœur. Teri repoussa ses longs cheveux noirs et soyeux derrière les oreilles, dévoilant de grands anneaux d'argent. Puis elle ajusta le haut sans manches, aux reflets argentés, qu'elle portait ce soir-là avec un pantalon noir. « Il a pris trois leçons, quand j'ai ouvert l'école d'équitation, mais il avait tellement la trouille qu'il a dû arrêter. Je ne sors jamais avec un garçon qui a peur des chevaux.

– Tu ne sors plus jamais avec *aucun* garçon », fit Carmen, la dernière, et la plus âgée, des trois femmes. Pommettes hautes, nez étroit, yeux bleu ardoise, ses cheveux bruns mi-longs étaient parsemés de mèches à l'éclat de bronze. Teresa savait que Carmen avait été mannequin dans sa jeunesse. « Juste des trucs pour catalogues, avait-elle l'habitude de dire avec un haussement d'épaules. Je n'ai jamais travaillé pour la haute couture, il me manquait quelques centimètres selon les critères de la profession. » « Nous fêtons ton vingt-cinquième anniversaire, Teri, disait-elle à présent. Et tu as déjà fait une croix sur les hommes ?

— Non, Carmen, j'ai simplement été trop occupée par l'ouverture de mon école, mais je pourrais te poser la même question. Et *toi*, as-tu fait une croix sur les hommes ? »

Carmen rit. « J'ai vingt ans de plus que toi.

— Mais on dirait que tu n'en as que dix. »

Carmen leva les yeux au ciel. « Si seulement c'était vrai. Quoi qu'il en soit, moi, au moins, j'ai été mariée. Je suis une veuve et je suis censée passer le restant de mes jours seule, comme la femme rangée que je suis devenue.

— *Rangée !* s'esclaffa Teri. Bonté divine, tu es tout sauf rangée, Carmen. Tu es pleine de vie, optimiste, drôle — c'est pour ça que tu as été une amie si merveilleuse pour ma mère. Et si tu ne te rends pas compte que tu es encore sensationnelle, c'est que tu n'as pas remarqué le nombre d'hommes qui t'ont regardée avec convoitise lorsque tu es entrée. »

Carmen eut un petit sourire. « Je crois que tu as besoin de lunettes.

— Ma vision est excellente, dix sur dix. Sérieusement, Carmen, neuf ans que tu es veuve, et tu n'es pratiquement jamais sortie avec personne, à ma connaissance du moins.

— À ta connaissance ! » Les yeux de Carmen pétillèrent. « J'aime me sentir forte et indépendante, comme toi, Teri.

— Ne mets pas Teresa hors course si vite, Carmen », interrompit Sharon, dont la préoccupation constante était de trouver un mari pour Teresa. Sa propre vie tournait autour de son époux — le frère de Teresa, Kent — et leur fils Daniel, qui avait hérité du visage en forme de cœur de Sharon, de son nez court, de ses yeux d'un brun velouté et de ses taches de rousseur. « Et toi, Teri, tu ne peux raisonnablement imaginer que Carmen a renoncé aux hommes. Je suis sûre qu'elle a *quelqu'un*. En fait, je sais qui. »

Carmen leva un sourcil parfaitement dessiné. « Vraiment ? Et quel est donc cet homme mystère ?

– Herman Riggs, ça te dit quelque chose ?

– Mon Dieu, gémit Carmen. Lui ! C'est du passé.

– Carmen, tu n'es sortie que trois ou quatre fois avec lui et tu l'as déjà laissé tomber comme une vieille chaussette ! Tu ne lui as pas laissé la moindre chance, à ce pauvre homme ! s'indigna Teri.

– C'est parce que ce "pauvre homme" vit toujours avec sa mère, et parle d'elle sans arrêt. Le soir de notre troisième rendez-vous, il était dans tous ses états parce qu'elle lui avait promis de lui apprendre à tricoter un pull-over. » Teri et Sharon éclatèrent de rire. « Si un jour je prononce de nouveau les vœux du mariage, je pense pouvoir faire mieux qu'Herman.

– Pauvre Herman qui va devoir chercher son grand amour ailleurs !

– Il l'a déjà trouvé, dit Carmen avec gravité. Sa mère. »

Les trois femmes riaient encore lorsque le serveur revint avec leurs boissons. Il fit remarquer à Teresa qu'il avait mis *quatre* cerises dans la sienne, mais qu'elle ne devait pas faire allusion à cette largesse devant son patron, qui le mettrait à la porte immédiatement. « Je doute que vous ayez des problèmes tant que les cerises sont pour Teresa, le rassura Carmen. Le propriétaire du Club Rendezvous a été fiancé à Teresa, avant qu'elle rompe et lui brise le cœur. Il ne s'en est toujours pas remis.

– Sans blague, laissa échapper le jeune serveur. M. MacKenzie est amoureux de Miss Farr ? »

Teresa rougit sous sa peau mate, qu'elle devait à son héritage shawnee. « Absolument pas. Ça remonte à l'antiquité. » Elle foudroya Carmen du regard. « J'aurais apprécié que tu baisses la voix. La moitié des gens ici présents savent maintenant que Mac et moi avons été fiancés.

— La moitié des gens ici présents le savaient déjà », fit Carmen en souriant, tandis que le serveur s'éloignait rapidement, impatient de répandre cette palpitante nouvelle parmi les jeunes serveurs et serveuses qui allaient et venaient dans la salle.

Teresa assista aux rapides échanges verbaux, suivis de furtifs coups d'œil dans sa direction. « Et maintenant, regarde ce que tu as fait !

— J'ai simplement dit la vérité, répliqua Carmen d'un ton innocent, avec un clin d'œil à l'intention de Sharon. Pas vrai ?

— Oui. » Sharon souriait, mais paraissait mal à l'aise. Son maintien s'était raidi, et toute légèreté avait disparu de sa voix. « Kent n'aime pas qu'on parle de ça.

— Eh bien, ils ont bel et bien été fiancés, et même si Teri l'a plaqué, je ne crois pas qu'en ce qui le concerne, elle soit aussi blasée qu'elle le prétend.

— Tu devrais vraiment tenir une rubrique des cœurs brisés, Carmen. » Teresa prit son verre agrémenté de quatre cerises. « Lundi matin, j'en toucherai un mot au directeur du journal local, je lui conseillerai de t'engager.

— Parfait, répliqua Carmen d'une voix enjouée. J'en ai assez de travailler chez Trinkets & Treasures. Tu as raison, je suis loin d'être rangée. J'aime bien trop la vie pour être propriétaire et gérante d'un magasin de cadeaux. C'est mortel.

— Mac et moi étions fiancés il y a une éternité, reprit Teri d'un ton implacable, sirotant une gorgée de sa boisson. J'avais vingt ans. J'étais encore une gamine. Une gamine extrêmement romantique et impressionnable. C'était une passade. Un béguin. Je ne pense plus jamais à Mac. Plus du tout. Et je suis absolument certaine qu'il ne pense jamais à moi.

— Tu crois cela ? » Carmen lança un regard oblique en direction de Mac. « Eh bien, pour quelqu'un qui ne pense jamais à toi ! Il a le regard vissé dans ta direction.

— Ne sois pas ridicule, Carmen.

— Je t'assure. Il traîne autour du bar, sous prétexte de parler à des clients, alors qu'il ne t'a pas quittée des yeux de la soirée, poursuivit Carmen, avant de sourire d'un air satisfait. Et maintenant, le voilà qui se dirige vers nous.

— Oh non ! s'exclama Teri.

— Oh si ! » Carmen toucha la main de Teresa. « Pose ta boisson. Ton verre est pratiquement vide. Et ne prends pas cet air effaré.

— Je n'ai absolument pas l'air effaré. » Avec brusquerie, Teresa posa son verre sur la table. « Pourquoi serais-je effarée ? Je suis juste…

— Bonsoir, mesdames. » L'homme en question s'approcha, et resta debout près d'elles, de manière plutôt désinvolte. On lui donnait une trentaine d'années, avec sa peau hâlée, une fossette au menton, quelques rides horizontales sur le front et des cheveux brun acajou légèrement ondulés. Elles eurent droit à son superbe sourire, toutes les trois, tandis que ses yeux noisette, avec leurs surprenantes taches dorées, se fixaient sur Teresa. « Tout se passe bien ?

— C'est mon anniversaire, laissa échapper Teresa.

— Et tu ne le fêtes pas en famille, avec tes amis ?

— Ça, c'était tout à l'heure, lui dit Carmen. Tout le monde est parti, on a laissé Kent garder son fils, et on est venues ici pour prendre vraiment du bon temps.

— Je suis heureux que, pour vous, venir au Club Rendezvous soit synonyme de bon temps, madame Morris, fit Mac.

— *Carmen*, je vous en prie. Et j'aime — nous aimons — cet endroit. N'est-ce pas, Teri ?

— Euh… Oui. C'est… agréable. » Teresa sentit le rouge lui monter aux joues, et elle faillit renverser son verre pratiquement vide. Elle le rattrapa juste à temps. Pourquoi se conduisait-elle comme une adolescente ? Et pourquoi Mac avait-il toujours ce sourire à fossettes, complètement dévastateur, qui lui avait tant fait battre le cœur ? « Ton Club est tout à fait sympathique.

— Quel compliment, Teri », fit sèchement Mac. Il regarda Sharon. « Un bail que je ne t'ai pas vue. J'ai ouvert le Club il y a huit mois maintenant et vous n'êtes encore jamais venus, Kent et toi.

— Kent est toujours pris le soir, répondit Sharon d'un ton irrité. Paperasserie, téléphone. Toujours enfermé dans son bureau comme si son enfant et moi, on n'existait pas. De plus, il prétend qu'il n'est pas du genre à sortir en boîte. Je crois qu'il s'imagine devoir se comporter comme un pilier de la communauté. Il est même devenu membre de toutes ces associations bien-pensantes auxquelles son père appartenait.

— Celles dont il se moquait tant à une époque ? fit Mac en riant. Eh bien, il me semble que l'actionnaire et le président de la Société Farr Coal a bien le droit de sortir le soir, particulièrement avec sa femme.

– C'est ce que je lui dis, mais il ne m'écoute pas. » Sharon se força à ébaucher un semblant de sourire, mais Teri savait que la manière dont Kent se laissait absorber par le travail et la vie sociale lui tapait sur les nerfs. « Je suppose qu'il essaie de donner le bon exemple à notre fils.

– C'est quelque chose qu'on ne peut pas lui reprocher. Si seulement mon père s'était conduit comme ça. » Mac regarda Teri et lui adressa son sourire ravageur. « Vous avez besoin d'une autre boisson, jeune fille.

– Non, je…

– Bien sûr que si. » Il fit signe au serveur, puis jeta un coup d'œil en direction de l'orchestre qui, sur l'estrade, venait juste de terminer un morceau. Il échangea un regard avec le chanteur. « J'espère que cela ne t'ennuie pas, Teri, mais j'ai pris la liberté de demander une chanson pour ton anniversaire. Me feras-tu l'honneur de danser avec moi ? »

Teresa se sentit brusquement tout autant furieuse que paniquée. « Tu n'aurais pas dû prendre cette liberté, répondit-elle avec raideur. Vraiment, Mac. L'intention était bonne, mais cela fait des années que je n'ai pas dansé et… »

Comme s'il n'entendait pas un mot de ce qu'elle disait, Mac prit la main de Teresa. Elle se leva de sa chaise et le suivit sur la piste de danse, comme hypnotisée. Le chanteur sourit et annonça dans son micro : « Cette chanson est pour Teresa Farr de la part de Mac MacKenzie. Bon anniversaire, Teresa. »

De nombreuses personnes applaudirent, quelques hommes sifflèrent en criant « Bon anniversaire, Teresa ». Les danseurs s'écartèrent pour leur laisser de la place. Mac entoura de son bras l'épaule de Teresa et l'attira contre lui. Il dégage toujours autant de force et de chaleur, se dit-elle et, presque malgré elle, elle se sentit fondre sous son étreinte. Les premières notes de *Take My Breath Away* se firent entendre. *Leur* chanson.

« Tu t'es souvenu.

— Comment aurais-je pu oublier ? Nous avons dansé dessus pour la première fois un soir d'été, dans le jardin derrière ta maison, dit Mac d'une voix terriblement douce contre sa nuque. Je venais juste de finir de tondre la pelouse, ta mère et toi vous étiez installées dans la véranda, et la musique jouait. Tu n'avais que seize ans, et tu paraissais tellement transportée par la chanson que je n'ai pas pu m'empêcher de te demander si tu voulais bien danser avec moi.

— Je crois que je me souviens », dit Teresa d'un ton désinvolte. En fait, elle se souvenait très bien du terrible béguin qu'elle avait pour ce garçon tellement plus vieux qu'elle, et que se retrouver si près de Mac lui avait presque donné le vertige.

« Ta mère nous regardait. À la fin, elle a applaudi en disant qu'on dansait merveilleusement. Elle avait l'air sincèrement heureux.

— Et c'était si rare qu'elle ait l'air heureux. Pauvre Maman. » Teresa sentit des larmes lui brûler les yeux, provoquées par ces souvenirs douloureux — souvenirs de son premier amour, souvenirs de ce qui avait semblé une soirée magique, il y a si longtemps. Souvenirs d'une mère qui, un jour, avait purement et simplement disparu. Teri ne savait même pas si elle était encore vivante. D'une voix entrecoupée, elle dit : « Maman t'aimait beaucoup, Mac.

— Contrairement à ton père. J'étais le fils de sa femme de ménage, le mec sans avenir qui tond la pelouse. Hubert W. Farr était une ordure. » Mac s'immobilisa soudain. « Je suis désolé.

— Ce n'est pas parce qu'il s'est fait assassiner qu'il faut en faire un saint. C'était effectivement une ordure. » Mac sembla se raidir et Teri faillit l'attirer plus près d'elle, elle aurait voulu lui faire oublier à quel point son père s'était mal conduit envers lui et sa mère, mais elle se reprit à temps. Elle savait qu'elle devait toujours rester sur ses gardes avec Mac. Il l'attirait encore si profondément qu'elle n'osait pas se montrer chaleureuse, tendre, vulnérable. « Changeons de sujet, se força-t-elle à dire d'un ton enjoué.

— Je crois que c'est une très bonne idée.

— L'école d'équitation commence à marcher, lentement mais sûrement. » Teri savait qu'elle s'exprimait d'un ton faussement joyeux. « Et c'est même assez surprenant, que ça marche déjà si bien.

— Tant mieux. Farr Fields ? C'est comme ça que tu l'as appelée, non ?

— Tu le sais bien.

— Je suis heureux que tu fasses quelque chose que tu aimes. Tu as toujours été dingue de chevaux, et une excellente cavalière, tout le monde le dit. Moi-même, j'étais plutôt un piètre cavalier, souviens-toi.

— Tu es tombé deux ou trois fois, lorsque je t'ai forcé à monter mon cheval. » Teresa ne put retenir un petit rire. « Tu te souviens du jour où une abeille a piqué le naseau de ton cheval, et qu'il est parti en flèche ? Tu hurlais tellement que tu l'effrayais encore plus, puis tu as basculé sur un côté et tu t'es accroché comme un malade, à cinq centimètres du sol. »

Mac fit une grimace. « Ne ris pas. J'ai vu défiler ma vie entière.

— Mais tu es encore là pour raconter l'histoire. » Teresa hocha la tête. « J'aimerais bien avoir une vidéo de ce moment.

— Dieu merci, tu n'en as pas. Tu la montrerais à tout le monde, et je serais la risée de tous.

— Non, je m'en servirais comme vidéo pédagogique, pour montrer ce qu'il ne faut *pas* faire lorsque son cheval panique. »

L'étreinte de Mac se resserra et le cœur de Teresa se mit à battre un peu plus fort, tandis que la voix du chanteur égrenait les paroles romantiques de la chanson avec une intensité passionnée qui ne paraissait pas feinte.

Un instant, Teresa ferma les yeux, respirant l'odeur de Mac, une odeur masculine et fraîche, qui n'était pas gâtée par l'écœurant parfum d'une eau de Cologne. Sa main semblait la brûler à travers le fin tissu contre son dos. Elle se sentit dériver plus profondément encore dans son étreinte qui lui paraissait si naturelle, si réconfortante, si agréable. Puis elle se reprit, sembla vouloir se dégager. Les bras de Mac se raidirent, comme s'il était bien décidé à la retenir et la serrer plus fort encore, ce qui était exactement ce qu'elle désirait, et exactement ce qu'elle ne voulait pas laisser arriver.

« Daniel commence à prendre des leçons demain, laissa-t-elle échapper d'une voix forte, essayant de faire oublier la réaction physique qu'elle avait eue, et qui n'avait pu que trahir ses émotions. Il a presque huit ans maintenant. »

Mac s'écarta légèrement pour la regarder avec un mélange de regret et d'humour. Il avait senti le désir de Teresa et ne comptait pas faire comme s'il n'avait rien remarqué. Il avait toujours refusé de se conduire comme s'ils ne partageaient aucun passé, en dépit de ce que souhaitait Teresa. « Qui est Daniel ? demanda-t-il d'un air dégagé.

— Mon neveu ! Pour l'amour de Dieu, Mac, tu ne connais même pas le prénom du fils de Kent ?

— Kent et moi ne sommes plus vraiment les meilleurs amis du monde. Il ne m'adresse pratiquement plus la parole quand on se croise. Je suis sûr qu'il ne voulait pas que sa femme vienne ici, ni même toi. Il ressemble de plus en plus à votre père.

— Je crois qu'il essaie de faire oublier le scandale des meurtres. Il en fait peut-être un peu trop, se força à dire Teresa qui pensait elle aussi — et elle n'en était pas fière — que son frère se transformait de plus en plus en une sorte de moralisateur collet monté. Il est un très bon mari, et un très bon père.

— Je ne sais pas ce qu'il vaut comme père, mais Sharon ne semble pas une épouse particulièrement épanouie.

— Oh ! je n'en sais... » Teresa s'interrompit car, cette fois encore, elle ne pouvait qu'être d'accord avec Mac, même si elle n'aurait jamais voulu l'admettre. « Qu'est-ce qui te fait dire ça ?

— L'expression de son visage. Avant, elle riait tout le temps, elle était toujours gaie. Maintenant...

— Maintenant, elle est une épouse et une mère, avec d'importantes responsabilités. » Teresa se rendit compte qu'elle s'exprimait d'une manière guindée et artificielle. Elle devait se détendre. « Écoute, Mac, j'étais raide comme un piquet tout à l'heure, quand tu es venu nous voir, dit-elle rapidement. Je suis désolée. Ton Club n'est pas simplement "tout à fait sympathique", il est superbe. »

Mac se pencha en arrière et fronça les sourcils. « Eh bien, Teri ! Merci ! J'avoue que tu m'as un peu déçu tout à l'heure. » Le visage de Mac se détendit peu à peu, et il lui fit un grand sourire. « Tu te souviens quand j'ai eu l'idée de ce Club ? Beaucoup de gens se sont moqués de moi. Ils disaient que je n'y arriverais jamais, que je finirais au chômage et à la rue. Mais toi, tu n'as jamais douté de moi. Tu m'as même aidé à imaginer cet endroit.

— Je t'ai juste donné une ou deux idées », fit Teresa d'un ton désinvolte, alors qu'elle se souvenait très bien d'avoir passé des heures devant les croquis et les ébauches du Club dont Mac rêvait, et d'avoir fait d'innombrables suggestions au sujet des éclairages et des couleurs.

« Je voulais une boîte disco, mais toi, tu as insisté pour que l'endroit ait plus de classe et s'adresse à un public moins restreint, continua Mac. C'est toi qui m'as suggéré le style Art déco. Je ne savais même pas ce que c'était, l'Art déco ! »

Teresa regarda tout autour d'elle — les lignes épurées, l'emploi généreux du verre et du chrome, la teinte ivoire prédominante mise en valeur par des touches de noir et de bleu ciel très vif. Des mosaïques à grands carreaux couraient en haut des murs, chacun d'un motif sophistiqué rappelant le Middle East et composé de petits carrés de céramique bleu lavande et vert. Ce lieu avait de l'allure. « Tu trouvais mes idées étranges.

— Je n'étais pas vraiment un expert en décoration intérieure, dit Mac en riant. Il m'a fallu du temps pour renoncer à mon rêve de moquette rouge vif et de lumières stroboscopiques. »

Teresa esquissa un sourire. « C'est d'avoir trop souvent vu *La Fièvre du samedi soir*.

— Tu as raison. C'était le film préféré de Maman. Dans le temps, mon père et elle avaient remporté un concours dans un club disco. Je crois que Papa portait un costume blanc en polyester comme celui de Travolta. C'est pour ça qu'elle se repassait le film en boucle, en souvenir de jours plus heureux, avant que Papa s'en aille et qu'elle se retrouve seule avec trois enfants à nourrir.

— J'ai du mal à imaginer Emma MacKenzie dansant dans un club disco, plaisanta Teresa. Je suis sûre qu'à l'époque, elle ne pensait pas finir comme femme de ménage des Farr. Quel triste destin.

— Ce travail lui a plu, tant que ta mère était là. Maman ne tarissait pas d'éloges sur elle. » Il s'interrompit. « Et puis, Wendy est arrivée.

— Mais maintenant, grâce à toi, ta mère n'a plus besoin d'être la femme de ménage de personne. » Teresa détesta l'élan de tendresse qu'elle venait de ressentir pour Mac au souvenir de sa volonté farouche d'offrir une meilleure vie à sa mère et à ses jeunes sœurs jumelles. « Et comment vont tes sœurs ?

— Elles sont en terminale à Marshall, elles veulent toutes les deux être prof, et suivent des cours d'été pour avoir leur diplôme le plus rapidement possible.

— Magnifique ! Et ta mère ?

— Elle a un petit appartement en ville. Elle a fini par accepter — il en a fallu du temps ! — que je lui apprenne à conduire et que je lui achète une voiture. Une voiture d'occasion — pas moyen de lui en acheter une neuve. Et alors qu'elle a refusé de conduire pendant si longtemps, maintenant j'ai un mal fou à l'empêcher de prendre sa voiture sans arrêt et à lui faire respecter la vitesse limite ! répondit Mac en riant. Elle passe son temps à faire des muffins, des cookies et des brownies, et a monté un petit business en fournissant quelques restaurants du coin. Emma MacKenzie ne s'arrêtera jamais.

— Mac, ce que tu as fait pour ta famille est fabuleux. » Teresa était consciente du léger tremblement de sa voix, dû à des larmes refoulées, des larmes de fierté.

Le ton de Mac se fit plus doux et chaleureux. « J'ai eu beaucoup de chance, et pas un seul instant je n'oublie le rôle que tu as joué dans cette chance. Je me souviens des premiers temps où on était ensemble comme si c'était…

— Hier ? interrompit sèchement Teri », clignant des yeux pour chasser quelques larmes, enragée de constater que d'anciens sentiments commençaient à refaire dangereusement surface.

« Il y a trop longtemps, Teri », fit Mac d'une voix rendue rauque par l'émotion.

Teri leva les yeux pour regarder son visage qui n'était que plus beau maintenant que le temps en avait dessiné les méplats, affermi le menton. Et ces yeux…

« Qu'y a-t-il ? demanda Mac, plongeant son regard dans les yeux noir ébène de Teresa. Tu repenses à nous, lorsque nous étions ensemble ? »

La magnifique voix du chanteur semblait pénétrer l'esprit et le cœur de Teresa. Puis, dans un éclair, une image apparut devant elle : une image ancienne, celle d'un Mac plus jeune, qui travaillait comme barman, et de la propriétaire du bar, une éclatante rousse dont elle avait été si jalouse, bien que Mac lui répétât sans cesse qu'il ne se souciait absolument pas de cette femme. Arriva alors le jour terrible où Teresa, entrant dans l'arrière-salle, avait trouvé Mac et cette rousse dans une étreinte passionnée. Teresa n'oublierait jamais le regard de la femme, un regard où brillait le triomphe. Pas plus qu'elle n'oublierait l'expression de culpabilité et de gêne de Mac lorsqu'il avait aperçu Teresa. À cet instant, sur la piste de danse, Teresa se raidit et s'éloigna de lui.

« Je sais ce dont tu viens juste de te souvenir, Teri, fit doucement Mac.

— Vraiment ? Alors maintenant, non seulement tu es un homme d'affaires mais en plus tu lis dans les esprits ?

— Absolument pas. Simplement, je te connais. Je connais le langage de ton corps et tes expressions. Tu étais en train de te souvenir de...

— La chanson se termine. » Teresa enleva le bras qu'elle avait posé sur l'épaule de Mac et lui fit un sourire poli. « Merci d'avoir demandé ce morceau, dit-elle d'un ton de marbre. C'était très prévenant de ta part.

— Oui, madame. Merci beaucoup. » Instantanément, Mac avait modifié son attitude. Il s'amuse de moi, en me renvoyant ma gêne à la figure, se dit Teresa, furieuse. « Au Club Rendezvous, nous faisons de notre mieux pour vous plaire, madame. »

Il se moquait de la raideur de Teresa, mais elle fit semblant de ne pas s'en apercevoir. « Je crois qu'une boisson m'attend à table.

— En effet, une boisson spéciale, avec quatre cerises. Les deux cerises supplémentaires sont offertes par la Maison, en l'honneur de votre anniversaire. » Il lui adressa son sourire le plus éblouissant et fit un simulacre de révérence. « Merci de m'avoir accordé cette danse. Puis-je vous accompagner jusqu'à votre table ?

— C'est à deux mètres. Je peux me débrouiller toute seule. »

Elle courut se réfugier auprès de ses amies et se tourna aussitôt vers Carmen. « Tu l'avais prévenu que nous venions ce soir et que c'était mon anniversaire !

— En effet, je lui ai dit que nous venions. Mais il n'avait pas besoin de moi pour se souvenir de ton anniversaire. » Carmen, les coudes appuyés sur la table, les mains en coupe autour de son menton, sourit. « Vous aviez l'air plutôt bien tous les deux, à un certain moment.

— On dansait, c'est tout, fit Teresa d'un ton sec en prenant son verre.

— C'est tout, mais scotchés l'un à l'autre, échangeant de longs regards romantiques.

— Oh ! Carmen, ne sois pas stupide !

— Mais si, c'est la vérité. Ce n'est pas un reproche. Seigneur, le mot "ravageur" a été inventé pour décrire le sourire de Mac MacKenzie. Il serait capable d'arrêter les battements d'un cœur. Et ces fossettes... » Elle soupira et ferma les yeux un instant. « J'aurais juré qu'à la fin de la chanson, nous aurions droit à un interminable baiser. »

Teresa adressa un regard furieux à Carmen, puis garda les yeux fixés droit devant elle, très gênée, même si elle savait que Carmen ne faisait que la taquiner.

Sharon, qui de toute évidence se rendait compte que Teresa n'était pas d'humeur à plaisanter, eut elle aussi un regard dur pour Carmen. Teresa savait que sa belle-sœur, si elle tolérait Carmen, trouvait néanmoins que son manque de tact frôlait parfois l'impertinence. « J'ai du mal à imaginer que Carmen ait pu être la meilleure amie de ta mère. Ma mère, elle, n'aurait même pas voulu entendre parler d'elle », avait un jour lancé Sharon à Teresa. Se souvenant que, pour Sharon, sa mère était la perfection même, Teresa s'était contentée de sourire.

« Je sais que c'est ta chanson préférée, Teri. C'était sympa de la part de Mac de la faire jouer pour ton anniversaire, mais à mes yeux, tu ne semblais pas sur le point de défaillir à cause de lui. Ni aux yeux des autres, d'ailleurs. Mais certaines personnes prennent plaisir à mettre les autres mal à l'aise », déclara Sharon en regardant Carmen d'un air de défi.

Bien qu'elle ait capté le message, Carmen s'étira paresseusement et dit d'un ton détaché : « Moi aussi je l'aime, cette chanson. Je l'avais en cassette, mais la bande s'est déchirée. Je crois que je commanderai le CD demain. » Elle s'interrompit et adressa un sourire innocent à Sharon. « À l'occasion, je demanderai à Herman de danser avec moi si son tricot lui en laisse le temps. Kent et toi, vous vous joindrez à nous ? »

Teri se mit à rire et même Sharon sourit, ce qui détendit l'atmosphère entre elles trois. Deux minutes plus tard, Sharon parlait de son fils Daniel, qui allait commencer ses leçons d'équitation au manège de Teresa. Elle lui rappela la visite prévue par la famille le lendemain après-midi, bien que l'enfant soit déjà souvent venu à Farr Fields. « Teri, tu vas lui donner un gentil cheval bien doux pour ses leçons, j'imagine ? demanda-t-elle d'un ton anxieux.

— J'en ai un qui sera parfait pour lui. » Teresa fit une description du cheval qu'elle avait choisi pour le petit garçon, qui devenait un enfant très nerveux à force d'être couvé par Sharon.

« Je *veux* le plus doux », exigea Sharon.

Carmen fronça les sourcils, sans même chercher à masquer sa réaction. « Sharon, tu réagis comme si Teri allait donner à Daniel un étalon déchaîné. »

Les joues de Sharon devinrent cramoisies sous ses taches de rousseur. « Les chevaux peuvent être dangereux, Carmen, tu le sais, j'imagine ?

— Eh, les filles, ne nous crêpons pas le chignon devant tout le monde ! coupa Teresa d'un ton faussement naturel, essayant de mettre fin à l'hostilité qui venait d'éclater entre les deux femmes. Sharon, j'ai des élèves qui sont encore plus jeunes que Daniel. Je sais comment m'y prendre avec les enfants, et mes employés, Gus et Josh, le savent aussi. » Elle caressa la main de Sharon. « Nous prendrons particulièrement soin de lui. Après tout, c'est mon neveu. »

Sharon fit un bref sourire à Teresa. Elle n'ajouta pas un mot, but deux gorgées de sa boisson et, au bout de dix minutes, jeta un coup d'œil à sa montre. « Il est presque onze heures, annonça-t-elle. Il est temps que je rentre.

— Mais la soirée ne fait que commencer, protesta Carmen.

— Je ne peux laisser Kent et Daniel seuls aussi longtemps. Teri, Carmen et toi, restez. Je ne veux pas vous gâcher la soirée.

— Je ferais bien de rentrer, moi aussi », fit Teresa pour soutenir sa belle-sœur, dont la nervosité ne faisait que grandir. Ce que voulait Sharon, en fait, c'était échapper à la compagnie de Carmen. « Je dois me lever tôt demain matin.

— Moi aussi, annonça brusquement Carmen en avalant une dernière gorgée et en cherchant son sac. Et puis ce n'est prudent pour aucune de nous de reprendre le volant après plus de deux verres. »

Une fois sur le parking, Sharon se précipita vers sa voiture, mais Carmen s'attarda près de celle de Teri. « J'espère que je ne t'ai pas blessée ce soir, quand je t'ai taquinée au sujet de Mac. »

Cette tendance de Carmen à taquiner les gens sur les sujets les plus sensibles irritait souvent Teresa, mais elle se rappelait alors quelle amie elle avait été pour sa mère. Teri avait dix ans lorsque Carmen s'était prise d'amitié pour la solitaire Marielle et, à de nombreuses reprises, elle avait su comme personne lui remonter le moral. Après les meurtres, Carmen avait accueilli Teri chez elle, lui avait offert la sécurité d'un refuge pendant tout le temps qu'avait duré le cauchemar, repoussant les journalistes comme un pitbull. Et après sa rupture avec Mac, elle l'avait réconfortée, ne lui avait jamais dit « Je t'avais prévenue ». Elle l'avait soutenue, en amie, sans jamais chercher à se substituer à sa mère.

Soudain, Teresa serra Carmen dans ses bras. « Non, tu ne m'as pas blessée en me taquinant au sujet de Mac. J'ai l'habitude, avec toi.

— En voilà un compliment, fit Carmen en riant. Je voulais vraiment que tu connaisses le Club, Teri. C'est devenu un endroit magnifique. Mais je n'essayais pas de refaire l'histoire. Je n'oublierai jamais le moment où tu es venue vers *moi* en pleurant, après l'avoir surpris dans les bras de cette femme.

— Je n'ai dit à personne d'autre qu'à toi pourquoi j'ai rompu nos fiançailles, dit Teri.

— Moi aussi, j'ai gardé le secret. Enfin, Mac mis à part, as-tu quand même passé une bonne soirée ?

— Mac mis à part, j'ai passé une super-soirée, jusqu'à ce que tu t'en prennes à Sharon.

— Sharon aurait besoin qu'on lui fasse comprendre qu'elle surprotège son fils.

— Elle fait pareil avec Kent, et avec son père maintenant qu'il est veuf. Je crois que c'est pour cacher sa possessivité.

— Seigneur, ma petite Teri fait de la psychologie maintenant ! fit Carmen en riant. Bon, quoi qu'il en soit, j'ai choisi le mauvais moment pour m'en prendre à elle, même si ce n'est jamais le bon moment pour critiquer Sharon. Elle n'aime pas ça.

— Qui aime ça ?

— Tu as raison. Je suis désolée. Je m'excuserai auprès de Sharon si cela doit te faire plaisir.

— Oui, ça me ferait plaisir. » Teri sourit, soulagée. « Je suis heureuse que tu aies suggéré qu'on vienne au Club.

— J'ai pensé qu'une visite s'imposait, d'autant que cet endroit te doit beaucoup. Je voulais que tu voies le résultat. Tu es sûre que ça ira pour conduire ?

— Tu sais, j'ai surtout bu des cerises. »

Carmen rit. « Toi et les sucreries. Je me demande comment tu peux en manger autant et rester aussi mince. Tu as la même ossature fine que ta mère. Et sa beauté. À part tes yeux foncés, tu ressembles tellement à Marielle, c'en est troublant. » Un instant, les yeux de Carmen s'emplirent de tristesse. Puis elle sourit et commença à s'éloigner, en lançant un « Joyeux anniversaire, mon petit » sans se retourner.

Le parking était encore presque plein. Teresa regarda les voitures, se disant que la plupart seraient encore là pour un moment, puis elle ouvrit la portière de sa Buick Lucerne blanche. Dès que la lumière s'alluma à l'intérieur, elle vit les papiers sur le siège du conducteur. Elle se demanda d'abord si Mac lui avait laissé un message, puis elle s'aperçut que la feuille posée sur le dessus était une coupure de journal, vieille d'il y a huit ans. Le gros titre sembla éclater devant elle :

LE PROPRIÉTAIRE DE LA SOCIÉTÉ
FARR COAL
ET SA FEMME ASSASSINÉS.

« Oh non », murmura Teresa, prise d'un frisson malgré la douceur de cette soirée de juin. Elle prit les journaux, jeta un œil sur l'article. Certains mots lui sautèrent à la figure. Le rappel de la mort de Hugh et Wendy, poignardés, et celui de la blessure de la petite Celeste qui, d'après le journal, se trouvait dans un état stable malgré le coup de couteau reçu au ventre. L'article ne manquait pas de préciser que Teresa s'en était tirée avec « une blessure superficielle au bras gauche », un fait qui, chez certaines personnes, avait nourri la croyance que c'était Teresa qui tenait le couteau la nuit des meurtres.

Sentant le vertige la gagner, Teri laissa échapper la coupure de presse qui voleta jusqu'au sol. Puis elle lut le message imprimé à l'ordinateur :

Chère Teresa,

Cette semaine Roscoe Lee Byrnes rencontre son créateur. Te sentiras-tu enfin en sécurité ? Je ne crois pas que tu le sois, maintenant que Celeste Warner s'est remise à parler. Peut-être as-tu été trop occupée à célébrer ton anniversaire pour entendre les dernières nouvelles ? Il semblerait qu'elle se souvienne de la nuit pendant laquelle tu as assassiné sa mère et tenté de la tuer, elle. Elle est trop effrayée maintenant — elle n'a pas tout raconté — mais elle le fera bientôt et alors le cauchemar commencera vraiment pour toi.

CHAPITRE II

1

Lorsqu'elle se réveilla, Teresa avait les yeux lourds et se sentait complètement léthargique. Elle se demanda ce qui n'allait pas. La veille au soir, au Club Rendezvous, elle n'avait pourtant bu que deux verres, et elle s'était couchée avant minuit. Le souvenir du parking lui revint brutalement. La coupure de journal et le message. Pas étonnant qu'elle ait mal dormi, se dit-elle.

Elle poussa un gémissement et se tourna sur le côté. Au pied du lit dormait sa chienne Sierra, un bâtard de plus de vingt kilos au court pelage brillant brun chocolat, les pattes arrière blanches et les oreilles pointues un peu trop grandes pour sa tête. Teresa sourit devant le spectacle de la chienne profondément endormie, sans souci des tragédies anciennes ni des récentes menaces.

Son regard glissa lentement de la chienne paisible au reste de la chambre. La lumière du soleil entrait à flots par la fenêtre donnant à l'est, illuminant les murs jaune pâle et les meubles en pin gravé qu'elle avait disposés ici et là dans la vaste pièce. Certains trouvaient l'endroit quasi spartiate et s'étonnaient qu'elle puisse se contenter d'une commode, d'une table de nuit, d'un coffre en cèdre et d'un fauteuil trop rembourré recouvert de lin ivoire à fines rayures.

Teresa aimait cette chambre telle qu'elle était. Le mobilier sans prétention ne déparait pas avec la cheminée, face au lit, avec ses petites briques peintes à la main d'un motif de fougères vertes, de colibris et de minuscules papillons. Ce qu'elle appréciait particulièrement, c'était que ce décor soit si différent des tons criards, rose et cerise, de la chambre dans laquelle son père et Wendy avaient été assassinés, une chambre qui continuait de lui apparaître dans un cauchemar récurrent.

Ce cauchemar, elle l'avait fait cette nuit, pour la millième fois. Ce rêve où elle entrait dans la chambre sombre de son père, s'approchait lentement du lit, du côté de Wendy, et mettait le pied sur la moquette trempée. Un rêve où elle allumait la lumière, et voyait les corps morts de son père et de Wendy, le sang suintant de leurs nombreuses blessures. Ses hurlements. C'était là que le cauchemar miséricordieusement prenait fin. Pendant des années, elle avait fait ce cauchemar au moins une fois par semaine. Puis, à l'âge de vingt-deux ans, le rêve avait brusquement cessé. Qu'il resurgisse à présent, trois ans plus tard, la démoralisait complètement.

C'était à cause du message, bien sûr. Presque malgré elle, elle se retourna, ouvrit le tiroir de sa table de chevet et sortit la demi-feuille dactylographiée trouvée dans sa voiture la veille au soir. Dans l'éclat de la lumière matinale, les mots semblèrent se jeter sur elle.

Chère Teresa,

Cette semaine Roscoe Lee Byrnes rencontre son créateur. Te sentiras-tu enfin en sécurité ?...

Teri reposa le papier et fixa la cheminée, à l'autre bout de la pièce. Roscoe Lee Byrnes. Le tueur en série que la police avait arrêté, en Pennsylvanie, alors qu'il tentait de fuir une effroyable scène de crime, deux semaines après le meurtre des Farr. Cet homme, promis à une injection létale dans quelques jours, avait confessé avoir tué Hugh et Wendy Farr, ainsi que vingt autres personnes. Il s'en était fallu de peu qu'il puisse ajouter deux victimes à sa liste – Celeste et elle, pensa Teresa.

Mais il est impossible qu'il ait essayé de me tuer, admit-elle à contrecœur, pour la centième fois au moins. Cette terrible nuit, au milieu de tout ce carnage qu'il avait provoqué, pourquoi s'était-il contenté de lui faire une entaille au bras ? Teresa baissa les yeux sur la fine cicatrice de vingt centimètres de long qui partait de son biceps et s'arrêtait juste au-dessus du poignet. La blessure avait été si peu profonde que, huit ans plus tard, la cicatrice avait pratiquement disparu. L'acte de son agresseur n'avait aucun sens et, pendant huit ans, Teresa n'avait cessé de se demander pourquoi sa vie avait été épargnée alors que les autres personnes présentes dans la maison avaient été si atrocement entaillées et mutilées.

Après la confession de Byrnes, la police et le FBI avaient conclu que le cri de Teresa lui avait sauvé la vie cette nuit-là. Les voisins avaient expliqué qu'ils avaient entendu ses hurlements par les fenêtres ouvertes de leur chambre, située juste en face de la maison des Farr. Le mari avait immédiatement allumé sa lampe de chevet et composé le 911. Pendant ce temps, leur grand danois, qui passait la nuit sur la véranda, avait commencé à aboyer, bientôt imité par tous les chiens du quartier.

Depuis la chambre des Farr, avait raisonné la police, Byrnes avait dû voir la lumière de la lampe de chevet, et deviné que quelqu'un téléphonerait. Il avait également entendu les hurlements stridents d'au moins cinq chiens et, affolé, il n'avait pensé qu'à s'échapper de la maison. Il avait probablement pensé que la police serait très vite sur les lieux, ou même, qu'elle effectuait peut-être une ronde dans ce quartier huppé. C'était là l'explication, avaient conclu la plupart des policiers. Byrnes était bien trop préoccupé par sa fuite pour perdre du temps à tuer Teresa. Il s'était contenté de blesser cet obstacle imprévu entre l'évasion et lui.

Et pourtant, le système d'alarme de la maison des Farr n'avait pas été débranché, aucune des serrures n'avait été forcée. Chose qui avait dérouté la police, jusqu'à ce que Teresa leur explique qu'elle était rentrée tard ce soir-là et que son père s'était inquiété. Il l'avait envoyée dans sa chambre et, presque aussitôt, elle avait entendu ses pas lourds remonter l'escalier. Il oubliait souvent de brancher l'alarme lorsqu'il était préoccupé, leur avait-elle dit, avec de grands yeux innocents. Elle n'avait eu aucun scrupule à donner cette version expurgée de la scène en question, parce qu'elle avait la conscience tranquille concernant la mort de Hugh. En fait, elle était terrifiée à l'idée que les policiers puissent prendre connaissance du climat de violence qui régnait entre Hugh et elle ce jour-là, aussi bien avant qu'après sa sortie nocturne. Cela aurait fait d'elle une meilleure suspecte encore.

Après avoir arrêté Byrnes dans une petite ville de Pennsylvanie, la police lui avait présenté un scénario des meurtres des Farr, selon lequel il aurait vu une jolie fille, l'aurait suivie chez elle, aurait attendu une heure ou deux, décidé d'entrer pour la trouver, elle ou n'importe qui d'autre, et aurait eu la chance de découvrir la porte d'entrée non fermée à clé. Les policiers avaient poursuivi leur récit, ajoutant qu'à cause du bruit et des lumières dans la maison d'à côté, il avait eu tellement hâte de s'enfuir qu'il n'avait pas pris le temps de tuer une adolescente qui aurait pu chercher à se défendre.

Plus tard, ils avaient autorisé Teresa à regarder une vidéo des flics présentant à Byrnes leur théorie puis attendant anxieusement sa réaction. Byrnes, de ses yeux bleu pâle tachetés de jaune, les avait regardés fixement pendant une longue minute. Puis il avait hoché la tête – une tête trop grosse, avec des cheveux clairsemés, des joues rouges et un menton fuyant. Il avait fini par dire : « Ouais, c'est ça qui s'est passé », de sa voix traînante et monocorde. Les policiers avaient été satisfaits. Mais pas Teresa. Eux n'avaient pas vu le tueur descendre calmement l'escalier, ouvrir la porte d'entrée, la refermer derrière lui. Pour elle, sa démarche ne ressemblait pas à celle d'un homme affolé, tentant frénétiquement de s'enfuir.

Pourtant, Teresa n'avait jamais raconté à personne cette « fuite » sans hâte, car trop de personnes pensaient déjà que sa mère, si instable, avait tué son ex-mari sans cœur et sa nouvelle épouse enceinte. Et elle n'avait pas non plus fait allusion à l'odeur de santal qu'elle avait reconnue cette nuit-là, lorsque « le » tueur s'était cogné à elle. Elle avait lu que le santal était utilisé dans les eaux de Cologne tant masculines que féminines, mais elle était sûre qu'il se trouverait quelqu'un pour rappeler que Marielle

Farr portait toujours un parfum à base de santal, la désignant ainsi comme la coupable possible.

« C'était il y a huit ans et deux mois. Arrête de ressasser cette tragédie », se morigéna Teresa à voix haute. Elle sauta hors du lit, sans déranger Sierra qui ronflait très fort, entra dans la salle de bains et se regarda dans la glace. Son teint était plus pâle que d'habitude et elle avait des ombres creuses sous les yeux. « Tu viens d'avoir vingt-cinq ans et tu as l'air d'en avoir dix de plus », dit-elle à son reflet. Elle commença à brosser les mèches emmêlées de sa longue chevelure brune. Évidemment, si elle avait l'air aussi fatigué, ce n'était pas parce qu'elle avait officiellement un an de plus que la veille. C'est qu'elle avait passé une très mauvaise nuit à cause du message effrayant laissé dans sa voiture, une nuit agitée par des cauchemars sur les meurtres, et un rêve désespérant au sujet de sa mère disparue.

Teresa alluma la radio de la salle de bains. La voix de Steve Winwood, chantant *Back In The High Life Again*, s'éleva, une chanson pleine de tonus qui, pour une fois, ne lui remonta pas le moral. Elle ne cessait de penser à sa mère Marielle. Son divorce n'avait fait qu'aggraver son état dépressif, et elle avait dû séjourner en clinique psychiatrique. En sortant, elle était partie vivre avec sa tante Beulah, qui habitait au nord de la ville. Les médecins avaient déclaré Marielle incapable de s'occuper d'une jeune adolescente. Ainsi, elle avait perdu non seulement Hugh mais la garde de Teresa.

La tante Beulah avait raconté à la police que, le jour de la mort des Farr, Marielle avait paru calme, presque joyeuse. L'après-midi, elle avait annoncé qu'elle partait marcher un peu, et ferait sa promenade préférée dans les bois. L'amélioration de l'humeur de sa nièce et son inhabituelle énergie avaient incité Beulah à laisser la jeune femme sortir seule de la maison, chose qu'elle n'avait pas faite depuis qu'elle avait quitté l'hôpital.

Les yeux de Teresa s'emplirent de larmes. Sa mère, si belle, si douce, n'était jamais revenue chez Beulah. La police l'avait activement recherchée, surtout à cause des meurtres, mais sans aboutir à rien. Pour ce que Teresa en savait, personne n'avait vu ni entendu parler de sa mère depuis huit ans. C'était comme si Marielle Farr avait été rayée de la surface de la Terre ce beau jour d'avril qui s'était terminé de manière aussi absurde pour Hugh, Wendy et Celeste.

Teri, d'un geste brusque, essuya ses larmes. Elle se passa de l'eau froide sur le visage, espérant s'arracher à cette horrible déambulation sur le chemin du souvenir, mais elle n'y parvint pas. Tout en frottant énergiquement une serviette sur sa peau mouillée, dans l'espoir de lui donner un peu de couleur, elle se souvint du jour qui avait suivi les meurtres. Le trouble provoqué par la disparition de sa mère, l'horreur ressentie après les meurtres si brutaux... tout avait encore empiré lorsqu'elle avait compris que, pour la police, si ce n'était pas Marielle qui avait poignardé Hugh et Wendy à mort, alors ça devait être elle, Teresa. Son père et sa belle-mère, dont tout le monde savait qu'elle les détestait, avaient été assassinés. Celeste, dont les gens pensaient à tort que Teresa la détestait aussi, avait reçu un coup de couteau dans le ventre. Teresa, elle, n'avait subi qu'une légère entaille au bras.

Si elle n'avait pas été arrêtée, ce n'était pas parce que les forces de police la croyaient innocente. Elle était restée libre simplement par manque de preuves — les policiers n'avaient jamais trouvé l'arme du crime, un long couteau cranté, effilé comme un rasoir, d'après le médecin légiste. Il y avait bien des traces du sang des victimes sur la robe de chambre de Teresa, mais si elle avait violemment poignardé trois personnes, elle en aurait été complètement aspergée. Aucun autre vêtement ensanglanté n'avait été trouvé dans la maison. On n'avait pas trouvé non plus de sang dans les tuyaux d'écoulement, ce qui aurait dû être le cas si, après avoir massacré ses victimes, Teresa s'était déshabillée, douchée et avait enfilé une robe de chambre

De plus, elle avait accepté de passer au détecteur de mensonges, épreuve qui s'était toujours révélée négative. Quelques détectives amateurs, toujours pas convaincus, avaient fait remarquer que « certaines personnes » sont capables de gruger l'appareil. Raison pour laquelle, ajoutaient-ils d'un air triomphant, les résultats du détecteur de mensonges ne sont pas retenus comme preuve dans un procès.

La plupart des gens, cependant, ne se souciaient pas même d'une preuve qui aurait innocenté Teresa. Une jeune fille de dix-sept ans qui s'amuse à tuer, c'était une idée bien plus distrayante que la recherche de la vérité. Les deux semaines suivant les meurtres, la frayeur et le dégoût que Teresa avait lus dans le regard des autres, et les longs et intenses interrogatoires de police qu'elle avait dû supporter, tout cela l'avait bouleversée au-delà de toute mesure. Huit ans plus tard, elle se souvenait encore qu'il n'existait à ce moment-là que quatre personnes pour proclamer son innocence : son frère Kent, la meilleure amie de sa mère, Carmen, la femme de ménage Emma MacKenzie et surtout Mac, le fils d'Emma.

En ce magnifique premier jour de juillet, le soleil illuminait la salle de bains, mais Teresa se mit à frissonner comme si une brise glacée la traversait, au souvenir de cette époque si atroce, incroyable — une époque où elle ne cessait d'espérer qu'il ne s'agisse que d'un cauchemar dont elle allait, d'un instant à l'autre, se réveiller. « Mais je ne me suis pas réveillée », murmura-t-elle, tandis qu'elle ôtait sa robe de chambre et mettait la douche en route, laissant l'eau devenir plus brûlante que d'habitude. Loin de se réveiller de ce mauvais rêve, elle avait passé des jours et des nuits interminables dans un brouillard d'incrédulité, sachant que presque tout le monde en ville pensait qu'elle avait tué deux personnes et grièvement blessé un enfant.

Tremblante, elle entra dans la cabine de douche. Elle laissa couler l'eau sur ses cheveux, son visage, son corps toujours frissonnant. Il y avait très longtemps qu'elle n'avait plus eu de crise de cette vieille panique familière, mais le message trouvé dans sa voiture avait fait resurgir cette sensation d'être une adolescente de dix-sept ans avec un père assassiné, une mère disparue, et la moitié des habitants de la ville qui se barricadaient la nuit, persuadés que Teresa Farr était une tueuse détraquée. C'était tellement ridicule qu'elle avait eu envie d'en rire. Puis elle avait compris qu'on avait vraiment peur d'elle et, au lieu du rire, étaient venues les larmes — des larmes de chagrin, d'incrédulité et de peur, une peur indicible.

Deux semaines plus tard, ce qui lui était apparu comme un miracle était arrivé : Roscoe Lee Byrnes avait avoué les meurtres. En ville, les gens avaient été abasourdis. Certains même déçus. Et beaucoup avaient refusé de le croire, rappelant obstinément que des gens parfois avouent des crimes qu'ils n'ont pas commis. Tout le monde savait ça — enfin, tous ceux qui regardaient la télévision et allaient au cinéma. En vain, la police avait essayé de rappeler que ceux qui font de fausses confessions sont en général d'inoffensifs timbrés qui cherchent à attirer l'attention, des hommes qui n'ont probablement rien fait de pire dans leur vie que de crier après le chat du voisin. Imaginer Teresa en train de poignarder trois personnes dans la nuit profonde était bien plus excitant.

Cependant, comme le FBI tenait pour certain que la confession de Byrnes était authentique, la méfiance des personnes vivant dans l'entourage de Teresa avait peu à peu disparu. Après tout, Byrnes était un tueur en série, se répétaient-ils, discutant sans fin de cette affaire qui les obsédait. Ce soir-là, Teresa était restée dehors jusqu'à tard dans la nuit, et Byrnes certainement aussi, en quête de victimes. Il avait déjà violé trois femmes, des adolescentes. Il avait certainement décidé de violer Teresa mais n'avait pu s'emparer d'elle avant qu'elle entre dans la maison. Alors il avait attendu. La porte n'était pas fermée à clé, tout le monde dormait, cette jolie adolescente dont il avait prévu de profiter avant de la tuer, aussi. Les articles de journaux, ainsi qu'un reportage sur le crime dans un magazine national, avaient révélé que c'était toujours de nuit, et avec brutalité, que Roscoe Lee Byrnes tuait, et qu'il se servait d'un couteau cranté pour poignarder ses victimes.

Un élément supplémentaire accusant Byrnes avait été le témoignage du caissier d'une station-service, à trois kilomètres de la maison des Farr, qui avait certifié l'avoir eu comme client la soirée précédant les meurtres. On lui avait montré des photos de l'assassin, qui venait tout juste d'avouer les meurtres, et il s'était rappelé l'avoir servi, affirmant qu'il n'oublierait jamais ces yeux si bizarres, pâles et globuleux, et cette grosse tête ronde. « Le type a acheté des chips barbecue et de la bière, avait raconté l'employé pendant un flash d'informations. De la bière bon marché, avait-il ajouté avec dédain pendant ses deux minutes de gloire télévisée, de la bière qu'il a payée en sortant une liasse de billets verts crasseux. » Pendant qu'il racontait son histoire, le fond d'écran montrait quelques images, enregistrées par la caméra de surveillance du magasin, où l'on reconnaissait Byrnes.

Et c'est ainsi qu'à la fin de l'été, la plupart des gens étaient prêts à absoudre Teresa, partie vivre chez l'amie de sa mère disparue, Carmen, en attendant d'avoir dix-huit ans, à la fin juin, et d'entrer à l'université à l'automne. Pendant tout ce temps, Teresa avait ardemment essayé de se persuader de la culpabilité de Byrnes. Pourtant, le départ non précipité du tueur – sans même parler de ce parfum semblable à celui de sa mère – lui avait toujours fait douter qu'il fût bien le meurtrier qui avait sévi dans la maison des Farr, Mourning Dove Lane. Pendant huit ans, elle avait attendu qu'une nouvelle preuve apparaisse, et mette fin à ses doutes.

Teresa sortit de la douche et prit une grande et moelleuse serviette de bain, remarquant avec un sourire que Sierra, enfin levée, était venue surveiller sa routine matinale. Elle se pencha et caressa la tête de la chienne, assise patiemment à trente centimètres de la cabine de douche. « Eh bien, ma fille, tu as peur que je disparaisse par le trou d'évacuation si tu n'es pas là pour veiller sur moi ? Ou bien tu es juste en train de te demander si je ne suis pas devenue folle, à parler toute seule comme cela ? »

Sierra émit l'un de ses grognements habituels et se leva. En regardant la chienne, qui battait la queue joyeusement et la fixait de ses yeux ambrés, si confiants, Teresa ressentit un soulagement étrange mais bienvenu. Le moment de l'exécution de Byrnes avait fini par arriver, se dit-elle. Il avait épuisé toutes ses possibilités de faire appel, et sa vie allait prendre fin, ce n'était plus qu'une question de jours. Tout le désignait comme le tueur. Il avait même avoué les meurtres. Les doutes de Teresa étaient stupides. Une fois Byrnes exécuté, ce serait comme si cet épouvantable chapitre de sa vie était enfin terminé.

Alors qu'elle se penchait et enroulait la serviette autour de ses cheveux mouillés, une autre pensée l'assaillit. Pendant toutes ces années, personne n'avait apporté de preuve pour innocenter Byrnes de l'assassinat des Farr. Alors, que voulait dire le mot laissé dans sa voiture ? L'auteur de ce message demandait-il si, après l'exécution, elle se sentirait libérée de la menace d'un tueur psychopathe ? Possible. Probable. Surtout avec l'allusion à Celeste, qui se serait remise à parler. Si c'était vrai, Teresa en serait plus qu'heureuse. Elle avait attendu avec impatience le jour où Celeste pourrait de nouveau s'exprimer, et ainsi devenir « normale », sortir de son état presque cataleptique.

Mais le ton utilisé n'était pas rassurant. Il semblait même menaçant, pathologiquement jubilatoire, surtout le passage sur Celeste qui allait enfin dire la vérité. Quelle vérité ? Qu'elle avait vu le meurtrier ? Teresa eut l'impression de sentir un minuscule doigt glacé descendre le long de sa colonne vertébrale, alors qu'elle venait de comprendre pourquoi le message semblait triomphant. Si son auteur exultait ainsi, c'était parce qu'il l'informait que Celeste allait bientôt identifier le véritable assassin de sa mère et de Hugh, qui ne serait autre qu'elle-même, Teresa.

Je ne vais pas penser à ce message idiot, se dit Teresa. Il a gâché la fin de ce qui avait été un grand jour – la prise de conscience qu'à son vingt-cinquième anniversaire, elle avait non seulement réussi à se libérer du traumatisme des meurtres, mais également accompli son rêve d'ouvrir sa propre école d'équitation. Ensuite, elle avait trouvé le mot. Mais ce n'était qu'un mot. Quelques lignes ne pouvaient la blesser, lui voler la paix de son esprit à moins qu'elle lui donne elle-même ce pouvoir, et elle n'avait pas l'intention de se laisser démonter si facilement.

Se sentant plus forte, Teresa se força à sourire, comme si les paroles de la vieille chanson « Fais-nous un beau sourire » pouvaient faire disparaître son malaise. Au moment où elle allait quitter sa chambre pour se diriger vers l'escalier, son fax émit le bip impérieux annonçant l'arrivée d'un message. Elle avança vers le petit débarras qui lui servait de bureau, se disant machinalement qu'il était temps qu'elle se décide à y mettre un peu d'ordre, et s'approcha de la machine. La veille, elle avait envoyé un e-mail à un fournisseur d'équipements pour chevaux, lui demandant le prix de certains accessoires de sellerie. Elle n'attendait pas une réponse dès ce dimanche matin, mais elle ne voyait pas qui d'autre pouvait lui envoyer un fax.

Teresa tapa impatiemment du pied, tandis que l'appareil crachait la feuille de papier. Vraiment, elle devrait en acheter un autre, se dit-elle. Ce fax lui avait rendu service pendant toutes ses années d'études, mais maintenant, avec son entreprise qui prenait de l'ampleur, elle avait besoin d'un modèle plus rapide…

Les pensées vagabondes de Teresa s'interrompirent brutalement quand elle prit la feuille, encore chaude, et lut le message :

As-tu bien appris la leçon, Teresa ? Les coupables seront punis. Accepte-le.
Pour toi il n'y a aucune issue. Aucune issue.
AUCUNE ISSUE. AUCUNE ISSUE.

La feuille tremblait dans la main de Teri, mais ce fut d'une voix sèche et neutre qu'elle prononça les mots : « Une blague. Juste une blague idiote. » Puis elle regarda en haut du fax. Sa vision vacilla, le papier s'échappa de ses doigts glacés et tomba à terre. D'après l'en-tête, l'expéditeur était Hubert Farr.

2

Celeste Warner découpa délicatement un morceau de son pancake aux myrtilles, le déposa dans sa bouche et commença à mâcher, ses grands yeux semblant sourire, bien que l'expression de son visage fût sérieuse. « Tu aimes bien les pancakes, n'est-ce pas, ma chérie ? » demanda avec sollicitude sa grand-mère. Fay avait coiffé ses longs cheveux blonds striés de gris en une torsade retenue par des épingles à cheveux à la pointe ornée d'un diamant fantaisie, coiffure qu'elle réservait habituellement aux rares événements advenant dans sa vie sociale. « Manges-en autant que tu veux. J'ai fait assez de pâte pour nourrir tout le voisinage !

– Maman, tu sembles croire que plus tu la nourriras, plus elle parlera, dit Jason en plaisantant à moitié. Tu n'as pas arrêté de lui donner à manger depuis que nous sommes rentrés de chez Bennigan hier après-midi.

— Eh bien, là-bas, la nourriture l'a poussée à parler. C'est forcément la nourriture qui a été le déclencheur, répondit Fay comme si c'était d'une logique imparable.

— Pendant des années, elle a mangé, mais n'a pas parlé, rétorqua patiemment Jason. Pourquoi est-ce la nourriture qui aurait été le déclencheur, hier ? »

Fay regarda son fils avec gravité. « L'esprit est une chose mystérieuse, Jason Warner. Il dépasse notre compréhension.

— Oui, je suppose », répondit doucement Jason. Fay semblait satisfaite de son explication et il préférait ne pas parler de l'allusion de Celeste à une « odeur » qui l'aurait libérée de son mutisme. Sinon, il lui faudrait expliquer que l'odorat était le plus puissant des cinq sens, et sa mère certainement commencerait à protester qu'il n'avait aucun moyen d'affirmer une telle chose concernant l'esprit et ses mystères. « J'espère seulement qu'elle parlera encore, Maman.

— Celeste parlera lorsqu'elle aura quelque chose à dire, n'est-ce pas, ma chérie ? » Fay fondit sur la table avec sa poêle à frire et déposa un nouveau pancake sur l'assiette de la jeune fille comme si c'était une monnaie d'échange. « Tu ne parleras plus de cette horrible nuit si ancienne. Et tu ne réciteras plus cette affreuse comptine, n'est-ce pas ? Tu diras quelque chose de gentil et d'agréable. »

Celeste leva la tête et, souriante, regarda les yeux bleus remplis d'espoir de sa grand-mère.

L'horloge a sonné trois fois,
La Mort est venue pour moi.
J'ai ouvert les yeux,

Et j'ai vu... Teri !

L'horloge a sonné trois fois,
La Mort est venue pour...

« D'accord, mon trésor, on t'avait bien entendue, la première fois. » Jason avait réussi à parler d'une voix calme, mais sa mère s'était reculée, et semblait prête à faire tomber la poêle. Depuis la veille, il s'était remis du choc d'avoir vu sa fille parler enfin, et avait décidé de réagir d'une manière plus professionnelle à présent, au lieu de se contenter de la regarder bouche bée. Il commença du ton le plus neutre possible : « Chez Bennigan, tu as dit que, la nuit des meurtres, tu t'es cognée à une personne qui sortait de la chambre de ta maman, et que cette personne t'a donné un coup de couteau. » Celeste acquiesça tranquillement. « Tu es absolument certaine qu'il ne s'agissait pas de Teresa ?

— Jason ! » s'écria Fay, mais Jason, pour une fois, d'un geste brusque de la main, intima à sa mère de se taire.

Pendant ce temps, Celeste le fixait d'un air absent, puis elle répondit : « Je n'ai pas vu le visage. Il y avait une capuche qui le cachait. »

Fay fut incapable de rester silencieuse. « Donc tu n'es pas certaine que Teresa ne t'a pas fait mal ? »

Celeste reposa sa fourchette puis, à contrecœur, fit un signe de tête. « En fait, Teresa m'a fait mal.

— Teresa t'a fait mal ? » demanda Jason d'une voix très forte, interloqué. Après que Wendy avait épousé Hugh, Celeste avait toujours parlé en termes élogieux de Teri. Et lorsque Jason avait fini par rencontrer Teresa Farr, il l'avait bien aimée, lui aussi, pas seulement pour sa gentillesse envers lui, mais aussi pour l'affection chaleureuse qu'elle témoignait à Celeste. Il ne pouvait imaginer que la très jeune fille l'ait berné si profondément. Jason se pencha en avant et demanda à nouveau : « Teresa t'a vraiment fait mal ?

— Ne crie pas, et elle s'appelle Teri, fit Celeste d'un ton irrité. J'étais dans le coffre à jouets. Teri m'a fait mal lorsqu'elle m'a soulevée et fait sortir du coffre, avant de me poser sur le lit.

— Pour pouvoir te donner un autre coup de couteau ? demanda Fay, le souffle coupé.

— J'ai reçu *un seul* coup de couteau, devant la porte de la chambre de Maman, répondit Celeste. Et c'est *après* que Teri m'a fait mal, quand elle a mis un oreiller sur mon estomac et qu'elle a appuyé très fort !

— Pour stopper l'hémorragie, murmura Jason, soulagé.

— Ou pour l'étouffer », lança Fay.

Celeste jeta brusquement sa fourchette. « Je ne suis pas complètement idiote ! Je sais bien qu'on ne respire pas par le ventre, Grandma ! » Celeste lança un regard furieux à sa grand-mère et à son père. « Grandma, tu me dis de ne pas parler de cette nuit-là, et tu n'arrêtes pas de me poser des questions. Et toi, Papa, je n'arrête pas de dire que je n'ai pas vu qui m'a donné le coup de couteau, mais tu ne m'écoutes même pas !

— Je suis désolée, ma chérie. » La voix de Fay était à peine audible et elle s'éloigna de la jeune fille.

« J'ai assez parlé pour aujourd'hui », annonça Celeste, avant de fermer la bouche de manière ostentatoire. Jason se sentit brusquement furieux contre sa mère en voyant Celeste se lever de la table de la cuisine et marcher d'un pas lourd vers le salon. Un instant plus tard, ils entendirent le son de la télé, presque à fond.

« Satisfaite ? demanda-t-il à Fay.

– Elle est en colère contre toi aussi ! rétorqua Fay, les larmes aux yeux, avant même que Jason se soit assis sur la chaise abandonnée par Celeste. J'ai dit que j'étais désolée. Je crois que je n'ai jamais su me taire quand il le fallait. »

Jason était d'accord, mais il ne dit rien. De plus, sa mère avait raison : lui aussi était coupable d'avoir mis Celeste sur le gril. Fay semblait tellement meurtrie qu'il ne voulait pas en rajouter. Il détourna les yeux de son visage bouleversé. C'était le seul moyen de continuer la discussion qu'il était déterminé à avoir avec une femme qui n'avait jamais voulu exclure l'hypothèse de la culpabilité de Teresa Farr.

« Entendu, je suis fautif moi aussi. Mais ce qui m'ennuie vraiment, Maman, c'est que tu n'as jamais accepté le fait qu'un tueur en série a *avoué* avoir assassiné les Farr. » Fay garda obstinément le silence. « As-tu vraiment écouté ce que Celeste vient de nous raconter ? Pourquoi Teresa lui aurait-elle donné un coup de couteau pour ensuite tenter de lui sauver la vie ?

– Celeste est en état de choc. Elle ne sait pas ce qu'elle dit.

– Elle *était* en état de choc. De toute évidence, elle est en train d'en sortir et commence à parler de cette nuit-là, mais elle arrêtera si tu continues de la harceler au sujet de Teresa Farr.

– Eh bien, peut-être *devrait*-elle arrêter. Celeste ferait peut-être mieux de ne jamais se souvenir de ce qui s'est passé pendant cette malheureuse nuit ! »

Jason prit une profonde inspiration et ferma les yeux. Pour lui, peu importaient les conflits qu'il devait supporter intérieurement ; ce qui comptait, c'était de ne pas rendre Celeste prisonnière de ses souvenirs. « Maman, pendant huit ans, quand Celeste ne se trouvait pas dans un établissement qui prétendait pouvoir la faire parler en quinze jours, elle était avec toi, et tu l'as gardée dans un cocon. Je sais que tu l'as fait pour son bien, mais elle n'a jamais pu connaître un semblant de vie normale. C'est peut-être pour ça qu'il lui a fallu si longtemps pour recommencer à parler. À ses yeux, le monde dans son ensemble est devenu dangereux.

– Pour elle, le monde dans son ensemble *est* dangereux, répondit Fay d'un air de défi. Particulièrement le monde qui l'entoure, et plus particulièrement encore, cette ville, depuis que Teresa Farr a décidé de revenir s'installer ici. J'ai fait en sorte que cette femme ne puisse jeter un seul regard sur Celeste. J'ai tenu Celeste à l'écart d'elle.

– Tu as tenu Celeste à l'écart de pratiquement tout. » Jason regarda sa mère avec tendresse. « Maman, j'apprécie tout ce que tu as fait pour Celeste et moi ces dernières années, mais c'est *ma* fille, et tu dois accepter ce que je désire pour elle. Tout d'abord, tu dois cesser de l'enfermer dans cette maison. Ensuite, je veux que tu *écoutes* ce qu'elle dit. Ne la contredis pas, et surtout ne lui mets pas les mots dans la bouche, surtout en ce qui concerne Teresa. Si nous la laissons simplement parler de ce qu'elle veut, quand elle le veut, nous en saurons peut-être plus sur ce qui s'est passé cette nuit-là et sur Byrnes. »

Fay lui lança un regard de défi. « Elle se souvient de Teresa Farr. Elle ne sait absolument rien de Roscoe Byrnes.

– Qu'est-ce qui te fait croire ça ? Elle n'est ni sourde ni aveugle. Elle lit. Elle regarde la télévision. Elle a suivi des cours à l'hôpital. Elle a eu des précepteurs lorsqu'elle est revenue à la maison. Elle n'est pas autiste – elle est muette suite à un traumatisme. Quand elle le veut, elle écrit aussi bien qu'un adulte. Tu dois admettre que Celeste ne s'est pas arrêtée d'apprendre à l'âge de huit ans, quand Byrnes a tué sa mère. Les tests psychiatriques pour les enfants comme elle ont montré qu'elle est très intelligente *et* très observatrice.

– Les psychiatres disent qu'elle est diminuée, dit Fay d'une voix sans émotion.

– Maman, je sais que tu n'as pas une haute opinion des psychiatres, mais aucun d'eux n'a jamais dit qu'elle était diminuée. Le choc l'a rendue muette à l'époque, mais ils m'ont dit être persuadés que, par la suite, elle a *choisi* de le rester. Elle a simplement décidé de ne *pas* parler. À présent, Dieu merci, elle a enfin la volonté de parler. Peut-être ne s'exprime-t-elle pas comme une jeune fille de seize ans parce qu'elle a été tenue à l'écart des enfants de son âge, mais cela n'implique pas une défaillance de son intelligence ou de sa mémoire. Elle a *besoin* de parler de cette nuit-là. À sa manière, et à son rythme, sans être interrompue. »

Jason se pencha vers sa mère qui, depuis les meurtres, accusait bien son âge. En fait, Jason trouvait qu'elle paraissait même plus âgée que ses soixante ans, bien qu'elle fût toujours en forme et pleine d'énergie. « Maman, tout ce que je veux faire, c'est aider Celeste à retrouver pleinement la santé, à devenir la jeune fille qu'elle aurait été si Wendy ne me l'avait pas enlevée. » Les yeux de Fay s'enflammèrent à ces derniers mots. Sa haine de Wendy ne disparaîtrait jamais, et il avait un peu honte d'utiliser le nom de son ex-femme pour manipuler sa mère, mais il se sentait désespéré. « N'est-ce pas ce que tu veux –

que ta petite-fille soit complètement normale et heureuse ?

– Si, bien sûr. Mais j'ai peur que ce ne soit pas le meilleur moyen d'y arriver… »

Jason inspira profondément. « Pour une fois, je ne vais pas écouter tes conseils. C'est ce que *je* pense qui est le mieux pour elle, et tu sais à quel point j'aime ma fille. Je ne ferais rien qui puisse lui faire du mal. » Jason aimait sa mère et la respectait, mais aujourd'hui, Celeste était prioritaire, même si Fay devait souffrir de ses décisions. « Maman, si tu t'obstines, je vais reprendre Celeste.

– Tu ne vas pas faire ça ! s'écria Fay d'une voix étranglée. Tu ne peux pas !

– Si, je vais la prendre avec moi, non pas pour te punir, mais parce que je sens que c'est la meilleure chose à faire pour Celeste. » Il s'interrompit. Fay baissa les yeux, les épaules tremblantes, la bouche serrée si fort que ses lèvres blanchirent. Il savait qu'elle tentait de contenir les mots explosifs qu'elle aurait voulu exprimer, ce qui n'était pas dans ses habitudes. « Je comprends comme c'est difficile pour toi, dit patiemment Jason. J'essaie de ne pas me conduire comme une brute – simplement comme un bon père, tout comme toi tu as été une bonne mère pour moi et une bonne grand-mère pour Celeste. Je t'en prie, Maman. Ne te bats pas contre moi : aide-moi. »

Fay garda le silence, fixant la nappe à carreaux de la table. Puis elle soupira et le regarda, la défaite était lisible dans ses yeux. « Entendu, Jason. Tu fais exactement le contraire de ce qu'il faudrait faire, mais je ne vais pas me battre contre toi si cela risque de me faire perdre Celeste. Le moment viendra où tu te rendras compte que tu as commis une erreur colossale, et…

– Ce moment n'arrivera pas, la coupa Jason avec une confiance qu'il ne ressentait pas réellement. Je te promets qu'aucun mal ne résultera de ce que je vais faire pour ma fille. »

Malgré le ton plein d'assurance qu'il employait, une partie de lui était terrifiée à l'idée qu'il puisse pousser Celeste à s'enfermer si profondément en elle-même qu'elle ne parviendrait plus jamais à s'en échapper.

3

Teresa s'assit sur le siège du bureau, fixant l'imprimé posé devant elle. Elle savait qu'obtenir son numéro de fax n'était pas difficile – elle avait distribué des cartes professionnelles, qui mentionnaient ses numéros de téléphone et de fax, et son adresse e-mail. Elle savait également comme il était facile de changer l'en-tête sur un télécopieur ou d'envoyer une télécopie à partir d'un ordinateur, elle n'était donc pas effrayée de voir que l'en-tête indiquait Hubert Farr comme expéditeur. Ce qui l'inquiétait, c'était le fait que quelqu'un *cherchait* à l'effrayer. Cette personne était-elle simplement animée d'une malveillance puérile ? Ou bien Teresa était-elle plus sérieusement visée ?

Elle savait que la police pourrait l'aider à retrouver l'origine du fax, et elle consacra les dix minutes suivantes à réfléchir sur la conduite à tenir. Trois fois, elle avait fait un geste en direction du téléphone, dans l'intention d'appeler le bureau de police le plus proche et, trois fois, elle avait retiré sa main du combiné comme si c'était un serpent.

La *police*. Depuis les meurtres, à force d'avoir été interrogée jusqu'au moment où, la voix trop enrouée pour répondre, elle finissait par demander à l'avocat que lui avait fourni Kent de faire cesser l'interrogatoire, ce mot était pour elle synonyme de peur. Même après l'arrestation et les aveux de Roscoe Lee Byrnes, elle avait fait l'objet de « compléments d'enquête », le FBI voulant juste lui « poser deux ou trois questions de plus, Miss Farr » jusqu'à ce que tout représentant des forces de l'ordre devienne pour elle aussi terrifiant qu'un monstre pour un enfant.

C'est pourquoi elle n'allait pas appeler la police, décida-t-elle. Si le fax se révélait important et si, plus tard, elle était obligée de le leur montrer, elle dirait qu'elle ne l'avait pas fait plus tôt parce qu'elle s'était dit qu'ils le prendraient comme une blague. Et c'est exactement ce qu'ils feraient, se dit Teri. Ils ne le prendraient pas au sérieux. Après tout, l'assassin de Hugh et Wendy Farr, qui avait avoué ces meurtres, serait exécuté dans moins d'une semaine. Tous ceux qui suivaient cette affaire étaient au courant de l'exécution de Byrnes. Le fax n'était donc qu'une blague idiote, comme le message dans sa voiture, quelque chose destiné à la perturber pendant les derniers jours de la vie de Byrnes. Oublie donc le fax, s'exhorta-t-elle. Oublie le message. Oublie tout ça. Quelqu'un fait preuve d'un ignoble sens de l'humour, tout simplement.

Se forçant à paraître joyeuse, elle se tourna vers Sierra, assise à côté d'elle. « La matinée commence bien, qu'en dis-tu, ma petite ? » La chienne remua la queue et aboya une fois. « Entendu. On fait la course dans l'escalier ? »

Teresa avait programmé la cafetière électrique et elle sentait déjà l'arôme d'un puissant mélange d'arabicas. Accompagnée de la chienne, elle descendit à toute allure. Sierra fut la première arrivée en bas, comme d'habitude, et Teresa annonça : « Tu as gagné ! » Elle tendit un biscuit pour chiens à Sierra, et se versa une tasse de café. Le biscuit serré entre les dents, la chienne la regarda d'un air de reproche. « Je sais que tu voudrais un énorme petit déjeuner, mais avant ma première tasse de café, je ne peux pas faire mieux. Et arrête de me foudroyer du regard. Je dois te rappeler qu'il existe de par le monde des chiens affamés qui donneraient tout pour… »

À la manière d'un enfant, Sierra commença à mastiquer bruyamment, comme pour couvrir le bruit d'un sermon qu'elle avait déjà entendu d'innombrables fois. Satisfaite, Teresa prit deux aspirines pour calmer un mal de tête sournois et sortit de la cuisine pour gagner le salon, appréciant de sentir sous ses pieds le bois frais du parquet vernis, égayé ici et là d'épais tapis tissés.

Ma mère aurait aimé cette pièce, se dit-elle. Elle aurait approuvé la décision de Teresa de démolir cette ferme délabrée et d'embaucher un architecte pour dessiner une harmonieuse maison campagnarde, avec une grande véranda à l'avant, des poutres apparentes et de nombreuses fenêtres. Bien que Marielle Farr ait souffert de dépression chronique, comme le savait à présent Teresa, elle ne s'était jamais cachée dans de sombres pièces dont les tentures auraient masqué la lumière. En fait, Teresa se souvenait que sa mère s'attardait souvent devant les fenêtres, sa tête brune penchée en arrière, les yeux fermés, un léger sourire sur ses lèvres parfaites, tandis qu'elle semblait absorber la lumière du dehors, que le temps soit ensoleillé ou gris. Elle aimait même les orages, attirant ses enfants Teresa et Kent près d'elle, et les exhortant à imiter les grondements qui parfois secouaient toute la maison. Celui qui proposait la meilleure imitation gagnait un esquimau au chocolat, et les enfants avaient pris l'habitude d'espérer les orages, au lieu d'en avoir peur.

Le téléphone se mit à sonner et Teresa sursauta, renversant du café brûlant sur sa main. Elle jura tout bas, reconnaissant à contrecœur qu'elle avait beau prétendre ne pas les prendre au sérieux, elle était encore profondément ébranlée par le message et le fax. Mais c'était normal, se dit-elle. Après tout, comment aurait-elle pu ne pas prendre au sérieux le fait qu'une personne autour d'elle cherchait à lui rappeler les meurtres, à la blesser et à l'effrayer ? Teri avait toujours cru posséder un sang-froid supérieur à la moyenne, mais elle comprit qu'elle était loin d'avoir une parfaite maîtrise d'elle-même. Elle ne pouvait faire complètement barrage à l'anxiété et à l'inquiétude, particulièrement lorsque quelqu'un se donnait tant de mal pour lui faire perdre tout contrôle – mais enfin, elle pouvait essayer.

Le téléphone sonna de nouveau. Teri prit une profonde inspiration, traversa la pièce avec détermination, prit le combiné sans fil et réussit à énoncer un jovial « Allô ? ».

« On sortira de l'église vers midi, Sharon prépare un rôti pour le déjeuner, alors on mangera tout de suite en arrivant à la maison. On peut se débrouiller pour être à l'écurie vers une heure trente.

– Excusez-moi. » Teresa ne put s'empêcher de sourire malgré sa nuit et sa matinée difficiles. « À qui ai-je l'honneur de parler ?

– À Kent, évidemment.

— Évidemment. Dis-moi, Kent, tu es toujours comme ça au téléphone, ou bien daignes-tu, parfois, dire bonjour avant de te mettre à parler avec un débit de mitraillette ? »

Il garda le silence une seconde, puis demanda doucement : « Bonjour, Teresa. Comment vas-tu, en cette belle matinée ?

— Très bien, merci. Et comment va Sharon ? Pas de gueule de bois qui l'empêcherait d'aller à l'église ? »

La voix de Kent avait retrouvé son rythme habituel, plutôt saccadé : « Non, mais j'aurais aimé que tu ne l'emmènes pas au Club Rendezvous.

— Je ne l'y ai pas emmenée. Elle est venue de son plein gré. Carmen et moi ne l'avons pas kidnappée. Et qu'est-ce qui te dérange au Club Rendezvous ?

— Ne fais pas l'innocente. Tu sais *qui* me dérange dans cet endroit.

— Mac MacKenzie.

— Bien deviné. Je suis surpris que *toi*, tu y sois allée. »

Teresa n'avait jamais dit à Kent ni à Sharon qu'elle avait vu Mac enlacer et embrasser la fille rousse, alors qu'ils étaient fiancés tous les deux. Elle ne s'était confiée qu'à Carmen. Elle avait raconté à Kent qu'elle avait simplement décidé qu'elle était trop jeune pour se marier, qu'elle ne savait pas encore ce qu'elle attendait de la vie, et qu'elle ne s'imaginait pas liée à une seule personne jusqu'à la fin de ses jours… Et Kent n'avait pas cru un seul mot de toutes ces belles paroles.

« J'y suis allée par curiosité, Kent. » Teresa se félicita du ton détaché de sa voix. « J'ai aidé Mac à concevoir l'endroit, si tu te souviens bien.

— Je m'en souviens, fit Kent d'un ton maussade.

— Et nous nous sommes bien amusées. Même Sharon.

— Je suppose que c'est pour ça qu'elle n'avait pas dit où elle allait.

— Elle n'a rien dit parce qu'elle savait que tu n'approuverais pas. Pour l'amour de Dieu ! fit Teresa, exaspérée. Avant, tu savais t'amuser !

— Je sais encore.

— Oui, un vrai boute-en-train !

— C'est seulement que j'ai trop de travail, et que je ne pense qu'à maintenir à flot la Société Farr Coal.

— C'est ce qui est arrivé à Papa, et tu ne veux quand même pas lui ressembler, bien que, lui, il ait réussi à caser Wendy dans son emploi du temps surchargé.

— Eh bien, Sharon n'a pas besoin de se faire du souci de ce côté-là. Nous sortons ensemble depuis le lycée.

— Et vous vous êtes mariés alors que vous étiez encore à la fac », dit Teresa. Un enfant était né six mois seulement après le mariage, une cérémonie rapide et sans émotion, célébré dans le bureau d'un juge trois semaines après la mort de Hugh et Wendy, et une semaine après l'arrestation de Roscoe Lee Byrnes. Un mariage plutôt sinistre, mais Sharon et l'unique parent qui lui restait, son père Gabriel, avaient semblé profondément soulagés. Six mois plus tard, Teri avait compris pourquoi. Mais il ne fallait jamais faire allusion à ces moments difficiles, se rappela-t-elle. Kent se montrait tellement susceptible dès qu'il s'agissait de l'arrivée prématurée de son fils. « Ça lui fait plaisir, à Daniel, de venir voir son poney aujourd'hui ? demanda-t-elle vivement.

— Il est complètement euphorique. Je ne sais pas comment nous allons le faire tenir tranquille pendant l'école du dimanche et à l'église. » Kent s'interrompit. « Désolé d'avoir été un peu brusque tout à l'heure, mais franchement, j'ai les nerfs à vif. Sharon s'inquiète de voir Daniel prendre des leçons d'équitation. Elle s'inquiète pour tout, la natation, le foot — tu imagines ! — et elle le rend nerveux et malheureux, à force de l'empêcher de faire comme ses amis. »

Sharon était une mère merveilleuse mais elle devenait de plus en plus protectrice, comme l'avait fait remarquer Carmen la veille au soir. Comme Kent ne portait pas non plus Carmen dans son cœur, Teresa n'osa pas lui dire qu'elles avaient abordé cette question toutes les deux. Malheureusement, Teri n'avait pas d'autre conseil à donner à Kent que de réagir et d'insister pour que Daniel participe à tous les sports, ce qui, elle le savait, créerait des problèmes dans ce couple qu'elle considérait jadis comme un mariage pratiquement parfait. « Tu devrais peut-être t'adresser à un professionnel, Kent, dit-elle prudemment. Je n'ai pas d'enfant. Je n'ai pas d'expérience avec eux, sinon avec Celeste, et c'était il y a si longtemps.

— Celeste, oui, dit Kent avec une certaine douceur. Pauvre gosse. Je suppose que tu sais qu'elle a recommencé à parler.

— Oui. » Son intuition lui souffla de ne pas révéler qu'elle avait appris la nouvelle par un message menaçant laissé dans sa voiture la nuit dernière. « Mais je ne sais pas où se trouvait Celeste à ce moment-là, ni ce qu'elle a dit.

— J'ai entendu au moins cinq versions différentes, mais il semblerait qu'hier Jason l'ait emmenée déjeuner chez Bennigan et que, tout à coup, elle se soit mise à parler de la nuit des meurtres.

— La nuit des meurtres ! » Teresa essaya de prendre un ton surpris, bien qu'elle soit déjà au courant grâce au message. « Et qu'a-t-elle dit ?

— Je ne sais pas. Il paraît qu'elle s'est brusquement arrêtée de parler, et qu'elle s'est mise à chanter très fort une sorte de mélopée.

— Une mélopée ?

— Je sais, ça paraît dingue. » Kent s'interrompit. « Autant que tu le saches, la chanson faisait allusion à toi. À toi et à la mort. Hier soir, on a bien dû recevoir vingt coups de fil à cause de ça. Les gens nous faisaient un récit embrouillé de l'incident et voulaient en savoir plus. À chaque fois que je répondais que je n'avais aucune idée de ce qu'ils racontaient et je raccrochais.

— Une mélopée sur moi et sur la mort ? répéta Teri. Qu'est-ce que ça veut dire ?

— Je ne mentais pas à ces gens. Je ne sais absolument rien. Écoute… j'aurais dû ne rien dire. » Teresa sentit à quel point Kent regrettait d'avoir abordé le sujet. « De plus, je ne connais pas toute l'histoire. Je suis sûr qu'on aura tous les détails tout à l'heure à l'église, et Sharon pourra t'en parler cet après-midi. À moins que tu veuilles appeler Jason. Je sais que vous étiez amis tous les deux.

— On se connaissait, c'est tout. Il se montrait toujours sympa, parce que Celeste lui disait que j'étais gentille avec elle.

— Aussi gentille que si c'était ta vraie sœur. Je l'aimais bien, cette gamine, mais toi, tu l'aimais vraiment.

— Elle me faisait de la peine, dit Teresa d'un ton brusque, se sentant bêtement coupable de reconnaître devant son frère qu'elle avait aimé l'enfant de Wendy. Mais je ne crois pas que je vais appeler Jason. Je n'ai eu aucune nouvelle de lui depuis que Celeste a été emmenée à l'hôpital la nuit des meurtres. Fay Warner habite à moins d'un mile d'ici, mais elle a toujours veillé à ce que je ne rencontre pas Celeste. Je ne l'ai même pas *vue* depuis huit ans, ce qui n'est pas étonnant étant donné que tout le monde pensait que j'avais essayé de la tuer. » Teresa prit conscience des battements violents de son cœur.

Ainsi, Celeste parlait de nouveau. Non seulement elle parlait, mais elle psalmodiait au sujet de Teri et de la mort ! Était-ce pour cela qu'elle-même avait eu droit à ce mot et à ce fax ? Pendant un instant, Teresa eut envie de parler à Kent des messages haineux qu'elle avait reçus. Puis elle se rappela qu'il avait déjà les nerfs à rude épreuve à cause de Sharon. Elle ne voulait pas gâcher la journée, surtout pour Daniel, et si Kent racontait à Sharon que quelqu'un harcelait Teresa, la jeune femme utiliserait cet argument comme excuse pour annuler la visite de Daniel — ou même carrément les leçons. En pensant à la déception de Daniel si une telle chose arrivait, Teri prit sur elle de garder le silence au sujet de ces messages.

Kent était en train de dire : « Non, Teri, tout le monde ne pensait pas que tu avais essayé de tuer…

— Ça n'a plus d'importance. » Le sujet était toujours douloureux pour Teri, mais elle ne voulait pas que Kent se fatigue à essayer de la réconforter. « Même si Sharon entend toute l'histoire à l'église, elle ne me la racontera probablement pas. Elle cherchera à me ménager. Tôt ou tard, quelqu'un d'autre s'en chargera. » Teresa parlait vite, en essayant de paraître insouciante. « Carmen, sûrement. Elle a un don mystérieux pour savoir tout ce qui se passe en ville.

— Parce que c'est une commère qui aime répandre les mauvaises nouvelles.

— Oh ! Kent, pas du tout ! protesta Teri. Si c'était le cas, elle aurait fait allusion à Celeste hier soir, pour gâcher mon anniversaire ! Tu ne l'aimes pas, c'est tout.

— Je n'aime pas les femmes arrogantes et tape-à-l'œil », répondit Kent. Teresa leva les yeux au ciel. Il devenait de plus en plus coincé.

« Carmen n'est pas une petite nature, si c'est ça que tu veux dire par "arrogante". Et elle n'est pas "tape-à-l'œil", simplement, elle n'est pas du genre discret.

— Pas du genre discret ! C'est le moins qu'on puisse dire ! fit Kent d'un ton railleur. Teri, je ne sais pas pourquoi tu ne te trouves pas une amie de ton âge. Carmen est assez vieille pour être ta mère.

— Oui, à condition de m'avoir eue à dix-neuf ans. Et *j'ai* des amies de mon âge.

— Qui ?

— Eh bien... » Teresa réalisa qu'elle n'était proche d'aucune femme de son âge, excepté Sharon. Ses amies de lycée étaient devenues de jeunes mères occupées, elles avaient toujours une excuse pour ne pas aller au restaurant ou faire les magasins avec elle. Autrement dit, elle n'avait jamais retrouvé sa place au sein de sa ville natale. Elle en souffrait, mais elle ne voulait pas que Kent le sache. « Je suis très amie avec certaines femmes que je rencontre dans les concours et les ventes de chevaux. » En fait, elle avait simplement déjeuné avec deux d'entre elles, une ou deux fois. « Tu ne les connais pas...

— J'espère qu'elles ne sont pas d'un genre douteux ou bizarre. Tu as toujours été attirée par les gens qu'il ne fallait pas, exactement comme Maman.

— Ce qui veut dire ?

— Simplement que toutes les deux, vous pouvez vous montrer incroyablement naïves.

— C'est…

— Je sais. Ridicule. Insultant. Je ne sais pas de quoi je parle. » Furieuse, Teresa serra les lèvres, pour éviter de s'engager dans une dispute inutile avec lui. « Bon, je dois me dépêcher, petite sœur. Je te laisse.

— Au revoir, monsieur J'ai-toujours-raison », fit Teresa d'un ton cassant, mais Kent avait déjà raccroché.

Tout à la fois en colère et amusée de voir que son frère se croyait de plus en plus infaillible, Teresa sourit un peu tristement, sachant que la vie se chargeait de faire déchanter ceux qui imaginaient détenir toutes les réponses. Pas besoin de dire un seul mot à Kent — un jour il comprendrait tout seul qu'il était loin de tout savoir. Elle espérait simplement que la leçon ne serait pas trop dure. Moins cruelle que pour leur père…

Teresa regarda par la grande fenêtre, à l'avant de la maison. De là, elle avait vue sur une dizaine d'hectares de son terrain. Il fut un temps où il était cultivé mais, lorsqu'elle avait visité l'endroit, on lui avait dit que les propriétaires précédents n'arrivaient pas à en tirer profit. Le sol était trop difficile à exploiter — trop argileux, avec une couche arable trop fine — et elle avait pu acheter la cinquantaine d'hectares, comprenant la ferme en plus de la maison, pour un prix ridiculement bas.

Elle avait aussitôt embauché des ouvriers pour nettoyer le terrain, puis une équipe de maçons. Deux ans plus tard, quand tout fut terminé, elle avait une magnifique maison au sommet d'un monticule descendant en pente douce vers un champ couvert d'une belle herbe vert vif, grâce à ce qui avait paru être des tonnes d'engrais répandues à de nombreuses reprises. Des clôtures blanches parfaitement entretenues entouraient le terrain, qui se prévalait de deux pistes d'équitation et de deux grands enclos. Il y avait également un parcours d'obstacles pour les élèves suffisamment avancés et les personnes qui, sans avoir besoin de leçons, utilisaient Farr Fields comme simple pension pour leur cheval.

Sur les quarante hectares restants se trouvaient un très bel étang et des pistes d'équitation tracées à travers une jungle de sycomores et de chèvrefeuilles, vestige des vingt années pendant lesquelles le terrain avait été totalement négligé. Les deux employés de Teresa, Gus et Josh Gibbs, père et fils, étaient déjà au travail ce matin. Gus montait le palomino appartenant à Kent, Conquistador, dont la robe dorée brillait au soleil. Josh, quant à lui, brossait la crinière d'Éclipse, l'arabe ébène de Teresa. À vrai dire, se dit Teri, elle se sentait déjà plus proche de Josh et de son père Gus que de n'importe quelle amie que Kent aurait déclarée convenable. Elle aurait confié sa vie sans hésitation à l'un comme à l'autre des deux hommes.

Sans même en prendre conscience, Teri frotta sur son bras gauche la longue et fine cicatrice laissée par le couteau du tueur. La vue qui s'étendait devant elle était magnifique, mais c'était d'un air absent qu'elle la regardait, sans réellement voir les champs mouvants d'herbe grasse, les chevaux, le ciel d'un bleu violet.

Sa vision s'était tournée vers l'intérieur, vers la maison – Mourning Dove Lane – où, une nuit, elle s'était réveillée terrifiée, sachant que quelque chose de sombre et de maléfique avait envahi les murs, mis fin à toute paix. La maison où elle avait trouvé son père et son épouse morts et mutilés, dans la chaleur de leur propre lit. La maison où quelqu'un avait donné un coup de couteau à la petite Celeste et avait failli la tuer, sinon physiquement, du moins psychologiquement, lui infligeant un tel choc et une telle frayeur qu'elle en était restée muette, la réduisant à n'être plus qu'une conscience emprisonnée dans un corps silencieux.

Mais l'agresseur avait échoué avec l'enfant, se dit Teresa. Celeste, la petite fille si pleine d'entrain que Teri avait connue, s'était révélée trop forte et trop rusée pour ce tueur malveillant. Elle avait survécu à la blessure infligée par le couteau et, alors que tout le monde avait abandonné l'espoir qu'elle se remette sur le plan psychologique, elle avait finalement, au bout de huit ans, retrouvé l'usage de la parole.

Pour Teri, cette nouvelle était un miracle, un motif non seulement d'émerveillement mais de joie. Malheureusement, elle savait que, pour certaines personnes, le plus fascinant était d'attendre ce que Celeste Warner avait à dire.

CHAPITRE III

1

Carmen s'étira langoureusement, releva le drap sur son corps mince, gardé ferme par trois séances hebdomadaires d'entraînement, et se glissa plus près de Gabriel O'Brien. D'une voix douce, elle lui demanda : « Gabe, combien de temps encore allons-nous garder le secret pour nous deux ?

– Pas longtemps, répondit Gabriel de sa voix de basse. Tu sais que je veux juste donner à Sharon le temps de se remettre de la mort de sa mère avant de lui annoncer que j'ai l'intention de me remarier. »

Carmen essaya de ne pas trahir l'irritation grandissante qu'elle ressentait à force de l'entendre se préoccuper du bonheur de Sharon aux dépens des sentiments de tous les autres. « Gabe, cela fait quatre ans que la mère de Sharon est morte. Elle lui manquera toujours, mais toi, tu es vivant et tu as droit au bonheur. Cela ne fera *jamais* plaisir à Sharon que tu sortes avec une autre femme, et pire, que tu l'épouses ! »

Gabriel inspira profondément et finit par dire : « Je sais. Je pensais que si je lui laissais assez de temps, elle finirait par se faire à l'idée que je sois avec quelqu'un d'autre.

– Se faire à l'idée ! » Carmen eut un petit rire. « Gabe, tu aboutis au résultat inverse. Plus ça ira, plus Sharon pensera à toi comme à quelqu'un qui ne se remariera jamais. »

Carmen fixa l'homme étendu à ses côtés. Le soleil matinal éclairait ses épais cheveux bouclés, du même blond vénitien que ceux de Sharon, mais striés de gris. Toutefois, à part les cheveux, père et fille ne se ressemblaient guère. Sharon avait un teint de porcelaine et un visage aux traits doux. Gabe, lui, avait les traits accusés, un nez légèrement aquilin, la peau profondément ridée et tannée, souvenir des années où il travaillait comme membre d'équipage d'un navire de croisière, d'abord simple matelot, alternant selon le rythme habituel mois de congé et mois en mer, ensuite pilote, enfin capitaine.

Une vague de désespoir envahit Carmen. Depuis des années, elle n'avait pas ressenti d'amour passionné, et jamais encore elle n'avait aimé comme elle aimait cet homme, avec une telle intensité. Les hommes de son passé se retrouvaient tous éclipsés par Gabriel O'Brien. Elle ne pouvait supporter l'idée de le perdre parce qu'il avait une fille trop gâtée, égoïste, qui ne voulait pas qu'il soit heureux. À cet instant Gabriel lui sourit, ce qui la détendit un peu. « Tu as raison, Carmen. Sharon voudrait être la seule femme de ma vie. Je l'ai peut-être trop dorlotée.

– Oui, peut-être », dit prudemment Carmen. Elle avait toujours l'impression d'avancer en terrain miné lorsqu'ils abordaient le sujet de Sharon. « Je ne voudrais pas critiquer – je sais que ta femme a eu du mal à se retrouver enceinte. Vous avez attendu si longtemps avant d'avoir Sharon, et c'était une enfant de santé tellement fragile. C'est normal que tu la protèges. Mais Sharon est une *adulte*, en parfaite santé maintenant. Tu devrais la traiter comme telle. Sinon, c'est presque un affront pour elle.

— Je n'ai jamais vu les choses sous cet angle, dit lentement Gabe.

— C'est à croire qu'on fait quelque chose de mal, et vraiment, ça me met mal à l'aise. Pas toi ? risqua Carmen.

— Eh bien, si. Je suppose que oui.

— Après tout, ni toi ni moi ne sommes mariés. Nous ne faisons absolument aucun mal en nous aimant. » Elle s'interrompit, sentant qu'il était temps de passer à un registre plus léger. « Sans compter que je ne peux même pas porter ma merveilleuse bague de fiançailles !

— Tu as raison, fit Gabe en esquissant un sourire. Tu sais, j'aurais aimé acheter un plus gros diamant.

— Oh non, Gabe. Celui que tu as choisi est parfait ! Je l'aime tel qu'il est », dit Carmen avec sincérité. Elle ouvrit le tiroir de sa table de chevet, en retira un écrin qu'elle ouvrit. Elle enfila la bague et leva le doigt en direction de la fenêtre, laissant le soleil faire étinceler le diamant d'un carat. « Il est absolument magnifique, Gabe.

— Si tu le penses. Mais s'il avait été de deux carats…

— Il aurait été trop gros à mon goût. » Carmen agita le doigt, et le diamant scintilla. « Je veux que tout le monde sache que nous sommes fiancés, Gabe. Et j'espère que toi aussi tu le veux.

— Oui.

— Alors, il faut l'annoncer.

— L'annoncer ? » Gabe parut abasourdi.

« Le dire aux gens. Arrêter de se voir en cachette. » L'espace d'un instant, Gabe sembla pris au piège. « Il faut le faire bientôt, Gabe », continua Carmen d'un ton pressant, avant de se reprendre. Elle ne voulait pas avoir l'air affolé. « C'est simplement que ce serait plus honnête si nous annoncions dans la quinzaine qui vient que nous allons nous marier en septembre, comme nous l'avons prévu. Il ne s'agit pas de prendre les familles au dépourvu.

– Les familles ? demanda Gabriel.

– Oui, Gabe. Sharon, Kent et Daniel de ton côté, bien entendu. Et, de mon côté, j'ai toujours considéré Teresa comme faisant partie de ma famille – la fille que je n'ai pas eu la chance d'avoir. Elle va tomber des nues. Pour la première fois de ma vie, j'ai réussi à garder un secret.

– Félicitations. Mais ne garde pas de secrets pour moi. Quant à l'annoncer… » Gabriel sembla hésiter. Puis Carmen vit la détermination durcir lentement son expression. « Tu as raison. Il faut le faire. Après tout, septembre n'est pas si loin. »

Intérieurement, Carmen ressentit une euphorie presque étourdissante, mais elle fut attentive à paraître contente, sans plus. « Septembre sera là avant même qu'on s'en rende compte, et il faut donner un peu de temps à Sharon pour qu'elle s'habitue à cette idée. » Elle fit semblant de réfléchir, alors qu'elle y pensait depuis des semaines : « Il me semble qu'on peut l'annoncer cette semaine, le 4 juillet, le jour de l'Indépendance.

– Cette semaine ? » Carmen vit le doute apparaître dans le regard de Gabriel. « Bon, si tu tiens à la date du 4 juillet…

– Oui, Gabe, j'y tiens. » La voix de Carmen se fit douce et cajoleuse. « Ça te paraît peut-être idiot, mais pour moi c'est symbolique. Ça veut dire que nous n'aurons plus besoin de faire attention, de nous cacher, de *mentir* aux autres. Je t'aime. Je ne veux pas le cacher et je ne veux certainement pas *mentir* à ce sujet. »

Gabriel la regarda avec affection. « Je t'aime, Carmen, et moi non plus je ne veux pas mentir sur notre relation. En fait, nous n'aurons plus besoin de mentir du tout. Nous annoncerons la nouvelle cette semaine.

— Magnifique ! » s'écria Carmen en l'embrassant sur la joue.

Gabe fronça les sourcils et Carmen, un instant, fut effrayée. Puis il dit : « Mais tu sais, ma chérie, que tu vas briser le cœur d'Herman Riggs. »

Soulagée, Carmen eut un petit rire : « Je m'en veux toujours d'utiliser Herman comme écran de fumée, bien que je sache très bien qu'il ne ressent rien d'autre que de l'amitié pour moi.

— Je n'en mettrais pas ma main au feu. Si Herman était amoureux fou de toi, il n'oserait peut-être pas te le dire à cause de sa mère. Et pour cause. Cette femme est une vraie tigresse dès qu'il s'agit de son petit garçon et elle doit peser presque cent kilos. Si Herman voulait passer plus de temps avec toi qu'avec elle, elle te taillerait en pièces ! »

Cette fois, Carmen éclata de rire, ce qui provoqua un sourire mi-figue mi-raisin de la part de Gabe, toujours étonné de ce rire puissant qui émergeait de la si mince et si élégante Carmen. « Tu as raison. Mme Riggs ne lâchera jamais ce pauvre garçon, et le plus triste dans l'affaire, c'est que je crois qu'il ne le désire même pas. »

Gabe rit à son tour, puis redevint silencieux. Il se pencha vers sa table de chevet, prit une cigarette et l'alluma. Il tira une longue bouffée et fixa le plafond.

« En général, tu ne fumes que lorsque tu es préoccupé, commenta Carmen. Qu'est-ce qui ne va pas ?

– Je pense à Sharon.

– Enfin, Gabe, je croyais que c'était décidé, on va lui dire…

– Oui, je sais. C'est juste que je la trouve très nerveuse et malheureuse ces derniers temps. Je me demande si c'est à cause de Kent.

– Je croyais que tu l'aimais bien.

– Oui, mais on dirait qu'il a changé. » Gabe tira une nouvelle fois sur sa cigarette, puis brusquement l'écrasa et se retourna sur le côté. Il se cala sur son bras et regarda Carmen avec intensité : « On dirait son père, et je trouvais Hugh Farr tout à fait insupportable.

– J'ai connu Kent lorsque je suis devenue amie avec Marielle. Il a toujours été amical, mais pas charmant comme Teri. Je ne le croise pratiquement plus maintenant, mais quand je le vois, je le trouve en effet changé. Tellement strict, et sans humour. Je ne crois pas que Teri soit aussi proche de lui qu'avant, mais elle n'aborde jamais ce sujet avec moi. Maintenant que tu en parles, c'est vrai que Kent ressemble de plus en plus à Hugh, et Hugh ne se faisait pas beaucoup d'amis avec ses airs supérieurs.

– Il n'y avait pas plus arrogant que lui ! Tout ce fric, ça lui était monté à la tête, et il se prenait en plus pour un grand séducteur ! Il ne lui est jamais venu à l'esprit qu'elles ne l'aimaient que pour son argent.

– Pas Marielle ! protesta Carmen.

– Non, la pauvre petite. Tout le monde savait que c'étaient ses parents qui l'avaient forcée à se marier avec lui – un mariage qui n'a jamais empêché Hugh d'avoir des maîtresses. Wendy n'était certainement pas la première. » Gabriel regarda Carmen. « Marielle a dû savoir pour les autres femmes.

— Oui, elle savait, admit Carmen à contrecœur.

— Alors pourquoi ne l'a-t-elle pas quitté ?

— Elle n'y a fait allusion devant moi qu'une ou deux fois — le sujet était plutôt tabou. J'ai l'impression de la trahir en parlant de ça, même à toi, ça la blessait et ça la gênait tellement. Elle avait peur qu'il trouve le moyen d'obtenir la garde des enfants si jamais elle le quittait. » Carmen leva les yeux et eut un sourire amer. « Sa peur n'était pas sans fondement, Gabe. Après tout, lorsqu'ils ont fini par se séparer, Hugh a obtenu la garde de Teri.

— Le salaud ! Il s'est servi des troubles psychologiques de Marielle — des troubles qu'il avait lui-même causés. » Carmen lança à Gabe un regard méfiant, et son corps se raidit. Il s'était mis en colère à un moment où il aurait dû être heureux à l'idée de bientôt annoncer leurs fiançailles. Cette réaction de mauvaise humeur l'effraya, et elle se demanda s'il était vraiment heureux de se marier avec elle.

Non, se dit fermement Carmen pour se rassurer. C'est en parlant de Kent et de Sharon, et en exprimant sa crainte que Kent devienne comme son père qu'il s'est emporté. Ce n'est pas parce qu'il est malheureux à l'idée de se marier. Il est simplement inquiet au sujet de Sharon. Gabe est *toujours* inquiet au sujet de Sharon. Quand nous serons mariés, il pensera un peu moins à elle. Il faudra qu'il en soit ainsi, ou bien ça ne marchera pas, car Sharon ne m'aime pas et elle n'arrêtera pas de se mettre entre nous.

« Je n'ai jamais aimé Hugh, même quand on était gosses, continua Gabe, apparemment inconscient du trouble de Carmen. Ensuite il a essayé d'empêcher

Kent d'épouser Sharon, et il a eu le culot de lancer à la figure de ma fille qu'elle n'était pas l'égale de Kent, ni intellectuellement ni socialement. C'est à ce moment-là que j'ai commencé à le haïr. Sharon n'avait que dix-neuf ans, elle était timide, elle n'avait aucune assurance. Ces critiques l'ont détruite. Sans compter que Hugh a menacé son fils de le déshériter s'il épousait Sharon.

– Tu veux dire, le rayer de son testament ?

– Marielle ne t'en a pas parlé ? Ou Teresa ?

– Les mois précédant le mariage de Sharon et Kent, Marielle était en maison de repos, et ensuite, elle est partie chez sa tante. Les rares fois où je l'ai vue, elle n'a jamais fait allusion au fait que Kent fréquente Sharon, et Teri non plus, quand elle est venue vivre avec moi après les meurtres.

– Eh bien, Hugh a menacé Kent non seulement de le rayer de son testament s'il épousait Sharon, mais aussi d'arrêter de payer ses études. Le vieux salaud avait même prévu d'ajouter un codicille à son testament pour préciser que, s'il venait à mourir, Kent devrait, à ce moment-là, prouver qu'il ne s'était pas marié en secret à Sharon, sans quoi tous ses biens reviendraient à Teresa. »

Gabe parlait de plus en plus fort. « Il a dit que si Kent lui désobéissait, il ne lui laisserait plus mettre les pieds à la maison, et bien sûr, qu'il n'y aurait plus aucun poste pour lui dans la société Farr. Kent ne travaillait pas, n'avait pas d'argent, à part celui que lui donnait Hugh. Et il y avait la pauvre Sharon, si jeune et… » Gabriel s'interrompit brusquement, serra les lèvres. Puis il reprit : « Sharon était… totalement dévouée à Kent. »

Carmen donna un baiser à Gabriel, léger et apaisant, mais son esprit travaillait fiévreusement, et ce n'était pas au sujet de l'annonce de ses fiançailles. Elle n'avait jamais apprécié Kent, même quand elle était très proche de sa mère. Elle avait décelé des signes de faiblesse en lui, et elle ne supportait pas les hommes faibles.

Lorsque Sharon avait donné naissance à Daniel, six mois et demi après son mariage avec Kent, Carmen et tous les autres comprirent qu'elle était déjà enceinte au moment du mariage. Si Hugh avait été sérieux en parlant de déshériter son fils dans le cas où celui-ci aurait secrètement épousé Sharon, Kent aurait-il eu assez d'amour pour Sharon, assez de force de caractère, pour l'épouser malgré tout ? Carmen ne le pensait pas. Et Sharon non plus, peut-être.

Mais si Kent avait abandonné Sharon, elle aurait refusé d'avorter, et tout le monde aurait su que Kent était le père de son enfant. Gabriel, c'est certain, aurait remué ciel et terre pour ruiner la réputation de Kent, mais aussi celle de Hugh, pour avoir « déshonoré » sa fille, et la ville était un tout petit monde.

En fin de compte, se dit Carmen, le meurtre d'Hugh Farr s'était produit à point nommé pour Sharon et Kent.

2

Alors qu'ils se dirigeaient vers l'écurie, Daniel informa Teri qu'une de ses dents de devant allait bientôt tomber, avant ce soir, espérait-il, pour que la petite souris puisse venir dans la nuit. Puis il annonça : « Je veux monter un de ces grands chevaux aux pieds poilus. »

Kent sourit à Teresa, ses cheveux bruns et bouclés étaient presque aussi brillants que les longues mèches raides de sa sœur. « Il a vu un clydesdale dans un livre sur les chevaux, il n'y a pas longtemps.

— Oh ! » Teresa regarda son neveu de sept ans avec solennité. « Daniel, je suis désolée, mais je ne possède aucun clydesdale. Ils pèsent presque autant qu'une voiture, mangent trente kilos de nourriture par jour et ils sont encore plus grands que ton père. »

Les sourcils de Daniel se froncèrent de déception. Le soleil brillait sur ses cheveux blond vénitien et faisait ressortir les taches de rousseur sur son nez. Il ressemblait tout à fait à sa mère Sharon qui, debout à côté de lui, lui serrait l'épaule comme si elle s'attendait à le voir se ruer dans l'écurie, enfourcher un immense étalon et s'enfuir à toute allure dans le désert. « Mais tu as d'autres chevaux qui sont grands, Tante Teri.

— Seulement trois des chevaux sont à moi. Certains appartiennent à d'autres personnes. Je tiens une sorte d'hôtel pour chevaux. » Daniel se mit à rire. « Mais comme tu n'es encore jamais monté à cheval, je ne crois pas qu'on devrait commencer avec l'un des très grands. J'ai trouvé celui qu'il te faut. En fait, je lui ai déjà parlé de toi, et il est impatient de te voir. Il s'appelle Cesar.

— Cesar ! C'est pas mal ! fit Daniel avec enthousiasme.

— Tu te contentes de regarder le cheval, intervint Sharon. Ne le touche pas. Il pourrait te mordre…

— Arrête de le traiter comme un enfant ! coupa Kent.

— Oui, je ne suis pas un bébé ! » cria Daniel.

Teresa, rongeant son frein, les devança et les laissa tous trois marcher derrière elle. S'il fallait vraiment qu'ils se disputent maintenant, elle ne voulait pas être impliquée. « Par ici, les amis, appela-t-elle, essayant de ne pas montrer sa contrariété. Et baissez un peu le ton. Vous allez effrayer les chevaux. »

Teresa les fit entrer dans la grande écurie blanche à pignons. « Pourquoi as-tu mis du caoutchouc par terre ? demanda Sharon, voyant que ses tennis crissaient sur le sol.

– C'est un revêtement qu'on met par-dessus le ciment, répondit Teri. Ça protège les sabots des chevaux et permet une meilleure adhérence. C'est aussi plus facile à nettoyer, et ça empêche l'urine de pénétrer le bois ou la terre.

– Tu as conçu cette écurie toi-même, avec Gus et Josh, intervint Kent. Je croyais que tu m'avais dit qu'il y aurait un sol en ciment, pour éviter justement que l'urine pénètre le bois ou la terre.

– Tu n'as pas entendu ce que je viens de dire au sujet de la protection des sabots des chevaux ? demanda Teri.

– Tante Teri veut que ses chevaux soient heureux, fit Daniel pour prendre sa défense. C'est pour ça qu'elle a fait une si jolie écurie, avec un sol moelleux.

– Merci, Daniel, répondit Teri. Je veux que les chevaux soient heureux *et* bien installés. »

Elle était consciente des regards de Sharon, qui de toute évidence était surprise. Teri devina que sa belle-sœur, qui n'avait jamais mis les pieds dans une écurie avant ce jour, s'était attendue à trouver un lieu repoussant : sombre, froid et humide. Et c'était tout le contraire. Un déshumidificateur gardait l'écurie au sec. Tout en haut, des vitres en fibre de verre et des lucarnes laissaient passer la lumière du soleil, et les chevaux étaient magnifiquement soignés par les deux aides de Teri, Gus et son fils Josh Gibbs. Tous deux venaient juste de finir de nettoyer l'endroit qui dégageait encore une agréable odeur de frais.

Sierra trottait aux côtés de Teresa. La chienne aimait les chevaux, et la plupart d'entre eux semblaient l'aimer aussi. Elle caracola devant Conquistador, le palomino de Kent, le demi-sang bai Captain Jack, le pur-sang Sir Lancelot, et posa sa truffe contre le vigoureux arabe noir de Teresa, Éclipse. Teresa s'arrêta devant Éclipse, et montra le cheval installé dans le box voisin. « Et voici Cesar », annonça-t-elle avec emphase.

Daniel regarda le shetland alezan, haut de quatre-vingt-dix centimètres, et fronça les sourcils. Il fit un geste pour indiquer à Teresa qu'elle devait se pencher, et lui murmura à l'oreille : « Je ne voudrais pas lui faire de la peine, mais il est vraiment tout petit !

— C'est parce que c'est un shetland. Certains sont encore plus petits que lui. Il en existe des plus grands, mais ils sont rares. » Daniel continua à observer le poney d'un œil critique. « Les îles Shetland sont près des côtes de l'Écosse, tellement au nord qu'elles ne sont pas loin du Cercle polaire, et ces poneys viennent de là. Leur histoire remonte à presque cinq *mille* ans ! » Teresa prit un ton dramatique, dans l'espoir d'impressionner l'enfant toujours dubitatif. « Les habitants des îles Shetland ont appris aux poneys à transporter de lourdes charges d'algues depuis la mer jusqu'aux champs, où elles servaient d'engrais. Le shetland est une race très vigoureuse, Daniel, qui a vécu dans des conditions qui auraient tué la plupart des chevaux — un temps épouvantable, presque rien à manger —, c'est pourquoi elle est si résistante. Et pourtant aucun cheval n'a le regard plus doux que ces poneys. Tu vois les yeux de Cesar, comme ils sont magnifiques ? »

Daniel fit un pas en avant et fixa le regard affectueux de Cesar. « Oui, ils sont jolis. » Puis il baissa les yeux. « Il a les pieds poilus comme ceux des clyderails.

— Clydesdale. Eh oui, tu as raison. » Teresa avait apporté un sac plastique contenant une pomme coupée en quartiers. « Tends-moi la main. » Daniel obéit et elle déposa un morceau de pomme dans sa petite main. « Pourquoi n'essaies-tu pas de lui donner à manger ? Tends simplement la main avec la tranche de pomme dans ta paume. Cesar la prendra directement dans sa bouche. » Elle regarda Sharon, qui s'apprêtait à protester. « Cesar a l'habitude de manger dans la main, même dans celle des enfants. Il ne te fera pas de mal, Daniel, je te le promets. »

Le petit garçon s'approcha encore et tendit le morceau de pomme. Cesar pencha la tête et, délicatement, le prit dans sa bouche. Daniel eut un petit rire. « Ses lèvres sont toutes douces et elles chatouillent !

— Je te l'avais dit. Cesar connaît les bonnes manières et il aime les enfants. »

Daniel prit un autre quart de la pomme et, cette fois-ci, il gloussa lorsque le cheval attrapa le morceau et commença à le croquer de bon cœur, bien que fort peu élégamment. Lorsque Daniel eut fini de donner à Cesar toute la pomme, il cria : « Je veux lui en donner une autre !

— Une seule suffit pour l'instant. Tu ne veux pas qu'il ait mal au ventre d'avoir trop grignoté entre les repas ! » Teresa sourit, voyant Daniel tendre la main et caresser le naseau du cheval. Cesar grogna, puis appuya plus fort sa tête contre la main de Daniel. « Il t'aime beaucoup.

— Et moi aussi ! » Daniel leva un visage rayonnant. « On est déjà copains. Est-ce que je peux prendre mes leçons avec lui ?

— Je t'ai dit que je l'ai choisi spécialement pour toi. On commencera demain, répondit Teresa. Aujourd'hui, c'est dimanche, le jour de congé de Cesar, mais demain matin il t'attendra.

— Mais s'il se sent tout seul ici ? » demanda Daniel d'une voix plaintive.

Teresa sourit. « Il n'est pas tout seul. Les chevaux deviennent souvent amis avec leurs voisins de box. Cesar est très copain avec mon cheval, Éclipse. Et de l'autre côté, le poney connemara, c'est sa petite amie. Elle s'appelle Cléopâtre. Si on rentrait à la maison boire quelque chose ? J'ai préparé des cookies ce matin. »

Dix minutes plus tard, ils étaient installés autour de la table de la cuisine, les adultes buvant du café, et tout le monde grignotant les cookies. « Ils sont bons, Tante Teri ! » Daniel en prit un autre. « Ils ne sont pas aussi brûlés que d'habitude.

— Daniel ! le réprimanda vivement Sharon.

— La vérité sort de la bouche des enfants, fit Teresa en riant. Merci, Daniel. Je connais une dame qui fait des gâteaux pour gagner un peu d'argent. » Elle ne précisa pas qu'il s'agissait d'Emma MacKenzie. « Je vais peut-être prendre des leçons avec elle, et la prochaine fois, mes cookies ne seront pas brûlés du tout. »

Daniel secoua la tête. « Alors, ce ne seront plus vraiment tes cookies. » Il commençait à enfourner le quatrième, lorsque Sharon lui dit que ce serait le dernier, sinon il se rendrait malade. Kent leva les yeux au ciel en regardant Teresa et murmura : « Ce gosse pourrait manger des douzaines de cookies.

– J'ai entendu, fit Sharon d'un ton de reproche. J'aimerais bien que tu ne sapes pas mon autorité devant Daniel.

– Tu voudrais qu'il ne fasse pas quoi ? marmonna Daniel, la bouche pleine.

– Je vais emporter mon café et un seul et unique cookie dans le salon pour regarder la télé, dit Kent d'une voix tendue. Le match de golf va commencer.

– Ne mets pas de miettes partout sur les meubles de Teri », recommanda Sharon. Kent ne dit rien mais Teresa remarqua que ses épaules se contractèrent sous sa chemise polo. « Et ne…

– Renverse pas ton café, ne fais pas de trou sur le tapis avec ta cigarette et ne laisse pas de traces sur l'écran de la télé, termina Kent à sa place, d'une voix crispée. Je me tiendrai le mieux possible, madame Farr. »

Lorsqu'il fut sorti de la pièce, Sharon regarda Teresa, l'air perplexe. « Je ne sais pas pourquoi il en a après moi comme ça ces derniers temps. »

Parce que, ces derniers temps, tu trouves à redire à tout ce qu'il fait, faillit répondre Teresa, mais elle ne voulait pas critiquer Sharon devant Daniel. Elle avait l'intention de lui parler plus tard, néanmoins, avant que son autoritarisme devienne un sérieux problème entre Kent et elle. Mais Teresa ne savait toujours pas comment aborder le sujet avec tact. Déjà, en temps normal, Sharon était extrêmement sensible à toute forme de critique, et sa nervosité montrait bien à Teresa qu'en ce moment elle subissait plus que les tensions du quotidien.

« Quelle magnifique journée, non ? s'empressa de dire Teresa, essayant de détourner l'attention de Sharon. Vingt-quatre degrés, pratiquement pas un seul nuage dans le ciel, presque pas d'humidité dans l'air.

D'habitude, à cette époque, il fait bien plus chaud et plus humide. »

Sharon, de toute évidence indifférente au temps qu'il faisait, se contenta d'un signe de tête. Elle fit tourner sa bague de fiançailles en or et diamant autour de son doigt, long mais plutôt fort. Puis, de manière tout à fait inattendue, elle fit remarquer : « J'ai hérité des mains de mon père. Avant, leur taille me gênait, mais un jour – il y a longtemps – Kent m'a dit qu'elles avaient "du caractère".

– Elles sont grandes comme les sabots des clydesdales », commenta Daniel avec enthousiasme.

Teri se força à ne pas rire de la comparaison de Daniel, mais Sharon fit un grand sourire. « C'est tout mon petit garçon, ça – toujours le mot qu'il faut. » Elle regarda avec affection son fils, puis Teri. « Oublions mes mains, et retournons à cet éblouissant sujet, le temps qu'il fait. Tu as raison, comme d'habitude. Il fait très beau, mais je ne crois pas que ça va durer jusqu'au 4 juillet.

– Moi, je crois que si. » Soulagée du changement d'humeur de Sharon, Teri demanda : « Tu veux parier ? Je parie dix dollars que nous aurons une superbe soirée pour le concert et le feu d'artifice du 4 juillet.

– Et moi, dix dollars qu'il tombera des cordes, et pas question de ne pas payer si tu perds, Teresa Farr ! » En riant, elles se serrèrent la main. « S'il ne pleut pas, nous irons à Tu-Endie-Wei Park pour regarder le feu d'artifice, ajouta Sharon, faisant allusion au très beau parc situé au confluent des rivières Ohio et Kanawha. J'espère que tu viendras avec nous.

– Je viens avec vous chaque année, Sharon. Pourquoi pas cette fois-ci ? »

Sharon lui jeta un regard innocent. « Oh ! je me disais que peut-être tu irais avec Mac.

— Avec Mac ! » Teresa était plus que surprise. « Pourquoi diable penses-tu que je puisse aller où que ce soit avec Mac ?

— Vous aviez l'air tellement intimes hier soir.

— Intimes ! laissa échapper Teresa.

— Eh bien, oui. Vous étiez si proches l'un de l'autre en dansant, vous ne vous quittiez pas des yeux. » L'air innocent de Sharon disparut et elle éclata de rire. « Je suis désolée. Je n'ai pas pu m'empêcher de te taquiner, même si, une ou deux fois, alors que tu évoluais sur la piste de danse raide comme un piquet, j'ai commencé à me demander si…

— Teri, viens voir ! cria Kent depuis le salon.

— Ne me dis pas qu'il veut que je vienne regarder quelqu'un mettre une balle dans un trou ! se plaignit Teresa, bien qu'elle soit heureuse de la diversion. Je déteste le golf.

— Teri, vite ! cria Kent, plus fort encore. Dépêche-toi ! »

Teri se leva, laissant Sharon s'assurer que Daniel n'allait pas manger toute l'assiette de cookies à moitié brûlés, et se dirigea vers le salon. Kent était installé dans l'un des fauteuils couleur rouille tout pelucheux, regardant d'un air presque effrayé la télévision juste devant lui. « Kent, tu sais que je n'aime pas regarder le golf. »

D'une main, il lui fit signe de se taire. « Le match a été annulé, alors j'ai cherché une chaîne d'infos. Ils ont annoncé le prochain sujet. Tais-toi, écoute ! »

Teri ne prit pas la peine de s'asseoir et resta debout à côté de Kent. La présentatrice au maquillage irréprochable fixa la caméra avec une sincérité bien étudiée, et commença son récit d'une voix soigneusement neutre :

« Roscoe Lee Byrnes, l'homme de quarante-quatre ans reconnu coupable du meurtre de vingt-deux personnes en trois ans, et promis à une injection létale vendredi en Pennsylvanie, a déclaré hier soir que, lors de ses aveux faits il y a huit ans, il a menti au sujet des meurtres de Hubert et Wendy Farr, de Point Pleasant en Virginie-Occidentale. Hubert Farr, âgé de quarante-huit ans au moment de son assassinat, était le propriétaire de la Société Farr Coal, une grande exploitation minière du comté de Mason. Sa femme Wendy, âgée de vingt-neuf ans, et lui ont été poignardés à mort la nuit dans leur lit. La fille d'un précédent mariage de Mme Farr, âgée de huit ans, a également reçu un coup de couteau qui l'a gravement blessée, mais elle a survécu. La fille de M. Farr, âgée de dix-sept ans, n'a reçu quant à elle qu'un léger coup de couteau au bras. Lorsqu'on lui a demandé pourquoi il avait menti au sujet des Farr, Byrnes a répondu de la manière suivante… »

Un enregistrement vidéo de Roscoe Lee Byrnes apparut à l'écran. Il était assis devant une table, parfaitement immobile. La caméra s'approcha de son visage. Ses yeux globuleux semblaient encore plus sinistrement pâles que dans le souvenir de Teri. Son visage était plus plein, et bizarrement informe, comme une motte de terre glaise. Ni sa voix, étonnamment aiguë et fluette, ni son regard n'exprimèrent la moindre émotion lorsqu'il se mit à parler.

« Tuer vingt-deux personnes ou vingt, c'est pareil, je sais — je vais mourir de toute façon — mais je veux mettre les choses au clair. » Byrnes cligna des yeux, frottant ses mains boudinées et menottées devant lui. « Vous savez, j'ai toujours tué des gens qui comptaient pour rien. Alors j'ai voulu avoir l'air d'avoir tué quelqu'un de riche et d'important comme ce type, Farr. Mais maintenant que j'ai trouvé Jésus-Christ et que je sais que je vais le voir bientôt, il faut que je dise la vérité sur ces Farr. » Byrnes s'interrompit, cligna de nouveau des yeux, et passa sa langue sur ses lèvres gonflées. « Je suis bien allé dans cette ville de Virginie où ils vivaient, Point quelque chose, mais j'avais jamais entendu parler des Farr avant que la police me demande si j'les avais tués. Ils se sont fait buter la nuit d'après que j'étais dans la ville. Ça m'a semblé vraiment bizarre, comme si ça devait se passer comme ça. La police était dans tous ses états à cause de ces Farr qui s'étaient fait buter, alors comme j'étais passé dans cette ville et tout ça, je me suis dit que j'allais dire que c'était moi pour épater tout le monde.

» Mais c'était un mensonge. Je veux que les gens le sachent, avant de mourir. Tu entends ça, Dieu ? Je dis aux gens que j'ai menti et que je regrette. Je veux pas qu'on s'imagine que j'ai tué quelqu'un que j'ai pas tué. Mais je veux dire aussi que je SAIS qu'un jour la personne qui les a tués et a donné des coups de couteau à cette petite fille, un jour il lui arrivera la même chose qu'eux. La Bible dit "œil pour œil…" et Dieu m'a dit dans un rêve, il y a deux nuits, que c'est ce qui va arriver. Il va se venger sur la personne qui les a tués, et ça va arriver bientôt. *Très* bientôt. »

CHAPITRE IV

1

Kent se leva d'un bond de son fauteuil et rugit : « C'est un mensonge, espèce de gros fils de…

– Kent ! » Sharon apparut dans l'entrée de la pièce, son visage d'un blanc de craie, son bras droit enlaçant les épaules de Daniel qui fixait son père de ses grands yeux marron remplis de crainte. « Tais-toi ! » lança-t-elle à son mari d'une voix venimeuse que Teresa ne lui avait encore jamais entendue. « As-tu oublié que ton fils était là ?

– Non, je n'ai pas oublié, répondit Kent avec hargne. Mais ce salaud de Byrnes prétend…

– J'ai entendu. » Sharon regarda fixement Kent, d'un air furieux. « Et Daniel aussi a entendu, et il est mort de peur. Mais ce n'est pas à cause de Byrnes. C'est à cause de *toi.* Alors, tu es content maintenant ? »

Kent sembla s'affaisser, et répondit d'une voix plus basse : « Non, Sharon. Je ne savais pas que vous étiez là tous les deux. Je suis désolé, mais je ne peux pas contrôler mes paroles à chaque instant.

– Quand on a un enfant, c'est pourtant ce qu'on doit faire ! » Le teint de Sharon avait viré de blême à écarlate. « Quelle sorte de père faut-il être pour ne pas penser *toujours* à son enfant ?

— Bon sang, Sharon, vas-tu te calmer un peu ? » La voix de Kent s'était de nouveau élevée. « Pour l'amour de Dieu !

— Si tu ne peux pas te contrôler ni contrôler ton langage, Daniel et moi allons rentrer à la maison immédiatement », cria Sharon. Daniel, dont le regard craintif et perdu allait de Kent à Sharon, éclata bruyamment en sanglots. « Regarde ce que tu as fait à ton fils !

— Bon, vous deux, ça suffit comme ça, fit Teresa d'une voix ferme et assez forte pour couvrir les pleurs de Daniel. Vous vous conduisez comme deux sales gosses qui se crient après et vous faites peur à Daniel, *tous les deux*. » Sharon lui lança un regard offensé. « Oui, Sharon, tu te conduis aussi mal que Kent. » Teresa regarda son neveu qui essuyait du dos de la main son visage strié de larmes, et qui laissa échapper un dernier gémissement avant d'avoir le hoquet. « Sharon, ramène Daniel à l'écurie pour voir Cesar pendant que je parle à Kent.

— Moi ? » Sharon parut offensée. « Je ne connais rien aux chevaux !

— Tu n'as pas besoin de t'y connaître pour te tenir à côté de Daniel pendant qu'il caresse Cesar, répondit sèchement Teresa, perdant patience. Tu as bien vu que ce poney n'allait pas le mordre…

— On rentre à la maison », coupa Sharon.

Daniel hoqueta de nouveau et dit d'un ton pleurnicheur : « Emmène-moi voir Cesar, s'il te plaît, Maman. Je veux le caresser encore une fois et lui dire que je reviens demain. *S'il te plaît.* »

Sharon soupira, lança un regard assassin tant à Kent qu'à Teresa, puis sortit avec Daniel, serrant si fort sa main qu'il cria « Aïe ! ». Dès que la porte se referma derrière eux, Kent regarda Teresa. « Merci, Teri. Elle me rend dingue depuis quelque temps.

– Et je suis sûre que c'est réciproque. Mais tu sais, Kent, ce n'est pas pour discuter de votre mariage que je lui ai demandé de partir. C'est parce que Daniel était bouleversé, et aussi parce qu'il faut qu'on parle de ce qu'on vient d'entendre aux infos. Roscoe Lee Byrnes prétend qu'il n'a pas tué Papa et Wendy ! »

Kent s'affala dans son fauteuil comme s'il venait de recevoir un coup à l'estomac. « Il ment.

– Pourquoi ?

– Comment le saurais-je ? Il fait peut-être une dernière tentative pour sauver sa peau.

– C'est un tueur en série, Kent. Il l'a dit lui-même – il a tué tous les autres et il va être exécuté vendredi, qu'il ait ou non tué Papa et Wendy.

– Alors, peut-être qu'il veut se faire un peu de publicité de dernière minute. Après tout, il a dit qu'il n'avait jamais tué personne d'*important*. Papa et Wendy étaient loin d'être des célébrités, mais apparemment leur assassinat a davantage fait les gros titres que celui de n'importe quelle autre de ses victimes. »

Kent s'interrompit, le regard fixé sur la vue qu'il avait de la fenêtre. Teresa remarqua que son frère avait les yeux injectés de sang et que, ces dernières années, les plis entre sa bouche et son nez s'étaient nettement accentués. Ses cheveux noirs commençaient à grisonner aux tempes. Elle savait qu'il travaillait beaucoup pour diriger sa société, mais pour être aussi marqué, il devait vraiment être sous pression – et pas seulement dans son travail. Ce n'était pourtant pas le moment de lui poser des questions personnelles. « Kent, on dirait que tu rêves tout éveillé. Est-ce que tu m'écoutes ?

— Oui, je t'écoute. » Il se passa la main sur le front. « Mais je ne veux plus parler de Byrnes. Et je ne veux pas que tu discutes de sa prétendue confession avec Sharon.

— Je n'y pense pas une minute. Elle est déjà bien assez nerveuse, bien que je ne sache pas pourquoi. Elle n'était pas comme ça avant.

— Je la bats régulièrement. »

Teresa ferma les yeux. « Ce n'est pas le moment de faire de l'humour noir, Kent. Concentrons-nous sur le sujet d'actualité, c'est-à-dire Roscoe Lee Byrnes niant qu'il a tué Papa et Wendy et donné un coup de couteau à Celeste. Il faut que nous en discutions, que tu le veuilles ou non. »

Kent leva les bras en signe d'exaspération. « Et alors, qu'est-ce qu'on peut dire ? Que veux-tu que je fasse ?

— Je voudrais que tu réfléchisses aux conséquences que ces paroles vont avoir pour nous. Byrnes ment certainement, même si je ne comprends pas pourquoi. Il sait qu'il ne peut pas sauver sa peau, et je ne suis pas d'accord avec ta théorie selon laquelle il cherche un dernier instant de publicité et de gloire. Ce n'est pas son genre. »

Kent lui lança un regard plutôt dur. « Tu es une experte en tueurs en série maintenant, Teri ?

— J'ai lu beaucoup de choses à leur sujet ces dernières années. Je ne suis pas une experte, mais... c'est vrai que certains d'entre eux essaient d'attirer l'attention et de se faire un nom.

— Tu crois que Roscoe Lee Byrnes est de ce genre ?

— Non. Je suggère simplement une explication à sa conduite — une explication désespérée et pas du tout professionnelle, je le reconnais. » Teresa soupira. « Ça m'ennuie beaucoup de dire ça, Kent, mais bien qu'il soit un psychopathe je pense qu'il dit la vérité, parce qu'il croit qu'il va bientôt retrouver Dieu et il veut avoir la conscience tranquille, ou ce qui tient lieu de conscience chez un psychopathe.

— Tu as peut-être raison, mais comment l'empêcher de faire son cinéma avant d'être exécuté ?

— C'est trop tard, il a *déjà* fait son cinéma. Nous devons réfléchir au fait qu'un grand nombre de gens vont le prendre au sérieux — ici même, où nous vivons, où nous travaillons. Comment allons-nous faire face à ça ? »

Kent, un instant, eut l'air d'un petit garçon furieux. « Je crois que personne ne va le croire, dit-il sur le ton de la bravade, presque puérilement. Personne ne croira un mot de ce qu'il raconte. »

Malgré son abattement, Teresa éclata de rire. « Kent, on dirait que tu as à peu près l'âge de Daniel ! En fait, tu as peur que les gens croient Byrnes, et tu te sens complètement impuissant et dépassé. »

Kent la regarda fixement, et rougit. Elle savait qu'elle avait mis dans le mille. Elle aurait aimé laisser tomber, faire comme si Byrnes n'avait pas rétracté ses aveux, mais ils devaient, tous les deux, affronter ce qui allait advenir, et non pas s'en cacher.

« Kent, il ne s'agit pas seulement de Byrnes qui a modifié ses aveux, il y a autre chose. »

Il ferma les yeux. « Oh non ! Je t'en prie, n'aggrave pas encore la situation.

— Je suis désolée, mais je n'ai pas le choix. Tu m'as dit que Celeste s'était mise à parler hier chez Bennigan. Qu'a-t-elle dit ? »

Kent détourna le regard. « Un tas d'absurdités. Oublie tout ça.

— Non, je ne vais pas oublier ! Tu m'as dit que les gens te donneraient des détails à l'église ce matin. Même si, à toi, ils n'ont pas dit grand-chose, je sais qu'ils ont parlé à Sharon, et elle te l'a forcément raconté. Alors, dis-le-moi maintenant, ou… »

Cette fois-ci Kent la regarda et fronça les sourcils : « Ou quoi ? Tu vas me frapper ?

— Ne fais pas le malin. Si tu t'en souviens bien, je t'ai donné une bonne raclée, quand tu avais onze ans. Le jour où tu as abîmé ma poupée Barbie !

— J'ai fait brûler ses cheveux, par accident, et tout ce que tu as fait, toi la dure à cuire, c'est me donner un coup de pied à la cheville. Tu parles ! Je n'ai même pas eu mal.

— Ah bon ? Alors pourquoi as-tu boité pendant deux jours ? » Kent esquissa un sourire.

« Dis-moi ce que Celeste a dit chez Bennigan, ou je recommence et ça ne sera pas à la cheville ! »

Kent hocha la tête. « Tu as toujours été maso, Teri. Sinon, tu ne serais pas revenue t'installer dans cette ville, alors que tu aurais pu vivre ailleurs. Entendu, je vais te dire tout ce que je sais. Celeste aurait dit que, la nuit des meurtres, il y avait dans la maison quelqu'un qui portait une capuche. »

L'image de la silhouette en capuche apparut aussitôt dans l'esprit de Teresa, et son estomac se serra. « Continue.

— Celeste a dit qu'elle était allée dans la salle de bains et qu'au moment où elle retournait se coucher, l'individu — le tueur, de toute évidence — a ouvert la porte de la chambre de Hugh et Wendy, l'a vue, a semblé surpris et lui a donné un coup de couteau. »

Teresa recula, étonnée. « Donc le tueur lui a donné un coup de couteau par réflexe. Peut-être n'avait-il pas l'intention de la tuer, *elle* – simplement Papa et Wendy –, mais il a pensé que Celeste l'avait vu, et il l'a poursuivie. Mon Dieu, nous ne savions pas cela. A-t-elle vu de qui il s'agissait ? »

Kent eut l'air mal à l'aise. « Je ne crois pas. Personne ne semble savoir. Elle a dit qu'après le coup de couteau, elle a couru vers sa chambre et qu'on l'a suivie.

– Le tueur, forcément. L'individu contre lequel je me suis cognée dans le couloir.

– C'est possible.

– Comment ça, *c'est possible* ?

– Eh bien, elle aurait dit quelque chose au sujet du tueur qui voulait lui donner d'autres coups de couteau.

– Donc elle savait que la première personne entrée dans sa chambre n'était pas moi.

– Apparemment.

– Bien sûr qu'elle savait que ce n'était pas moi !

– Teri, je t'ai dit que je ne suis pas certain de ce qu'elle a dit. Et je me demande si elle-même sait vraiment ce qu'elle a vu ou pensé cette nuit-là.

– Je me suis cognée à cet individu en capuche quand il descendait après être sorti de la chambre de Celeste, alors que moi, je m'y rendais, dans cette chambre, pour voir si elle avait été tuée. C'est à ce moment-là qu'il m'a blessé le bras, fit Teresa en montant le ton. Je te l'ai raconté au moins cent fois !

– Bon, calme-toi. Je ne prétends pas le contraire – je te répète ce que Celeste a dit, ou plutôt, ce qu'on m'a dit qu'elle avait dit ! Je ne l'ai pas entendue moi-même et je pense que même ceux qui étaient chez Bennigan n'ont pas bien saisi, et je présume qu'ils en rajoutent. »

Kent, toujours assis, leva les yeux sur Teresa. Son regard fatigué était empli de compassion et de confiance. « Je sais, moi, que tu n'es pas allée dans la chambre de Celeste pour lui donner un coup de couteau. C'était forcément Byrnes, mais il ne l'a pas trouvée, il y a eu tout ce raffut et il s'est dit qu'il avait intérêt à déguerpir – exactement comme l'a dit le FBI. Mon Dieu, Teri, tu penses que je crois que tu aurais blessé à coups de couteau cette petite fille ? Ou Papa et Wendy, pendant qu'on y est. »

Teresa inspira profondément. « Toi, tu n'as pas pensé ça, mais la police, si.

– Eh bien, je ne suis pas la police. » Kent se pencha en avant et lui prit doucement la main. « Et maintenant, qui se conduit comme une petite fille en colère ? »

Teresa se força à esquisser un sourire. « Tu as raison. Je vais essayer de me conduire en adulte calme et rationnelle. » Elle s'interrompit un instant. « Et c'était quoi alors, cette espèce de chanson que répétait Celeste ? Et qui faisait allusion à moi ?

– Personne n'a pu s'en souvenir exactement. » Kent semblait réticent, comme s'il aurait préféré parler de tout, sauf de ça. « C'était au sujet d'une horloge qui sonnait trois coups. »

L'horloge, pensa aussitôt Teresa. Elle se souvint de l'avoir entendue sonner trois fois, tandis qu'elle se dirigeait vers la chambre de Hugh et de Wendy. « Continue.

– Eh bien, il était question de la mort qui venait pour elle, et aussi de toi. Celeste répétait sans arrêt la même chose.

— C'était une comptine, affirma Teresa. Même enfant, elle adorait inventer des comptines. Elle le faisait tout le temps.

— Je ne sais rien de plus, Teri. Sincèrement. Tous ceux qui ont assisté à la scène chez Bennigan ont dit qu'après qu'elle s'est mise à scander cette chanson, ou cette comptine, si tu préfères, son père l'a fait sortir en vitesse du restaurant.

— Je vois. » Teresa n'en revenait pas de parvenir à parler d'une voix aussi calme. Elle ne se sentait pas calme du tout — elle se sentait complètement bouleversée, presque nauséeuse. « Donc, au bout de huit ans, Celeste se met à parler, elle fait allusion à la mort et à *moi*, ensuite Roscoe Lee Byrnes décide de proclamer qu'il n'a pas tué Hugh et Wendy Farr. Quelle parfaite synchronisation. »

Kent haussa les épaules, essayant de paraître désinvolte. « C'est juste une coïncidence. On devrait arrêter d'y penser.

— Arrêter d'y penser ? C'est tout ce que tu suggères ? » Son frère détourna les yeux, tandis que Teresa poursuivait inexorablement : « C'est absolument impossible d'arrêter d'y penser ! Écoute, Kent, je n'ai pas plus que toi envie de déterrer toute cette histoire, mais qui étaient les principales suspectes du meurtre de Papa et de Wendy ? Maman et moi.

— Eh bien, Maman est morte, fit Kent d'un ton morne.

— On n'en sait rien.

— Cela fait huit ans qu'on ne l'a pas vue, et qu'on n'a pas entendu parler d'elle.

— En effet, mais ça ne veut pas dire qu'elle soit morte. Mais comme nous ne l'avons pas vue depuis toutes ces années — et pour autant que je sache, personne d'autre non plus — cela nous laisse deux personnes qui avaient un mobile très puissant pour assassiner Papa et Wendy. Je sais que tu avais un alibi pour cette nuit-là, mais il n'a pas convaincu tout le monde. As-tu oublié que tu as été interrogé — et tes amis aussi — à maintes reprises, parce que beaucoup de gens n'ont pas cru que, cette nuit-là, tu assistais vraiment à une soirée en Virginie ? »

Kent leva les yeux, l'air profondément abattu. « Seigneur, tu crois que je ne m'en rends pas compte, Teri ? Notre mère a été larguée comme un vieux sac de chiffons par notre père, et c'est nous qui avons hérité de ses biens. Ça fait de nous des suspects idéaux.

— Oui, fit doucement Teresa. Mais je suis la seule à n'avoir eu aucun alibi — pas même un très mauvais ! J'étais celle qui n'avait jamais caché qu'elle détestait — haïssait même — Wendy. Je ne cachais pas non plus à quel point j'en voulais à Papa de ce qu'il avait fait à Maman, et comme je détestais être obligée de vivre dans cette maison avec eux. Si seulement j'avais pu la fermer un peu !

— Tu avais dix-sept ans, et tu étais complètement ravagée !

— Oui. Et je suis aussi la seule dans la maison qui n'a pas été sérieusement blessée cette nuit-là. Si la police avait trouvé la moindre preuve — l'arme du crime, des traces de sang dans la douche, ou des vêtements tachés, j'aurais été arrêtée. » Teresa, décidant d'être complètement sincère, prit une profonde respiration : « Et je ne t'en ai pas parlé plus tôt, mais si je dois croire un message que j'ai trouvé dans ma voiture hier soir, et un fax que j'ai reçu ce matin, il y a quelqu'un qui, malgré les aveux de Byrnes il y a huit ans, a *toujours* pensé que j'étais coupable. »

2

Mac MacKenzie essuya le bar de l'établissement vide, se pencha en avant, regarda de biais le long comptoir noir et brillant en teck protégé d'un revêtement de polyuréthane, et sourit en voyant qu'il ne restait aucune trace, pas même une empreinte de doigt. Ses serveurs et serveuses nettoyaient toujours après la fermeture — une corvée pour laquelle ils étaient largement rétribués — mais, le dimanche, Mac n'était jamais satisfait avant d'avoir lui-même nettoyé le Club Rendezvous. Peut-être parce que la lumière du jour faisait ressortir les taches, les bouts de serviettes en papier effritées, et les cacahuètes écrasées dans la moquette autour du bar. Ou bien parce que sa mère avait toujours briqué sa maison et celle des Farr. C'était *lui* qui avait hérité du gène de « la ménagère compulsive », se dit-il avec regret. Ses sœurs jumelles étaient, quant à elles, beaucoup moins maniaques.

Mac aimait se retrouver seul dans son établissement pendant la journée. Il se contentait de regarder autour de lui, d'admirer l'élégant mobilier ivoire, noir et bleu azur. Ça lui rappelait tout ce qu'il avait accompli depuis que son père, sans explication ni excuses, avait abandonné sa mère avec trois enfants. Ça lui rappelait son adolescence, les matins glacés où il se levait à cinq heures pour livrer les journaux avec sa vieille bicyclette puis, un peu plus tard, les moments où il avait cru mourir d'épuisement à force de tondre frénétiquement toutes ces pelouses, tout ça pour gagner un peu d'argent et aider sa mère et ses sœurs. Ça lui rappelait ses deux sœurs, aussi jolies qu'intelligentes, qui grâce à lui avaient pu faire des études. Il soupira. Et surtout, ça lui rappelait Teresa Farr.

Elle avait seize ans lorsqu'il l'avait vue pour la première fois. Il tondait la pelouse, à l'arrière de la maison de son père, et chantait *Sweet Sixteen* de Billy Idol, quand il avait eu la sensation d'être observé. Il avait levé les yeux et vu une fille aux longs cheveux d'un noir satiné et aux yeux ébène dans un visage ovale d'un hâle délicat. Appuyée contre le rebord de la fenêtre, ses bras nus posés l'un sur l'autre, elle le regardait tranquillement. Il avait presque vingt ans, mais il avait rougi comme un gosse. Avec un petit rire étranglé et d'une voix mal assurée, il avait crié : « Désolé. Je me suis un peu laissé aller.

– J'ai bien aimé. Vous avez une belle voix. »

À sa grande consternation, Mac avait senti qu'il rougissait encore plus fort. Il s'était demandé pourquoi il ne lui adressait pas un sourire dédaigneux, et ne retournait pas à son travail. Mais il ne pouvait détacher son regard de ce visage et de ces yeux braqués sur lui avec un mélange de spontanéité, de flirt, et d'un savoir inné. « Je suis Teresa Farr, avait-elle dit, et vous devez être ce Mac MacKenzie dont toutes les filles sont folles.

– Oui, je suis Mac », fut tout ce qu'il trouva à répondre. Quel sens de la repartie ! pensa-t-il. Cette fois encore, il essaya de paraître à l'aise et confiant, mais n'y parvint pas, et ce fut d'une voix hésitante, presque timide, qu'il poursuivit : « Mais je doute que toutes les filles soient folles de moi.

– Si, si, je vous assure ! » Teresa avait incliné la tête, ses cheveux étaient tombés comme un rideau de soie sur son épaule droite. « C'est drôle que vous ayez chanté *Sixteen*, alors que je suis justement dans ma chambre, la fenêtre ouverte. Vous saviez que j'étais là, et que *j'ai* seize ans ?

— Non. » C'était un mensonge. Du moins, en partie. Il ne savait pas qu'elle était dans sa chambre. Mais sa mère, la femme de ménage de cette maison, lui avait dit le mois dernier que « la douce et timide petite Farr » allait avoir ses seize ans et que sa mère Marielle organisait une fête pour elle. Douce et timide ? pensa Mac, ayant envie de rire. Il est si facile de duper les mères. « Je veux dire, je ne savais pas que vous étiez dans votre chambre. Je ne savais pas où était votre chambre. Je ne pensais absolument pas à l'endroit où vous pouviez vous trouver ou à ce que vous pouviez faire. J'étais occupé…

— À chanter.

— Oui. Je veux dire, non. À tondre la pelouse. Je n'étais pas en train de tirer au flanc. » Il avait essuyé la sueur sur son front, pensant que ce geste montrerait à quel point il avait travaillé dur. « Il fait vraiment très chaud aujourd'hui. Le temps est humide. Je ne crains pas la chaleur, mais je ne supporte pas l'humidité. Ça ne m'empêche pas de travailler, mais ça ne me facilite pas la tâche. » Il s'était interrompu, tandis qu'elle souriait avec langueur, semblant s'amuser de ses paroles maladroites. « Vous savez qu'il y a beaucoup de mauvaises herbes dans le jardin derrière la maison ? avait-il terminé de manière plutôt lamentable.

— Non, je ne savais pas. Faut-il faire quelque chose de spécial ?

— Il y a un produit dont on peut asperger le sol et qui ne détruit pas le gazon, simplement les mauvaises herbes. Il faut faire ça au début du printemps, avant qu'elles puissent germer, et une fois encore au milieu de l'été. » Mac savait qu'il parlait trop. « Je ferais mieux de me remettre au travail », avait-il brusquement ajouté. Il aurait voulu s'arrêter de regarder cette gamine rusée et *mineure* penchée à sa fenêtre, mais il en était incapable.

« Vous chanterez encore *Sweet Sixteen* ? J'ai des amis qui n'aiment que le rap, mais pas moi. J'aime les vieilles chansons, et même, celle des *sixties* ! J'aime quand Billy dit qu'il ferait "n'importe quoi" pour sa "*sixteen-year-old*". » Elle sourit, passa la main dans ses cheveux, puis lui fit un clin d'œil, avant de continuer : « Aïe, j'entends mon père dans l'escalier ! Il faut que j'y aille, mais je te reverrai, Mac MacKenzie. »

Elle s'était éloignée précipitamment de la fenêtre, et l'avait laissé là, debout, le moteur de la tondeuse tournant toujours, la bouche légèrement ouverte, la sueur coulant sur sa peau, le cœur battant à tout rompre. Puis le large visage de Hugh Farr était apparu à la fenêtre, l'air furieux. Mac avait malgré tout fait un signe de la main, puis s'était remis à tondre avec acharnement, tout en essayant de se sortir la chanson *Sweet Sixteen* de l'esprit.

Plus tard, ce soir-là, il s'était moqué de lui-même. Il devait avoir souffert d'une sorte d'insolation pour réagir d'une telle manière à cause de cette gamine de seize ans, stupide et aguicheuse, finit-il par se dire. S'il la revoyait, il ne ferait même pas attention à elle.

Mais, les semaines suivantes, il l'avait vue à de nombreuses reprises et chaque fois elle lui faisait le même effet — un mélange de très forte attraction et de malaise, car elle était trop jeune pour lui. Pourtant Mac ne se lassait jamais de la regarder. Ou de lui parler. Et, plus tard, de l'embrasser et d'envisager une vie entière avec elle.

« Et tu n'es qu'un imbécile sentimental qui perd son temps à ressasser le passé. Elle a très clairement dit qu'elle ne voulait plus entendre parler de toi, se dit Mac à voix haute dans l'établissement vide. Et qui pourrait le lui reprocher ? J'étais jeune et idiot, et je dois ne m'en prendre qu'à moi-même d'avoir gâché mes chances avec Teri, il y a une éternité de ça... »

Pour sortir Teresa de son esprit mais aussi pour combattre une imminente vague de tristesse à la pensée « du bon vieux temps », Mac alluma la télévision avec son petit écran vingt-sept pouces, installée sur une étagère au bout du comptoir. Tout le monde l'incitait à installer un de ces nouveaux écrans plats de soixante-deux pouces, mais Mac répondait qu'il ne voulait pas transformer le Club Rendezvous en bar de sport... Le soir, il n'autorisait même pas les membres de son personnel à allumer ce qu'ils considéraient comme une lamentable petite télé délabrée. En cet instant, une présentatrice blonde pleine d'entrain au sourire artificiel répétait les titres de l'actualité, pour la dixième fois certainement.

Mac était sur le point de récupérer, sous une table, une boîte d'allumettes bleu pâle oubliée sur la moquette ivoire, lorsque le nom « Roscoe Lee Byrnes » attira son attention, perçant ses préoccupations comme une épingle fait éclater un ballon. Il se releva d'un bond, se cogna la tête sous la table, et lâcha un juron. Puis, se frottant le crâne à l'endroit où il commençait déjà à avoir des élancements, il s'éloigna de la table et écouta la présentatrice parler de l'exécution de Byrnes prévue dans la semaine. L'éblouissant sourire de tout à l'heure avait disparu, et ses yeux bleu foncé avaient pris une expression dure, adaptée au caractère sombre de ce qu'elle annonçait.

« Roscoe Lee Byrnes, l'homme reconnu coupable d'avoir tué vingt-deux personnes en une période de trois ans, a déclaré hier soir que dans ses aveux, faits il y a huit ans après son arrestation en Pennsylvanie, il a revendiqué deux victimes dont il déclare maintenant qu'il ne les a pas tuées – Hubert et Wendy Farr de Point Pleasant, Virginie-Occidentale. Hubert Farr, propriétaire de la Société Farr Coal, et sa femme Wendy, âgée de vingt-neuf ans, ont été poignardés à mort dans leur lit. Leur fille de huit ans a également reçu un coup de couteau à l'abdomen qui l'a gravement blessée, mais elle a survécu. La fille adolescente de M. Farr n'a reçu quant à elle qu'un léger coup de couteau au bras. Byrnes dit à présent que, bien qu'il se soit effectivement trouvé dans les parages de Point Pleasant à l'époque des meurtres, il n'avait jamais entendu parler des Farr et ne les a pas tués. »

Mac ouvrit légèrement la bouche sous l'effet de la surprise et s'approcha de la télévision, même s'il voyait déjà parfaitement de l'endroit où il était. Il monta le volume, recula un peu et, sans broncher, fixa l'écran, tandis que le visage de Roscoe Lee Byrnes apparaissait sur le reportage vidéo. Sa tête paraissait énorme, comme si elle allait déborder de l'écran, et Mac eut l'impression que ces grands yeux bleu pâle n'abritaient rien – ni conscience ni âme, rien.

Lorsque Byrnes joignit ses épaisses mains et les tordit, l'enregistrement rendit le son de la peau sèche se frottant contre la peau sèche. « Tuer vingt-deux personnes ou vingt, c'est pareil, je le sais – je vais mourir de toute façon – mais je veux mettre les choses au clair. »

Le marmonnement sans timbre de l'homme fit grincer les dents de Mac et, même s'il n'aurait pas aimé l'admettre, les yeux anormalement pâles de Byrnes lui donnaient froid dans le dos. C'était difficile de croire que cette créature molle et maladroite ait tué à maintes reprises. Mais ce qui n'était pas difficile de croire, c'était qu'il n'avait sûrement pas ressenti une once de remords.

« La police était dans tous ses états à cause de ces Farr qui s'étaient fait buter, alors comme j'étais passé dans cette ville et tout ça, je me suis dit que j'allais dire que c'était moi pour épater tout le monde. Mais c'était un mensonge. Je veux que les gens le sachent, avant de mourir. Tu entends ça, Dieu ? Je dis aux gens que j'ai menti et que je regrette. Je veux pas qu'on s'imagine que j'ai tué quelqu'un que j'ai pas tué. Mais je veux dire aussi que je SAIS qu'un jour la personne qui les a tués et a donné des coups de couteau à cette petite fille, un jour il lui arrivera la même chose qu'eux. »

La vidéo se termina et la présentatrice blonde réapparut. « Roscoe Lee Byrnes mourra par injection létale au centre pénitentiaire d'État de Greene, à Waynesbourg, Pennsylvanie, vendredi. » Son large sourire réapparut avec une rapidité étonnante. « Dans le reste de l'actualité… »

Mais Mac n'écoutait plus. Accablé, il éteignit la télévision et se dirigea vers la sortie de son Club.

3

Le couloir sombre semblait ne pas avoir de fin, il s'étendait devant elle comme un profond tunnel sous une montagne géante. Quelqu'un criait – de manière répétée, violente, assourdissante. Le bruit se répercutait tout autour d'elle. Elle se cogna contre quelque chose – une table – puis ricocha sur une créature indistincte, enveloppée d'une sorte de tissu glissant. La Créature n'avait pas de visage visible, mais elle avait une odeur – celle du santal. En signe d'avertissement, la Créature posa deux doigts sur ce qui devait être sa bouche et, malgré les cris, Teresa entendit un léger et rassurant « Chut ». Elle retint sa respiration et, de nouveau, entendit « Chut » juste avant d'éprouver une vive douleur au bras gauche. Elle se sentit glacée, et les cris – elle venait juste de comprendre que c'étaient les siens – cessèrent, tandis qu'elle regardait la Créature dévaler l'escalier et sortir par la porte principale. Puis Teresa sentit le sang couler de son bras. Elle se mit à courir et cria : « Celeste ! »

« Celeste ! Celeste. »

Teresa se redressa brusquement dans son lit et Sierra se glissa sur ses genoux, les oreilles dressées, un grondement sourd s'échappant de sa gorge. Teri serra très fort la chienne au pelage d'un marron brillant, parcourut du regard la chambre accueillante autour d'elle, encore baignée de lumière. C'était un rêve, se dit-elle, soulagée.

La chienne sentit que la tension du corps de Teresa se relâchait. À son tour, de ses yeux perçants couleur miel, elle parcourut la pièce du regard, puis se retourna et lécha le nez de Teri pour lui faire comprendre que tout allait bien. « Merci, fit Teri. Je me sens déjà beaucoup mieux. » Sierra se leva vivement, fit un bond puis mit ses pattes de devant à plat, l'arrière-train levé, signe qu'elle était prête à batifoler un peu.

Teresa caressa le haut de sa tête. « Désolée, mais je ne peux pas m'amuser avec toi maintenant. » Elle jeta un coup d'œil en direction du réveil posé sur la table de chevet. Il était cinq heures de l'après-midi, et elle venait juste de se réveiller d'une sieste de deux heures. Elle se sentait encore plus mal que tout à l'heure, lorsque, déprimée, inquiète et fatiguée du manque de sommeil de la nuit dernière, elle s'était traînée jusqu'à son lit, tout de suite après le départ de Kent. « Et si on descendait grignoter quelque chose ? Un biscuit pour chien et une glace, rien de tel pour chasser les miasmes d'un mauvais rêve. »

Une fois en bas, Teresa mit trois cuillères de glace dans un bol, et prit un grand biscuit au jus de bœuf dans la boîte réservée à Sierra. La chienne regarda le bol d'un air plein d'espoir, mais Teri secoua la tête. « Désolée, ma fille. C'est parfum caramel et chocolat, et les chiens ne sont pas censés manger du chocolat. » Elle posa le biscuit sur le sol en vinyle, et sentit une pointe de culpabilité devant la réaction déçue de Sierra. « Je te promets que demain je t'achèterai de la glace à la cerise, si tu te contentes du biscuit maintenant », dit Teri d'un ton cajoleur, tandis que la chienne lentement baissait la tête et s'emparait du si peu appétissant biscuit.

Elles se dirigèrent tranquillement vers le salon, Sierra serrant le biscuit entre ses crocs comme un morceau de bois sec, Teri tenant le bol de glace contre son front brûlant. Elle jeta un coup d'œil vers la télévision mais, craignant de tomber de nouveau sur Byrnes proclamant qu'il n'avait pas tué Hugh et Wendy Farr, elle alluma sa chaîne stéréo. Elle s'installa dans le grand et confortable fauteuil inclinable qui lui donnait toujours l'impression de la protéger.

Ce jour aurait dû être heureux, se dit-elle. Le jour où le petit Daniel devait faire la connaissance de celui qui, elle l'espérait, deviendrait bientôt son meilleur ami, Cesar. Au lieu de quoi, l'après-midi avait tourné au cauchemar, avec Sharon et Kent qui s'étaient disputés violemment, Daniel en pleurs et, le pire de tout, Roscoe Lee Byrnes clamant son innocence quant au meurtre des Farr, mettant fin à la tranquillité d'esprit de Kent et à la sienne. Dès ce soir, toute la ville ressortirait les meurtres comme un plat réchauffé et s'amuserait à spéculer sur la culpabilité ou l'innocence de Teresa, l'adolescente sauvage et rebelle qui avait survécu au bain de sang, et s'en était tirée avec une simple estafilade alors que les autres occupants de la maison avaient été poignardés à mort ou sérieusement blessés. Pas étonnant que j'aie dû aller me coucher un moment après le départ de Kent et Sharon, pensa Teri. Je n'ai pas eu mal à la tête comme ça depuis…

Depuis les meurtres. Juste après les meurtres, avant que Byrnes se fasse arrêter et avoue avoir tué Hugh et Wendy. Pendant toute cette période, elle avait eu un mal de tête constant, des maux d'estomac incessants, et ses nuits étaient remplies d'épouvantables rêves de corps mutilés et d'immenses mares de sang.

Après les aveux de Byrnes, huit ans plus tôt, ses maux d'estomac s'étaient apaisés et ses migraines avaient diminué. Les cauchemars où elle trouvait les corps de Hugh et Wendy avaient continué à la harceler, mais ils se terminaient toujours à l'instant même où elle criait. Jamais encore elle n'avait fait de rêve qui se prolongeait au-delà de la chambre de Hugh et Wendy. Elle n'avait encore jamais rêvé qu'elle descendait les marches, se cognait au tueur, et le sentait lui entailler le bras gauche, d'un geste rapide et assuré, presque distrait.

Et jamais encore, dans son rêve, elle n'avait entendu le tueur émettre ce léger et rassurant « Chut » tout contre son oreille gauche, ce même « Chut » qu'elle avait déjà entendu, comprit-elle soudain, bien avant cette horrible nuit huit ans auparavant.

CHAPITRE V

Mac MacKenzie avait la mauvaise habitude de se cramponner au volant de sa Lexus gris métallisé lorsqu'il était furieux ou angoissé et, cet après-midi, il était les deux à la fois. Si seulement il n'avait pas allumé la télévision tout à l'heure au Club… si seulement… Non, ça n'aurait rien changé. Cela aurait-il empêché Roscoe Lee Byrnes de déclarer qu'il n'avait pas tué les Farr ? Cela aurait-il empêché que lui-même, et surtout Teresa, apparaissent comme des suspects possibles et soient, de nouveau, soumis à ces épuisants interrogatoires de police ? Non, autant être au courant le plus tôt possible. Ça lui laissait le temps de parler à sa mère.

Mac s'arrêta en face de l'appartement d'Emma, au rez-de-chaussée, et jeta un coup d'œil dans le rétroviseur : son visage était moite, à cause de son anxiété d'une part, mais aussi parce qu'il avait oublié de mettre la climatisation. Il inspira profondément et, un instant, ferma les yeux. Il savait qu'il devait paraître tout à fait calme. Sa mère était en bonne santé, mais depuis le meurtre des Farr, elle était anxieuse, très tendue, et réagissait de manière excessive au moindre événement contrariant, aussi infime soit-il. Et la déclaration de Byrnes ne pouvait pas être considérée comme une infime contrariété. Mac avait besoin de s'assurer qu'elle allait bien.

Il frappa légèrement à sa porte. Elle ouvrit aussitôt, grande et mince femme portant toujours un tablier, chacun de ses cheveux argentés bien en place, une légère touche de rouge à lèvres rose éclairant son pâle visage. Elle avait un peu de farine sur la joue et tenait un torchon, avec lequel elle s'essuyait les mains avec ardeur. « Salut, Maman, fit Mac avec décontraction. Comment ça va ?

— Jedediah Abraham ! » s'écria sa mère d'une voix ravie.

Mac serra les dents. Il appréciait que sa mère soit toujours si contente de le voir, mais il détestait qu'elle lui ait donné les prénoms de ses deux grands-pères. Depuis toujours, elle l'appelait obstinément par ces deux noms, au lieu du simple « Mac » dont il s'était baptisé lui-même. « Je ne t'attendais pas aujourd'hui, mon fils.

— Je le vois bien. » Mac essuya la farine sur sa joue. « Tu es en train de faire des gâteaux ? Quoi de bon aujourd'hui ?

— Une première. Entre te mettre un peu au frais. Mon Dieu, tes joues sont aussi rouges que des roses et tes cheveux tout frisés. On dirait que tu as couru pour venir ici.

— Mes cheveux sont ondulés, Maman, et mes joues ne ressemblent absolument pas à des roses rouges. Dis tout de suite que j'ai l'air d'une vierge de la Renaissance. » Mac entra dans le petit appartement, décoré avec goût dans les tons bordeaux et bleu. « J'ose à peine demander quel type d'expérience tu as entrepris, Maman. Rien qui puisse faire un trou dans la couche d'ozone j'espère ? »

Emma eut un petit rire, la peau de son visage froissée comme un fin mouchoir en papier, et ses yeux verts tout pétillants. Elle lui prit le bras et le poussa vers le siège le plus inconfortable de la pièce. Elle était remarquablement forte pour un si petit brin de femme, et il atterrit avec un bruit sourd sur un coussin aussi dur qu'un banc d'église. « Oh ! mon petit ! Toi et tes bêtises ! Un trou dans la couche d'ozone ! Ce n'est pas très flatteur pour ma pâtisserie ! » babillait Emma pendant que Mac essayait de se remettre du choc subi par son arrière-train et de s'installer plus confortablement. « J'essaie une nouvelle recette de muffin.

— Maman, tu vas accaparer le marché de la pâtisserie de cette ville, dit Mac. Tu sais que tu n'as pas besoin de travailler autant. Tu n'as pas besoin de travailler du tout.

— Et alors, que veux-tu que je fasse ? Que je reste assise en robe de chambre à regarder tout l'après-midi des feuilletons à l'eau de rose comme Mme Bennet de l'appartement n° 5 ? Ou que je répète des ragots au téléphone à longueur de journée comme la vieille grincheuse du n° 8 ? Elle doit payer les gens pour lui parler, tellement elle est désagréable !

— Non, Maman, je sais bien que tu n'es pas du genre oisif. Je dis juste que tu n'as pas besoin de te tuer à la tâche. Tu es une rentière, maintenant.

— Une rentière, je t'en fiche ! s'exclama Emma en plaçant un verre de thé glacé devant lui. Et que se passera-t-il si ton Club fait faillite ?

— Je ne pense pas qu'il fasse faillite, mais si ça arrivait, je ferais autre chose. » Mac but avec plaisir une gorgée du thé froid et sucré. « Il n'est pas question que nous soyons pauvres de nouveau, Maman.

— J'ai été pauvre pratiquement toute ma vie et je m'y suis habituée. » Emma retourna dans sa cuisine, qui n'était séparée du salon que par un long comptoir recouvert de Formica. Elle prit une grande jatte et commença à battre la pâte avec une redoutable énergie. « Mais je n'ai jamais voulu que mes enfants soient pauvres, et pendant si longtemps, vous l'avez été. Je ne veux sûrement pas que mes filles soient obligées de quitter l'école ! À quelques mois du bac, ce serait vraiment terrible, non ? » Elle reposa la jatte avec brusquerie. « Oh oui ! mon Dieu, ce serait terrible !

— Maman, ne te tourmente pas pour quelque chose qui n'arrivera pas, lui dit Mac d'un ton apaisant. Nous ne sommes pas pauvres. Les filles vont faire leurs études, mon établissement ne va pas fermer, tu vas faire des gâteaux jusqu'à épuiser ce tout nouveau four, et nous allons vivre heureux pour le restant de nos jours. » Mais sa mère, perdue dans sa vision soudaine de la famille tombant brusquement dans la misère, avait toujours l'air aussi inquiet. Ce n'était sûrement pas le moment de mentionner Byrnes. Mac se creusa l'esprit pour trouver quelque chose qui puisse l'intéresser, et lui dit : « Je vois que tu es allée chez le coiffeur hier.

— Le coiffeur ? » Les mains d'Emma passèrent de la jatte à ses boucles argentées. « Oui, je suis allée chez le coiffeur. J'ai fait des folies…

— Pas du tout. Quels sont les derniers potins à l'institut de beauté ?

— Oh ! rien qui puisse t'intéresser. En fait, la fille qui s'occupait de moi jacassait au sujet de son petit ami et ne faisait pas attention à ce qu'elle faisait. Elle m'a complètement ratée cette fois ! »

Mac réprima un sourire. Les cheveux de sa mère, qui avaient viré au pur argent à peine six mois après la disparition de Marielle Farr, étaient exactement comme d'habitude. « Tu es très bien comme ça, fit-il avec conviction. Il y a tellement de femmes qui, en vieillissant, ont les cheveux trop fins, mais les tiens sont aussi épais que sur les photos que j'ai vues de toi à vingt ans ! »

Emma rougit et sourit, reprenant la jatte et attaquant la pâte de nouveau. « Tu crois vraiment ? Ton père a toujours aimé mes cheveux. » Son sourire disparut. « Mais pas assez, il faut croire.

– Tu veux dire qu'il aimait encore mieux boire et jouer, rétorqua Mac d'un ton amer. Il n'était pas assez intelligent pour savoir qu'une bonne épouse vaut mieux que tout l'alcool du monde, et tout l'argent gagné au jeu. »

Emma s'arrêta de battre la pâte à muffins et le regarda droit dans les yeux. « C'est comme Hugh Farr et toutes ses femmes, alors qu'il avait Marielle. » Sa voix se crispa. « Je sais pourquoi tu es ici. D'abord Celeste s'est mise à parler des meurtres et a mentionné Teresa, ensuite cet horrible individu, Byrnes, est passé à la télé pour dire qu'il n'avait pas tué Hugh et cette garce de Wendy. Est-ce que cette horreur prendra fin un jour ? Quelqu'un peut-il me le dire ? » Emma se mit à trembler. « Est-ce que toi, tu peux me le dire ? »

Mac se leva, s'approcha de sa mère, et prit son corps tremblant entre ses bras. « C'est pour ça que je suis là, Maman. J'avais peur que tu sois au courant pour Byrnes et que ça te bouleverse.

– Eh bien oui, je suis au courant, et oui, je suis bouleversée », parvint à dire Emma, ravalant ses larmes. Elle se dégagea de l'étreinte de Mac, reprit son bol à pâte, puis tourna le dos à son fils. « C'est pour ça que j'ai commencé à faire de la pâtisserie. D'habitude, ça me calme, mais pas aujourd'hui. » Elle se tourna de nouveau et le regarda, larmes aux yeux. « As-tu entendu ce que Celeste a dit ? Elle a accusé Teresa des meurtres. Comment a-t-elle pu faire ça ? Teresa aimait tellement cette enfant !

– Hier soir, quelques-uns de mes clients m'ont parlé de Celeste chez Bennigan. Je ne crois pas qu'elle ait accusé Teri de quoi que ce soit. Elle a simplement fait allusion à elle.

– Elle s'est mise à psalmodier ! » Au ton d'Emma, on aurait dit que la jeune fille avait jonglé avec des boules de feu. « Elle a chanté comme si elle avait un démon ! Je n'ai jamais cru qu'elle valait mieux que sa mère, même si c'était encore une petite fille quand je l'ai rencontrée. Le fruit ne tombe jamais loin de l'arbre, tu sais. Wendy était le mal incarné et peut-être que Celeste lui ressemble maintenant ! »

Mac s'inquiétait toujours lorsque sa mère commençait à utiliser un langage qui semblait plus convenir aux puritains qu'à une femme moderne. Elle avait toujours été très religieuse, mais sa foi avait commencé à frôler l'excès lorsque Hugh Farr avait divorcé de Marielle, et que le foyer des Farr était devenu un maelström de tension et de malheur.

Même à l'époque, Mac s'était inquiété de cette tendance religieuse, bien qu'il fût tout juste sorti de l'adolescence et plus préoccupé par ses projets d'avenir – projets qui, il l'espérait, lui permettraient de subvenir aux besoins de sa famille – que d'un changement visible dans la vie spirituelle de sa mère. Elle ne parlait plus de sa croyance en la bonté et la douceur de Dieu. Au contraire, elle avait commencé à croire en un dieu de vengeance, et elle ne recommandait plus à ses enfants de « tendre l'autre joue », comme elle l'avait fait durant toute leur vie.

« Maman, Celeste n'est pas le mal incarné, fit doucement Mac. Elle a traversé une épouvantable épreuve alors qu'elle n'était encore qu'une enfant. Quant à ce qu'elle a dit chez Bennigan… eh bien, nous ne savons pas ce qu'il en est précisément, tu es bien d'accord ? Ne peut-on pas lui accorder le bénéfice du doute ? »

Emma tremblait toujours. « Je suppose, bien que, comme je le disais…

— "Le fruit ne tombe jamais loin de l'arbre…" Ce qui… voudrait dire que je suis comme mon père ? » Emma parut consternée.

« Tu n'as absolument rien de cet homme !

— Alors, peut-être que Celeste n'a absolument rien de Wendy. Elle tient certainement plus de son père Jason et, d'après ce qu'on m'a dit, c'est un type tout à fait bien. » Il se força à sourire, même si la fébrilité de sa mère l'inquiétait. « Maman, si tu essayais de te calmer maintenant ? Nous allons découvrir ce que Celeste a vraiment dit. Et je ne crois pas que quiconque puisse croire Roscoe Byrnes.

— Mais si. Bien sûr que si, mon fils. » Elle se remit au travail devant la jatte de pâte. « Il y a huit ans, les gens étaient tellement décidés à croire que Teresa avait tué son père et sa maîtresse, qu'ils ne voulaient même pas envisager la possibilité que le coupable soit un inconnu ! » D'une main toujours tremblante, Emma saisit une louche, la remplit de pâte pour la verser dans un moule, mais en renversa sur le comptoir immaculé. « Regarde un peu ce que tu me fais faire !

— Je vais nettoyer.

— Non ! » Emma s'attaqua à la pâte renversée avec une serviette en papier. « Je ne voulais pas te crier dessus comme ça. C'est simplement que je ne supporte pas que tout remonte à la surface, alors que Teresa avait fini par s'en sortir. Elle me téléphone de temps en temps, tu sais. » Après un silence, Emma poursuivit : « Elle est même venue me voir, deux fois. Elle m'a dit de ne pas t'en parler. »

Alors qu'hier soir, au Club, elle avait pris un air si étonné quand Mac lui avait dit que sa mère allait bien et qu'elle vivait dans un appartement. Ainsi, elle n'avait pas perdu tout intérêt pour la famille MacKenzie, pensa Mac, plutôt content, malgré la dissimulation de Teresa. « Teri est donc venue te voir. C'est gentil de sa part », dit-il d'un ton indifférent.

Emma jeta la serviette en papier et inspira profondément. Soulagé, Mac put presque sentir l'accès de peur et de colère commencer à refluer en elle. Elle se passa les mains à l'eau froide, les sécha pendant un temps infini, puis se retourna et regarda Mac d'un air malicieux. « Tu es amoureux de Teresa depuis qu'elle est toute petite !

— Mon Dieu ! Maman, à t'entendre, on dirait que je suis un pédophile. Elle avait seize ans quand je l'ai rencontrée pour la première fois.

— N'invoque pas le nom du Seigneur en vain, Jedediah Abraham ! Teresa était trop jeune pour toi, même si elle avait seize ans.

— Je sais. Je le savais déjà à l'époque. Je n'ai commencé à la fréquenter qu'après ses dix-sept ans, et on ne faisait que se promener et discuter. Elle semblait tellement mûre pour son âge.

— Et tu es tombé amoureux d'elle. Je le savais, et Hugh Farr le savait, lui aussi.

— Oui, il le savait, et il a essayé de nous séparer, mais Teri arrivait toujours à me rejoindre. Hugh pensait qu'on… enfin, quelque chose qu'on ne faisait pas. Je te l'ai dit, la plupart du temps on discutait. On s'achetait des Coca et des glaces et on allait s'asseoir dans ce petit parc pas loin de chez elle. Comme sa mère avait été envoyée en hôpital psychiatrique, et qu'ensuite la tante Beulah et Hugh l'empêchaient de la revoir, Teri disait que j'étais la seule personne à qui elle pouvait parler vraiment, le seul qui la comprenait.

» Elle pleurait souvent en pensant à sa mère, et elle disait que, dès qu'elle aurait dix-huit ans, elle quitterait la maison des Farr pour "sauver" sa mère. Teri n'aimait guère plus la tante Beulah que son père. » Une vague de tristesse traversa le regard de Mac. « Mais Teri n'a jamais eu l'occasion de sauver sa mère. Elle n'a même jamais pu voir Marielle seule à seule avant qu'elle disparaisse. »

Emma se mit brusquement à remplir les moules de pâte. Mac comprit que sa nervosité revenait. « Maman, qu'est-ce qui ne va pas ?

— Rien, mon petit, dit-elle doucement, d'un air absent.

— Je te connais. Je viens de dire quelque chose qui t'a bouleversée. » Emma, de nouveau, laissa de la pâte déborder du moule. « Tu sais que tu n'as jamais su garder un secret avec moi. »

Elle tourna vivement la tête. « Ça va, ça va ! Il faut toujours que tu te mêles de ce qui ne te regarde pas ! Même enfant, il fallait que tu sois au courant de tout. C'est agaçant à la fin.

— Agréable ! fit Mac d'un ton neutre, espérant calmer sa mère si énervée. Maintenant, dis-moi ce qui te bouleverse à ce point. »

Emma soupira profondément, abandonna sa pâtisserie et le rejoignit au salon. De manière plutôt guindée, elle s'assit sur un divan recouvert de chintz. « En fait, Teresa a bel et bien revu sa mère une dernière fois, avant que Marielle… s'en aille. »

Mac se redressa sur son siège dur comme du bois. « Teri a vu sa mère ! Elle ne me l'a jamais dit !

— C'était un secret. Teresa savait garder un secret.

— Ça oui, je sais. Et toi aussi finalement, semble-t-il. » Mac se pencha en avant et mit doucement la main aux veines apparentes de sa mère dans la sienne. « Maintenant dis-moi quand et comment Teri a vu sa mère. »

Emma prit un air résigné. « Le lendemain de la grande fête, où Wendy a annoncé qu'elle était enceinte, Marielle est venue à la maison des Farr. Elle croyait que Hugh et Wendy étaient sortis. Hugh l'était bien, et ne devait pas rentrer avant le soir. Wendy était là, mais sa voiture était au garage pour une réparation. Quoi qu'il en soit, j'ai entendu taper doucement à la porte et, lorsque je suis allée ouvrir, j'ai vu Marielle. J'étais tellement étonnée que je suis restée là à la regarder.

— La maison de sa tante Beulah est à trois miles de distance. Quelqu'un l'avait amenée en voiture ?

— Elle a fait tout ce chemin à pied. Elle était tellement fatiguée, la pauvre petite. Elle était très mal en point.

— Mentalement ?

— Physiquement. Cette femme, Beulah… ! » Emma retira sa main de celle de Mac et l'agita avec colère. « Bien qu'elle soit de sa famille, elle se fichait complètement de Marielle. Elle l'avait prise avec elle simplement parce que Hugh la payait. Elle ne s'est jamais vraiment occupée de Marielle. Je le sais parce que Beulah m'a laissée lui rendre visite deux ou trois fois. Marielle était trop maigre — elle n'était pas assez nourrie — et Beulah ne nous a même pas offert une tasse de café. Un jour, je suis allée directement dans la cuisine, et j'ai fait du café moi-même. Et j'ai aussi préparé un sandwich au beurre de cacahuète et à la gelée pour Marielle. Beulah n'avait que ce genre de cochonneries dans sa cuisine. Tu me diras, les cacahuètes contiennent des protéines, mais cette pauvre Marielle avait plus que besoin de nourriture saine !

— Mon Dieu ! » Mac était sincèrement surpris. « Teri savait que sa mère n'était pas suffisamment nourrie ?

— Je suis certaine qu'elle ne le savait pas. Quand Teresa venait la voir, Marielle devait toujours trouver une raison pour expliquer ses pertes de poids, ou ses vêtements trop larges. Si cette fille avait su que sa mère n'avait pas assez à manger, elle aurait fait quelque chose.

— Bien sûr qu'elle aurait fait quelque chose, même si elle n'avait que dix-sept ans, commenta Mac, sans pouvoir cacher l'admiration contenue dans sa voix.

— Marielle me disait que Beulah passait la plupart de son temps à lire ou à regarder la télévision dans sa chambre, continua Emma. Elle ne la surveillait pas du tout. Elle faisait une sieste tous les après-midi, comme si elle avait fait quoi que ce soit qui puisse la fatiguer. Sûrement pas le ménage, en tout cas. À croire que personne n'avait fait la poussière dans ce malheureux petit cottage depuis des semaines, et la cuisine… ! Le sol poissait, le comptoir était sale, et un jour j'ai vu un cafard se promener comme s'il était chez lui ! »

Mac regarda fixement sa mère. « Maman, tu ne m'as jamais dit que tu avais rendu visite à Marielle.

— J'ai promis à Marielle de ne jamais en parler à *personne*. Elle avait tellement peur de Hugh, elle pensait que, s'il le découvrait, il me mettrait à la porte. Elle avait peur aussi qu'il découvre que Teresa venait la voir plus souvent que le juge ne l'avait autorisé. En revanche on n'avait pas peur que Beulah lui en parle — Hugh lui aurait retiré Marielle et elle aurait perdu l'argent qu'il lui donnait pour s'occuper d'elle.

— Hugh devait savoir comment Marielle était traitée, mais il n'a rien fait. Ce n'était qu'un vieux salaud. » Sa mère lui lança un regard dur et réprobateur, et Mac eut subitement l'impression d'avoir quatorze ans. « Désolé. Je voulais dire, ce n'était qu'un vieux… bonhomme. Allez, raconte-moi précisément ce qui s'est passé lorsque Marielle est venue seule chez les Farr. »

De nouveau, Emma détourna vivement les yeux. « Je n'aurais sans doute pas dû permettre que ça arrive, mais qu'une mère ne soit pas autorisée à voir son enfant… eh bien, c'était trop cruel ! Lorsque Marielle est arrivée, je lui ai dit qu'elle n'aurait pas dû venir, qu'il allait y avoir des problèmes. Mais elle voulait désespérément voir Teresa. Les larmes coulaient sur son visage et elle avait l'air si pâle, si fluette, si malheureuse, je n'ai pas pu le supporter. Je lui ai dit que Wendy était à l'intérieur, et qu'elle devait rester dehors, aller sur le côté de la maison où il y avait tous ces buissons, se cacher là, et j'allais lui amener Teresa.

» Heureusement, la petite était bien à la maison, et Wendy regardait la télévision. Teresa s'est faufilée dehors. J'étais heureuse pour toutes les deux, mais j'étais aux quatre cents coups, tellement j'avais peur que Wendy me demande où était Teresa – Hugh la pressait de poser la question de temps en temps pour qu'il puisse tenir sa fille à l'œil. Mais Wendy ne m'a rien demandé, Dieu merci. Du moins, je l'ai remercié à ce moment-là.

» Ensuite, quelque chose de bien pire s'est passé. Hugh Farr est arrivé dix minutes plus tard ! Il a traîné Marielle à l'intérieur de la maison, et il a piqué une telle crise que j'ai cru que mon cœur allait s'arrêter. Teresa est entrée en hurlant après lui, et il a frappé cette pauvre fille au visage, si fort qu'elle a failli tomber. Et Wendy s'est mise à rire ! Pendant qu'il était occupé à frapper sa propre fille, Marielle s'est enfuie et a disparu.

» Ensuite Hugh s'est tourné vers moi. En fait, lorsque Marielle était devant la porte, Wendy m'avait vue lui parler. Et au lieu de se manifester, elle nous avait laissés faire, tout en téléphonant à Hugh. C'était une garce sournoise, pas faite pour être la mère de cette jolie petite fille qu'elle avait prévu de mettre en pension pour ne pas être dérangée. Je disais donc... Hugh s'est approché de moi, en hurlant à faire s'écrouler les murs. J'ai eu tellement peur que j'ai fait tomber le saladier en verre que j'avais à la main, alors il a crié encore plus fort. » Emma s'interrompit, l'air perplexe. « Mon fils, je croyais t'avoir raconté au moins cette partie de l'histoire – Hugh qui a frappé Teresa, et qui me criait dessus.

– Tu m'as dit qu'il t'avait crié dessus quand il t'avait mise à la porte. C'est tout. »

Emma sembla totalement perdue. « Mais tu étais tellement furieux – tu es sûr que je ne t'en avais pas dit plus ?

— Tu crois que ça ne suffisait pas à me rendre furieux, qu'il te mette à la porte en te hurlant dessus ? ! Tu m'as dit aussi qu'il t'avait menacée de faire en sorte que personne dans cette ville ne t'engage jamais. »

Emma sembla réfléchir intensément. « Oui… Oui, il a bien dit ça. De toute manière, il n'y a pas beaucoup d'endroits où j'aurais pu être embauchée. Je n'étais vraiment plus bonne à rien, à l'époque.

— Tu étais merveilleuse – intelligente, et très travailleuse. Tu as certainement fait plus que ta part pour les Farr, même après que Hugh a divorcé de Marielle. Continue ton histoire, Maman.

— Eh bien, je l'ai supplié de ne pas me mettre à la porte, et il s'est approché de moi. J'ai cru qu'il allait me frapper, mais Teresa a empoigné son bras. Cet homme infâme s'est tourné vers elle et, de nouveau, il l'a frappée au visage ! Celeste est entrée, livide, mais Hugh et Wendy n'ont absolument pas fait attention à elle. Hugh m'a dit de partir et j'ai couru vers la porte, non sans avoir dit à cette ordure de Wendy qu'elle devait se dépêcher de rire et de profiter de la vie avec ce type qui ne valait pas mieux qu'elle parce que, bientôt, Dieu déchargerait sa colère sur *tous les deux* ! »

Emma se mit à pleurer et Mac s'approcha du canapé, s'assit tout près de sa mère, et referma les bras autour de son maigre corps. « Ne pleure pas, Maman. C'était il y a longtemps. »

Emma, toujours en pleurs, continua : « Hugh a dit qu'il allait à la police leur parler de toi et leur dire que tu t'étais mal conduit avec sa fille. Et malgré ça, tu as voulu aller affronter Hugh mais je t'ai dit de ne pas t'approcher de la maison. Hugh a dit qu'il allait dénoncer Marielle pour être entrée chez lui, alors que le tribunal lui avait ordonné de rester éloignée. Il a dit qu'ils allaient la remettre dans sa clinique. »

Emma essuya ses larmes du revers de la main, comme une enfant. « Hugh a blessé Teresa pour de bon quand il l'a frappée cette deuxième fois – son visage était violacé, sa lèvre saignait –, tout ça parce qu'elle avait essayé de me protéger. Et personne, pas même Wendy, n'a remarqué Celeste, qui restait debout comme une petite statue de pierre. Elle regardait toute la scène les yeux grands ouverts.

– Elle devait être terrifiée.

– Peut-être, fit lentement Emma. Mais elle ne pleurait pas. Elle était simplement, debout, à regarder. Ça ne semblait pas naturel, pas naturel du tout.

– N'y pense plus, Maman. C'était il y a longtemps.

– Il y a longtemps, oui. » Emma laissa échapper un dernier et violent sanglot, puis elle se redressa et regarda Mac dans les yeux avec une férocité qu'il ne lui avait jamais vue. « Toute cette violence a pris fin il y a longtemps parce qu'on a fait taire Hugh et Wendy, lança-t-elle. Que Dieu me pardonne, il *fallait* qu'on les neutralise avant qu'ils détruisent notre vie à tous ! »

CHAPITRE VI

1

En retournant au Club, Mac se rendit compte qu'il serrait trop fort le volant de sa voiture. Il relâcha la tension de ses mains mais, quelques instants plus tard, il recommençait à serrer autant. Il monta le son de la radio, le baissa, puis le coupa complètement. Les mots de sa mère résonnaient dans sa tête : « *Que Dieu me pardonne, il* fallait *qu'on les neutralise avant qu'ils détruisent notre vie à tous !* » Quand il lui avait demandé ce qu'elle voulait dire par là, elle s'était contentée de répondre : « Il y a des choses dont il vaut mieux ne pas parler. »

Il avait posé de nouveau la question et, cette troisième fois, elle l'avait regardé d'un air lointain, avait passé la main sur ses cheveux ondulés et dit d'une voix triste et fatiguée : « Je ne voudrais pas être impolie, mon fils, mais j'aimerais vraiment être seule maintenant. On se reparlera dans quelques jours. » Lorsqu'il était parti, elle n'avait même pas dit au revoir. Elle s'était simplement dirigée vers la cuisine, et mise à remuer distraitement ce qui restait de la pâte à muffins.

Elle a cherché à fuir ses souvenirs, se dit Mac. C'est pour ça qu'elle s'était jetée dans sa petite entreprise de pâtisserie – sa mère avait toujours essayé de refouler les côtés sombres de sa vie en se tenant occupée. Apparemment, elle avait fort bien réussi, pensa-t-il avec tristesse, jusqu'au moment où je l'ai forcée à déterrer le passé, à revoir en détail l'un des pires jours de sa vie. Bien sûr, il s'est rendu chez elle avec de bonnes intentions, mais les bonnes intentions ont souvent des conséquences désastreuses.

« *Que Dieu me pardonne*, il fallait *qu'on les neutralise... il* fallait *qu'on les neutralise... Que Dieu me pardonne...* » Les mots d'Emma n'en finissaient pas de résonner dans l'esprit de Mac. Qu'avait-elle voulu dire, bon sang ! Pensait-elle que la mort de Hugh et Wendy était le résultat d'une intervention divine ? Pensait-elle que Dieu avait envoyé quelqu'un cette nuit-là pour assassiner le couple qu'elle considérait comme le mal incarné ? Demandait-elle à Dieu de lui pardonner d'avoir pensé qu'ils avaient obtenu ce qu'ils méritaient ? Ou lui demandait-elle de lui pardonner quelque chose de bien pire ? Quelque chose qu'elle aurait *fait* ?

Cette dernière question provoqua en lui une soudaine panique. Il se dépêcha d'allumer une cigarette, malgré la promesse qu'il s'était faite d'arrêter de fumer avant la fin de l'été. Mais, lorsqu'il était énervé ou inquiet, avoir une cigarette à la main le réconfortait et, en cet instant, il était bel et bien inquiet. En fait, il l'était presque autant qu'il y a huit ans, lorsqu'il avait compris que la mort de Hugh Farr, au lieu de libérer Teresa, l'avait sérieusement mise en danger d'être reconnue coupable de meurtre.

Mac avait tout d'abord prévu de rentrer chez lui, après être passé par le Club, mais il se rendit compte qu'il était incapable de se détendre. Tout à coup, il sut qu'il y avait une autre femme qu'il avait besoin de voir aujourd'hui. Il ne s'arrêta pas devant son Club, prit la direction nord, et s'engagea dans l'étroite route qui menait à Farr Fields.

Tout en roulant à travers les champs recouverts d'un gazon vert émeraude, il se souvint de l'endroit tel qu'il était quatre ans auparavant — en friche, envahi par les mauvaises herbes, desséché — et pensa au travail herculéen que Teresa avait accompli pour en faire ce magnifique terrain. Bien qu'il n'ait pas été en contact avec elle pendant cette période, il savait qu'elle n'avait pas laissé toute la tâche aux ouvriers. Elle avait travaillé aussi durement qu'eux.

La ténacité de Teresa, son assiduité, sa détermination à se salir les mains et à participer à toutes les tâches. Il n'y avait pas une once de snobisme ou de paresse en elle. De ce point de vue, elle lui faisait penser à sa mère. À une différence près : Emma MacKenzie avait toujours été craintive et se laissait facilement impressionner.

Teresa Farr, elle, était entêtée, impétueuse, et parfois imprudente. Sans doute la femme la plus forte psychologiquement qu'il ait jamais rencontrée. C'étaient ces qualités mêmes, allant de pair avec son refus d'admettre qu'elle était aussi vulnérable que tout un chacun, qui effrayaient Mac en ce moment précis. Si Teresa pensait que Roscoe Lee Byrnes disait la vérité, elle commencerait à chercher *qui* avait tué Hugh et Wendy, non par amour pour les deux morts, mais par besoin d'innocenter son frère et elle. Et Mac savait que creuser à la recherche de la vérité pourrait la blesser, ou même pire.

Il vit un visage livide à la fenêtre, et la porte s'ouvrit avant même qu'il sonne. Teresa se tenait sur le pas de la porte, droite, sans sourire, et, d'une voix éteinte et fatiguée, elle demanda : « Tu viens me présenter tes condoléances ?

— Non, je viens t'offrir un peu de soutien, répondit Mac d'un ton neutre. Je peux entrer ? »

Teresa acquiesça d'un geste. Il avait à peine mis le pied à l'intérieur qu'un tourbillon brun l'encercla, grognant et aboyant frénétiquement. Les yeux noisette de Mac s'agrandirent et déjà il reculait vers la porte, quand Teresa dit d'une voix très forte : « Non, Sierra ! Ça suffit ! » La chienne cessa de tourner autour de lui mais continua à le fixer d'un air féroce, ses poils d'un marron brillant dressés, un grondement sourd s'échappant de sa gorge. Teri se pencha et mit ses bras autour de l'animal. « C'est un ami. Compris ? » Elle posa la main sur le mollet de Mac. « Ami. » La chienne la regarda, puis regarda sa main sur la jambe de l'inconnu et s'assit, tout en continuant à fixer Mac d'un air menaçant.

« Mon Dieu ! » dit Mac, surpris mais soulagé. « On dirait que tu as un bon chien de garde !

— Elle s'appelle Sierra, et c'est un bon chien de garde en effet. Trop bon, quelquefois. Le seul problème, c'est que, malgré son air féroce, elle n'a jamais mordu personne depuis que je l'ai, c'est-à-dire depuis trois ans. » Teri s'interrompit. « Pourrais-tu prononcer son nom et lui caresser la tête, lui montrer d'une manière ou d'une autre que tu n'as pas l'intention de me faire du mal ? »

Mac, qui avait toujours aimé les chiens, sourit à la chienne toujours hostile et lui dit : « Salut, Sierra. Tu es tout à fait superbe. » Puis il se pencha et mit la main, paume en bas, sous son museau. « Je suis Mac, continua-t-il tandis que la chienne le reniflait avec véhémence. Je ne ferai pas de mal à Teri. Je te le promets. »

Quelque peu calmée, Sierra se redressa, recula un peu et autorisa Mac à entrer. Il lui lança rapidement un dernier regard, puis parcourut la pièce des yeux. Il n'était jamais venu dans cette maison, et il admira les parquets de chêne cirés, les poutres, et les nombreuses fenêtres laissant le soleil enluminer les murs jaune pâle, les meubles de bois clair, et les coussins rouille et or. Il émanait de la pièce une agréable sensation d'intimité rustique.

« Ça alors ! s'exclama Mac. Je croyais que tu t'étais contentée de rénover les bâtiments de ferme.

— C'était ce que je pensais faire, mais tout était en trop mauvais état. J'ai tout fait démolir et un de mes amis architecte a dessiné les plans de cette maison à la place. J'avais l'idée d'une sorte d'auberge de campagne romantique. » Teresa ébaucha un sourire. « J'en déduis que ça te plaît. »

Le regard de Mac fit le tour de la pièce si claire avec ses deux impostes semi-circulaires ouvrant sur une véranda, sans oublier une magnifique cheminée à la française. « C'est superbe, Teri. Vraiment. Quand je vois ce que tu as fait de cet endroit ou de mon Club, je me dis que tu aurais dû être architecte. »

Teresa rougit. « Oh ! je suis peut-être une bonne architecte amateur mais, comme je l'ai dit, je me suis fait aider par un professionnel. On s'est chamaillés une ou deux fois — je savais exactement ce que je voulais et il avait des idées différentes qui, selon lui, donneraient une certaine originalité à la maison — mais j'ai tenu bon.

— Comme d'habitude, dit Mac en riant, alors qu'il était déjà en train de se demander si cet architecte était plus qu'un simple ami. Lorsque Teresa Farr a décidé quelque chose, pas question qu'il en soit autrement.

— Certains appellent ça avoir une tête de mule et n'apprécient pas tellement.

— Pour moi, c'est de l'assurance, et j'apprécie énormément.

— Eh bien… merci. » Teresa se sentit soudain gênée, et ne sut absolument plus que dire ou que faire. Elle finit par demander : « Veux-tu un thé glacé ?

— Bonne idée, répondit-il, bien qu'il vînt juste de prendre un thé chez sa mère. Est-ce que Sierra m'autorisera à m'asseoir ?

— Sûrement. Évite les mouvements trop brusques. »

Mac adressa un sourire crispé à la chienne et se faufila avec précaution vers un fauteuil à l'aspect confortable. Une fois qu'il fut installé là, Sierra sembla décider qu'il ne représentait plus une menace. Elle délaissa son devoir de gardienne et suivit Teri qui sortait de la pièce pour se diriger vers ce que Mac supposa être la cuisine. Il profita de ces instants où il se trouvait seul pour examiner plus attentivement la pièce.

De très beaux spécimens d'art Fenton reposaient sur le manteau de la cheminée, leurs teintes or, fougère, vermeille et bleu-vert chatoyaient au soleil du crépuscule. Au centre trônait un grand vase noir, décoré de fleurs délicatement peintes à la main. Mac était presque sûr d'avoir vu ce vase chez les Farr. Sans aucun doute, c'était Marielle qui l'avait choisi, et certainement pas Hugh, se dit caustiquement Mac.

Il se retourna et regarda la bibliothèque nichée dans le mur entre les deux portes-fenêtres. Des éditions reliées de cuir de Thackeray, Austen, Dickens, Stendhal, Melville, Hemingway et Bellow attirèrent son regard. Et, bien sûr, il y avait de nombreux ouvrages de Fitzgerald. Mac se souvenait que c'était l'écrivain préféré de Teri. Son regard se faisait toujours rêveur lorsqu'elle parlait de la beauté de sa prose. Avant de la rencontrer, Mac n'avait jamais lu un classique de sa vie. À présent, il possédait, lui aussi, les œuvres de Fitzgerald, ainsi que deux ou trois livres de Hawthorne, et *Guerre et Paix* de Tolstoï, un roman dont la lecture lui avait demandé tout un été. C'est fou, songea-t-il, cette femme a même réussi à faire de moi un grand lecteur !

Il souriait toujours lorsque Teri revint dans la pièce, portant un plateau chargé de verres de citronnade. Elle le posa sur une table basse. « J'ai apporté quelques cookies au chocolat faits maison et, d'après Daniel, ils ne sont pas tout à fait aussi brûlés que d'habitude, mais je ne serai pas vexée si tu préfères t'en abstenir.

— Ce n'est pas très flatteur de la part de Daniel, non ? fit Mac en souriant, et en prenant aussitôt un gâteau.

— Au moins, il est sincère. » Teri s'installa sur le canapé en face de lui. « Comme tu le sais, la cuisine n'a jamais été mon fort.

— Comment le saurais-je ? Tu n'as jamais cuisiné pour moi.

— Tu ne connais pas ta chance ! »

Teri sourit et Mac se sentit immédiatement plus détendu. Puis elle dit : « Bon, de toute évidence tu es au courant pour Roscoe Lee Byrnes. Tu en penses quoi, toi ?

— Un tueur en série qui lâche une bombe la semaine de son exécution ? » Mac leva les yeux au ciel. « Je ne croirais pas cet homme même s'il posait la main sur une pile de bibles, malgré sa toute nouvelle foi chrétienne.

— Alors pourquoi cette déclaration ?

— Pour attirer l'attention. Il veut partir en beauté, faire sensation. Il espère peut-être que quelqu'un aura l'idée d'écrire un livre sur lui. Ce n'est pas Einstein, mais il est assez malin pour savoir que des gens parleront de lui avant son exécution. Bon sang, jusqu'au dernier moment il veut avoir la vedette !

— C'est aussi l'une des théories de Kent. » Teri sirota une gorgée de sa citronnade et regarda au loin, l'air découragé. « Je n'arrive pas à croire qu'après toutes ces années, après les efforts que j'ai faits pour tirer un trait sur le passé, tout ça me revienne à la figure maintenant, alors que je me lance dans une nouvelle entreprise.

— Teri, il y aura en effet des gens pour s'emparer de cette histoire et en parler pendant des semaines. Mais la plupart vont la prendre pour ce qu'elle est — une tentative ridicule et cruelle de produire un peu d'agitation, de s'octroyer un peu de gloire. Après tout, même Byrnes doit savoir qu'au bout de tout ce temps, les gens ne s'intéressent plus à lui, alors il rallume simplement le flambeau de la publicité.

— Tu le crois vraiment capable d'une telle réflexion ?

— Oui, Teresa. Il a commis au moins vingt meurtres sans se faire prendre. Il est fou, c'est certain, mais pas stupide. La plupart des habitants de Point Pleasant vont bien s'en rendre compte, ils ne vont pas se dire qu'ils ne veulent plus entendre parler de Farr Fields !

— Mon Dieu, j'espère que tu as raison, soupira Teresa. J'ai placé tellement d'espoirs dans ce centre !

— Il est magnifique, Teresa. Il n'y a rien de comparable dans les environs. Ne va pas imaginer que tous les propriétaires de chevaux vont accourir, monter en selle, et s'enfuir au galop dans les collines avec leur cheval. C'est la même chose pour ton école. Je ne crois pas qu'il y aura beaucoup de parents qui voudront voir leur enfant en pleurs, désespérés ou piquant une crise de nerfs parce qu'ils ne peuvent plus prendre leur leçon d'équitation. »

Teri pensa à Daniel. Il n'avait encore vu Cesar qu'une seule fois, et pourtant il pleurait déjà à l'idée que sa mère ne le laisserait pas le revoir avant de retourner à la maison. « J'espère que tu as raison », dit-elle, se forçant à parler d'une voix plus assurée qu'elle ne l'était elle-même. Puis elle le regarda plus attentivement. « C'est pour cela que tu es venu me voir, Mac ? Pour me dire de garder la tête haute, d'avoir des pensées positives, de faire comme si Roscoe Byrnes n'avait pas décidé de devenir une star la dernière semaine de sa vie ?

– Eh bien, en partie. » Mac se pencha en avant, ses yeux noisette brillant d'intensité. Le soleil éclairait l'acajou de ses cheveux bouclés, et Teri ne put s'empêcher de remarquer que sa peau avait pris la belle teinte légèrement bronzée que tant de femmes essayaient d'obtenir artificiellement. Lorsqu'elle prit conscience d'examiner ainsi son visage, elle recula, troublée. « Je suis allé voir ma mère cet après-midi et...

– Comment va-t-elle ? s'empressa de demander Teresa, avant de boire une nouvelle gorgée de citronnade, qu'elle faillit renverser sur son menton.

– Plutôt bien. Elle expérimente une nouvelle recette. C'est top secret, alors ne me demande pas les ingrédients », plaisanta Mac, déconcerté par l'évidente gêne de Teri. Il se demanda si c'était à cause de sa présence, puis il se dit qu'il était un idiot égocentrique. « C'est une recette de muffin, laissa-t-il échapper.

— Elle n'a pas besoin de s'inquiéter, je ne vais pas essayer de la lui voler. Comme tu peux le voir avec ce pauvre biscuit au chocolat que tu te forces à manger, je suis la pire des cuisinières.

— Ces biscuits sont délicieux. » Mac enfourna le reste du cookie et se mit à mâcher avec énergie. « Délicieux », parvint-il avec peine à prononcer.

Teri éclata de rire. « Tu sais, Mac, tu n'es pas obligé de tout avaler d'un coup pour me rassurer ! Sierra et toi, vous avez tout à fait les mêmes manières à table ! »

Il rit lui aussi, et s'étrangla. Il finit par se mettre à tousser, et Teri lui tapa dans le dos. « Je t'en prie, ne meurs pas ici, fit-elle en gémissant. Ma réputation est déjà assez mauvaise dans cette ville, sans que tu tombes raide mort après avoir mangé un de mes cookies ! »

Mac rit de nouveau, ce qui provoqua une nouvelle crise de toux. Il prit son verre de citronnade et le but en entier. Quand il eut plus ou moins repris ses esprits, il leva les yeux sur Teresa, le visage rouge et les larmes aux yeux. « Je voulais juste te montrer que j'aime ces cookies.

— C'était gentil de ta part, fit Teresa avec un drôle de sourire. Et courageux.

— Teri, je ferais n'importe quoi pour toi ! »

Elle savait qu'il la taquinait, mais sentit malgré tout la chaleur lui monter brusquement à la tête. Elle aurait aimé que Mac cesse de sourire et de la regarder dans les yeux. Et mieux encore, qu'il parte. Cela faisait quatre ans qu'elle ne s'était pas trouvée proche de lui, mais, autant hier soir qu'aujourd'hui, elle se rendait compte qu'elle se sentait très nerveuse en sa présence, presque aussi mal à l'aise que lorsqu'elle était adolescente. Elle retourna s'asseoir et dit d'un ton faussement léger : « Plus de cookies pour toi. C'est plus que tu ne peux en supporter.

— D'accord. Puisque tu le dis. » De nouveau, ils échangèrent un sourire forcé, puis Mac s'éclaircit la gorge et reprit d'un ton redevenu sérieux : « Je suis venu te voir car je suis passé chez Maman tout à l'heure, et elle m'a dit quelque chose que j'ignorais. Au sujet de ta mère. »

Teresa se sentit devenir de pierre. Elle n'aimait pas parler de sa mère, pas même avec Kent et Carmen. Alors, parler de Marielle avec Mac MacKenzie…

Mac le savait bien sûr, et c'était pour ça qu'il s'était dépêché de parler avant qu'elle puisse l'arrêter. « Maman m'a raconté le jour où ton père l'a mise à la porte. Tu m'avais toujours dit que Wendy essayait depuis des mois de se débarrasser de ma mère, et que, lorsque Maman a fait tomber le vase en cristal, Wendy en a profité pour demander à Hugh de la renvoyer. Mais ce n'est pas comme ça que ça s'est passé. Du moins, pas seulement comme ça. »

Mac fit une pause, avant de reprendre : « Marielle est venue chez vous ce jour-là. Elle avait une injonction de la Cour lui interdisant de s'approcher de toi, mais elle est passée outre, et Maman a arrangé une rencontre entre vous deux, dehors, sur le côté de la maison, où elle pensait que Wendy ne pourrait pas vous voir. Mais Wendy avait vu Maman parler à Marielle devant la porte. Elle vous a observées toutes les deux, ta mère et toi.

— Rien n'échappait à Wendy, dit Teresa avec raideur. Cette fille avait des yeux derrière la tête.

— Ce n'est pas que Wendy vous ait vues qui m'a le plus étonné. C'est que tu ne m'aies *jamais* dit que tu avais vu ta mère la veille des meurtres. Tu m'as caché la vérité. Pourquoi ? »

Teresa était à présent complètement figée, tout à la fois nerveuse et en colère. « Je n'avais pas compris que j'étais dans l'obligation de te dire la vérité, toute la vérité, rien que la vérité », répondit-elle d'un ton cassant.

Mac ferma les yeux un instant, les rouvrit et les plongea si profondément dans ceux de Teresa qu'elle eut l'impression qu'il pouvait lire dans son âme. « Teri, je sais que tu n'avais que dix-sept ans, mais je croyais que nous nous aimions. Vraiment, je veux dire, rien à voir avec une amourette d'adolescence ni une sorte d'obsession. Les gens qui s'aiment se parlent des choses importantes. Il me semble plutôt important que ta mère soit venue, seule, dans la maison des Farr le jour du meurtre, il me semble que tu aurais dû, toi, trouver cela assez important pour m'en parler. » Teri garda obstinément le silence. « Tu savais que Beulah ne surveillait pas vraiment les allées et venues de ta mère, n'est-ce pas ? » demanda Mac.

Teri le regardait d'un air de défi, menton levé. « Beulah aurait pu faire plus attention, mais ce n'est pas comme si ma mère vadrouillait dans tout l'État sans surveillance.

– Elle n'était pas censée sortir *du tout* sans surveillance, et encore moins se rendre dans la maison de son ex-mari et de sa nouvelle épouse enceinte.

– D'accord ! lança agressivement Teri. Ma mère est venue chez nous le jour des meurtres. Et alors ?

– Et alors ? répéta Mac, incrédule. Sa venue a provoqué un sacré tollé, voilà quoi ! Wendy a cafté, Hugh a rappliqué, il s'est mis à crier contre ma mère. Au moment où il a semblé vouloir l'attaquer physiquement, tu es intervenue. Ce jour-là, il t'a frappée violemment, pas une, mais *deux* fois ! Pas étonnant que tu n'aies pas voulu me voir le lendemain. Tu avais une lèvre fendue, impossible à cacher.

— En effet. Le soir, je suis allée marcher un long moment, seule. Personne n'a voulu croire que j'étais seule — à part toi — et pourtant, c'était bien le cas. Je voulais que personne ne puisse me voir. Que personne ne puisse imaginer ce que mon père m'avait fait. C'était trop honteux. Et puis…

— Et puis ?

— Et puis, je ne voulais pas qu'on sache ce qui l'avait mis si en colère contre moi. Ce n'était pas seulement que je sois intervenue pour ta mère à toi, rappelle-toi que la mienne était venue à la maison et que mon père allait la dénoncer à la police. Wendy l'en a empêché ce jour-là sous prétexte que ça gâcherait la fête qu'elle voulait donner pour annoncer qu'elle était enceinte. Mais je savais que Papa le ferait dès le lendemain, il ne pourrait pas se retenir plus longtemps, même pour faire plaisir à Wendy. Il a dit qu'il dénoncerait ma mère pour avoir enfreint les règles de sa "mise à l'épreuve". » Teresa s'interrompit un instant. « Il a aussi menacé de t'accuser de m'avoir battue. De déclarer que c'était toi qui m'avais fendu la lèvre. Il m'a dit qu'entre sa parole et la tienne, la police n'hésiterait pas un instant, surtout avec Wendy qui confirmerait sa version, comme il savait qu'elle le ferait. »

Teresa, presque tremblante, prit une longue inspiration. « Mais il n'a pas eu l'occasion de dénoncer la visite de ma mère, ou de t'accuser, toi, car il a été assassiné cette nuit-là. » Elle lui lança un regard qui semblait le supplier de comprendre et le prévenir qu'elle serait furieuse s'il ne comprenait pas. « Mac, tu ne vois pas pourquoi je ne pouvais parler à personne de la visite de Maman ? J'ai aussi menti aux policiers au sujet de ma lèvre fendue — j'ai dit que j'avais trébuché et que j'étais tombée sur le coin de ma coiffeuse. Je ne voulais pas qu'ils sachent que Papa m'avait frappée. Ils auraient voulu savoir pourquoi et ils auraient pensé que j'avais encore plus de raisons de le tuer. Je ne voulais pas qu'ils apprennent qu'il menaçait de t'accuser. Un seul de ces faits nous aurait donné à tous — à moi, à ma mère, et à *toi* — un mobile encore plus puissant pour l'assassiner, et Wendy aussi, à ce moment précis. Je voulais nous protéger tous.

— Tu voulais aussi protéger quelqu'un d'autre. » Teresa le foudroya du regard. « Teri, ma mère a été horriblement bouleversée par ce qui s'est passé ce jour-là. » Il s'interrompit, et Teri comprit qu'il pensait à quelque chose que sa mère lui avait dit tout à l'heure — quelque chose qu'il n'avait l'intention de dire à personne, pas même à Teresa. « Teri, as-tu vu ma mère, entre le moment où ton père l'a mise dehors et le moment des meurtres ?

— Si je l'ai vue ? répéta Teri, surprise. Non. Elle était dans un sale état. Je suis certaine qu'elle est rentrée directement chez elle, et qu'elle n'aurait jamais osé revenir. Quelques jours après les meurtres, elle est passée chez Carmen, où j'habitais, mais j'ai demandé à Carmen de la renvoyer.

— De la renvoyer ! Mon Dieu, on dirait Wendy !

— Ne me compare plus jamais à Wendy ! » explosa Teresa, puis, lisant la colère dans son regard, elle comprit qu'elle s'était exprimée de manière trop arrogante, surtout envers un homme qui toute sa vie s'était vu rejeter parce qu'il n'était pas jugé digne de frayer avec le beau monde. « J'ai demandé à Carmen de renvoyer ta mère parce que je pensais qu'il valait mieux qu'on ne l'associe pas avec moi à ce moment-là, dit doucement Teri. Emma n'était pas en très bonne santé, et moi, j'étais la première suspecte dans une affaire de meurtre. Je voulais lui éviter de s'impliquer davantage dans cet horrible gâchis. »

Le regard de Mac s'adoucit, il soupira et finit par s'installer plus profondément dans son fauteuil, en secouant la tête. « Pauvre petite Teri, fit-il d'un ton qui semblait exprimer une compassion sincère. Je savais que tu souffrais, à l'époque, mais je n'avais pas compris à quel point. Seigneur, non seulement tu protégeais Marielle et toi, mais aussi Maman, et même *moi* ! » Il poursuivit d'une voix chaleureuse et très douce : « Tu étais un sacré personnage, Teresa Farr. Tu l'es toujours. »

Teresa baissa les yeux. Elle ne voulait pas croiser le regard de Mac, un regard qui peu à peu était devenu affectueux, reconnaissant, admiratif et presque intime. Elle ne voulait pas qu'il ait l'impression de lui devoir quelque chose. Elle ne voulait pas qu'il s'imagine qu'il pouvait lui adresser compliments et regards chaleureux, lui parler de cette voix profonde et la reconquérir, pour ce qui ne serait qu'une nouvelle aventure pour lui, mais beaucoup plus pour elle. Tellement plus. Elle sentait déjà que le mur de glace qu'elle avait érigé pour se protéger de lui commençait à fondre, lentement. À cet instant, Teresa n'aurait eu d'autre désir que d'ouvrir les bras, attirer Mac à elle, sentir sa peau contre elle, ses lèvres contre les siennes…

Elle sursauta comme si elle venait de recevoir un coup. À quoi pensait-elle donc ? Allait-elle laisser Mac revenir dans sa vie pour quelques mots gentils, un regard aguichant, un sourire presque irrésistible ? Mac s'imaginait-il qu'en dépit de leur passé, elle était tellement vulnérable qu'elle ne saurait résister au charme dont il savait si bien user ? Il avait été pour elle comme une flamme pour un papillon de nuit, et il le savait. Mais c'était du passé. Non, se dit Teresa avec une véhémence qui l'effraya presque. Elle ne laisserait pas Mac dévaster son univers une nouvelle fois. Elle ne lui donnerait pas le moindre espoir qu'il puisse compter un tant soit peu pour elle, quitte à se montrer cruelle.

La détermination, née de peurs à la fois anciennes et nouvelles, aida Teresa à lever les yeux pour croiser ceux de Mac. Son regard se fit dur. Elle se pencha plus près de lui, le visage sévère et, d'un ton définitif, dit lentement : « Je n'ai pas menti pour te protéger, Mac. J'ai menti parce qu'une heure environ après la bagarre à la maison, ta mère m'a appelée et m'a suppliée de ne pas te raconter ce qui s'était passé, parce qu'elle était terrifiée à l'idée de ta réaction si tu apprenais qu'elle avait été maltraitée par Papa, et qu'il avait menacé d'aller à la police t'accuser de m'avoir agressée. Elle m'a dit qu'elle avait peur de ce que tu pourrais faire si tu apprenais toute la vérité sur ce qui venait de se passer.

» Je vois bien qu'elle a omis de te raconter cette partie-là. Mais c'est la vérité et tu dois savoir que, si j'ai gardé le silence, ce n'est pas simplement pour toi. C'est essentiellement pour Emma, parce que je l'aimais beaucoup. » Teresa se pencha un peu plus près encore et dit avec une malveillance feutrée : « Mais j'ai compris, et ça a été un grand choc pour moi, que même ta propre mère te croyait capable de violence. »

Mac fixa Teresa une longue minute après qu'elle eut parlé de l'appel d'Emma la nuit des meurtres. Puis il se leva, dit : « Merci pour la citronnade », et sortit en claquant la porte. Bientôt, elle entendit sa voiture démarrer et s'engager sur le chemin qui menait de sa maison à la grand-route.

« On ne dira pas que nous ne savons pas prendre soin de nos invités, dit joyeusement Teri à Sierra qui s'était levée et mise à aboyer quand Mac avait claqué la porte. Ne t'en fais pas pour lui, ma fille. Je doute qu'il revienne nous voir et, et c'est tant mieux ! »

Sierra s'assit, pencha la tête et regarda Teri avec intensité. De nouveau, celle-ci adressa un sourire à la chienne, lui parla de manière stupide et amicale, puis éclata en sanglots. Un instant plus tard, elle était assise par terre, en larmes, tandis que Sierra se hissait sur elle de tous côtés, gémissant et mettant sa tête tout contre son cou.

2

Après le départ de Mac, les heures avaient semblé interminables à Teresa. Elle était heureuse de l'avoir remis à sa place. Puis se détestait de l'avoir si brutalement rejeté. Elle se félicitait qu'il soit parti, avec un peu de chance, pour toujours. Puis se lamentait aussitôt à l'idée qu'elle puisse ne jamais le revoir.

Finalement, épuisée par ses tentatives d'analyser ce qu'elle ressentait, Teresa décida de laisser tomber et de s'occuper l'esprit avec un autre sujet que Mac MacKenzie. Elle essaya de lire, mais fut incapable de se concentrer. À la télévision, toutes les chaînes revenaient sur l'histoire de Byrnes. Rien de ce qu'elle aurait pu manger ce soir-là ne la tentait, et elle décida de sauter le repas, bien que l'appétit de Sierra n'ait pas souffert de cette rude journée. Finalement,

Teresa se servit un verre de chablis, mit un CD d'Ivy, s'installa confortablement et, dans la quasi-obscurité, laissa son esprit vagabonder au gré de la musique jusqu'à presque dix heures. Après un deuxième verre de vin, à moitié endormie, elle sursauta. Le téléphone venait de sonner. Elle prit le combiné sur la table basse tout près de son fauteuil. « Allô ? avança-t-elle prudemment, s'attendant à une mauvaise plaisanterie.

— Alors cette ordure de Roscoe Lee Byrnes est de retour dans l'actualité. »

Carmen. Teresa expira profondément, prenant conscience qu'elle venait de retenir son souffle. « Ça m'étonne que tu ne m'aies pas appelée plus tôt, Carmen.

— J'ai passé mon temps à répandre partout en ville la nouvelle que Roscoe n'a pas tué Wendy et Hugh. On s'imagine que c'est une petite ville, jusqu'au moment où il faut faire du porte-à-porte !

— Carmen, ce n'est pas drôle », fit Teresa d'une voix sévère, tout en esquissant malgré elle un sourire. Sharon et Kent avaient beau ne pas aimer l'humour particulier de Carmen, Teri, la plupart du temps, appréciait que son amie ne se conduise pas comme si la vie était un terrain miné, plein de dangers dont le pire de tous était le qu'en-dira-t-on.

« Écoute, mon petit, je sais que pour toi, ça doit ressembler à la fin du monde, mais c'est loin d'être le cas. » La voix de Carmen était douce et tranquille comme si elle discutait d'un sujet anodin. « Roscoe veut occuper le devant de la scène, il aura ses deux jours de gloire, mais ça n'ira pas plus loin. J'ai vu la vidéo de sa déchirante confession où il déclare ne pas avoir tué Wendy et Hugh. Crois-moi, il n'a pas le charisme d'un Ted Bundy. Il a l'air d'un assassin.

Il s'exprime comme un assassin, et d'un assassin complètement bouché en plus. Personne ne va le croire.

— Je n'en suis pas si sûre, Carmen.

— Moi si. Les gens ne sont absolument pas convaincus, Teri. »

Teresa se redressa. « Carmen Norris, as-tu vraiment passé la journée à discuter de Roscoe Lee Byrnes avec tous ceux que tu as rencontrés ?

— Seulement avec quelques personnes dont le jugement me semble fiable.

— Oh non ! Si jamais tu as parlé de lui à *une seule* personne, Kent ne t'adressera plus jamais la parole. »

Carmen rit. « Je me fiche complètement de ce que Kent pensera de moi, Teri. De toute manière, ça ne pourrait pas être pire que ce qu'il pense déjà, bien que je ne sache pas ce que j'ai fait pour lui déplaire autant. Tu le sais, toi ? »

Teresa eut beaucoup de mal à orienter ses pensées de Roscoe Byrnes à l'apparente antipathie de Kent pour Carmen. « Je crois simplement que Kent pense que toutes les femmes, surtout celles qui ont dépassé la trentaine, devraient rester au foyer, faire de la pâtisserie ou autres activités ménagères.

— Toujours aussi diplomate ! Ce n'est pas une réponse. Seulement, tu n'es pas du genre à répéter les propos offensants. » La voix de Carmen se fit plus légère : « Comment va Mac ?

— Mac ? Comment sais-tu qu'il est venu ici ?

— Je ne le savais pas. C'était une supposition, tu l'as confirmée. » Teresa se serait mordu la langue ! « Est-ce qu'il t'a offert soutien et compassion ?

— Oui, au début, mais j'ai tout fait de travers.

— Oh ! Teri, gémit Carmen. S'il te plaît, ne me dis pas que tu t'es jetée dans ses bras en lui disant que tu l'aimais.

— Bien sûr que non, répondit Teri d'un ton indigné. Et je ne l'aime pas.

— C'est ce que tu dis. » Carmen redevint sérieuse. « Teri, je sais que je ne suis pas ta mère et que tu es une adulte, mais tu ne peux pas avoir confiance en cet homme. N'oublie pas ce qui s'est passé la dernière fois...

— Je sais, Carmen. Mais enfin, c'est *toi* qui m'as poussée à aller au Club Rendezvous !

— Pour voir le Club. Pas pour que tu te retrouves avec Mac.

— Et ce n'est pas moi qui l'ai invité à venir ici aujourd'hui, insista Teresa. Je n'y peux rien, s'il a décidé de passer. Qu'est-ce que tu voulais que je fasse quand il a sonné à ma porte ? Que je me cache ? »

Teresa but une nouvelle gorgée de vin, prête à entendre la suite du sermon. Mais Carmen se contenta de dire doucement : « Bon, je n'entends pas ce frémissement que tu avais dans la voix chaque fois que tu parlais de lui. Tu prétends avoir tout fait de travers. Qu'entends-tu par là ?

— Tu disais que je n'étais pas du genre à répéter les propos offensants ? Eh bien, tu te trompes. On peut en rester là ?

— Je n'ai droit à aucun détail ?

— Pas ce soir. » Teri n'était pas encore prête à repenser aux choses impitoyables qu'elle avait dites à Mac, même s'il lui semblait justifié de décourager d'éventuelles tentatives de sa part de la revoir. « Je suis trop fatiguée pour parler de la visite de Mac, qui d'ailleurs a été très rapide. La journée a été tellement éprouvante et déprimante, avec Byrnes et tout le reste, termina-t-elle de manière évasive.

— Oui, j'imagine. L'entendre essayer de se disculper des meurtres des Farr a dû te faire un coup, un sacré coup, au moment même où tu pensais enfin tourner la page. Tu tiens le choc ?

— Pas trop mal, en fait. J'étais évidemment loin d'imaginer qu'il ferait son cinéma si peu de temps avant son exécution. Comme un dernier feu d'artifice avant de quitter cette vie. »

Teresa termina son verre de vin, leva les yeux et poussa un petit cri étouffé. Elle venait d'apercevoir un visage blême qui la fixait par la fenêtre du salon. Un instant, son regard croisa les yeux immenses et caverneux de l'intrus. L'instant suivant, le visage avait disparu.

« Teri, tout va bien ? demanda Carmen d'une voix plus forte. Teri, qu'est-ce qui ne va pas, bon sang ! »

D'une voix éraillée, et gênée par le vin qui ne passait pas, Teresa réussit à dire : « J'ai aperçu un visage à la fenêtre.

— Celui de l'un des Gibbs, qui travaillent pour toi ?

— Non.

— Tu as dit que tu l'as seulement aperçu. Et tu as bu.

— Deux verres de vin, en deux heures ! répondit vivement Teri. J'ai oublié d'allumer la véranda. Je vais à la porte pour regarder dehors.

— Teri, non ! dit Carmen presque en criant. Tu as perdu la tête ! Et s'il y a un assassin dehors ? Tu vas lui ouvrir la porte et l'inviter à entrer ?

— Un assassin ? C'est… » Teri s'interrompit brusquement, prenant conscience qu'ouvrir la porte était une idée trop impulsive, stupide et dangereuse. Elle était peut-être saoule finalement. Carmen criait toujours au téléphone. « Carmen, arrête de hurler ! Je ne vais pas voir à la porte. Je ne sais pas ce qui m'a pris de dire ça. Je vais regarder par la fenêtre.

— Teri, j'appelle le 911.

— Pas tout de suite. Ne raccroche pas, attends une seconde. »

Teri, d'habitude, tirait les rideaux dans le salon le soir, mais aujourd'hui elle avait oublié. Elle avait pourtant bien fermé la porte. Du moins, elle l'espérait.

La panique s'empara d'elle. Elle traversa la pièce à toute allure, essaya de tourner la poignée, qui ne bougea pas. Dieu merci, je l'ai fermée, murmura-t-elle, alors que Sierra, mise en alerte par la peur manifeste de Teri, se tenait derrière elle en aboyant frénétiquement.

« Reste tranquille », chuchota Teri à la chienne qui, devant la fenêtre, émettait une sorte de grondement. Teri se laissa tomber à genoux et rampa sous la fenêtre — un « truc » qu'elle avait vu à la télé, lorsqu'un personnage voulait éviter de devenir une cible parfaite. Puis elle leva légèrement la tête et fixa une nuit indigo, où manquaient la lune et plus de la moitié des étoiles.

Teri crut entendre une voix d'homme. Brusquement, une lumière aveuglante jaillit juste au-dessus de sa tête. Elle hurla et tomba en arrière, le souffle coupé, le cœur douloureux à force de battre trop fort. Sierra tournait autour d'elle, aboyant furieusement, et la lumière brillait toujours, projetée autour de la pièce à demi obscure, illuminant les meubles, le parquet, le téléphone. Malgré le raffut que faisait Sierra, Teresa pouvait entendre Carmen crier : « Teri ! Teri ! »

Toujours recroquevillée sur le sol, Teresa chercha à saisir la chienne, qui donnait de grands coups de langue sur la fenêtre, répandant de la salive sur la vitre. Teresa venait juste de parvenir à mettre ses bras autour du corps musclé de Sierra lorsque, de nouveau, elle entendit une voix d'homme, assez forte cette fois-ci pour couvrir le boucan dans la maison. « Miss Farr, tout va bien ? » Teresa ne bougea pas, prise d'une profonde panique. « Miss Farr, c'est Josh Gibbs ! C'est moi, Josh ! Miss Farr ! »

Teresa crut qu'elle allait s'évanouir de soulagement. Personne n'était en train de la viser avec un pistolet. Joshua Gibbs était debout sur la véranda, projetant le puissant faisceau d'une grosse lampe de poche en direction de la maison. « Josh ? » cria-t-elle. Elle avait besoin d'entendre de nouveau sa voix pour être sûre qu'il s'agissait bien de lui. « C'est vous, et votre père ?

— Juste moi, madame, cria en retour Josh. Tout va bien à l'intérieur ?

— Oui, mais il y avait quelqu'un à la fenêtre.

— J'étais en voiture, en bas de la colline, je revenais de chez un ami, et je l'ai vu. Les lampes de votre véranda ne sont pas allumées, mais il s'est retrouvé pris dans mes phares. Je suis arrivé aussi vite que possible, mais il a pu s'enfuir, en direction des bois. Vous voulez que je parte à sa poursuite ?

— Non, ce n'est pas la peine. » La voix de Teresa se brisa et elle se rendit compte à quel point elle était ridicule ainsi, toujours recroquevillée par terre, Josh et elle criant tous deux, chacun d'un côté de la porte. « Je suis sûre qu'il a disparu depuis longtemps », dit-elle, toujours en criant. Lentement, elle se releva. « J'arrive. »

Sierra continuait de japper et de gronder, mais moins fort que tout à l'heure, et elle se tut complètement lorsque Teresa éclaira la véranda, ouvrit la porte, et qu'elle vit un homme qu'elle connaissait si bien. Josh – vingt-deux ans, grand, un beau visage anguleux comme avait dû être celui de son père au même âge – fixait Teresa de ses immenses yeux bleus. L'intensité de son regard était le seul signe trahissant une certaine agitation de sa part car, sinon, il paraissait aussi calme que d'habitude. Très brièvement, il l'examina de la tête aux pieds, comme pour s'assurer qu'elle n'était pas blessée, puis lui adressa un petit sourire réconfortant. « J'allais casser la porte, quand j'ai vu que vous ne répondiez pas tout de suite. J'ai cru que vous étiez peut-être blessée ou inconsciente. Vous êtes sûre que tout va bien, Miss Farr ? »

Teresa avait beau répéter à Gus et à Josh de l'appeler Teresa, ils s'en tenaient tous les deux à « Miss Farr ». « Oui, ça va, dit-elle, encore un peu essoufflée. J'ai simplement eu peur. J'ai levé les yeux et il y avait cet étrange visage à la fenêtre. » Elle s'interrompit. « Vous disiez que vous l'aviez aperçu. Vous l'avez reconnu ?

– Non », répondit lentement Josh. Il baissa les yeux, et l'éclairage de la véranda tomba sur ses cheveux d'un blond cendré, plutôt longs, que son père n'arrêtait pas de lui dire de couper. « Vous n'allez pas me croire, mais on n'aurait pas vraiment dit un homme. Ni une femme.

– Quoi ?

– Je veux dire, c'était impossible à voir à cause de la manière dont il – si c'est bien *il* – était habillé. De loin, on aurait dit qu'il portait une espèce de long manteau avec un capuchon relevé. Pas besoin d'un manteau, ni d'une capuche par une nuit chaude comme celle-ci, sauf si on veut se cacher. »

Un long manteau noir avec une capuche… L'image jaillit aussitôt dans l'esprit de Teri. Une silhouette en capuche qui l'avait frôlée dans le couloir, lui avait entaillé le bras avec un couteau aussi aiguisé qu'un rasoir. Le souvenir lui donna presque la nausée. « Vous êtes sûre que ça va, Miss Farr ? demanda Josh.

— Oui, répondit-elle vivement. Tout va bien. J'ai simplement été prise au dépourvu. J'ai vu ce visage, et ensuite cela m'a semblé une éternité avant que je vous entende crier.

— Je suis désolé. J'ai fait aussi vite que j'ai pu.

— C'était sûrement un voyeur.

— Habillé comme ça ? dit Josh, en le regrettant aussitôt. Il fait chaud, mais c'est vrai qu'on approche du 4 juillet, et vous savez comment sont les adolescents — ils aiment bien chercher les ennuis », se rattrapa-t-il, comme si lui-même était beaucoup plus âgé. Teri ne put s'empêcher de sourire, mais Josh ne s'en rendit pas compte. Il s'était baissé, et ramassait quelque chose devant la porte de Teresa. « Ça alors… grommela-t-il, en tournant l'objet de tous côtés sans le quitter des yeux. Je me demande bien ce que ça fait là. Vous croyez que c'est cet individu qui l'a laissé ? »

Lentement, la terreur affluant en elle comme une eau glacée, Teresa tendit la main vers l'objet et le fixa, n'en croyant pas ses yeux. C'était Snowflake, la lampe de chevet en forme de cheval de Celeste, qu'elle n'avait pas revue depuis la nuit des meurtres.

CHAPITRE VII

1

Trouver le message dans sa voiture puis recevoir le fax avait surpris et bouleversé Teresa, mais elle s'était en quelque sorte fait une raison, se disant que c'était tout simplement quelqu'un qui ne résistait pas à la tentation de la harceler pendant la semaine de l'exécution de Byrnes. Après la confession qu'il venait de faire, elle avait rassemblé ses forces en prévision d'autres manifestations de ce type de harcèlement, tellement lâche – l'œuvre d'une personne qui prenait plaisir à envoyer ces messages mais s'en contentait. Rien n'aurait pu la préparer à subir une telle agression.

Cette lampe de chevet était bel et bien Snowflake, Teresa n'avait aucun doute à ce sujet. Lorsqu'elle l'avait achetée, il lui avait semblé que le regard de l'animal était froid et vide, alors elle avait peint les yeux d'un riche brun-vert, parsemé de petites touches d'or, et ajouté de longs cils noirs et recourbés. Elle se souvenait de l'air mauvais de son père et de Wendy lorsque Celeste avait poussé un cri de ravissement devant sa lampe de chevet, alors qu'elle avait simplement marmonné un « Merci » poli pour leur cadeau, une coûteuse maison de poupée décorée.

« Vous savez ce que c'est, Miss Farr ? demanda Josh.

— Une lampe de chevet. Il y a longtemps, je l'ai donnée à une petite fille. Elle l'avait appelée Snowflake. » Teresa se rendit compte qu'elle parlait d'une voix peu naturelle et qu'elle en disait plus que nécessaire, mais elle ne pouvait apparemment pas s'arrêter. « Je n'ai pas vu cette lampe depuis des années…

— Je me demande qui l'a laissée ici. La petite fille à qui vous l'aviez donnée ? Cela vous semble-t-il possible ?

— Comment ? Mon Dieu, *non* ! » À la pensée de Celeste Warner à sa porte, rapportant Snowflake, Teresa eut l'impression que tout l'air se vidait de ses poumons. C'était impossible, et pourtant effrayant. Elle essaya de dire le plus tranquillement possible : « Non, quelqu'un a dû la retrouver, et se dire que ce serait amusant de la laisser là, j'imagine. » Elle s'interrompit, consciente du regard attentif que Josh posait sur elle. Elle savait bien qu'elle avait l'air angoissé.

« Vous voulez que je vous en débarrasse ? »

Teresa vit que ses mains tremblaient. « Non ! Je voudrais savoir qui l'a laissée ici, signaler la présence d'un voyeur dans les parages, alors il vaut mieux que je la remette à la police.

— Vous voulez appeler la police maintenant ? Je vais rester l'attendre avec vous. »

Teresa regarda le téléphone. D'où elle était, elle pouvait entendre Carmen hurler : « Teri, pour l'amour de Dieu, que se passe-t-il ?

— Oh ! J'étais au téléphone avec une amie, s'écria Teresa. Elle doit croire que je me suis fait assassiner. Je ne pense pas appeler la police ce soir — le type est parti, de toute manière. Je l'appellerai demain. » Elle poussait déjà la porte pour la refermer. « Merci de l'avoir proposé, mais je peux rester seule, tout ira bien. Je vais juste m'assurer que tout est bien verrouillé. Et pourriez-vous jeter un coup d'œil aux chevaux ? Je ne crois pas qu'on ait pu entrer par effraction dans l'écurie, mais je me sentirais plus tranquille si je savais les chevaux en sécurité.

— Papa est à la maison, fit Josh, tournant la tête en direction du cottage que son père et lui occupaient, non loin de l'écurie. Il a encore l'ouïe assez fine pour entendre si les chevaux tapent du pied ou hennissent, mais je vais aller m'assurer que tout va bien. Voulez-vous que je vous passe un coup de fil lorsque j'aurai vérifié ?

— Ce n'est pas la peine. Je vous ai assez embêté pour ce soir. Si vous n'appelez pas, je saurai que tout va bien.

— Vous ne m'avez pas embêté. Je suis furieux contre moi-même de n'avoir pas été assez rapide pour attraper ce type.

— Eh bien, vous avez essayé. Merci d'être venu voir si tout allait bien pour moi, Josh. »

Elle referma la porte avant qu'il puisse ajouter quoi que ce soit, et tira aussitôt le verrou. Josh était certainement déconcerté par sa brusquerie, mais elle ne voulait pas qu'il sache à quel point elle était bouleversée d'avoir trouvé Snowflake sur sa véranda. Et aussi à l'idée de devoir affronter des policiers. Après toutes ces années, la police la terrifiait toujours.

Elle prit une profonde inspiration et retourna précipitamment vers le téléphone, coupant court aux cris de Carmen. « Je suis là ! Tout va bien !

– Tu n'aurais pas pu me le dire plus tôt ? » Carmen hurlait toujours. « Tu m'as laissée attendre ! Sais-tu ce que j'imaginais ?

– Que je devenais sourde à force de t'entendre beugler ?

– Je ne beugle pas ! » rugit Carmen. Puis, après un instant de silence, elle se mit à rire. « J'élève simplement la voix.

– C'est un euphémisme. Je suis désolée si tu t'es inquiétée. Sincèrement, j'avais oublié que tu étais au téléphone. Josh était à la porte.

– Ce jeune et beau garçon qui murmure à l'oreille des chevaux t'épiait par la fenêtre ?

– Non. Enfin, oui, en quelque sorte. Il passait en voiture quand il a vu quelqu'un m'épier, quelqu'un qui s'est enfui avant qu'il ait le temps d'arriver, donc nous ne savons pas qui c'était. »

Carmen prit un ton rassurant. « Tu sembles morte de peur, Teri. Ce n'était sûrement qu'un adolescent qui traînait par cette chaude nuit d'été et qui n'a pas pu résister à la tentation de regarder par la fenêtre. Je suis certaine qu'il ne voulait rien faire de mal.

– Heureuse de t'entendre dire ça, parce que moi, je n'en suis pas si sûre, fit Teresa d'une voix tremblante. Carmen, Josh m'a dit que cet individu portait un long manteau noir à capuche. Ça ne te rappelle rien ?

– Euh… Eh bien, c'était sûrement un déguisement, quelqu'un qui s'amusait, répondit Carmen d'un ton peu convaincu.

– Quelqu'un habillé de la même manière que l'individu qui a assassiné Papa et Wendy et failli tuer Celeste se trouvait juste par hasard en train de regarder par ma fenêtre cette nuit ? »

Carmen hésita. Puis elle dit d'une voix découragée : « Teri, tu sais qu'il y a dans cette ville un certain nombre de gens qui ne vont pas laisser passer l'occasion de s'amuser un peu, avec Byrnes qui vient de déclarer qu'il n'a pas tué Hugh et Wendy. Je veux dire, aucune personne intelligente ne croirait ce type abominable, mais les gens sont loin d'être tous intelligents. Et même des personnes relativement sensées ont parfois un sens de l'humour un peu tordu.

— Je sais, Carmen, mais ce n'est pas tout. Josh a trouvé quelque chose posé par terre dans la véranda, devant ma porte. C'était Snowflake.

— Snowflake ? répéta Carmen, de toute évidence déconcertée.

— La lampe de chevet que j'avais offerte à Celeste pour Noël. Tu ne te souviens pas ? Je t'avais dit à quel point elle l'aimait, et comme Papa et Wendy enrageaient qu'elle fasse autant cas d'une simple lampe de chevet, alors qu'elle avait pratiquement ignoré leurs cadeaux hors de prix ? »

Au bout d'un moment, Carmen répondit : « Maintenant que tu en parles, oui, je me souviens. Mais j'avais oublié que Celeste avait donné un nom à sa lampe.

— Eh bien, oui. Elle était blanche, et elle l'a appelée Snowflake, Flocon de neige. » Teresa s'entendit hausser la voix. « Elle n'arrêtait pas de dire qu'elle voulait un cheval qui ressemble exactement à Snowflake, et maintenant Snowflake se retrouve déposé juste devant ma porte !

— Du calme, mon petit. Maintenant, c'est *toi* qui es en train de crier. » Carmen s'interrompit, puis reprit tranquillement : « En effet, je me souviens que tu m'avais parlé de cette lampe, Teri. En fait, je crois que tu l'avais achetée chez Trinkets & Treasures, je venais juste de reprendre le magasin. Mais des lampes comme ça, il devait bien y en avoir trois douzaines ! Le propriétaire précédent pensait que ce n'était pas la peine d'avoir un grand choix d'articles — il n'avait que quelques modèles, à une centaine d'exemplaires chacun. C'est pour ça que le magasin ne marchait pas à l'époque. Quoi qu'il en soit, il y a forcément plus d'une lampe de chevet blanche en forme de cheval qui traîne dans les parages.

— Cette lampe était particulière, insista Teri. J'ai peint les yeux du cheval — brun-vert, avec des petites taches dorées — comme celles des yeux de Mac... » Teresa se maudit d'avoir fait allusion à lui. « Celeste avait vu Mac, et elle s'était entichée de lui, tu sais, un béguin de petite fille, et elle avait dit quelque chose au sujet de ses yeux rêveurs, enfin une bêtise de ce genre-là. » Teresa fut reconnaissante à Carmen de garder le silence. « Bref, j'ai peint de longs cils noirs et recourbés, et un petit sourire, et on les retrouve exactement sur cette lampe-là. C'est bien Snowflake, Carmen. J'en suis absolument certaine.

— Quelqu'un d'autre aurait-il pu... » Carmen se tut, et reprit : « J'allais suggérer que quelqu'un d'autre avait peint une des lampes exactement de la même manière, mais la coïncidence serait vraiment trop grande. Admettons que ce soit bien celle de Celeste. Si elle l'aimait tant, quelqu'un aurait pu aller la chercher dans votre ancienne maison pour la lui rendre ?

— Qui par exemple, Kent ? Un policier ?

— Le père de Celeste par exemple. Comment s'appelait-il ? Jason ?

— Oui, c'est bien Jason. Mais Celeste a été emmenée à l'hôpital la nuit des meurtres. Elle n'est jamais retournée à la maison. Et Jason non plus, j'en suis pratiquement certaine.

— Et les habits de Celeste ? Quelqu'un a dû aller les lui chercher. »

Teresa secoua la tête, bien que Carmen ne pût la voir. « On m'a dit que Jason ne voulait absolument rien qui vienne de cette maison, même les jouets et les habits de Celeste. Quand Wendy s'est mariée à Papa, elle a tout racheté pour Celeste, absolument tout, jusqu'aux sous-vêtements. Je me souviens que Celeste m'avait dit qu'elle aimait mieux ses anciens habits, mais Wendy les avait laissés chez Jason. Celeste m'avait dit aussi que, pendant les week-ends qu'elle passait chez son père, elle aimait bien les remettre, c'est pourquoi je sais que Jason ne les a pas jetés.

— Je ne parle pas des vêtements et des jouets que Wendy et Hugh ont achetés à l'enfant. Je parle de cette petite lampe de chevet que *tu* lui as donnée. Je suis sûre qu'avant les meurtres, elle a dit à son père à quel point elle l'aimait. Quand elle était à l'hôpital, il a peut-être pensé que ça la réconforterait un peu, ou l'aiderait à parler. »

Teresa soupira. « Dit comme ça, ça paraît possible. Mais je ne vois pas Jason entrer dans une chambre éclaboussée par le sang de sa fille pour reprendre une lampe de chevet que je lui avais offerte, alors que tout le monde pensait que j'avais failli tuer l'enfant.

— Je croyais que Jason faisait partie de ceux qui ne te pensaient pas coupable. Il me semblait que c'était sa mère qui était prête à t'envoyer à la chaise électrique. » Teresa tressaillit et, presque comme si elle avait pu la voir, Carmen reprit : « Désolée, Teri. Je n'aurais pas dû faire allusion à Mme Warner. Je voulais simplement dire que si Celeste avait voulu la lampe, Jason serait allé la lui chercher. Tu disais toujours qu'il adorait l'enfant. » Après quelques instants de silence, Carmen ajouta : « La seule autre explication qui me vient à l'esprit, c'est qu'après le départ de la police, quelqu'un s'est introduit dans la maison pour voler la lampe. Tu avais laissé la maison en l'état, non ?

— Oui.

— As-tu fait changer les serrures ?

— Papa les avait fait changer quand il s'était marié avec Wendy. D'après ce que je sais, il n'a donné les nouvelles clés qu'à Emma, pour qu'elle n'ait pas à déranger Wendy. Ni Kent ni moi ne les avions. La police nous a remis les clés une fois leur enquête terminée.

— Je ne savais pas ça ! » Carmen paraissait choquée. « Je me souviens que la police nous a laissées entrer prendre quelques-unes de tes affaires juste après les meurtres, mais je n'avais pas compris que tu n'avais pas la clé.

— Eh bien, non, et Kent non plus. Mais ça n'a pas d'importance. Quand la police a fini par nous les donner, ni lui ni moi n'avons eu le cœur à entrer dans cette maison pour trier les affaires. Tout ce qu'on voulait, c'était fermer la porte et oublier.

— Normal. Mais si la maison est encore meublée, Teri, il est plus que probable que quelqu'un est entré par effraction, a volé des affaires, et maintenant s'en sert pour te perturber.

— Je sais, mais…

— Mais quoi ?

— Carmen, lorsque ce matin j'ai entendu Byrnes dire qu'il n'avait pas tué Papa et Wendy, je savais qu'on allait nous harceler à nouveau, et moi spécialement. Mais c'est impossible que ce soit simplement l'acte d'un cinglé qui aurait voulu me faire peur.

— Et pourquoi pas ? »

La voix de Teresa était de plus en plus aiguë et stressée. « Parce que la personne qui était sur ma véranda, qui a déposé la lampe de chevet devant ma porte, ne l'a pas fait par hasard. D'une manière ou d'une autre elle savait que c'était *moi* qui avais acheté la lampe et que je la reconnaîtrais immédiatement, puisque j'avais peint la tête du cheval pour Celeste. »

2

« Kent, je ne crois pas que ce soit une bonne idée que Daniel prenne des leçons d'équitation. Il est trop jeune. Et trop craintif. »

Kent Farr, installé contre les oreillers à la tête de leur immense lit, regardait sa femme brosser son étincelante chevelure blond platine. C'était la première chose qui l'avait attiré, il y avait plus de dix ans, lorsqu'il avait vu Sharon, en plein soleil, dans sa tenue de majorette. Des cheveux magnifiques qui, à l'époque, lui arrivaient presque à la taille, encadrant son joli visage en forme de cœur et au teint de porcelaine, avec ses taches de rousseur et ses grands yeux au regard doux. Elle n'avait guère l'air plus âgée aujourd'hui qu'à seize ans, se dit-il presque émerveillé. Mais elle se comportait comme si, depuis cette date, elle avait fêté au moins vingt fois son anniversaire.

Kent inspira profondément, sachant qu'ils étaient bons pour une discussion qu'ils avaient déjà eue au moins cinq fois. « Sharon, Daniel n'est pas trop jeune pour prendre ces leçons — tu as entendu ce qu'a dit Teri, elle a des élèves encore plus jeunes que lui – et ce gosse n'est *pas* craintif. Pas fondamentalement, en tout cas. Mais évidemment, depuis que tu lui as raconté l'histoire d'un enfant qui faisait tout ce qu'il voulait et à qui il n'est arrivé que des malheurs, il est devenu nerveux. »

Sharon reposa violemment la brosse sur sa coiffeuse et se retourna d'un bond pour lui faire face, les joues en feu. « Premièrement, Teresa n'est pas neutre dans l'affaire. Elle lance son école d'équitation. Elle a besoin d'élèves.

– Elle a besoin d'élèves payants. Les leçons de Daniel sont gratuites, si tu te souviens bien.

– Deuxièmement, continua Sharon comme si Kent n'avait rien dit, je n'essaie pas d'empêcher Daniel de faire ce que les petits garçons de son âge sont supposés faire. J'en ai assez que tu fasses toujours comme si j'essayais de le transformer en enfant névrosé...

– C'est pourtant la vérité. Ce que je ne comprends pas, c'est pourquoi.

– Je le mets en garde contre les dangers parce que je veux qu'il soit en sécurité. Que mon fils soit en sécurité m'intéresse plus que d'en faire un macho ! »

Kent éclata de rire. « Tu crois que je veux que notre petit garçon devienne un macho ?

– Oui, c'est ce que je crois. Tu fais comme s'il avait douze ou treize ans, pas sept !

– Sharon, c'est ridicule ! » Toute trace d'humour avait disparu de l'expression de Kent. « Donc je l'encourage à se conduire comme s'il avait treize ans. De quelle manière, tu peux me le dire ?

– Le sexe, par exemple. »

Les yeux de Kent s'agrandirent et il se redressa d'un bond sur le lit. « Le sexe ! Es-tu en train de dire que j'encourage mon fils de sept ans à avoir des relations sexuelles ?

— Pas tout à fait, mais le week-end dernier, alors qu'on était au restaurant, et que cette femme enceinte est passée, il a dit : “Qu'elle est grosse, la dame”, et toi tu as répondu : “Elle n'est pas grosse, mon fils, elle a un bébé dans son ventre. Tous les bébés viennent du ventre de leur maman.” »

Kent la dévisagea. « J'avais tort ? Ils viennent d'ailleurs ? »

Sharon pencha la tête et le regarda d'un air profondément contrarié. « N'essaie pas de tourner ça en plaisanterie. Daniel est bien trop jeune pour apprendre les tenants et les aboutissants de la vie sexuelle.

— Je vais faire comme si je n'avais pas entendu, Sharon. » Kent essaya, sans y parvenir, de ne pas sourire. « Et je ne lui expliquais pas comment mener une vie sexuelle — mais simplement d'où viennent les bébés.

— Il n'a que sept ans !

— Sais-tu combien de fois tu m'as répété qu'il a sept ans ! Je n'ai pas oublié l'âge de mon fils, Sharon, et je ne l'encourage pas à pratiquer des activités dangereuses…

— Comme monter à cheval !

— Comme prendre des leçons d'équitation avec un shetland. Plusieurs de ses amis le font. Plusieurs gamins qui sont encore plus jeunes que lui. Six ans. Penses-y, Sharon. Il existe des parents qui osent faire prendre des leçons d'équitation à leur enfant de six ans ! C'est ahurissant, n'est-ce pas ? »

Il y a un an, Sharon aurait ri de cette exagération. Il y a six mois, elle aurait lancé une réplique sarcastique. Ce soir, elle s'assit simplement au bord du lit et le regarda au fond des yeux — des yeux bleu foncé, du même ton que ceux de sa mère à lui. « Kent, est-ce que tu réalises que Daniel a exactement l'âge qu'avait Celeste lorsqu'elle a failli être poignardée à mort ? »

Kent recula lentement, et fronça les sourcils. « C'est pour ça que tu te mets dans des états pareils ? Parce que Daniel approche de l'âge qu'avait Celeste lorsqu'elle s'est fait agresser ? Tu crois que huit ans est une sorte d'âge magique à partir duquel des choses horribles se mettent à arriver aux enfants ?

— Bien sûr que non ! Je ne suis pas une gourde ! Kent, parfois tu me traites comme si j'étais vraiment une idiote. Mais je ne peux pas m'empêcher d'y penser. Celeste avait huit ans. Daniel va bientôt les avoir. C'est tout simplement… Sinistre.

— Sinistre ! Que deux enfants approchent de leurs huit ans, en quoi cela pourrait-il être sinistre ? Ça arrive à la plupart d'entre eux, tu sais. Sharon, qu'est-ce que tu as, depuis quelque temps ? Tu es à cran, méfiante, tu démarres au quart de tour. Je sais que ça te rend malheureuse que je travaille autant, mais je ne peux pas faire autrement. Je savais que je dirigerais un jour la Société Farr Coal, mais je n'imaginais pas qu'on me collerait cette responsabilité sur le dos à moins de trente ans. Je dois travailler deux fois plus que n'importe qui pour faire mes preuves. Mais c'est le travail qui me tient éloigné de toi et de Daniel. Ce n'est pas une autre femme. » Sharon eut l'air abasourdi. « C'est ça que tu crois, n'est-ce pas ? Que je suis bien le fils de mon père ? Que je vois une autre femme en douce ?

— Je ne veux même pas aborder le sujet.

— Merci de me faire confiance, répondit Kent d'un ton sec. Je me sens beaucoup mieux maintenant que je sais que ma femme me croit fidèle. »

Il comprit à son regard qu'elle était sur le point de faire une remarque cinglante, mais elle se ravisa, se releva et le regarda avec froideur, comme si le bon sens était entièrement de son côté, et que lui, Kent, était complètement irrationnel. « Kent, quelle conséquence cette histoire concernant Roscoe Lee Byrnes peut-elle avoir pour Daniel, à ton avis ? demanda-t-elle doucement.

– Roscoe Byrnes ! Eh bien, si ce n'est pas changer de sujet, ça ! » Néanmoins, Kent se crispa. « Daniel ne sait rien, il ne sait pas que Byrnes s'est rétracté. Où veux-tu en venir ?

– Daniel ne sait rien, mais les gens, si. S'ils n'y font pas allusion directement devant lui, ils en parleront devant leurs enfants et les gamins le lui répéteront.

– Je suppose que tu as raison, fit Kent d'un air pensif, mais on n'y peut rien, sinon quitter la ville, et moi, je ne peux pas me libérer du travail juste maintenant. Nous allons lui expliquer la situation nous-mêmes, avant qu'il entende la version de quelqu'un d'autre.

– Lui expliquer quoi, Kent ? Que son grand-père et que sa deuxième femme se sont fait assassiner dans leur lit ? Qu'une petite fille, qui n'avait que quelques mois de plus que lui, a reçu un coup de couteau qui a failli être mortel ? » Elle s'interrompit, avant d'ajouter d'un ton péremptoire : « Et que tout le monde a cru que sa tante Teresa avait commis ces meurtres ?

– Tout le monde n'a pas cru ça ! » Kent se releva, rejeta le drap et se dirigea vers la commode. Sharon savait qu'il allait chercher une cigarette. « Tu ne l'as pas cru, toi. Moi non plus, ni ton père – aucune des personnes que Daniel connaît et en qui il a confiance, n'a cru une chose pareille. Pour lui, leur opinion comptera plus que celle d'une bande d'inconnus.

— Ou bien il sera assez malin pour comprendre que les proches de Teri ne *voulaient* pas croire ça. »

Kent avait craqué une allumette mais il la laissa se consumer, au lieu d'allumer la cigarette qu'il avait entre les lèvres, et faillit se brûler les doigts. Il finit par répondre d'un ton tellement calme qu'il en devenait menaçant : « Je n'arrive pas à croire que tu puisses dire une chose pareille. » Ce ton effraya Sharon qui resta assise sans bouger, les mains jointes et les yeux fixés sur la poitrine de Kent, pas sur son visage. « Sharon, dis-moi la vérité, dit froidement Kent. Tu faisais semblant de croire en l'innocence de Teresa ? »

La gorge de Sharon se serra. « Il y avait une telle tension dans cette maison. Même toi, tu ne peux pas nier que Teri haïssait son père et Wendy à cause de la manière dont ils avaient traité Marielle. N'oublie pas que Teri était obligée de vivre avec eux, et qu'elle venait d'apprendre qu'ils allaient avoir un bébé. » Kent la fixait sans broncher. « Sans compter, insista Sharon, que personne n'a vu Teri le jour des meurtres. Elle a prétendu être restée à la maison après être tombée et s'être fendu la lèvre. Mais elle a aussi dit qu'elle était sortie ce soir-là et qu'elle était rentrée tard.

— Si tu avais une lèvre fendue, est-ce que tu sortirais à la lumière du jour ? Et ça ne t'est jamais arrivé de rentrer un peu plus tard que l'heure de ton couvre-feu ?

— D'accord, je n'aurais pas aimé qu'on me voie avec une lèvre fendue, et oui, j'ai dû dépasser l'heure un ou deux soirs, mais ma situation était différente. J'avais une famille idéale. Maman adorait Papa, et pour Papa, Maman marchait sur l'eau. Bien qu'elle soit morte depuis quatre ans, jamais il ne lèvera les yeux sur une autre femme, lui ! Jamais ! »

Sharon s'était mise à parler de plus en plus fort. Kent parut complètement abasourdi. « Sharon, si tu veux laisser entendre que j'ai une liaison avec une…

— Papa et Maman s'adoraient — ils s'adoraient — et tous les trois, nous nous entendions à merveille, poursuivit Sharon. J'étais une adolescente heureuse, dans un foyer heureux…

— Sharon, nous avons un foyer heureux…

— Tu es presque tout le temps absent et Daniel est de moins en moins souvent avec moi ! Je n'aime pas ça ! Et même Papa ne vient plus ici autant qu'avant, surtout le soir.

— Daniel grandit, Sharon. Tu dois accepter qu'il ne reste pas collé à sa maman comme quand il était plus petit. Quant à ton père, il a bien le droit de vivre un peu sa vie. Il va peut-être chez des amis ou bien…

— Ou bien ? » Sharon incendia Kent du regard. « Ou bien quoi ? »

Kent haussa les épaules. « Je ne sais pas. Il va à la pêche ?

— Ne sois pas stupide ! Et n'essaie pas de faire diversion. Nous parlions de Teri. Quand j'étais adolescente, elle ne me ressemblait pas. Je ne la critique pas d'avoir été déprimée, ou perturbée à cause de votre mère, de Wendy et de tout ce gâchis, mais elle peut être tellement instable…

— Instable ? Et toi, ces derniers temps, tu n'es pas instable, Sharon ?

— Et elle haïssait votre père.

— Si je me souviens bien, tu ne l'aimais pas tellement non plus. Tu le détestais parce qu'il voulait nous empêcher de nous marier, surtout que tu étais enceinte !

— Attention à ce que tu dis ! fit Sharon d'un ton sifflant. Et n'oublie pas que toi aussi tu étais furieux contre ton père. Seulement, tu n'étais pas là. Tu faisais des études quelque part en Virginie. Et moi je suis… Je suis *moi*, fit Sharon comme si ça expliquait tout. Mais Teri est différente. J'ai toujours pensé que c'était Hugh qui lui avait fendu la lèvre ce jour-là. J'ai vu dans quel état elle était. Elle n'a rien voulu me dire, évidemment, mais je suis sûre qu'à toi, elle a fait des confidences.

— Elle ne m'a jamais dit que Papa l'avait frappée. Mais qu'elle était tombée.

— Et tu l'as crue, j'en suis sûre. Je sais que tu as soupçonné ton père de l'avoir frappée, mais pour moi, c'est une certitude. » Sharon prit une profonde inspiration. « Elle était déjà très en colère contre lui, alors, tu imagines à quel point elle devait être furieuse après ça ?

— Elle n'a jamais dit que Papa l'avait frappée », répéta obstinément Kent.

Sharon eut l'air exaspéré. « Kent, as-tu oublié le coup de poing que ton père t'a donné, lorsqu'il t'a dit que tu ne m'épouserais pas, et que tu lui as répondu que, si, tu allais m'épouser. Il a fallu quatre points de suture pour fermer la blessure qu'il t'a faite avec son espèce de chevalière. » Elle s'approcha de Kent et posa les mains autour de ses bras. « Ton père était un homme mauvais, égoïste, dominateur, mon chéri. Et tu sais mieux que personne à quoi il pouvait conduire les gens, surtout quelqu'un qui avait déjà accumulé énormément de ressentiment et de rage contre lui. »

Kent passa un doigt sur la cicatrice encore visible le long de sa mâchoire. Son père avait essayé de le mettre K-O, l'avait frappé avec la fichue bague à rubis incrustés que Wendy lui avait offerte pour leur lune de miel – un cadeau pour Hugh payé avec l'argent de Hugh.

Kent avait heurté le bord du bureau de son père, et était tout juste parvenu à se maintenir debout. Il se souvint de la rage qui l'avait envahi ce soir-là. Et aussi de la fureur, de l'implacable détermination qu'il avait lues dans les petits yeux mesquins de son père. Il se rappela avoir pris conscience qu'aussi longtemps que Hugh Farr serait en vie, il ne dirigerait jamais la Société Farr Coal. Surtout, il devrait renoncer à Sharon et à leur bébé.

CHAPITRE VIII

1

Teresa se réveilla avant la sonnerie du réveil. Elle s'assit dans son lit, et l'impression que quelque chose d'important allait se passer fondit sur elle. Elle sauta du lit, se précipita vers la fenêtre, écarta les rideaux et ouvrit tout grand. L'air frais et vif la frappa au visage. Un soleil jaune citron brillait dans un ciel d'un bleu azuré, parsemé de nuages. Josh et Gus étaient déjà dehors avec Cesar et Éclipse. Voilà pourquoi elle s'était réveillée avec cette sensation d'attente. C'était aujourd'hui que Daniel prenait sa première leçon d'équitation.

Sierra était couchée sur le lit. Elle surveillait sa maîtresse de près mais, après toute l'agitation de la nuit, elle était trop fatiguée pour se lever. Qui donc pouvait avoir déposé cette lampe de chevet ? Teri, une fois dans son lit, s'était posé la question au moins cent fois, ce qui, à son grand désespoir, l'avait empêchée de s'endormir. Elle voulait paraître en pleine forme aujourd'hui. Sharon flairait la moindre trace d'inquiétude à des kilomètres à la ronde, et Teri ne ferait allusion ni au voyeur ni à Snowflake.

Elle s'avança face au miroir et poussa un gémissement. Cette nouvelle nuit blanche avait laissé des traces. Quelques gouttes astringentes apaiseraient ses yeux rougis par le manque de sommeil. Un peu de fard à joues et de fond de teint, une touche de brillant à lèvres pêche, et déjà elle avait meilleure mine. Vingt minutes plus tard, en jean et chemisier turquoise, une paire de boucles d'oreilles assortie, elle décréta qu'elle paraissait tout à fait reposée. Du moins avait-elle repris un peu de couleur.

En passant devant la porte de son bureau, elle se surprit à jeter un coup d'œil presque craintif en direction du fax. Dieu merci, la sonnerie stridente de l'appareil n'avait pas signalé l'arrivée d'une télécopie ce matin, se dit-elle. Elle n'arrivait pas à se sortir de l'esprit les mots du fax de la veille : « AUCUNE ISSUE. AUCUNE ISSUE. » Dans l'escalier, elle réalisa qu'elle les répétait à voix haute, tout en se demandant qui avait envoyé ce fax, écrit le message trouvé dans sa voiture et, le pire de tout, qui était venu juste devant chez elle pour déposer la lampe de chevet d'une enfant qui avait failli se faire assassiner. Qui pourrait vouloir lui faire peur à ce point ?

Beaucoup de gens, pensa-t-elle. Avant les aveux de Roscoe Lee Byrnes, ils avaient été nombreux à la prendre pour une tueuse dépravée. À présent que Byrnes s'était rétracté, ces mêmes gens allaient jubiler — « Je vous l'avais bien dit ! » — et se réjouir de la voir subir maintenant le tourment bien mérité qu'elle avait réussi à éviter huit ans plus tôt parce qu'un malade mental avait décidé d'attirer l'attention sur lui.

Mais cela n'expliquait pas *qui* s'était retrouvé en possession de Snowflake. La maison était restée inhabitée toutes ces années. Il n'y avait jamais eu de tentative d'effraction, mais une personne l'ayant visitée avec l'agence immobilière aurait pu prendre la lampe. Ce qui n'expliquait pas comment cette personne aurait su que c'était un cadeau de Teresa à Celeste, ni pourquoi elle voudrait la perturber ainsi en la lui « rapportant » huit ans plus tard.

« Oh ! pour l'amour de Dieu ! fit-elle à voix haute. On dirait une gamine qui essaie de se faire peur. » Elle regarda la chienne qui l'attendait déjà, en bas de l'escalier. « Nous avons besoin d'air et de soleil, Sierra. »

Sans même se soucier de prendre son café du matin, Teri quitta précipitamment la maison, qui lui apparut petite, presque confinée. Sierra courut à côté d'elle, joyeuse de s'ébattre par une belle matinée ensoleillée, tandis que Teresa se dirigeait vers le manège, où Gus était en train de brosser un Cesar bien docile. « Vous le préparez pour Daniel ? » demanda-t-elle, escaladant la barrière et s'asseyant dessus.

Gus la regarda et sourit. Ses cheveux courts, blond cendré, étaient presque complètement striés de gris et sa peau burinée, mais il était aussi mince que son fils, et son sourire tout aussi accueillant et généreux. Plus jeune, il avait dû être le portrait de Josh, se dit Teri. Il avait dû briser des cœurs ! À cinquante-six ans, il était encore séduisant. Sa femme Sarah était morte l'année précédente après avoir lutté pendant deux ans contre le cancer. Pour ce que Teri en savait, Gus n'était jamais sorti avec une autre femme depuis la mort de Sarah. Teresa supposait que, dans quelques mois, Josh quitterait le cottage qu'il avait partagé avec ses parents plus longtemps qu'il ne l'aurait voulu, d'abord à cause de la maladie de Sarah, ensuite pour ne pas laisser Gus tout seul.

« Bonjour, Miss Farr, fit Gus avec un large sourire.

— J'aimerais bien que vous m'appeliez Teresa. Ou même Teri.

— Ça ne serait pas convenable, vous êtes ma patronne, et une dame, et tout ça, répondit-il. Josh m'a dit que vous aviez eu une visite indésirable hier soir.

— Oui. » L'estomac de Teri se serra, mais elle réussit à dire nonchalamment : « Juste un voyeur, j'imagine.

— Peut-être. » Gus retourna à Cesar et, avec les doigts, commença à démêler doucement un nœud dans la queue du poney. « Josh m'a dit que vous aviez reconnu l'objet déposé devant votre porte. Une lampe de chevet ?

— Oui, enfin, j'ai cru la reconnaître. Mais une de mes amies m'a rappelé qu'un magasin en ville a vendu des dizaines du même modèle l'année où j'ai acheté cette lampe. Ce n'était probablement pas celle que j'avais offerte. » Teri s'étonna de la facilité avec laquelle ce mensonge lui était venu. « Cesar est-il de bonne humeur ce matin ?

— Il est toujours de bonne humeur. » Gus commença à donner de longs et fluides coups de brosse sur l'arrière-train de Cesar. « Ça fera un bon poney pour le petit Daniel.

— C'est ce que je pense, moi aussi. Mais la mère de Daniel m'inquiète. Elle n'est pas tellement d'accord pour qu'il prenne ces leçons. C'est plutôt une idée de Kent. De Kent et de Daniel.

— Mais quand elle verra comme l'enfant se débrouille bien sur son cheval — je suis sûr que ça sera le cas — elle changera d'avis.

— Moi je n'en suis pas si sûre, mais on peut toujours l'espérer. Daniel est complètement emballé à l'idée de ces leçons.

– C'est Josh qui les lui donnera, et vous savez comme il sait s'y prendre avec les enfants. Ce garçon fera un bon père, un jour.

– C'est sûr. » Tandis que Sierra reniflait l'herbe avec ardeur, Teresa inspira une longue bouffée de l'air chaud et pur. Elle se dit qu'il ne devait pas faire plus de vingt-deux ou vingt-trois degrés, bien que le soleil soit déjà haut, et l'atmosphère peu humide. « Je devrais aller faire un tour avec Éclipse aujourd'hui, dit-elle à Gus. Ça fait presque une semaine que je ne suis pas montée à cheval ! »

Il hocha la tête. « C'est un jour idéal. Ça vous fera du bien. À elle aussi. » Il se retourna et lui fit un léger sourire. « Vous savez, vous êtes une cavalière née, Miss Farr. Comme votre mère. »

Teresa se figea. « Ma mère ? Vous avez connu ma mère ?

– Il y a une éternité de cela. C'était avant qu'elle épouse Hugh Farr », répondit Gus sans la regarder. Il trempa la brosse dans une bassine d'eau, puis se mit à brosser la crinière de Cesar du côté droit. « Je travaillais aux écuries de Point Pleasant. C'est là que je l'ai rencontrée. Nous sommes montés à cheval plusieurs fois ensemble. On est aussi allés au cinéma et, une ou deux fois, au restaurant. »

Teresa eut l'impression d'ouvrir la porte d'une pièce inconnue. « Vous êtes sorti avec ma mère ? » Elle se rendit compte qu'elle avait l'air choquée, d'une manière bien peu flatteuse. « Je veux dire, je suis étonnée, car je vous connais depuis des années et vous ne m'en avez jamais parlé.

– Je sais que vous avez toujours du chagrin à cause de votre mère, je ne voulais pas vous rappeler des souvenirs tristes, mais depuis hier, avec l'histoire de ce type, et vu qu'elle a disparu au moment des meurtres Byrnes, eh bien, elle n'a pas quitté mon esprit. J'imagine que c'est pareil pour vous.

– En effet. » Les yeux de Teresa se remplirent de larmes et elle laissa échapper : « Oh ! Gus, vous ne faites pas partie de ces gens qui pensent que ma mère a tué Papa et Wendy, n'est-ce pas ? »

Gus faillit laisser tomber la brosse et se retourna précipitamment vers elle. « Marielle ? Tuer quelqu'un ? La lune a autant de chances de nous tomber sur la tête une de ces nuits ! Marielle, telle que je la connaissais, était l'une des personnes les plus gentilles, les plus douces que j'aie jamais rencontrées. Je ne veux pas manquer de respect à mon épouse, Sarah – elle avait bon cœur – mais aussi un sacré caractère. Certains l'auraient qualifiée de dominatrice. Marielle était tout le contraire. »

Sarah – l'épouse maigre et sèche, au visage buté et sévère, à la voix perçante. Son côté dur et austère ne disparaissait qu'en présence de son fils, Josh, dont elle était complètement folle. Teri regarda Gus, qui s'était remis à brosser doucement la crinière de Cesar. La révélation qu'il venait de lui faire – qu'il était jadis sorti avec sa mère – lui donna presque le vertige, assise comme elle était au sommet de la barrière, et mille questions se bousculaient dans son esprit. Elle finit par en choisir une et essaya de la poser d'un air désinvolte. « Vous avez dit : Marielle, telle que je la connaissais. Comment était-elle, cette Marielle ?

– Eh bien, très belle, bien sûr. » Gus se retourna, regarda Teresa et sourit. « Exactement comme sa fille. » Teri sourit en retour, mais Gus déjà s'était détourné, secouant la brosse pour en faire tomber l'eau, avant de la poser sur l'encolure du cheval et de la passer sur la crinière, lissant les longs crins. « Marielle avait l'air timide comme ça, mais très gentille. Quand j'ai commencé à mieux la connaître, j'ai su qu'il lui arrivait d'être heureuse, surtout lorsque ses parents n'étaient pas dans les parages. Oh ! elle n'allait pas jusqu'à plaisanter ou être tout à fait gaie. Non, c'était une sorte de bonheur paisible. Et c'était souvent quand elle était sur son cheval.

— Mon Dieu, Gus ! Je ne savais même pas qu'elle avait un cheval. »

De nouveau il se retourna, l'étonnement se lisant sur son visage taillé à la serpe. « Vous ne le saviez pas ? C'était un arabe, comme le vôtre. Je croyais que c'était pour ça que vous en aviez choisi un pour vous.

— Non, fit Teri d'un air absent. Non, pure coïncidence. » Elle garda le silence quelques instants. « Comment l'avait-elle appelé, ce cheval ?

— Attendez… Cassandre ! Comme cette femme de la mythologie grecque, qui pouvait prédire le futur. » Gus hocha la tête. « Dommage que Cassandre n'ait pas pu dire à Marielle ce qui l'attendait si elle épousait Hugh Farr. Mais je dis ça par dépit. Je ne devrais pas parler comme ça, Hugh est votre père et tout ça.

— Vous ne pouvez pas me vexer en parlant de mon père, Gus, dit sèchement Teri. Il était archi-nul. »

Gus éclata de rire, si fort qu'il fit sursauter Cesar. Gus posa la main sur le poney pour le rassurer et se mit à lui parler tout doucement. Teresa avait vu Josh faire la même chose avec un cheval nerveux, qui s'était calmé tout de suite. Carmen avait tort — Josh n'était pas le seul homme à murmurer à l'oreille des chevaux, se dit-elle.

Lorsque Cesar fut apaisé, Gus mit les dernières touches à la crinière du poney, comme s'il devait participer à un concours. Teri prit de nouveau la parole. « Vous me permettez de dire une chose, et de poser une question sur Maman, ensuite je ne vous dérangerai plus ?

— Allez-y, répondit Gus.

— Tout d'abord, je crois qu'elle aurait été bien plus heureuse avec vous qu'avec Papa. »

Gus se retourna. Même si elle n'était pas tout près de lui, elle put se rendre compte qu'il était touché. « Eh bien, ça doit être la plus gentille chose qu'on m'ait jamais dite.

— Je le pense vraiment. Vous n'étiez peut-être pas amoureux d'elle… »

Gus sourit. « Alors, vous, contrairement à Cassandre, vous n'avez pas le don de double vue, Miss Farr, sinon vous sauriez que j'étais amoureux d'elle. Je n'ai simplement jamais eu le courage de le lui dire. »

Gus regardait Teri, et sembla ne pas remarquer que Josh était en train de sortir Cléopâtre, le poney connemara. Josh avait forcément entendu son père. Pour toute réaction, il lança un regard dur, d'abord à Gus puis à Teresa, les mâchoires tellement serrées qu'elle vit le muscle se tendre sous la peau. Il est déjà au courant, pensa Teri, un peu alarmée. Josh sait depuis longtemps que son père a jadis été amoureux de Marielle, et ça le blesse terriblement.

Pendant ce temps, Gus continuait : « Il me semblait que Marielle m'aimait beaucoup, elle aussi. Elle n'a jamais rien dit mais, parfois, j'avais l'impression qu'elle me regardait, d'un regard qui n'était pas… indifférent, mais ce n'était peut-être qu'une illusion de ma part.

— Je suis sûre que non. » Teresa ne disait pas ça par politesse ou pour lui faire plaisir. Elle imaginait tout à fait sa mère amoureuse de ce type d'homme, gentil, calme et intelligent — un homme qui l'aurait traitée avec chaleur et douceur, et qui avait dû être, dans sa jeunesse, aussi beau que son fils l'était aujourd'hui – ce fils qui, à l'instant même, brossait la robe de Cléopâtre avec une énergie inaccoutumée. Teresa devinait que plus Gus parlerait de Marielle, et plus Josh serait furieux. Déjà, son visage avait tourné au rouge brique sous l'éclatant soleil matinal.

Teresa savait qu'il aurait fallu changer de sujet, mais elle ne put s'empêcher de poser encore une question : « Ce n'était sûrement pas l'argent qui intéressait Maman, Gus, alors pourquoi a-t-elle épousé mon père ? »

Un instant, le regard de Gus se perdit au loin, sur les terrains verts et vallonnés qui entouraient la ferme. Teri se dit qu'il se demandait s'il allait lui répondre. Puis il se tourna de nouveau vers elle. « Vous avez raison, Teresa. Votre mère se fichait bien de l'argent, mais pas ses parents, et ils avaient beaucoup d'autorité tous les deux. Je ne vous apprends rien, bien sûr, ce sont vos grands-parents.

– En fait, je ne les ai vus que deux ou trois fois, quand j'étais petite. Ensuite, ils se sont fait tuer dans un accident de train. Mon grand-père disait toujours que les trains étaient plus sûrs que les avions.

– Ah oui ! j'avais oublié que vous étiez si jeune quand ils sont morts. Enfin, de toute manière, ils tenaient Marielle d'une main de fer. Devant les autres, ils se montraient toujours gentils avec elle, mais je ne sais pas trop comment ils se conduisaient quand il n'y avait personne pour les voir. Quoi qu'il en soit, votre mère les craignait, ça se voyait. »

Gus s'interrompit, sourcils froncés. Puis il s'écria : « Ah ! bon sang, puisque je vous ai déjà appelée Teresa tout à l'heure, ce que j'avais toujours juré de ne jamais faire, je peux aussi bien vous dire le reste. Ça concerne votre propre mère, vous avez le droit de le savoir. Marielle avait purement et simplement peur de ses parents. Elle ne l'aurait jamais reconnu, mais lorsqu'ils étaient à proximité, je le voyais dans ses yeux. Et je me souviens de leur réaction le jour où Hugh Farr est venu aux écuries pour voir Marielle monter à cheval. Ils étaient aux anges. J'ai bien vu qu'elle avait tapé dans l'œil de Farr, et que ses parents n'en pouvaient plus de joie.

» Mais pas Marielle. Elle m'a dit qu'il s'était mis à venir souvent chez elle, qu'il restait à dîner. Elle semblait soucieuse. Un jour, on était à cheval tous les deux, ça n'allait pas, elle ne le tenait pas comme il faut, et finalement elle a éclaté en sanglots en disant qu'elle aimerait pouvoir ne plus jamais adresser la parole à Hugh Farr. Elle n'a rien dit d'autre. Une semaine plus tard, de manière complètement inattendue, son père a vendu le cheval qu'elle aimait tant, et elle n'est plus revenue aux écuries.

» Trois mois plus tard à peu près, j'ai lu dans le journal l'annonce de ses fiançailles avec Hugh Farr. Je vous le dis, Teresa, j'ai failli pleurer. Moi, un homme, un adulte. Le journal publiait une photo des fiançailles. » Gus fit alors une drôle de tête, comme s'il venait d'avaler quelque chose de particulièrement amer. « Hugh souriait tant qu'il pouvait, Marielle, elle, n'y arrivait pas. Je ne l'avais jamais vue comme ça, et je savais que ces fiançailles la rendaient triste, mais elle l'a épousé quand même. »

Gus soupira. « Pendant des années, je ne l'ai pas revue, jusqu'au jour où elle est repassée aux écuries, avec vous. Vous êtes venues plusieurs fois, mais elle s'est contentée de me dire bonjour. Au début, ça m'a fait très mal, puis j'ai compris qu'elle ne voulait pas que ça arrive aux oreilles de votre père, elle ne voulait même pas qu'il apprenne qu'elle était venue aux écuries, et encore moins qu'elle avait bavardé avec moi !

— Oui, je comprends », répondit machinalement Teresa. Toujours assise au sommet de la clôture, elle était complètement abasourdie. Elle avait du mal à assimiler tout ce qu'elle venait d'apprendre en dix minutes. Bien qu'elle connût Gus depuis qu'elle était adolescente, quand il travaillait aux écuries de Point Pleasant, elle ne l'avait jamais entendu beaucoup parler. Apprendre la manière dont Hugh Farr avait « courtisé » Marielle et découvrir que Gus avait été amoureux d'elle, tout cela la laissait sans voix. Finalement, elle laissa échapper : « Si seulement elle ne s'était jamais mariée avec Papa.

— Alors vous ne seriez pas là, Teresa, et vous êtes quelqu'un d'aussi bien qu'elle. Vous êtes juste un peu plus fougueuse, et c'est tant mieux pour vous. Vous avez traversé de rudes épreuves toutes ces années et j'ai été vraiment désolé pour vous, mais vous en êtes ressortie plus forte. » Gus, enfin satisfait de l'apparence de Cesar, attrapa son seau d'eau de la main droite, et la longe de Cesar dans la gauche. Puis, une fois de plus, il se tourna vers Teri et lui dit : « Votre mère n'était pas aussi forte que vous, Teresa. C'est pourquoi je suis inquiet pour elle, et je prie chaque soir pour que la pauvre Marielle, un jour, puisse retrouver son chemin et revenir. »

2

Sharon arriva à dix heures pile pour la première leçon de Daniel, qui faillit tourner au désastre. Elle se gara sur le petit parking couvert de gravier à côté de l'écurie, où l'attendaient Teri, Josh et Gus. Un tel comité d'accueil n'était pas habituel pour l'équipe de Farr Fields, mais Teri avait averti Gus et Josh qu'il leur fallait tout faire pour rassurer Sharon.

Sharon jaillit hors de la voiture, l'air déjà anxieux, et même légèrement épuisé. Daniel, lui, sortit plus lentement. Il portait un chapeau et des bottes de cow-boy, un cadeau de Kent, précisa Sharon sur l'insistance de son fils. L'enfant paraissait ridicule avec le grand chapeau noir trop grand pour son petit visage parsemé de taches de rousseur. De plus, il essayait de marcher les jambes arquées. Josh laissa échapper un demi-rire étouffé, mais son père lui donna aussitôt un coup de coude dans les côtes. « Eh bien, salut, cow-boy, dit Gus d'un ton chaleureux.

– Salut, monsieur Gibbs. » Daniel toucha le bord de son chapeau, à l'attention de Gus d'abord, puis de Josh, et il fit un signe de tête à Teri. « Je viens pour monter Cesar », annonça-t-il d'une voix faussement assurée.

Voyant que tous trois, Gus, Josh et elle, allaient éclater de rire, Teri dit le plus rapidement possible : « M. Gibbs l'a préparé et pansé pour toi. Son fils, Josh, va te donner ta leçon ce matin. Cesar meurt d'impatience de te revoir. »

Ces derniers mots provoquèrent chez l'enfant un large sourire, dévoilant un trou là où une dent venait de tomber – Teresa espéra que la petite souris était bien passée cette nuit. « Et moi aussi je veux voir Cesar, fit Daniel, tout joyeux. Monsieur Josh, est-ce qu'on va aller jusqu'en ville avec lui ? »

Josh fit semblant de réfléchir, puis il répondit : « Je crois que ce serait mieux de rester ici pour ta première leçon. Mais tu vas passer un bon moment, je te le promets. Nous allons faire le tour du manège et peut-être irons-nous un peu plus loin dans les champs. »

Le visage de Daniel s'illumina. Les yeux de Sharon s'agrandirent. « Peut-être pourrait-il juste s'asseoir sur le cheval pour aujourd'hui.

— Juste m'asseoir ! » Daniel eut l'air horrifié. « Maman, je suis ici pour apprendre à monter à cheval, pas à m'asseoir. Ça je sais déjà faire !

— Pas sur un cheval ! » insista Sharon.

Teri se sentit profondément contrariée. Sharon avait-elle amené Daniel juste pour lui interdire de monter à cheval, même avec un instructeur expérimenté qui resterait à ses côtés ? Elle était sur le point de répondre sèchement à Sharon lorsque Josh intervint. Il lui adressa le plus rassurant des sourires, s'approcha de Daniel et posa la main sur l'épaule du petit garçon en colère. « Madame Farr, j'y vais très lentement avec les enfants. » Sa voix était douce, apaisante, presque cajoleuse. « Il faut d'abord faire connaissance avec le cheval — Daniel a déjà rencontré Cesar, mais aujourd'hui ils doivent avoir une petite conversation tous les deux. Ensuite, je lui ferai seller son cheval, puis je l'aiderai à monter dessus et je lui montrerai comment bien tenir les rênes. Aujourd'hui, nous nous concentrerons sur la manière de rester en selle sur Cesar. Nous ferons un tour si Daniel se sent bien, mais je tiendrai la longe pendant tout ce temps. Il ne risque rien avec moi. »

Daniel avait pris la main de Josh et n'en menait pas large, lançant à sa mère un regard tout à la fois implorant et déterminé. Sharon jeta un coup d'œil à son fils, puis à Josh qui, toujours souriant, avait gardé son expression confiante et rassurante. Sharon finit par céder. « D'accord, mais ne le lâchez pas des yeux.

— Faites-moi confiance, madame Farr. » Josh baissa le regard sur Daniel qui, désespéré, s'était tourné sur le côté. On ne voyait de lui que ses cheveux blond platine, et un œil où brillait une larme qui ne tombait pas. « Daniel, allons tous les deux voir Cesar et lui parler un peu. J'ai des morceaux de pomme que tu peux lui donner. Ça lui fera plaisir. Mais tout d'abord, il vaut mieux que tu enlèves ton chapeau. Je sais qu'hier vous vous êtes entendus à merveille, mais il ne t'a jamais vu avec un chapeau et il ne te reconnaîtra peut-être pas. Il serait vraiment contrarié s'il pensait que ce n'est pas Dan Farr qui allait monter sur lui ce matin. C'est toi qu'il attend. »

Gus fit un clin d'œil à Teri, qui s'amusait de la voix traînante que Josh avait adoptée spécialement pour Daniel, tandis qu'il l'emmenait vers l'écurie, sans attendre une autre recommandation de Sharon. Il n'arrêtait pas de parler et, bientôt, Daniel se retrouva en train de rire, sa crise de larmes naissante déjà oubliée. Teri prit le bras de Sharon. « Le café est chaud. Allons à la maison. Nous serons toutes les deux, sans Kent pour nous interrompre. »

Sharon finit par lui adresser un sourire un peu crispé. « D'accord, Teri. Pas la peine de sortir les menottes. La mère abusive va te suivre sans opposer de résistance. »

Tandis que Teri s'affairait dans la cuisine pour servir le café, Sharon prit place à table, l'air détaché et indifférent à ce que sa belle-sœur avait à dire. Teri bavarda au sujet de deux élèves plus âgés qui se débrouillaient très bien avec Cesar, et du propriétaire de Captain Jack qui venait rarement le monter. Ensuite elle parla du feu d'artifice qui aurait lieu à Tu-Endie-Wei State Park et qui, cette année, serait le plus important jamais organisé. Elle écoutait le son de sa propre voix, passant superficiellement d'un sujet à l'autre, alors que, dans son esprit, les images du fax, du message trouvé dans sa voiture et de Snowflake n'arrêtaient pas de tournoyer. Elle aurait aimé avoir quelqu'un à qui parler de tout cela — en plus de Carmen, qui n'avait pas beaucoup de temps à cause de son magasin — mais ce n'était pas avec Sharon qu'elle pourrait le faire, surtout aujourd'hui. Aujourd'hui, Teri voulait que tout se passe le plus tranquillement possible, et que Daniel puisse profiter de sa leçon.

Une demi-heure plus tard, Gus appela depuis l'écurie. « Miss Farr, Mme Bailey vient de téléphoner pour dire que Polly ne viendra pas prendre sa leçon aujourd'hui. Elle rappellera quand Polly sera prête à revenir.

— Elle a téléphoné à l'écurie ? demanda Teri. Quand Polly doit manquer une leçon, Mme Bailey m'appelle toujours à la maison.

— Oui, je sais, mais elle a dit que la ligne était occupée.

— Pourtant je n'étais pas au téléphone. C'est tout ce qu'elle a dit ? Elle n'a pas précisé si Polly serait là pour sa prochaine leçon, la semaine prochaine ?

— Non. J'ai demandé si Polly était malade, elle a commencé par dire non, et puis elle s'est reprise pour dire oui.

— Ce qui signifie qu'elle mentait, fit sèchement Teri. Elle ne veut plus m'envoyer Polly à cause des déclarations de Roscoe Byrnes.

— Oh non, Miss Farr, ne vous en faites pas pour ça ! » Gus essayait, sans y parvenir, de prendre un ton méprisant. « Mme Bailey est plutôt du genre écervelé. Elle a peut-être décidé d'envoyer Polly en camp d'été, ou bien les Bailey vont partir en vacances.

— Alors pourquoi ne pas l'avoir dit ? » Teresa sentait bien à la voix de Gus qu'il ne croyait pas ce qu'il disait. Gus Gibbs ne savait pas mentir. « Mme Bailey n'est absolument pas écervelée et, début juin, elle m'a dit qu'elle n'envoyait pas Polly en camp d'été, et que la famille ne partirait pas en vacances avant le mois d'août.

— Alors, il y a peut-être une autre raison.

— Oui, et je la connais. » Teri inspira profondément, ne voulant pas se laisser démonter parce qu'une élève annulait son cours. « Eh bien, comme ça, Cléopâtre aura congé aujourd'hui. Comment se débrouille Daniel ?

— Très bien. Il n'a pas peur du tout. Mais impossible de lui faire enlever son chapeau ! »

Teresa ne put s'empêcher de sourire. « Du moment que Cesar n'y voit pas d'inconvénient, pourquoi pas ? Sharon et moi, nous viendrons rechercher Daniel dans une demi-heure environ. »

Elle venait à peine de reposer le combiné et de se retourner que déjà Sharon avait bondi de la table. « Daniel a passé suffisamment de temps pour aujourd'hui avec ce cheval. On va rentrer maintenant. Je ne veux pas qu'il soit trop grincheux pour faire sa sieste.

— Grincheux ! Une sieste ! » Teri haussa la voix malgré elle, elle ne pouvait s'empêcher de réagir. « Sharon, il a presque huit ans. Ne me dis pas qu'il fait encore la sieste ! Bonté divine, à l'école, ils ne font plus la sieste à cet âge-là !

— Quand il était à la maternelle…

— Exactement. À la maternelle. Il avait trois ans ? quatre ans ? Tu repars parce que la mère de Polly Bailey a annulé ! »

Le visage de Sharon s'empourpra mais elle s'exprima d'une voix excessivement calme : « Teri, ne prends donc pas les choses comme ça. Je me fiche complètement de Polly Bailey. Je pense simplement que Daniel est resté sur ce cheval assez longtemps. Il va avoir mal aux jambes ou… ou…

– Ou quoi ? » cria presque Teri. Puis elle remarqua la manière dont Sharon se tenait, toute raide, le menton relevé comme si elle se préparait à une attaque verbale, voire physique. On dirait qu'elle a peur de moi, se dit Teri, choquée et blessée. « Je suis désolée d'avoir crié comme ça. » Ses excuses avaient beau être sincères, elle se rendit compte qu'elles semblaient artificielles. « Je ne vais pas retenir Daniel en otage ici si tu veux le ramener à la maison. » Horrifiée, elle sentit sa gorge se serrer, les larmes prêtes à venir. « Mais vraiment ça fait mal de penser…

– Penser quoi ? demanda prudemment Sharon.

– Que ma propre belle-sœur veut emmener son enfant loin d'ici, en sécurité, c'est-à-dire l'emmener loin de *moi*, le plus vite possible. »

CHAPITRE IX

1

À peine une demi-heure après que Sharon avait tiré un Daniel en pleurs jusqu'à la voiture pour le ramener le plus vite possible à la maison, Kent appela. « Juste pour t'avertir qu'on a un acheteur pour la maison, dit-il sans préambule.

– La maison ? répéta machinalement Teresa, toujours sur le coup du départ précipité de Sharon.

– La maison de Papa. Celle dont on essaie de se défaire depuis presque huit ans, au cas où tu l'aurais oublié. L'agence immobilière vient de me téléphoner, quelqu'un a offert de l'acheter vingt mille dollars de moins que le prix proposé. Étant donné qu'elle est inoccupée depuis une éternité, je crois qu'on peut baisser le prix pour en être débarrassés. C'est en tout cas ce que je souhaite, moi. Et toi ?

– Mon Dieu, moi aussi. » Teresa était abasourdie. Depuis le temps, elle avait fini par se dire que personne n'achèterait une maison où deux personnes s'étaient fait assassiner. Quelques mois plus tôt, Kent et elle avaient pris la décision d'attendre encore un an, puis de la faire démolir et de vendre le terrain, situé dans un très bon quartier. « Sais-tu qui se sent prêt à acheter la Maison de la Mort ? C'est comme ça que beaucoup de gens l'appellent, tu sais.

— Oui, je sais. Surtout les ados. Le côté macabre leur plaît. L'agent ne m'a pas dit grand-chose, mais il semblerait que ces acheteurs potentiels soient un couple de Californiens, intrigués par l'histoire de la maison. Pour eux, c'est plus un atout qu'un inconvénient, le mari écrit des romans d'horreur. Il n'est pas célèbre, mais il a publié deux livres. Je ne sais pas du tout pourquoi ce couple a décidé de venir vivre en Virginie-Occidentale, et j'ai été tellement surpris de leur offre que j'ai déjà oublié leur nom.

— Peu importe », renchérit Teresa, enchantée à l'idée de cette vente. Elle avait si souvent entendu les gens faire allusion à la maison dans laquelle elle avait grandi comme à un endroit « horrible », où « aucune personne normale ne voudrait vivre ». Et pourtant, malgré son passé tragique, elle n'aimait pas l'idée de la voir détruite, parce que sa mère, elle, l'avait aimée. Marielle avait apprécié son architecture, et aimait penser à son histoire, depuis la date de sa construction, 1925. Rien de triste ne s'était passé dans cette maison — rien de néfaste, jusqu'au jour où Hugh Farr l'avait achetée, donnant ainsi le départ d'un enchaînement d'événements qui allaient aboutir au meurtre.

« Donc j'ai bien fait de dire à l'agent que nous acceptions l'offre ? demanda Kent.

— Merci d'avoir attendu ma réponse ! fit Teresa d'un ton ironique. Mais oui, tu as bien fait. Il faudra quand même qu'on déménage tous les meubles. Qu'allons-nous en faire ?

— J'y ai déjà pensé, dit vivement Kent. Demain, tu vas là-bas et tu vois s'il y a des choses que tu veux récupérer tout de suite. Moi je ne veux rien, et Sharon non plus. Après tout, Wendy s'est débarrassée de la plupart des affaires qui appartenaient à Maman. Je vais quand même avertir Jason. Il reste peut-être quelque chose dans la chambre de Celeste qu'il veut reprendre.

— Ça m'étonnerait. Sa fille a failli se faire assassiner là-bas, dit Teresa, frissonnant malgré la chaleur de l'après-midi. Mais après toutes ces années, il ne ressent peut-être plus la même chose.

— Oui, peut-être. » Kent avait l'air pressé, et presque absent. « Quoi qu'il en soit, j'ai loué un garde-meuble, les déménageurs viendront après-demain.

— Tu ne perds pas de temps, on dirait !

— J'ai hâte d'en finir avec cette maison. Et j'ai pensé que ça serait la même chose pour toi, mais si je suis allé trop vite…

— Non. Moi aussi, j'ai hâte d'en finir, comme tu dis. J'irai faire un tour demain et, si je veux quelque chose, les déménageurs pourront me l'apporter ici.

— Super. » Kent n'ajouta rien, et Teresa eut l'impression qu'un bref instant, il avait cessé de remuer des papiers, de signer lettres ou contrats, pour se donner le temps de réfléchir. « Teri, je serai si heureux d'être débarrassé de cet endroit. Pendant huit ans, on a fait ce qu'il fallait pour l'entretenir. J'aurais peut-être dû y aller moi-même, mais sincèrement, j'ai préféré laisser ça à un type en qui j'ai confiance, parce que j'ai déjà du mal à penser à la maison, alors y aller !

— Ça fait un an que je ne suis pas passée devant en voiture, et plus longtemps encore que je n'y suis pas entrée. Maintenant, on n'a plus besoin de se faire du souci, ni toi ni moi. C'est devenu le problème de quelqu'un d'autre.

— Dieu merci. » Kent n'avait pas eu l'air aussi heureux depuis longtemps. « On dirait que la journée s'annonce bien. Au fait, comment s'est débrouillé mon fils pour sa première leçon d'équitation ? Pas trop fatigué, au bout d'une heure entière ?

— Eh bien… » Teresa détestait l'idée de gâcher la bonne humeur de Kent, mais il n'y avait pas lieu de lui mentir. Daniel lui apprendrait bientôt la vérité. « Il est parti plus tôt.

— Et pourquoi ? demanda Kent d'un ton las.

— Sharon s'inquiétait, elle a pensé qu'une demi-heure suffisait pour sa première leçon et elle…

— L'a obligé à partir. » La voix de Kent paraissait tout à la fois neutre et en colère.

Teresa regretta aussitôt de ne pas lui avoir simplement dit que la leçon s'était bien passée. C'était à Daniel, ou bien à Sharon, de lui dire les choses, pas à elle. Elle voulut se rattraper. « Kent, nous savons tous les deux que Sharon n'était pas très enthousiaste à l'idée de ces leçons d'équitation. On prenait un café dans la cuisine quand j'ai appris que la mère d'une de mes élèves annulait sa leçon et j'ai mal réagi. C'est sans doute à cause de moi si Sharon a voulu ramener Daniel à la maison.

— Et lui, il était heureux de rentrer plus tôt ? demanda Kent d'un ton sarcastique.

— Daniel a bien profité de son poney, et comme je l'ai dit, une demi-heure, c'était peut-être suffisant pour lui. Tu montes à cheval, tu sais que si on n'a pas l'habitude et qu'on reste trop longtemps en selle, surtout la première fois, on a des courbatures…

— N'élude pas ma question, Teri. Comment a-t-il réagi lorsque Sharon a voulu le ramener à la maison ?

— Il n'était pas enchanté.

— Définis donc ce “pas enchanté”. »

Teri se sentit acculée. « Il a pleuré, admit-elle, et son frère ne put retenir un juron. Mais même s'il était resté plus longtemps, il aurait sûrement pleuré au moment de rentrer. Il adore son cheval, Kent. Il s'était préparé, habillé. Je crois qu'il avait l'intention de rester toute la journée, et il s'imaginait qu'il allait convaincre Sharon de le laisser là. Il n'y a pas de quoi en faire un plat, Kent. Sharon connaît son fils. Elle sait ce qui est le mieux pour lui, ajouta Teresa sans conviction.

— N'essaie pas de l'excuser, Teri. Il faut que je lui parle.

— Oh ! Kent, ne fais pas d'histoires ! Elle s'habituera à l'idée de ces leçons, laisse-lui le temps. Monter à cheval peut réellement être dangereux. Sharon ne sait pas encore à quel point Josh et Gus sont prudents avec les enfants.

— J'en ai par-dessus la tête de ses angoisses. Mais tout ça n'est qu'une partie du problème qui couve entre nous depuis des mois, et cette fois-ci, il faut vraiment que j'en discute avec elle.

— Quel problème ? » ne put se retenir de demander Teri.

Kent raccrocha brutalement et le moral de Teresa tomba encore plus bas. Il fallait assurément que Kent discute avec Sharon de son attitude trop possessive envers Daniel, mais pas sous le coup de la colère. Elle savait qu'ils se disputeraient ce soir, et ce serait de sa faute à elle, elle avait jeté de l'huile sur le feu. S'il y a bien une chose dont un couple à problèmes n'a pas besoin, c'est qu'un membre de la famille se mêle de ses affaires…

Le téléphone sonna de nouveau. Voyant que l'appel provenait de l'écurie, elle fut tentée de ne pas répondre. Encore des ennuis avec Sharon, se dit-elle, et l'angoisse envahit son esprit comme un nuage noir. Elle décrocha et dit : « Quel est le problème, Gus ?

— Le problème ? Aucun ! » Teresa reconnut aussitôt le ton faussement enjoué qu'il employait parfois. « Je voulais juste vous dire que vous aviez deux visiteurs inattendus. »

Teresa se tut un instant, s'attendant à ce qu'il ajoute « le shérif et son adjoint sont là pour vous interroger sur la nuit des meurtres ». Elle entendit des voix, dont l'une semblait celle d'une jeune femme, puis le rire trop fort de Gus, celui qu'il avait lorsqu'il cherchait à dissimuler la surprise ou la consternation. Finalement, d'une voix juste un cran au-dessous du hurlement, elle demanda : « Bon sang, Gus, qui donc est à l'écurie ?

— Eh bien, vous ne devinerez jamais, fit Gus d'une voix tonitruante. C'est Jason Warner et sa petite fille. Miss Farr, Celeste Warner est venue vous rendre visite ! »

2

Celeste ! Teresa resta bouche bée, incapable de dire un mot. Depuis les meurtres, pas un seul jour ne s'était écoulé sans qu'elle pense à la ravissante enfant aux grands yeux bleus et tristes que Wendy, après son mariage triomphant avec Hugh, avait amenée à sa suite.

Au début, Teresa avait décidé d'être tout juste polie avec la fillette. Puis elle avait remarqué la manière dont Celeste se faufilait dans toute la maison comme si elle essayait de se faire la plus discrète possible, et aussi dont elle évitait son nouveau beau-père. Souvent, elle restait tout simplement assise par terre, dans sa chambre surchargée de dentelles et de fanfreluches, serrant fort son grand ours en peluche et psalmodiant des comptines de son invention.

Un jour, Teresa avait entendu Celeste déverser toute sa solitude et sa tristesse dans les oreilles de son ours Yogi, qui paraissait son seul ami. Émue, elle était entrée dans sa chambre et lui avait parlé. Mais l'enfant était trop craintive, ou trop intimidée par sa toute nouvelle demi-sœur, et elle n'avait pas répondu. Teresa avait fait de nouvelles tentatives, et Celeste avait fini par parler un peu. Au bout d'un mois, Teresa et elle jouaient et se taquinaient comme si elles étaient du même âge. Très vite, Teresa s'était rendu compte qu'elle en était venue à aimer l'enfant comme si elle avait été celle de Marielle et non de Wendy.

Puis, après les meurtres, Celeste, grièvement blessée, lui avait été arrachée. Elle avait pensé ne jamais la revoir et aujourd'hui, fait incroyable, Celeste venait chez elle. Elle était passée à l'écurie, comme n'importe quelle visiteuse, et non comme l'enfant que Teresa avait essayé d'assassiner – du moins selon ce qu'avaient pensé tant de gens à l'époque.

Après quelques instants d'un silence abasourdi, Teresa répondit à Gus : « Dites à Celeste et à son père de venir jusqu'à la maison. Non ! Celeste voudra voir les chevaux, j'arrive !

– Vous avez raison, fit Gus avec bonne humeur. Elle semble pratiquement hypnotisée par Éclipse. Elle m'a dit qu'elle voulait voir *votre* cheval. À tout de suite, alors ! »

Teresa se précipita vers le salon, jeta un coup d'œil dans un miroir au-dessus d'une longue étagère, se lissa les cheveux et rentra son chemisier dans son jean. Puis elle vit Sierra qui, pleine d'espoir, attendait près de la porte. Lorsqu'elle rencontrait quelqu'un pour la première fois, la chienne faisait beaucoup de tapage, mais Celeste, enfant, aimait les chiens presque autant que les chevaux. Teresa se dit qu'il y avait de grandes chances que Sierra n'effraie pas la jeune fille, et elle attrapa sa laisse.

Elles prirent toutes deux le chemin qui descendait de la maison. Arrivées devant les portes ouvertes de l'écurie, Teresa entendit des murmures. Avec son ouïe fine, Sierra détecta la présence d'inconnus et elle aboya très fort. « Chut ! ordonna Teri. Celeste ne te connaît pas. Ne lui fais pas peur. »

En fait, Teresa se sentait légèrement gênée à l'idée de revoir Celeste au bout de huit ans. Elles avaient été si proches, et Celeste n'était alors qu'une enfant. À présent, c'était une adolescente, qui avait traversé la pire des épreuves. D'après le peu d'informations fiables qu'elle avait pu glaner, Celeste n'avait pas gardé de séquelles physiques et le silence dans lequel elle vivait n'était qu'une conséquence du choc. Mais Teresa n'oubliait pas qu'elle était l'une des dernières personnes que l'enfant avait vues avant d'être emportée par une ambulance, huit ans plus tôt.

Dès qu'elle entra dans l'écurie, une mince jeune fille quitta Éclipse des yeux pour regarder Teresa et Sierra, avant de sourire et de se précipiter vers elles. « Teri ! Oh ! Teri, comme tu m'as manqué ! » s'écria joyeusement Celeste, se jetant dans les bras grands ouverts de Teresa. Un long moment, elles s'étreignirent avec fougue. Puis la jeune fille recula un peu. « Tu n'as pas changé !

— Ce n'est pas comme toi ! » Teri sourit, regarda Celeste qui devait mesurer plus d'un mètre soixante-dix. Elle avait les mêmes cheveux d'un blond pâle que sa mère mais, sinon, elle ne ressemblait absolument pas à Wendy, que les beaux vêtements et beaucoup de maquillage suffisaient tout juste à rendre jolie, sexy et piquante. Celeste, elle, était d'une réelle beauté, avec la peau d'un ivoire parfait, de grands yeux bleu saphir aux longs cils noirs, un nez étroit et des lèvres parfaitement dessinées, d'une belle teinte rose naturelle. Elle portait une robe démodée, presque enfantine, dont Teresa devina aussitôt qu'elle avait était coupée par sa grand-mère, Fay. Ses longs cheveux étaient retenus en arrière par un ruban de velours rose vif, et elle ne portait pas la moindre trace de maquillage. « Celeste, tu étais déjà une enfant ravissante, dit Teresa avec sincérité, mais tu es devenue une jeune femme encore plus ravissante ! »

Celeste l'enlaça de nouveau. Sierra laissa échapper un autre aboiement strident, et Teresa fut heureuse de cette diversion, car elle sentait les larmes lui monter aux yeux. « Celeste, je te présente Sierra, dit-elle vivement. Elle fait beaucoup de bruit, mais elle n'a jamais mordu personne. J'espère que tu n'as pas peur… »

Mais déjà Celeste s'agenouillait et caressait Sierra sous ses grandes oreilles dressées, tandis que la chienne battait de la queue, ravie. « Elle ne me fait pas peur. J'ai tout de suite vu que c'était un bon chien, dit Celeste, l'air heureux, avant de se pencher et de s'adresser directement à Sierra : Une chienne si tendre et si *jolie*, n'est-ce pas, Sierra ? » La chienne lui lécha le nez et Celeste se mit à rire.

« J'espère que cela ne t'ennuie pas que nous soyons passés comme ça, sans prévenir. » Jason Warner s'approcha de Teresa et lui tendit la main. La dernière fois que Teresa l'avait vu, il avait trente-deux ans, et faisait tout juste son âge. À présent, à quarante ans, ses cheveux châtains étaient abondamment striés de gris, et les rides sur son front semblaient appartenir à un homme de cinquante ans. Mais son sourire était chaleureux et il devait prendre soin de se maintenir en forme car il était toujours aussi svelte.

« Après nous avoir tous surpris en se remettant à parler, Celeste… » Jason dut s'interrompre, son sourire se faisant hésitant, comme si l'émotion était trop forte. Il se reprit et enchaîna : « … Celeste a absolument voulu venir te voir, le plus rapidement possible. Sa grand-mère était… très occupée. »

C'est ça ! se dit Teri. Fay Warner avait toujours été convaincue que c'était Teresa qui avait blessé Celeste, et ce même après les aveux de Byrnes, d'ailleurs elle continuait à détourner la tête quand elle croisait Teresa en ville ou à l'épicerie.

« Celeste m'a téléphoné au bureau, continuait Jason, et j'ai décidé de sortir déjeuner plus tôt. Tout ça s'est fait sur l'impulsion du moment. Je t'ai appelée, mais ta ligne était occupée.

– Oui, j'étais au téléphone, dit bien inutilement Teresa, avant d'ajouter : Mais c'est parfait comme ça. Je suis enchantée de voir Celeste. Je suis très heureuse de vous voir tous les deux. »

Jason sourit de nouveau mais il n'eut pas besoin de répondre car Celeste venait de se précipiter vers le palomino. « Comment s'appelle-t-il ? demanda-t-elle.

– Conquistador. » Teresa rejoignit Celeste et toutes deux se mirent à caresser le cheval. « Il appartient à mon frère Kent. Certains de ces chevaux sont juste en pension ici, mais l'arabe noir, Éclipse, et les deux poneys, Cesar et Cléopâtre, sont à moi. »

Celeste se dirigea vers chaque box, salua et caressa Captain Jack, Sir Lancelot, Bonaparte, et le dernier arrivé, un quarteron qui s'appelait Fantasia. Teri remarqua que Celeste s'exprimait d'une manière plus enfantine que les adolescentes qui prenaient des leçons à Farr Fields. Sans doute n'avait-elle pas fréquenté assez de personnes de son âge ces dernières années.

« Quelle chance tu as, Teri, de vivre avec tous ces chevaux, dit Celeste après avoir salué chacun des animaux. J'adore les chevaux. Où est celui que tu avais toi-même en pension, à l'époque ? Celui que tu m'avais laissée monter !

– Il est mort malheureusement, il y a deux ans. » Le sourire de Celeste disparut aussitôt. « Il était vieux, Celeste, et il a bien vécu. Il me manque, bien sûr, mais il est mort brusquement et le vétérinaire m'a dit qu'il n'avait probablement pas souffert. Je suppose que son heure était arrivée.

– Oh ! fit Celeste, la voix nouée. On ne l'a pas tué ni blessé, j'espère. »

On ne l'a pas tué, pensa Teresa. On ne l'a pas tué, comme on avait tué sa mère et Hugh. « Non, absolument pas, rassura-t-elle la jeune fille. Il n'était même pas malade. Il a simplement commencé à avoir l'air fatigué. Un jour, il s'est couché et ne s'est pas relevé. Je l'ai fait enterrer ici, près des écuries, j'ai planté un magnifique pommier sur sa tombe, et il a même une pierre tombale. Je la fleuris chaque année le 7 août, le jour de son anniversaire. »

Celeste paraissait toujours désespérée. « Je sais que tout le monde doit mourir un jour, mais je n'aime pas ça. C'est gentil de mettre des fleurs sur sa tombe. Je pourrais t'aider, cette année ? »

Teresa jeta un coup d'œil en direction de Jason,

qui exprima son accord d'un signe de tête. « Bien sûr, Celeste. Ça lui fera très plaisir. »

Celeste se tourna vers Gus et Josh. Tous deux faisaient semblant de s'affairer alors qu'ils observaient le subtil échange entre Teresa et Celeste. « Vous n'aimeriez pas que les chevaux vivent pour toujours ? »

Gus eut l'air très surpris mais il répondit aussitôt : « Bien sûr que si. N'est-ce pas, Josh ? » Josh acquiesça doucement : « Oh oui. Pour toujours. Cela dit, ils ont déjà une vie très longue comparée à celles... »

Teresa savait qu'il avait failli dire « des chiens » mais il s'arrêta à temps et dit simplement « d'autres animaux ».

« Je sais. » Celeste resta silencieuse un instant, le regard perdu au loin. Puis elle demanda brusquement : « Teri, tu te souviens de Snowflake ? »

Teresa se crispa à la mention de la lampe de chevet laissée à sa porte par la mystérieuse silhouette la nuit précédente. Elle essaya de se détendre, et sourit d'un air désinvolte. « Bien sûr.

— Il me manque, fit Celeste d'un air triste. Snowflake et mon ours en peluche Yogi m'ont porté chance. La lumière de Snowflake m'a montré mon coffre à jouets — celui où je me suis cachée la nuit où Maman s'est fait tuer. Et Yogi m'a aidée, lui aussi. S'il n'avait pas pris le coup de couteau à ma place, le docteur a dit que je serais morte. Maintenant Yogi est parti pour toujours. Il a été mis aux ordures. »

Une vague de tristesse assombrit le visage de Celeste, et Teresa chercha à la réconforter : « Je suis désolée pour Yogi, mais il aurait été heureux de savoir qu'il t'a sauvé la vie.

— C'est ce que dit Papa. » Le regard de Celeste

devint brusquement presque violent. « J'espère que Snowflake, lui, n'est pas parti pour toujours. Parce que, maintenant, on a absolument besoin de lui pour nous porter chance.

– Ah bon ? » Teresa était abasourdie par la soudaine véhémence de la jeune fille. « Qu'est-ce qui te fait dire qu'on a spécialement besoin de chance maintenant ? »

Celeste s'approcha de Teresa, ses yeux bleus immenses dans son petit visage au teint pâle, et dit avec intensité : « Parce que celui qui a tué Maman voulait me tuer. Tu l'en as empêché, mais il veut toujours me tuer, et je sais qu'il veut aussi te tuer, toi. »

CHAPITRE X

1

La déclaration de Celeste fut suivie d'un grand froid. Teresa se contentait de fixer la jeune fille, mais son esprit bouillonnait de questions. Qui ? Pourquoi ? Et comment sais-tu cela ? Mais elle n'osait pas ouvrir la bouche. Elle avait peur qu'une fois exprimées, ces questions se révèlent trop terrifiantes.

Ce fut Jason qui finit par rompre le silence. Il s'approcha de sa fille et mit le bras sur ses minces épaules tendues. « Mon cœur, c'est une chose dramatique et effrayante que tu viens de dire. C'est ce que tu penses ?

– C'est ce que je *sais* », fit Celeste d'un ton définitif.

Jason lui demanda calmement : « Et comment sais-tu une chose pareille ?

– Quelqu'un a déjà essayé de me tuer, il n'y est pas arrivé grâce à Yogi et à Snowflake. Et grâce à Teri. Je sais qu'il y a des gens qui pensent que Teri a essayé de me tuer – les gens ont dit des tas de choses sur moi, croyant que je ne pouvais pas les entendre, simplement parce que je ne parlais pas – mais Teri ne m'a pas donné de coup de couteau. C'est idiot. Teri a éloigné la Mort de moi. Maintenant la Mort est en colère et veut tuer Teri aussi. Il n'y a rien de plus logique. »

Teresa finit par parler à son tour : « Mais, ma chérie, la personne qui t'a blessée n'est peut-être plus dans les parages. C'était peut-être juste un inconnu entré dans la maison cette nuit-là, ou quelqu'un qui a eu peur d'être arrêté et qui s'est enfui, ou... »

Les mots lui manquèrent, tandis que Celeste secouait la tête avec violence. « Non, cette personne est toujours ici. Je le sais, à cause d'une odeur, d'un bruit, d'un visage aussi, peut-être ? C'est encore tout mélangé dans ma tête, mais bientôt je m'en souviendrai mieux. Je *sais* que je m'en souviendrai.

» Je suis restée muette toutes ces années parce que je ne voulais pas parler de cette nuit-là. Tout le monde m'interrogeait sans arrêt sur ce qui s'était passé et je ne voulais pas y penser. Mais j'ai recommencé à parler quand j'ai compris que la personne était là. Au début, je m'en voulais d'avoir parlé. Puis je me suis dit que c'était une bonne chose, parce que je devais te mettre en garde, et je devais avertir tous ceux qui veulent que nous restions en vie, pour qu'ils puissent nous aider. » Celeste regarda son père, puis se tourna vers Gus et Josh. « Il faut que vous protégiez Teri sinon quelqu'un va la tuer ! »

Profondément ébranlée, Teresa tenta de persuader Celeste qu'elle serait aussi prudente que possible. Dix minutes plus tard, la jeune fille et son père prenaient congé, Jason — le visage tendu et très pâle — ayant dit qu'il devait retourner au bureau. Après leur départ, Gus, embarrassé, demanda à Teresa si elle se sentait menacée. Elle mentit, affirma que tout allait bien, mais vit qu'elle ne l'avait pas convaincu. Avant qu'il puisse poser d'autres questions, elle repartit vers la maison, Sierra trottant à ses côtés, puis courant en cercle autour d'elle, essayant sans succès d'entraîner sa maîtresse dans un excitant jeu de poursuite.

Arrivée à la maison, Teresa verrouilla la porte derrière elle, puis entra dans la cuisine. Elle remplit d'eau fraîche le bol de Sierra, et se versa un grand verre de citronnade. Sans se presser, elle se dirigea vers le salon, s'affala sur le canapé, et dit en gémissant : « Cette journée ne peut pas être pire. »

Elle allait bientôt découvrir que si.

Teresa n'avait pas même terminé sa citronnade que le téléphone sonna. À contrecœur, elle se releva et se dirigea vers l'appareil posé près du fauteuil. Elle décrocha et, avant de pouvoir placer un seul mot, elle entendit Sharon lui demander d'un ton caustique : « Alors, fière de toi ?

— Comment ça ? Fière de quoi ?

— D'avoir cafardé, de t'être mêlée de ce qui ne te regarde pas, de semer la zizanie entre mon mari et moi ?

— Mais je n'ai pas...

— Tu n'as pas quoi ? Tu ne t'es peut-être pas jetée sur le téléphone pour raconter à Kent que j'avais emmené Daniel avant la fin de sa leçon ? Tu n'es pas allée te plaindre en gémissant que ta belle-sœur à moitié folle avait osé te vexer ? Tu n'as pas tout fait pour qu'il soit furieux contre moi ?

— Sharon, je te jure que je n'ai rien fait de tout ça. Tu me connais, quand même !

— Vraiment ? Voyons voir ce que je sais de toi. Que tu as toujours compté sur ton frère aîné, qu'adolescente tu faisais des histoires à la maison, et que Kent devait toujours prendre ton parti contre Hugh, et que c'est comme ça que Hugh en est venu à le détester autant. »

La colère commença à monter en Teresa. « Je ne sais pas si mon père me détestait vraiment, ou s'il détestait Kent, mais si c'était le cas, ce n'était pas parce que Kent prenait mon parti. C'était parce que mon père ne savait pas aimer. Il ne connaissait que la contrainte et l'intimidation.

— Il aimait Wendy.

— Oh non, il ne l'aimait pas, et tu le sais très bien ! Sharon, qu'est-ce qui ne va pas ? J'ai eu le malheur de dire à Kent que tu avais écourté la leçon de Daniel, et du coup tu réécris le passé ? Wendy était un jouet pour Papa — elle l'excitait, le faisait se sentir jeune et viril. Il n'avait rien à faire de la pauvre Celeste. Ni de ma mère.

— Ni de *toi*, et c'est pourquoi tu as décidé qu'il fallait qu'il en soit de même pour Kent. C'est pourquoi Hugh nous a fait tellement d'ennuis quand on a voulu se marier. C'est pourquoi Kent a failli ne… Oh ! qu'importe !

— Non, finis ta phrase. » Teresa sentit soudain un calme glacé l'envahir. « C'est pourquoi Kent a failli ne pas… quoi ? Ne pas t'épouser ? C'est pourquoi il a failli te laisser seule et enceinte ?

— Teresa !

— Ne prends pas ce ton épouvanté, Sharon. Kent et toi vous imaginez qu'on ignorait tous que tu étais enceinte de Daniel au moment de votre mariage ! Les gens savent compter, figure-toi, et une femme enceinte de six mois et demi ne donne pas naissance à un bébé de trois kilos cinq. »

Il aurait mieux valu en rester là, mais le stress de la matinée semblait avoir balayé la retenue habituelle de Teresa, si bien qu'elle ne put se taire. Elle ferma les yeux, et poursuivit d'une voix rapide et tranchante :

« Que Kent ait pris mon parti à deux ou trois occasions n'a rien à voir avec le fait que notre père a menacé de le déshériter. Papa a fait cette menace parce qu'il s'était mis dans la tête l'idée ridicule que tu n'étais pas assez bien pour Kent. Et remarque bien que j'ai dit *ridicule*. De plus, Wendy avait prévu que Farr Coal revienne à l'enfant qu'elle allait avoir avec Papa. Quoi qu'il en soit, c'est vrai que Kent a hésité à se marier après les menaces de Papa.

» Mais je comprends mon frère, poursuivit Teresa, incapable de s'arrêter. Il a travaillé toute sa vie pour être le meilleur dans tout ce qu'il faisait, pour mériter, aux yeux de mon père, de diriger un jour la société. Quand il a vu que la carotte qui l'avait toujours motivé allait brusquement lui être retirée, il a hésité.

– Teresa ! fit de nouveau Sharon, comme suffoquée.

– Oui, il a hésité. Je ne sais pas pourquoi Kent était aussi nerveux le mois précédant l'assassinat de Papa, mais le soir après la naissance de Daniel, alors que Kent avait un peu abusé du champagne pour fêter l'événement, il m'a dit ce que Papa avait juré de faire s'il t'épousait. Papa faisait pression sur lui, il l'a persécuté et menacé. Kent a simplement eu une légère hésitation et, pourtant, il n'arrive pas à se pardonner, même d'une si petite chose. Mon Dieu, Sharon, Kent est humain. Il t'aimait, mais…

– Il aimait encore plus la Société Farr Coal ?

– Ce n'est pas ce que j'ai dit, reprit Teresa qui commençait à en avoir assez. Si seulement tu pouvais m'écouter pour une fois…

– Je t'ai assez écoutée pour aujourd'hui ! Et peut-être pour le restant de mes jours. Tu es exactement comme ton père, Teresa. Tu es autoritaire, envahissante, tu sèmes la zizanie. Tu crois que tout et tout le monde t'appartient. Rien ne te plairait plus que de voir notre famille se défaire. Tu ne m'as jamais aimée et tu intrigues avec tout le monde pour détruire mon bonheur. Eh bien, laisse-moi t'avertir que personne ne m'enlèvera les êtres que j'aime. Absolument personne, et je me défendrai bec et ongles ! »

Sharon raccrocha brutalement. Teresa, le récepteur à la main, resta interdite, trop bouleversée pour faire le moindre mouvement. Puis, lentement, elle raccrocha. Elle pensa un instant rappeler, puis se dit que Sharon avait besoin d'un peu de temps pour se calmer. De beaucoup de temps ! Si elle était dans cet état, ce n'était pas seulement parce que Kent lui en voulait d'avoir abrégé la leçon de Daniel, mais aussi en raison de tout ce qui s'était passé huit ans plus tôt. Juste avant les meurtres, alors qu'elle était jeune, amoureuse, enceinte, et qu'elle avait cru que son rêve de devenir Mme Kent Farr, la mère heureuse et fière de son petit garçon chéri, était sur le point de partir en fumée à cause d'un seul homme, irascible, égoïste, profondément cruel, dont le monde se serait bien passé.

Teresa ne pouvait reprocher à Sharon de réagir ainsi, avec autant de ressentiment et de colère, dès qu'il s'agissait de Hugh Farr. Elle, sa fille, réagissait de la même manière. Le problème, c'était que Sharon semblait penser que Teresa avait hérité de certains des plus graves défauts de la personnalité de Hugh, et des mêmes tendances à la manipulation. Il y a un an, Sharon ne semblait pas penser cela, se dit Teri. À présent, elle paraissait prête à la détester autant qu'elle avait pu détester Hugh Farr.

2

Teresa repensa à ce triste après-midi. Elle avait commencé par perdre l'une de ses élèves, car là-dessus elle ne se faisait aucune illusion : Mme Bailey ne laisserait jamais revenir Polly. Sharon avait brusquement abrégé la leçon de Daniel. Il y avait eu cette longue conversation avec Kent qui avait mal tourné. La visite inattendue de Celeste, venue la prévenir qu'on souhaitait leur mort à toutes les deux. Et enfin, ce bref appel incendiaire de Sharon, à qui elle avait dit des choses qui ne seraient certainement jamais pardonnées.

« Et moi qui me réjouissais de cette journée ! dit tout haut Teri à son image dans le miroir. Pourquoi les choses ont-elles aussi mal tourné ? »

Incapable de chasser les désagréments de son esprit, résolue à découvrir l'erreur qu'elle avait faite, elle avait l'habitude de disséquer les scènes et les conversations pour trouver le moment précis où une situation avait commencé à se détériorer. Mac l'avait souvent taquinée à cause de ça. Il appelait ça une sorte d'auto-flagellation inutile, mais elle n'avait jamais pu s'en empêcher. Et ce n'était pas aujourd'hui, en cette journée aussi chaotique, qu'elle allait se défaire de cette habitude.

Pendant le restant de l'après-midi, Teresa ne fit qu'aller et venir dans la maison, revenant sans cesse sur sa conversation avec Kent, imaginant les disputes qui allaient s'ensuivre entre sa femme et lui.

Elle se répéta que ce n'était pas de sa faute. Kent lui avait demandé comment s'était passée la leçon. Aurait-elle dû lui mentir ? Non. Mais elle aurait pu lui dire de demander à Sharon et Daniel de lui en parler. La vérité aurait fini par sortir, mais sans que Teresa en fût responsable.

Non seulement elle avait semé la zizanie entre Kent et sa femme mais, la veille, elle avait offensé Mac, alors qu'il était venu lui manifester son soutien. C'était bien présomptueux de sa part d'imaginer qu'il avait autre chose en tête que de lui dire qu'il croyait toujours en elle et que la dernière trouvaille de Byrnes pour s'attirer les lumières l'avait effaré. Teresa se sentit rougir. Elle s'était humiliée et elle l'avait blessé. Comment avait-elle pu lui balancer que sa propre mère le croyait, lui, son fils, capable de violence ?

Elle regrettait de s'être immiscée dans les affaires de Kent et de Sharon mais, malgré sa répugnance à l'admettre, elle regrettait encore plus d'avoir blessé Mac. Traverser un moment difficile ne lui donnait pas le droit de se venger sur lui. « Je lui dois des excuses, dit-elle à Sierra, qui avait fidèlement suivi sa maîtresse dans chacune de ses allées et venues tout l'après-midi. J'irai le retrouver à son Club, je lui dirai que je suis désolée », et elle faillit ajouter : « Et ce n'est pas toi qui vas m'en empêcher ! »

Teri baissa les yeux sur la chienne si loyale, mais fatiguée et déroutée, ses grandes oreilles dressées. Elle comprit qu'en moins de quarante-huit heures, elle avait laissé l'histoire de Roscoe Byrnes la transformer en épave. Elle aurait pu s'en moquer. Carmen avait raison – Byrnes ne cherchait certainement qu'à attirer l'attention, pendant les derniers jours qui lui restaient à vivre. Et peut-être aussi, s'il était assez malin pour ça, à jeter le doute sur le véritable coupable des meurtres de Wendy et Hugh, transformant ainsi en enfer la vie de la personne suspectée avant lui.

Eh bien, si c'est ça, Byrnes peut être content ! se dit Teresa. Elle s'était laissé impressionner au point d'en perdre son calme. Elle s'était fait du mal à elle-même, et à son entourage, tout ça parce qu'elle était sous le choc et effrayée. Son devoir, maintenant, était d'essayer de réparer ce mal, dans la mesure du possible.

Teresa attrapa son fourre-tout beige, y repêcha ses clés – se promit, en jurant, de mettre dès le lendemain un peu d'ordre dans tout le fatras qu'elle conservait dans ce sac – et se précipita vers la porte. Elle s'arrêta en voyant que Sierra la suivait avec son regard le plus malheureux : l'absence de laisse signifiait qu'elle n'allait pas accompagner sa maîtresse. « Désolée ma belle, mais ce soir je ne peux pas t'emmener, lui dit Teri. Je te rapporterai des friandises, promis. »

La lune brillait d'un éclat argenté sur un fond de ciel gris ardoise. Un peu plus tôt, elle avait entendu qu'un orage était annoncé aux alentours de dix heures, mais on ne le sentait pas encore dans l'air. Les chevaux, eux, devaient le sentir, elle le savait. Ils étaient extrêmement sensibles aux variations du temps.

Teresa se rendit directement au Club Rendezvous. Le parking était plein aux trois quarts, ce qui n'était pas mal, si tôt dans la soirée et un soir de semaine, sans orchestre. C'était signe que le Club marchait bien.

Une fois sortie de sa voiture, elle se dit qu'elle aurait dû prendre le temps d'enfiler autre chose que le jean et le chemisier turquoise qu'elle avait portés toute la journée, mais lorsqu'elle entra dans l'établissement, elle vit que la moitié au moins des clients étaient eux aussi en jean. L'ambiance est plus décontractée les soirs de semaine que le week-end, se dit-elle. Elle reconnut la chanson de John Mayer, *Waiting on The World to Change*, tandis qu'elle se dirigeait vers le bar et demandait Mac.

« Il est dans son bureau, lui dit le jeune serveur. Voulez-vous que je le prévienne de votre arrivée ?

– Non, je suis Teresa Farr, une amie. Je vais aller le voir.

– M. MacKenzie n'aime pas que les clients aillent dans son bureau... » Teresa se retourna, balaya du regard l'établissement, remarqua le petit couloir près de la porte, et commença à s'y diriger. « Miss Farr, appela le serveur, vous ne pouvez pas aller par là. Miss Farr... »

Les protestations du serveur la suivirent le temps qu'elle traverse la piste de danse puis cessèrent. Ou bien il avait renoncé, ou bien il était en train de téléphoner à Mac. Elle courut presque pour atteindre l'endroit où Mac et elle, il y a si longtemps de cela, avaient prévu d'installer son bureau. Et, en effet, il était bien là. Malgré elle, elle fut contente de voir que Mac n'avait pas modifié la disposition des lieux qu'ils avaient imaginée ensemble. La porte du bureau portait une plaque de cuivre avec le mot « PRIVÉ » gravé dessus, ce qui ne l'empêcha pas de frapper deux fois et de l'ouvrir tout grand. Surpris, bien qu'il ait le téléphone à la main – le serveur à l'autre bout du fil venait sans doute de le prévenir qu'une forcenée fonçait vers son bureau –, Mac se leva et Teri s'écria : « Je suis désolée ! »

Derrière son grand bureau en acajou, Mac la fixa quelques instants. Aucun sourire de bienvenue n'éclaira son visage. Il se contentait de rester debout, sans bouger, vêtu de manière décontractée d'un jean et d'une chemise verte dont les manches étaient à moitié relevées sur ses bras musclés et bronzés. En une seconde, Teri enregistra l'image de ses cheveux noirs, brillant sous l'éclairage du plafonnier, ses yeux brun-vert tachetés d'or qui se plissaient légèrement, sa mâchoire contractée. Au bout d'un moment, il murmura : « Tout va bien » dans l'appareil et replaça le récepteur sur son socle. Il était toujours debout derrière le bureau, les yeux fixés sur elle.

Teri referma la porte et se mit à parler très vite, le souffle presque coupé. « Je me suis sentie mal toute la journée. Et aussi hier soir, après ton départ. Je t'ai dit des choses épouvantables. Ta mère m'a bien appelée le jour où elle a été renvoyée, elle m'a suppliée de ne pas te dire que Papa m'avait frappée, ni qu'il avait menacé de te dénoncer à la police, et elle m'a bien dit qu'elle craignait ta réaction, mais, hier, j'ai laissé entendre qu'elle te croyait capable de violence…

— Tu ne l'as pas seulement laissé entendre, coupa froidement Mac.

— C'est vrai. Mais je sais que ce n'est pas ce qu'elle pensait. Elle avait peur qu'il y ait une bagarre, c'est tout — une bagarre qui se terminerait par ton arrestation.

— Et elle avait raison. Si j'avais su ce qu'il t'avait fait, je lui aurais cassé la figure. Il le méritait bien. Mais moi, je n'ai pas mérité que tu me balances tout ça hier, que tu sous-entendes que ma propre mère me croyait capable d'être un assassin. C'était un coup bas, Teri, et je ne comprends vraiment pas pourquoi tu as agi comme ça, à moins que tu ne cherches encore à me faire payer d'avoir embrassé une autre femme alors que nous étions fiancés.

— Non, ce n'est pas ça ! » Une sorte de censeur mental semblait obliger Teresa à dire la vérité. « Enfin, c'était un peu ça, mais pas comme tu le penses.

— Ah ? » Mac fronça les sourcils. « Alors, dis-moi donc ce que *je* pense !

— Mac, s'il te plaît, ne me complique pas la tâche. » Teresa sentit des gouttes de sueur apparaître à la naissance de ses cheveux. Elle se rapprocha du bureau et tendit les mains, presque en un geste de supplication. « Je ne peux pas expliquer réellement ce qui m'est passé par l'esprit, mais…

— Ce qui signifie que tu ne *veux* pas expliquer vraiment ce qui t'est passé par l'esprit.

— D'accord, bon sang, je ne veux pas l'expliquer maintenant. Ce n'est pas pour ça que je suis venue. Je suis venue te présenter mes excuses et te dire que je sais aujourd'hui, comme je le savais il y a huit ans, que ta mère ne pensait pas que tu avais tué quelqu'un. Mon Dieu, si j'avais pensé que ta propre mère te croyait capable de tuer quelqu'un, est-ce que je me serais fiancée avec toi un an plus tard ?

— Eh bien, je n'en sais rien, dit lentement Mac avant de se pencher au-dessus de son bureau, l'expression et la voix sarcastiques. Après tout, j'aurais tué deux personnes que tu haïssais. »

Teri se pencha et le gifla violemment. Elle était trop éloignée de lui pour lui faire très mal mais il porta la main à sa joue et ses yeux s'agrandirent de surprise. Teri se retourna et sortit précipitamment du bureau. Alors qu'elle traversait le couloir à toute allure, elle entendit Mac l'appeler : « Teri ! Attends ! » mais elle ne s'arrêta pas.

En moins d'une seconde elle était dans sa voiture. Elle manœuvra pour sortir du parking, s'efforçant de regarder droit devant elle, mais ne put s'empêcher de voir Mac, debout devant la porte du Club Rendezvous, la main toujours sur la joue, l'air abasourdi et désolé.

3

Teresa roula à l'aveugle, furieuse. Ce n'est qu'à mi-chemin environ qu'elle réalisa qu'elle était couverte d'une froide pellicule de sueur et qu'elle roulait à plus de vingt-cinq kilomètres au-dessus de la limite autorisée. Elle ralentit brusquement, inspira profondément à plusieurs reprises, et sentit une larme rouler sur sa joue droite. Elle l'essuya du revers de la main — geste qui lui remit en mémoire un pathétique Daniel sortant de l'écurie en pleurs. Une autre larme coulait maintenant sur sa joue gauche.

Elle avait giflé Mac ! En pleine figure ! Jamais elle n'avait fait une chose pareille et elle était horrifiée. Elle avait été furieuse et épouvantée lorsque son père, huit ans auparavant, l'avait frappée et, à présent, elle se conduisait exactement comme lui ! Elle ne valait donc pas mieux que Hugh Farr ? Cette tendance à frapper et blesser était-elle héréditaire ?

« Mon Dieu », marmonna-t-elle tout haut, bouleversée par ce qu'elle venait de faire. Elle était allée présenter des excuses à Mac. « Tu parles d'excuses ! D'abord tu lui dis que sa mère n'a pas confiance en lui, ensuite tu le gifles ! Il a eu de la chance que tu aies rompu les fiançailles avant de se faire blesser pour de bon ! »

Teresa alluma la radio juste à temps pour entendre les prévisions météo. Fortes rafales de vent à l'approche de l'orage. Elle inséra un CD, avant de comprendre qu'elle avait besoin de silence. Elle n'arrivait même pas à se concentrer sur la musique, qui d'habitude apaisait ses nerfs et lui changeait les idées. Roulant en silence, elle s'aperçut qu'elle était déjà presque arrivée. À sa gauche, il y avait un drugstore et une banque, et à sa droite, un peu plus loin, un cimetière. En face du cimetière clignotaient les lumières d'une station-service. Teresa jeta un coup d'œil sur la jauge, et constata qu'elle allait bientôt manquer d'essence. De plus, elle avait promis à Sierra de lui rapporter une friandise.

Teri s'engagea sur le parking de la station-service et s'arrêta devant une pompe. Elle enleva le bouchon d'essence, inséra le bec de la pompe, et se rendit compte que ses mains tremblaient. Un peu plus loin, des adolescentes faisaient les folles dans une berline déglinguée. Deux garçons de leur âge approchèrent de la berline en crânant. À en juger par les cris qui se firent tout de suite entendre alors que les boîtes de Coca passaient à la ronde, Teresa devina que l'un d'eux avait apporté de l'alcool. Un homme d'au moins trente ans de plus que Teri, bedonnant et les cheveux dégarnis, s'approcha d'elle d'un pas nonchalant et lui dit d'une voix traînante : « Tu es en beauté ce soir, Babe. » « Merci, pépé, répondit-elle gentiment. Comment vont ta femme et tes petits-enfants ? » Un 4 × 4 fatigué venait de s'arrêter, avec au volant une femme à l'air soucieux, criant après cinq enfants qui se chamaillaient à l'arrière.

Un brusque coup de vent fit voler les cheveux de Teresa sur son visage, et elle se rappela les prévisions météo. Elle ramena ses cheveux derrière ses oreilles, se sentant tellement fatiguée, énervée et contrariée qu'elle fut tentée de ne pas attendre plus longtemps. Puis, comme si quelqu'un là-haut avait lu ses pensées, la pompe s'arrêta d'elle-même : le réservoir était plein.

Elle entra dans le magasin, attrapa deux boîtes de la nourriture préférée de Sierra, un paquet de barres au bœuf séché dont raffolait sa chienne, un quart de lait frais pour son café du matin. La queue à la caisse lui parut anormalement longue. On aurait dit que, ce soir, tous les habitants de Point Pleasant qui n'étaient pas chez Mac s'étaient donné rendez-vous chez Speedway. Elle rajouta un paquet de m & m's et un journal en attendant son tour.

Et maintenant ? se dit-elle en retournant à la voiture. Soirée télé ? Lecture ? Écouter un peu de musique en buvant du vin ? Ou bien chahuter un peu avec Sierra ?

Au moment où Teri s'engageait sur la route étroite qui menait à sa maison, le vent se leva brutalement, agitant les branches chargées de feuilles des sycomores. Un gros chat blanc sembla voler dans les airs, et frôla sa voiture. Elle fit une embardée pour l'éviter, puis regarda le ciel noir, avec une rangée de nuages gris et houleux venant de l'ouest.

Teresa savait que le bruissement de l'herbe et des feuilles allait rendre les chevaux nerveux. Gus et Josh faisaient des miracles lorsqu'il s'agissait de les apaiser. Roulant très lentement, elle regarda en direction du cottage où ils vivaient tous les deux, cherchant à voir de la lumière ou bien leur vieux 4 × 4, lorsque quelque chose se jeta en travers de la route.

Teresa freina brutalement. Les phares lui semblaient avoir révélé une silhouette portant un long manteau noir à capuche. Elle ne put qu'entrevoir un visage très pâle et de grands yeux écarquillés — des yeux bleus entourés d'épaisses ombres — avant que de longs cheveux noirs recouvrent comme un voile les traits fantomatiques. La silhouette s'enfuit vers la masse d'arbres du côté gauche de la route et disparut.

Un instant, Teri resta comme tétanisée dans sa voiture. Non, ce n'était pas possible, se dit-elle. C'était simplement le rôdeur. Un adolescent courant se mettre à l'abri avant que la tempête frappe. Ce n'était pas... ce n'était pas possible que ce soit...

Teri arracha sa ceinture de sécurité, sauta de sa voiture. « Eh, qui êtes-vous ? » hurla-t-elle d'une voix tremblante. Les branches des arbres battaient violemment, et le premier grondement de l'orage se fit entendre au loin. L'émotion la submergea telle une immense vague glacée, et elle se mit à crier, s'abandonnant totalement au désespoir : « Maman ! Maman, reviens ! »

CHAPITRE XI

1

Teresa, debout sur la route, fixait le bois où avait disparu la silhouette. Elle avait à la fois envie et peur de poursuivre cette ombre qu'elle avait cru reconnaître : sa mère. Ses pensées n'en finissaient pas de tournoyer. Et si Marielle avait été vivante tout ce temps ? Pour quelle raison reviendrait-elle au bout de huit ans ? Avait-elle entendu Byrnes déclarer qu'il n'avait pas assassiné Hugh et Wendy Farr et savait-elle que les soupçons allaient retomber sur Teresa ? Si c'était Marielle qui avait commis les meurtres, serait-elle assez rétablie, aurait-elle assez de force, aujourd'hui, pour protéger sa fille ? Était-elle revenue faire des aveux ?

Non, se dit Teresa avec véhémence. Sa mère était morte. Elle était forcément morte. Elle n'aurait pas pu disparaître purement et simplement de la surface de la Terre pendant huit ans. Ce n'était pas possible. Et si ça l'était ? Était-ce si compliqué de changer d'identité ? D'après ce qu'on savait, Marielle n'avait ni argent ni carte de crédit lorsqu'elle avait disparu. De toute manière, elle n'aurait pas pu utiliser sa carte sans être repérée. Quelqu'un aurait-il pu lui donner assez d'argent liquide pour qu'elle quitte Point Pleasant ? Mais il lui aurait bien fallu une identité. Elle aurait eu besoin d'un extrait de naissance, d'un permis de conduire, d'un numéro de Sécurité sociale. Et vu son état à l'époque des meurtres, elle n'aurait certainement pas su obtenir ces documents par ses propres moyens. Quelqu'un l'aurait forcément aidée. Mais qui ? Forcément, quelqu'un pour qui elle comptait beaucoup.

Le vent se fit plus violent, emmêlant ses cheveux, lui donnant la chair de poule sous le tissu léger de son chemisier de coton. Teresa prit conscience qu'elle était sortie de sa voiture depuis au moins dix minutes. Les phares perçaient l'obscurité devant elle, éclairant les deux rangées d'arbres qui bordaient la route. Même si la silhouette avait fait du bruit en courant se réfugier parmi ces arbres, le vent dans les feuilles et le craquement des branches l'auraient recouvert. Transie et aiguillonnée par les fines morsures de la pluie, elle remonta à contrecœur dans sa voiture et reprit la route.

Elle rentra sa Buick dans le garage et appuya sur la commande à distance. La lourde porte se referma derrière elle avec un bruit sec et rassurant. Toujours tremblante, Teri ouvrit la porte qui conduisait du garage à un petit hall à côté de la cuisine. Sierra avait entendu celle du garage et attendait Teri, battant de la queue et poussant les petits cris aigus qui traduisaient toujours sa joie. Mais, sentant immédiatement l'humeur de sa maîtresse, elle recula. « Bon, lui dit Teri d'un ton désolé, je ne suis pas d'humeur à jouer, mais je n'ai pas oublié tes friandises. » Elle sortit le paquet, l'ouvrit et lança deux barres par terre.

Sierra commença à manger avec zèle. Teresa se précipita vers l'avant de la maison et alluma les trois lampes extérieures. Le terre-plein qui s'étendait de sa maison jusqu'au champ jaillit de l'obscurité, tout illuminé. La vue de la pluie luisant sur l'herbe n'était pas particulièrement réjouissante, se dit-elle, mais au moins, il n'y avait aucune trace de présence humaine sur le terrain devant sa maison — aucune présence en long imperméable noir à capuche.

Teri prit une profonde inspiration et, après avoir vérifié que la porte principale était bien verrouillée, elle se dirigea le plus calmement possible vers le téléphone.

« Allô ! aboya Kent.

— Kent, réussit à dire Teresa. Kent…

— Teri ? Si Sharon est là, passe-la-moi immédiatement », fit-il d'un ton sans appel.

Sa demande prit Teresa au dépourvu. Pendant un instant, elle fut incapable de penser. Puis son esprit se remit à fonctionner. « Sharon n'est pas ici. Que se passe-t-il ? Daniel va bien ?

— Non, Daniel ne va pas bien. Sharon et moi avons eu des mots — bon sang, à qui est-ce que je veux donner le change ! —, Sharon et moi nous nous sommes très violemment disputés, à cause de cette histoire de leçon écourtée.

— Kent, je n'aurais pas dû t'en parler…

— Je l'aurais appris quand même. Daniel était tellement déçu qu'il a pleuré toute la journée, il a pleuré à se rendre malade et je ne vais pas mettre en danger la santé de mon fils parce que sa mère, sous prétexte de le protéger, l'étouffe complètement.

— Je suis vraiment désolée », marmonna machinalement Teresa.

Kent poursuivait déjà : « Sharon est en train d'en faire un enfant névrosé. Et comme si ça ne suffisait pas, elle est furieuse contre toi parce que tu m'as raconté qu'elle avait arraché Daniel à sa leçon au bout d'une demi-heure seulement. »

Teri garda le silence un instant. Toute la journée elle s'était répété qu'elle ne devait pas s'immiscer davantage dans le conflit entre Kent et Sharon. Elle avait déjà énervé Sharon et, quoi qu'en dise Kent, elle savait qu'elle était en partie responsable de la dispute apparemment violente entre son frère et sa belle-sœur. « Peut-être pourriez-vous résoudre le problème en discutant, au lieu de vous affronter, avança prudemment Teresa.

– Sharon ne sait pas discuter ! Elle vocifère ! » Teri eut envie de dire à Kent que Sharon était loin d'être la seule, mais elle savait que ce n'était pas le moment de faire remarquer à Kent ses propres torts. « Elle a sûrement couru chez son cher Papa ! poursuivit Kent. Tous nos problèmes viennent de lui. Si Gabe n'avait pas tellement gâté Sharon, elle ne penserait pas que tout doit se passer comme *elle* le veut. Elle ne penserait pas que je n'ai rien à dire concernant la manière dont Daniel doit être élevé, en fait elle ne pense pas à lui comme à *notre* fils, mais comme à *son* fils !

– Je crois que, pour cette fois, c'est plutôt moi qui suis en cause, et non pas le fait qu'elle ait été trop gâtée, risqua Teri. C'est vrai qu'elle exagère avec Daniel, mais sincèrement, je crois que si elle est terrifiée chaque fois qu'il est avec moi, c'est qu'au fond elle n'a jamais été convaincue que je n'avais *pas* tué Papa et Wendy. La bombe lancée par Roscoe Byrnes hier n'a pas arrangé les choses. »

Kent inspira profondément. « C'est… ridicule ! Sharon ne penserait jamais… une chose pareille. »

Le fait qu'il ait dû prendre cette profonde inspiration avant de répondre et chercher ses mots fit comprendre à Teri qu'elle avait mis dans le mille. Sharon doutait d'elle et elle avait exprimé ses doutes à Kent qui, bien maladroitement, essayait à présent de rassurer sa sœur.

« Bon, admettons que ce soit ridicule, dit Teresa pour faire plaisir à Kent.

– *C'est* ridicule ! répondit vivement Kent, un soupçon de soulagement dans la voix. Oublions Sharon pour l'instant. Quand tu as appelé, Teri, tu semblais contrariée, et je ne t'ai pas laissée en placer une, je t'ai immédiatement assaillie avec mes problèmes. Dis-moi, qu'est-ce qui ne va pas de ton côté ?

– Eh bien... » Brusquement, Teresa perdit tout aplomb et regretta d'avoir appelé son frère. Il était déjà à cran, et il penserait qu'elle était folle.

« Alors, qu'y a-t-il ? demanda-t-il plus doucement. Tu te dis que tu aurais mieux fait de ne pas m'appeler, surtout après la dispute que je viens d'avoir avec Sharon. Mais Sharon et moi, on se dispute souvent et on s'en remet toujours, alors arrête de te sentir coupable. Et, Teri, bien que tu sois la femme la plus indépendante, la plus forte que j'aie jamais rencontrée, je suis toujours ton grand frère, alors s'il te plaît, laisse-moi t'aider maintenant.

– D'accord. C'est gentil, Kent. Mais ne m'interromps pas. Tu le fais tout le temps et cela me...

– Je ne t'interromps pas ! protesta Kent.

– CQFD ! »

Kent soupira de nouveau. « Tu as raison, fit-il, vaincu. Je promets de ne pas dire un mot avant que tu me le demandes.

– Ce sera une grande première, murmura Teri plutôt sèchement, mais bon, j'y vais. »

Teresa raconta à Kent qu'un peu plus tôt elle était sortie – omettant de préciser sa visite à Mac, au

Club Rendezvous – et qu'elle venait de prendre la route qui menait chez elle lorsque le vent avait commencé à souffler violemment, juste avant l'orage. « Les arbres étaient très agités et je roulais lentement. Et alors, quelqu'un s'est précipité devant la voiture – quelqu'un de grand, de mince, vêtu d'un imperméable noir avec une capuche. J'ai aperçu son visage une seconde, avant que le vent lui balaie les cheveux sur la figure. Mais pendant un instant je l'ai vu nettement – aussi nettement que me le permettait la pluie, précisa Teri pour être honnête. Cette personne avait un visage très pâle, les yeux très enfoncés – des yeux bleus, j'en suis presque sûre – et des cheveux noirs, de longs cheveux noirs, épais et raides exactement comme les miens. »

Teri s'interrompit un instant. « Cette personne m'a regardée bien en face, avant de disparaître dans les bois au bord de la route. Je suis sortie de la voiture, mais je ne l'ai pas suivie. Je n'ai pas pu m'y résoudre. Mais, Kent, je *sais* qui j'ai vu ce soir. C'était notre mère. »

2

Anxieuse, Teresa attendit la réaction de Kent. Il allait soit affirmer sans ambages qu'elle n'avait pas vu leur mère, soit se moquer d'elle d'être aussi stupide et fantasque. Elle ne pouvait détacher son regard de la deuxième aiguille de la pendule posée sur la cheminée. Trente secondes s'écoulèrent avant que Kent ne dise calmement : « Teri, où dis-tu que tu as vu Maman ? »

Elle ferma les yeux. La voix de son frère avait l'intonation calme et prudente que les gens utilisent en s'adressant aux malades mentaux. « J'ai dit que je l'ai vue sur la route qui mène chez moi, répondit-elle posément. Elle courait devant ma voiture. J'ai failli la heurter.

— Et ensuite elle s'est enfuie.

— Oui. Elle a filé vers les arbres qui longent la route.

— Et tu ne l'as pas suivie.

— Non.

— Pourquoi ne l'as-tu pas fait, si tu étais convaincue que cette personne était Maman ? »

La question la prit de court. Que répondre ? Qu'elle avait peur que ce soit Marielle, et tout aussi peur que ce ne soit pas elle, et de ne pas supporter la déception ? Ces ambiguïtés et ces subtilités n'étaient pas pour Kent. La raison pour laquelle elle n'avait pas poursuivi la silhouette n'aurait aucun sens pour lui. « Tout s'est passé extrêmement vite, dit-elle, essayant de paraître sereine. Je venais de freiner brutalement, j'avais peur d'avoir heurté cette personne, lorsque j'ai pu apercevoir le visage. L'orage approchait. J'ai appelé, mais elle n'a pas répondu... »

De nouveau un silence. Puis Kent dit : « Teri, tu sais bien que si tu avais réellement pensé que c'était Maman, tu l'aurais suivie, et ce n'est ni ta surprise ni la pluie violente qui t'auraient arrêtée. » Elle ne répondit rien. Elle n'était pas certaine qu'il ait tort. « Alors ou bien tu n'as vu personne...

— Si !

— D'accord. Calme-toi. » Teri serra les dents. « Tu as vu quelqu'un, mais malgré tout ce que tu te racontes maintenant, tu as su d'instinct qu'il n'était pas possible que ce soit Maman, et que tu te mettrais en danger si tu suivais ce... cette... enfin, ce que tu as vu.

— Maman, fit Teresa avec obstination.

— Non, Teri. Elle ressemblait peut-être à Maman, même si je ne sais pas comment une personne ressemblant à Maman aurait pu courir devant ta voiture et disparaître, mais ce n'était *pas* Maman. Les adolescents aiment bien traîner les nuits d'été. Ton pare-brise était peut-être sale. Ou bien tu pensais justement à Maman. Ou bien… dis, est-ce que tu avais bu ? »

Cette dernière question mit Teresa hors d'elle. « J'ai bu du tord-boyaux toute la soirée. En fait, j'étais complètement pétée. J'ai dû renverser au moins quatre personnes en rentrant à la maison. Tu liras tout ça demain dans le journal.

— Écoute, Teri ! fit Kent avec le ton exagérément patient qu'il réservait à Daniel. Ne le prends pas comme ça. Ce n'est pas la peine de t'énerver.

— Je m'énerverai si je veux ! » Teri prit aussitôt conscience qu'elle avait l'air d'une gamine. Pas étonnant que Kent lui parle comme si elle avait l'âge de son fils. « Écoute, quelqu'un s'est jeté sur ma voiture — quelqu'un qui portait un long imperméable noir avec une capuche, quelqu'un de grand et de mince comme Maman, dont le visage ressemblait à celui de Maman, avec les mêmes yeux, les mêmes longs cheveux noirs —, j'ai vu tous ces détails très nettement avec mes phares. Et cette personne s'est réfugiée dans les arbres. Je te demande simplement ce que tu en penses. Tu n'as pas besoin d'être sarcastique ou de me traiter comme si j'étais folle.

— Teri, je ne pense pas que tu sois folle, mais tout à l'heure, tu m'as affirmé que tu avais vu Maman se précipiter devant ta voiture, tu n'as pas dit une personne enveloppée et encapuchonnée dans un manteau noir que tu aurais tout juste eu le temps d'apercevoir avant qu'elle disparaisse. Et pour ta gouverne, tu ne m'as *pas* demandé ce que je pensais. Tu t'es contentée d'affirmer que tu avais vu Maman, dont personne, ni la police ni nous, n'a la moindre nouvelle depuis plus de huit ans. Je ne crois pas que tu puisses m'en vouloir d'être sceptique. »

Tout ce que disait Kent était vrai. Et tout ce qu'il avait dit auparavant semblait extrait d'un ouvrage qui aurait eu pour titre « Comment se conduire face à une hystérique ». Teresa était hors d'elle, mais elle n'allait pas continuer à se disputer avec son frère, ni le laisser lui parler comme si elle n'était absolument pas fiable ou comme si elle était encline aux idées fantasques.

« Aucune importance. » Elle fut surprise de s'entendre parler d'une voix si froide, alors que son cœur battait à tout rompre. « Tu as raison. C'était sans doute un adolescent. » Comme celui qui a déposé Snowflake devant ma porte hier soir, se dit-elle, heureuse d'avoir été tellement occupée à calmer Sharon qu'elle ne lui avait pas parlé de cette visite nocturne, une info que Sharon se serait empressée de répéter à Kent lors de leur dispute. « Je devais être en train de penser à Maman et je me suis laissé emporter par mon imagination.

— Tu en es certaine ?

— Oh oui. Je me sens déjà beaucoup mieux, préféra-t-elle mentir.

— Je n'en suis pas si sûr, Teri. Tu n'as pas vraiment l'air… » Quelqu'un frappa à la porte chez Teri et elle faillit hurler. « Qu'est-ce que c'est ? demanda Kent.

— La porte… » L'estomac de Teri se noua et elle serra le récepteur de toutes ses forces. « Il y a quelqu'un à la porte…

— Bonté divine, on dirait qu'il va la défoncer ! cria Kent. C'est l'un des types qui travaillent pour toi ?

— Non, ils ne feraient pas… » Soudain elle reconnut les intonations familières de Mac MacKenzie, la voix profonde et puissante qui avait toujours été pour elle comme le chant des sirènes, quelles que soient les circonstances. « Teri, ouvre-moi ! Teri, c'est moi, Mac !

— C'est Mac MacKenzie que j'entends ? demanda Kent.

— Teri, ouvre ! Un de tes chevaux s'est échappé. Il court comme un fou ! »

Un des chevaux ? Échappé ? Qui *court* ? Quelque chose l'avait forcément effrayé et, à cette idée, toutes les craintes personnelles de Teresa disparurent. « Il y a un problème avec les chevaux, Kent, fit-elle précipitamment. Il faut que j'y aille. »

Kent continuait à l'interroger lorsqu'elle raccrocha brutalement. Sierra était déjà à la porte. Plus tard, Teresa se dirait qu'elles avaient de quoi faire peur toutes les deux — la chienne aboyant furieusement, faisant de grands bonds, Teresa les yeux fous et tout essoufflée. Elle ouvrit brusquement la porte pour se trouver face à un Mac complètement trempé, le poing levé, prêt à donner de nouveau un grand coup sur la porte. Teresa se jeta en arrière juste à temps pour éviter son poing et il entra en chancelant.

« Mon Dieu, j'ai failli te frapper ! cria Mac.

— Le cheval ! hurla Teri d'une voix plus forte encore que les aboiements excités de la chienne. Lequel est-ce ?

— Je n'ai fait que l'apercevoir. Je crois qu'il est tout noir…

— Éclipse ! fit Teresa, le souffle coupé.

— Il tourne tout autour de la piste, ou de la carrière, je ne sais pas comment tu appelles ça. Il paraît complètement fou.

— C'est mon cheval — une jument, en fait. » Teri attrapa son coupe-vent accroché au portemanteau près de la porte. « Est-ce que Gus ou Josh essaient de l'attraper ?

— Gus ou Josh ?

— Les palefreniers.

— Il n'y avait personne. Juste le cheval. » Teresa passa devant Mac et manqua de tomber sur le porche rendu glissant par la pluie. « Tu ne vas pas essayer d'attraper ce cheval toute seule ! explosa Mac.

— Non, tu vas m'aider.

— T'aider ! Je ne sais même pas… »

La voiture de Mac était garée dans l'allée. Le moteur tournait, les phares fendaient l'obscurité. « Emmène-moi aux écuries, lui demanda Teresa, tandis qu'il la suivait jusqu'à la voiture. Conduis lentement mais laisse les phares allumés quand tu t'arrêteras. »

Teresa balaya du regard les champs qui s'étendaient tout autour de l'écurie. On voyait de la lumière aux fenêtres du cottage des Gibbs, mais l'écurie, elle, était plongée dans l'obscurité. Teresa s'en étonna. Si Éclipse était parvenue à échapper à Gus ou à Josh, pourquoi n'étaient-ils pas en train d'essayer de la rattraper ? Et pourquoi, si elle avait été en compagnie de l'un d'eux, Éclipse se serait-elle emballée ? Sans être particulièrement docile, elle n'était pas nerveuse non plus. En fait, Teresa ne se souvenait pas d'avoir jamais vu un cheval effrayé au point de courir de manière incontrôlée…

Ses yeux s'écarquillèrent lorsqu'elle vit l'arabe noire virant et tournant sur l'herbe mouillée, frôlant dangereusement les barrières, agitant la tête sous la pluie qui tombait à l'oblique. « Mon Dieu, gémit Teri. La voilà, Mac. Qu'est-ce qui a pu lui arriver ?

— C'est à moi que tu le demandes ? » Cette question aurait pu paraître désinvolte, mais elle ne l'était pas. Soudain Teri comprit que, même s'il ne partageait pas sa connaissance ou son amour des chevaux, Mac était presque aussi bouleversé qu'elle à la vue de ce magnifique cheval complètement paniqué — une panique qui pouvait se terminer par une jambe cassée, ou pire, si dans sa course Éclipse trébuchait et tombait. « Qu'est-ce qu'on peut faire ?

— Rester calmes, répondit Teri alors qu'ils approchaient lentement de l'écurie. Ne crie pas, ne lui dis pas de s'arrêter. Je vais chercher une bride. »

Ils se dirigèrent vers les larges portes de l'écurie. Voyant que l'une d'elles était en partie ouverte, Teri sentit son estomac se nouer. Ni Gus ni Josh n'aurait laissé les portes ouvertes par une nuit d'orage, alors que les chevaux ont tendance à être nerveux. En fait, Teri savait que lorsqu'on annonçait un orage ou une tempête pour la nuit, l'un des deux hommes venait dormir à l'écurie, afin de pouvoir apaiser les chevaux. Mais pas ce soir. Ce soir, l'écurie était plongée dans l'obscurité, et on n'entendait que le bruit des chevaux qui piétinaient et s'ébrouaient.

Teri regarda Mac. « Je sais que tu ne raffoles pas des chevaux. Tu peux m'attendre dehors, sous l'auvent. »

Mac la regarda à son tour et secoua la tête, ce qui fit tomber des gouttes d'eau de ses cheveux ondulés. « Je ne vais pas te laisser entrer seule dans cette écurie sombre. » Sans oser se l'avouer, Teresa fut soulagée, mais elle n'aurait pas voulu le montrer. La présence de Mac la fit se sentir plus forte et plus calme, bien qu'il n'eût aucune expérience des chevaux. « Et puis, poursuivit Mac, ce n'est pas que je n'aime pas les chevaux. Simplement, je n'y connais rien. »

Résolument, Mac lui prit le bras. Ce geste sembla si naturel qu'elle sentit sa peur diminuer d'un cran. Lorsqu'ils entrèrent dans l'immense écurie, avec son plafond haut de presque cinq mètres, elle se raidit. La tension était palpable, les chevaux trépignaient, donnaient des coups de sabot contre les cloisons de leur box. Du calme, s'exhorta Teri, tout en commençant à allumer les lampes aux vapeurs de mercure. Elles étaient plus puissantes que les fluorescentes, aussi les alluma-t-elle une par une, ne voulant pas effrayer davantage les chevaux.

« Que dois-je faire ? lui chuchota Mac à l'oreille.

— Tu n'as pas besoin de murmurer, il suffit de ne pas hausser la voix. Et ne cherche pas à établir de contact visuel avec les chevaux. Quand on les regarde dans les yeux, ça peut les rendre nerveux.

— Tu plaisantes.

— Non. C'est pareil pour les humains, dit doucement Teri. Les chevaux sont déjà contrariés, Mac. Ne fais pas de bruit, marche d'un air naturel et garde la tête baissée. Conduis-toi comme si tout était normal. Il y a un téléphone sur le mur, à ta droite. Le 4 × 4 des Gibbs n'est pas là, mais il y a de la lumière dans leur cottage. Je vais appeler. Nous avons besoin de l'aide de Gus et de Josh. »

Au bout de quatre sonneries, le répondeur se mit en route et leur annonça qu'il n'y avait personne pour le moment mais qu'on rappellerait dès que possible. Teresa sentit s'effondrer tous ses espoirs. Lorsqu'ils s'absentaient tous les deux, les Gibbs ne laissaient qu'une petite lampe allumée. Si plus d'une pièce était éclairée, cela voulait dire qu'un des deux au moins était rentré. Ce soir-là, on ne pouvait se fier à rien.

Elle raccrocha et se tourna vers Mac. « Pas de chance. Je ne sais pas où ils peuvent être par un temps pareil.

– Le vent s'est levé d'un seul coup, lui rappela Mac. Ils n'ont peut-être pas encore eu le temps de rentrer.

– Si c'est le cas, j'espère qu'ils ne vont pas tarder. Nous ne serons pas trop de quatre. »

Suivie d'un Mac qui avançait prudemment, Teri se dirigea vers la sellerie. Elle fut accueillie par l'odeur de cheval et de foin frais, mais aussi par celle de l'inquiétude des chevaux s'ébrouant, piétinant et hennissant.

« Tout va bien, Conquistador. Tu es une bonne fille, Cléopâtre. Du calme, Sir Lancelot. Teri et Mac sont là maintenant, n'aie pas peur », fredonna-t-elle. L'intonation douce et chantante, qu'elle avait apprise de Gus et de Josh, rassurait d'habitude les chevaux, mais ce soir-là, elle n'avait aucun effet. Teresa le comprenait bien. Tout au fond d'elle, il y avait cette horrible, impalpable sensation : la certitude que quelque chose n'allait pas, une sensation qu'elle n'avait ressentie qu'une seule fois auparavant. Elle savait qu'une menace rôdait dans cette écurie, comme elle avait su, huit ans plus tôt, qu'une menace rôdait dans la maison de son père lorsqu'elle s'était réveillée pour se trouver tête à tête avec la mort.

Teresa essaya de chasser ce souvenir de son esprit. L'écurie était complètement éclairée à présent, elle avait fini d'allumer toutes les lampes. Personne n'était tapi dans un coin, personne ne se glissait furtivement dans un vestibule sombre, un couteau ensanglanté à la main. Mais quelqu'un avait fait sortir Éclipse – *son* cheval. Une coïncidence ?

Elle regarda en direction du box d'Éclipse. La porte

était entrouverte, mais ne semblait pas endommagée. Un seul loquet ne résiste pas à un coup de pied de cheval. C'était pourquoi Teresa avait fait poser des doubles verrous aux portes des stalles. Gus avait appris à Josh à toujours vérifier que chaque verrou était correctement tiré lorsqu'un cheval était rentré. Cette vérification était devenue une seconde nature chez eux. Teresa, d'un rapide coup d'œil, s'assura que les portes des autres stalles étaient bien fermées.

« Il arrive souvent que les chevaux s'enfuient ? » lui demanda Mac à l'oreille.

Teresa leva les yeux et vit le pli marqué entre ses sourcils, l'inquiétude dans ses yeux noisette. « Ici, jamais. Gus et Josh sont de toute confiance. Je ne comprends pas... »

Bonaparte, un alezan clair, se mit à hennir et à donner de farouches coups de pied contre le bois de son box. Teri et Mac sursautèrent en même temps. « Mon Dieu ! Bonaparte a toujours été le plus anxieux de tous ! fit Teri. C'est pour ça que je le mets à côté de Conquistador qui, lui, est l'un des plus calmes. Les chevaux sont très sensibles à l'humeur des autres, tu sais.

– Non, je ne savais pas. Tout ce que je sais des chevaux, c'est qu'ils ont quatre jambes et que ce sont de grandes bêtes », murmura Mac.

Teri vérifia le verrou sur la porte du box de Bonaparte, et revint vers Mac. « Je crois qu'il va se calmer, du moment que Conquistador reste tranquille. »

Ils se dirigèrent vers le fond de l'écurie. Devant une porte, Teresa, la main sur la poignée, précisa : « La sellerie. » Une pièce tout en longueur, où s'alignaient avec une précision presque militaire les selles, les brides, rangées sur des étagères et dans des râteliers. Le sol était d'une propreté immaculée, et les deux grandes fenêtres tellement nettes qu'elles semblaient transparentes. La pluie frappait contre elles comme un feu serré de balles. « Gus tient cet endroit aussi propre qu'une salle d'opération », dit Teri en attrapant une bride. Elle regarda Mac. « Prêt à récupérer un cheval paniqué ? »

Ils se dépêchèrent de sortir des écuries et se retrouvèrent sous une pluie battante, courbés par le vent. Éclipse courait toujours, sautant dans les flaques qui déjà s'étaient formées, s'approchant trop d'une clôture. Teri, effrayée, retint son souffle, et faillit appeler le cheval. Elle se retint à temps. Rester calme, avant tout. Si elle s'énervait et se mettait à crier, Éclipse ne ferait que galoper plus vite et plus loin.

« Qu'est-ce qu'on fait ? demanda Mac, debout à côté d'elle, essuyant la pluie sur son front.

— Le plus important, c'est de ne pas la prendre en chasse. J'ai l'impression qu'elle ralentit un peu. Si elle a eu très peur, elle sera peut-être rassurée de me voir.

— C'est pour ça que tu ne relèves pas ta capuche ?

— Oui. Elle n'a pas l'habitude de me voir avec. Je veux qu'elle me reconnaisse. Mais on va simplement rester là, sans essayer de s'approcher d'elle, tant qu'elle semble encore nerveuse. »

Teri savait qu'elle aurait dû ne pas quitter Éclipse du regard, mais elle avait tellement peur qu'il arrive quelque chose à cette magnifique jument qu'elle ferma les yeux. Elle commença à compter jusqu'à vingt, lentement. Elle en était à dix-huit lorsque Mac lui donna un léger coup de coude. « Elle s'est arrêté de courir », murmura-t-il.

Teresa ouvrit les yeux, et vit qu'Éclipse était passée au trot. Puis, comme si quelqu'un avait appuyé sur un interrupteur, elle s'arrêta complètement. Elle resta pratiquement immobile sous la pluie, inclinant seulement deux fois la tête, avant de la tourner vers Teri et Mac.

« Bon, approchons-nous *tout* doucement, fit Teri. Toi, par la droite, et moi à sa gauche. Mais garde les yeux baissés. »

Tandis qu'ils marchaient d'un air qu'ils espéraient naturel en direction de la jument, Teri la supplia mentalement de ne pas paniquer. Heureusement, Éclipse resta tranquille, même quand elle se retrouva cernée par Mac et Teri. Teri lui parla doucement, tout en lui passant rapidement la bride. Éclipse s'ébroua et fit un mouvement brusque de la tête. Mais lorsque Teri, d'un pas tranquille, se mit en route vers l'écurie, elle suivit paisiblement.

À l'intérieur de l'écurie, les chevaux semblaient beaucoup plus calmes. Ils regardèrent Éclipse avec intérêt. Bonaparte se mit à hennir, mais la belle jument noire ne réagit pas. Teri, se félicitant de s'être si bien débrouillée, adressa un sourire confiant à Mac.

Lorsqu'ils arrivèrent devant le box d'Éclipse, l'animal se cabra et hennit, en roulant des yeux. Teri faillit lâcher la sangle de la bride. La jument, au bord de l'épuisement, se montrait parfaitement docile un instant auparavant et voilà qu'elle semblait prête à s'échapper de nouveau à travers champs. Mac attrapa la bride et aida Teri à maintenir le cheval en place, tout en murmurant comme Teri l'avait fait tout à l'heure. Sans lui, Teresa aurait perdu le contrôle. Au bout de quelques secondes, Éclipse retrouva son calme, mais Teresa savait que quelque chose n'allait pas — jamais encore Éclipse ne s'était montrée aussi indocile. D'une main tremblante, Teresa poussa la porte du box pour l'ouvrir en grand.

C'est là qu'elle découvrit Gus – contre le mur, dans un coin, la tête penchée en arrière, la bouche grande ouverte, ses larges yeux bleus écarquillés, le regard vide, et les longues dents métalliques d'une fourche d'écurie, aussi tranchantes qu'un rasoir, enfoncées profondément dans sa poitrine tout imbibée de sang.

CHAPITRE XII

1

Le tout premier choc passé, Teresa eut vaguement conscience que Mac, derrière elle, lui demandait : « Teri ? Que se passe-t-il ? Teri !

– Emmène Éclipse dans le box vide, près de l'entrée de l'écurie, répondit Teresa d'un air impassible, sans se retourner. Ne la brusque pas. Reste naturel. Et referme bien le verrou de la stalle.

– Teri, que se passe-t-il ?

– Mac, pour l'instant, fais simplement ce que je dis. Tu le sauras bien assez tôt. »

Tu vas subir la vision d'une mort brutale, tu vas voir de près un être humain sauvagement assassiné, pensa Teresa en entendant Mac guider Éclipse jusqu'au box vide. Tu vas voir à quoi ressemble un meurtre – un meurtre violent, sanglant. Un spectacle que tu n'oublieras jamais.

Elle eut soudain un coup de chaud, alors qu'une minute plus tôt elle avait si froid à force d'être restée sous la pluie. La tête de Gus semblait s'affaisser, ses yeux la fixaient comme en une profonde et pathétique supplication. Et sa bouche se mettait à bouger — il essayait de dire quelque chose, lui dire qu'il souffrait le martyre, qu'il fallait qu'elle l'aide…

Teresa entendit le bruit d'un verrou tiré, celui de l'autre box, puis Mac fut à ses côtés. Il regarda à l'intérieur de la stalle d'Éclipse, et murmura un « grands dieux ! » horrifié.

Son juron ramena brutalement Teri à la réalité. Gus ne bougeait pas. Sa tête était toujours penchée en arrière, la mâchoire pendante, ouverte et immobile. Il n'essayait pas de lui parler. C'était parce qu'elle était en état de choc, à bout de nerfs, qu'elle avait imaginé que Gus lui parlait. En réalité, il ne prononcerait plus jamais un seul mot.

« Qui est-ce ? demanda Mac, fixant le corps avachi et violenté.

— Gus Gibbs, mon palefrenier », expliqua Teri d'un ton étonnamment serein. Elle avait l'impression de se tenir à l'extérieur d'elle-même, froide, analytique et étrangement peu affectée. « Cette chose dans sa poitrine, c'est une fourche. Ça sert à nettoyer les stalles. Certains utilisent des fourches en plastique. Mais moi, je préfère les fourches avec un manche en bois et des dents en métal. Extrêmement aiguisées et très solides. »

Tous deux restèrent cloués sur place, les yeux sur le corps de Gus, pendant un temps qui parut une éternité à Teri. Puis elle se mit à trembler. Même sa tête oscillait légèrement. Et pourtant, elle avança d'un pas.

Avant qu'elle s'approche davantage, Mac mit un bras autour de sa taille et la serra très fort.

« Nous ne devons pas toucher le corps, Teri.

— Mais on peut peut-être faire quelque chose. » Teresa fut surprise par sa propre voix, aiguë, fluette comme celle d'une enfant effrayée. « Peut-être…

— On ne peut rien pour lui, Teri, dit fermement Mac, l'obligeant à se détourner du corps et la guidant vers la sortie de l'écurie. Je vais appeler le 911. Ne touchons à rien. C'est une scène de crime.

— Une scène de crime, répéta Teresa d'une voix sourde.

— Oui, à moins que tu penses que Gus est tombé sur cette fourche ! Quelqu'un est entré dans cette écurie, a détaché ton cheval et tué Gus. Je ne sais pas pourquoi, je ne sais pas qui. C'est l'affaire de la police. Maintenant il faut sortir de ce box. Viens avec moi, nous allons téléphoner.

— Je ne veux pas le laisser, Mac. Il est seul, il est blessé…

— Teri, il ne ressent plus rien, ni solitude ni douleur », dit Mac avec douceur. Il la fit sortir du box et la guida vers les portes de l'écurie. Juste à droite, il y avait un banc, étroit et capitonné, et au-dessus un téléphone accroché. « Assieds-toi. » La voix de Mac était froide et professionnelle. « J'appelle le 911. »

Teresa se laissa tomber sur le banc, avec une telle force que ses dents se cognèrent. Elle ne savait pas exactement ce que disait Mac, tout ce qu'elle savait, c'était qu'il semblait calme, énergique, et qu'il contrôlait la situation. Dieu merci, se dit-elle. Dieu merci, je ne suis pas seule.

Elle fut vaguement consciente qu'il parlait, puis qu'il prenait place à son côté. Une sorte de vertige s'empara d'elle. Elle ferma les yeux et se pencha en avant, persuadée qu'elle allait vomir. Elle sentit Mac lui passer la main sur le dos, essayant de la réconforter. Elle se concentra sur un point de lumière derrière ses paupières fermées, un point de lumière qui s'agrandit de plus en plus, et bientôt elle ne vit plus rien d'autre. Au bout d'un moment, elle se redressa et respira profondément.

« Ça va mieux ? » demanda doucement Mac. Elle acquiesça d'un signe de tête. De nouveau, il mit son bras autour de ses épaules, et l'attira tout près de lui cette fois. « Je sais que tu as froid, mais nous devons attendre la police ici.

– Je croyais que tu avais appelé le 911. Ce n'est pas le numéro des urgences ?

– C'est un standard qui oriente vers le bon service Je leur ai dit ce que nous avons trouvé. Ils vont envoyer les secouristes et la police. Je suis désolé, tu as froid, tu es trempée, mais il faut qu'on reste là !

– Tu es encore plus trempé que moi », fit Teresa d'une voix faible en regardant son jean et sa chemise verte. Elle se rapprocha de lui et posa la tête sur son épaule. Il lui prit la main et la porta contre sa joue. Exactement comme autrefois, lorsqu'ils s'attardaient dans le parc. Ce soir elle s'était remise exactement ainsi, comme si rien n'avait changé depuis ces années si lointaines d'innocence. « Tu vas t'enrhumer avec ces vêtements mouillés, Mac.

– Non, ça va. La soirée est chaude. Je ne vais pas attraper de rhume. Je n'en attrape jamais.

– Oui, ça me revient. Ta mère s'en vantait toujours. »

Mac riposta : « Mon Dieu, tu me diras qu'il y avait de quoi ! Quelle mère ne serait pas fière d'avoir un fils aussi solide ?

– Elle avait d'autres raisons d'être fière de toi. De nombreuses raisons ! » Teresa leva la tête et le regarda dans les yeux. « J'ai tellement honte, Mac. Quand tu as su que Byrnes avait déclaré qu'il n'avait pas tué Papa et Wendy, tu es venu me réconforter. Et qu'est-ce que j'ai fait ? Je t'ai dit que ta mère te croyait capable de meurtre. Non seulement ça, mais quand je suis allée te voir pour m'en excuser, je t'ai giflé !

— Et moi, je venais chez toi te demander pardon de la manière si aimable dont j'ai accepté tes excuses dans mon bureau, et nous nous sommes retrouvés en train de poursuivre un cheval affolé, pour finalement tomber sur un cadavre. » Mac hocha la tête. « Au moins, on ne s'ennuie pas, tous les deux, Teri. »

Leurs visages étaient si proches que Teri pouvait sentir le souffle chaud de Mac sur sa joue. Le monde parut n'être plus que ses yeux noisette tachetés d'or, avec leurs petites rides tout autour et cette intensité irrésistible qui avait toujours donné à Teresa l'impression de se noyer dans son regard. À seize ans, c'était ce qu'elle ressentait. Maintenant, elle en avait vingt-cinq, et rien n'avait changé. Elle baissa vivement les paupières et posa de nouveau la tête sur l'épaule de Mac, effrayée à l'idée que s'il ne l'embrassait pas, ce serait elle qui le ferait.

Ils restèrent assis en silence, écoutant les chevaux respirer bruyamment, toujours perturbés par l'odeur du sang. Le sang de Gus, se dit Teresa. Cher Gus, qui plus jamais ne lui sourirait et l'appellerait Miss Farr.

Au bout d'un temps qui parut infini, Teresa dit à voix basse : « Gus a été amoureux de ma mère, autrefois.

— Quoi ? laissa échapper Mac.

— Il me l'a avoué ce matin. » Elle soupira. « Ce matin. J'ai impression que ça fait un mois… Il travaillait aux écuries de Point Pleasant, où Maman avait un cheval en pension. Un arabe, noir, exactement comme Éclipse. C'est bizarre, non ? Gus pensait que j'avais acheté Éclipse parce qu'elle ressemblait à la jument de Maman, Cassandre, alors que je ne savais même pas que Maman avait eu un cheval. Elle n'y a jamais fait allusion. Je n'ai jamais vu la moindre photo d'elle avec un cheval.

— Gus a donc connu ta mère au centre équestre, reprit Mac, son bras se resserrant autour du corps tremblant de Teri. Lui a-t-il jamais dit qu'il était amoureux d'elle ?

— Non, mais elle l'avait sans doute deviné.

— T'a-t-il dit si, de son côté, elle ressentait quelque chose pour lui ?

— Il a seulement fait une allusion à la manière dont elle semblait le regarder. Je crois que c'est à ce moment-là que Papa a surgi dans sa vie.

— Et elle est tombée raide amoureuse de ce séduisant démon.

— Disons démon tout court. Ensuite, ses parents ont vendu le cheval et Maman n'est plus allée au centre équestre. Puis Gus a vu une photo de ses fiançailles dans le journal. » Teri s'interrompit. « Il y avait de la tendresse dans sa voix quand il a parlé de Maman. Je sais qu'il a toujours été fidèle à sa femme, Sarah — qui me détestait carrément, maintenant que j'y pense —, mais je ne crois pas qu'il ait cessé d'aimer Maman.

— Elle ressemblait à sa fille, murmura Mac. Comment veux-tu qu'il cesse de l'aimer ? Impossible. »

Teri était heureuse que Mac ne puisse la voir rougir. Elle savait qu'en disant cela, il parlait pour lui-même. Mais elle avait encore peur du pouvoir qu'il avait de la blesser, et elle ne voulait pas trahir sa propre faiblesse en cet instant, simplement parce qu'elle se sentait démunie, effrayée et perdue.

Brusquement, elle entendit des sirènes au loin. La police arrivait. Et les secouristes. Personne ne pouvait plus rien faire pour Gus. Ils allaient retirer cette horrible fourche de sa poitrine, poser le corps sur un brancard et l'emmener. Ou plutôt, emporter la coquille sans vie qui avait contenu l'esprit plein de chaleur et de douceur de Gus Gibbs.

Alors que l'ambulance se garait devant l'écurie, Teresa se souvint de Gus lui parlant de Marielle. La dernière chose qu'il avait dite à son sujet était : « Je suis inquiet pour elle, et je prie chaque soir pour qu'elle puisse un jour retrouver son chemin et revenir. »

Eh bien, Gus, vous n'avez plus besoin de vous inquiéter pour ma mère, pensa Teresa avec une sorte de désespoir. Et vous n'avez plus besoin de prier chaque soir pour qu'elle retrouve le chemin de la maison puisqu'elle ne le fera jamais — de votre vivant du moins.

La police arriva vingt secondes après l'ambulance, et Mac, avec douceur, dit à Teri de rester assise — il allait s'occuper de tout. Elle lui en fut reconnaissante, car sa gorge s'était nouée, et des larmes de chagrin lui brûlaient maintenant les joues. Elle tâtonnait dans la poche de son coupe-vent à la recherche d'un mouchoir, lorsqu'une idée traversa son esprit comme un éclair.

Et si la personne qui s'était jetée devant sa voiture avait réellement été sa mère ? Ça voudrait dire que Marielle était bel et bien de retour, et qu'elle avait apporté la mort avec elle.

2

Une demi-heure plus tard, Mac raccompagnait Teresa chez elle. Sierra l'accueillit avec extase, tournant en rond et poussant des petits cris. Teri s'agenouilla dans l'entrée et enlaça la chienne exubérante. « Donne-moi un peu de ta joie, ma belle, j'en ai besoin. La nuit a été difficile.

– C'est peu de le dire. » Mac restait debout, au-dessus de Teri, regardant par la porte ouverte s'éloigner les feux rouges, en haut de la colline, emportant les policiers, les secouristes et Gus. Puis il ferma la porte.

« Il faut que tu te changes, dit-il d'un ton sans appel. Ton jean est trempé.

– Le tien aussi.

– Moi, je ne frissonne pas comme toi. Vas-y. Je vais préparer du café. »

Teresa ne savait pas si elle tremblait de froid ou du choc. Mais quelle qu'en soit la raison, l'idée de mettre des vêtements chauds et secs et de boire un café brûlant semblait merveilleuse. « Le café est dans le placard au-dessus de la cafetière.

– Je trouverai. » Mac tendit la main. Teresa la prit et il l'aida à se relever. Leurs corps se touchaient presque. Leurs regards se croisèrent et, un instant, Teri crut qu'il allait l'attirer contre lui. Mais il lui fit un petit geste en direction de l'escalier. « Va te changer, et sèche tes cheveux, ils sont ruisselants. »

Teresa obéit comme une enfant, monta à l'étage, enleva ses vêtements, puis décida de prendre une douche, laissant couler l'eau aussi chaude que possible. Elle ferma les yeux, essaya d'effacer de son esprit la dernière heure vécue. Mais c'était impossible, chaque détail revenait avec une clarté aveuglante.

Le shérif savait que l'écurie appartenait à Teresa, pourtant il s'était adressé directement à Mac et c'est à lui qu'il avait posé presque toutes les questions. Histoire de rester entre hommes, avait supposé Teri. Les hommes croyaient toujours que les femmes répondaient avec moins de précision et de cohérence. Le shérif avait fini par se tourner vers elle. Il lui avait demandé ce que Gus faisait dans l'écurie, qui était avec lui, et qui aurait pu vouloir le tuer – questions auxquelles Teresa ne pouvait absolument pas répondre.

Josh Gibbs était arrivé pendant que le shérif l'interrogeait. Sa première réaction fut d'horreur stupéfaite, suivie de la colère, une colère presque effrayante. Il envoya même un coup de poing à Mac, cet inconnu que l'esprit surchauffé et dérouté de Josh pensait responsable, d'une manière ou d'une autre, de la mort de Gus. Mac vit le coup venir et l'esquiva. La police retint Josh au moment où il allait frapper à nouveau mais, à cet instant, Teri perdit le peu de calme qu'elle avait réussi à garder. À sa grande honte, elle éclata en sanglots, et fut incapable de se contrôler.

« Je ramène Miss Farr chez elle, avait dit Mac au shérif d'un ton qui ne tolérait aucune contradiction. Elle a atteint sa limite pour aujourd'hui, je crois. »

Le shérif, ne voulant pas être en reste, donna sa permission, bien que Mac ne la lui ait pas demandée. Mac guida Teresa hors de l'écurie. L'air hébété, elle monta dans sa voiture et il roula doucement en direction de la maison.

À présent, alors qu'elle sortait de la douche, elle vit qu'elle ne tremblait plus, mais c'était à l'intérieur d'elle-même qu'elle avait froid. Elle enfila des sous-vêtements, un épais peignoir en tissu-éponge qu'elle ne mettait en général que l'hiver, alluma le sèche-cheveux, mais au bout de cinq minutes, alors qu'elle était loin d'avoir fini, elle eut un mouvement d'impatience et l'éteignit.

Mac l'accueillit en bas de l'escalier, deux tasses de café fumant à la main. Il lui en tendit une et elle but une gorgée, avant de sourire. « Un soupçon de crème, une pincée de cannelle, et pas de sucre. Tu t'es souvenu. »

Mac sourit. « De toutes les personnes que je connais, la seule qui met de la cannelle dans son café, c'est Teresa Farr. Tu es unique, Teri, et à plus d'un titre.

— Je ne sais pas trop si je dois m'en féliciter. » Teresa avait senti ses joues s'enflammer, et elle baissa rapidement les yeux sur son café. Le regard de Mac lui paraissait trop familier, trop intime pour qu'elle lui réponde d'une manière désinvolte. « Tes vêtements sont aussi trempés que les miens tout à l'heure, fit-elle. Je vais les mettre dans le sèche-linge, si tu les enlèves. »

Mac leva un sourcil et un côté de sa bouche se releva en un sourire allusif. « À l'étage, sur la droite, il y a la chambre d'amis. Dans la commode — tiroir du haut — tu trouveras un jean et deux ou trois chemises. Je pense qu'ils t'iront. Et arrête de sourire comme ça. Ces vêtements sont ceux de Kent. Ça lui arrive de passer après le travail, pour monter Conquistador.

— Pas mal comme explication, Teri, dit Mac d'un ton léger.

— Je n'ai pas à me justifier, mais si ces habits appartenaient à un amant, je ne crois pas qu'ils seraient dans la chambre d'amis. » Teresa s'écarta et indiqua l'escalier. « Va te changer avant de t'asseoir et d'esquinter mes fauteuils avec ton jean mouillé.

— Ça me rassure de voir que tu t'inquiètes davantage de ton mobilier que de ma santé.

— Tu n'attrapes jamais de rhume, tu te souviens ? »

Tandis que Mac disparaissait dans l'escalier, Teresa entra dans le salon. Sirotant son café, elle réfléchissait à la situation, pensait à quel point il était étrange de se retrouver là avec lui, le laissant lui préparer du café, lui proposant de mettre le jean de Kent. Étrange, mais familier. Rien de plus normal, raisonna-t-elle. Ils se connaissaient depuis des années. Ils avaient été amoureux. Ils avaient été fiancés, autrefois.

Voilà ce dont elle devait se souvenir, se dit-elle. L'amour, les fiançailles appartenaient au passé. Elle ne devait rien conclure du fait de se sentir rassurée par Mac ce soir. Il fallait tenir compte des circonstances. Elle venait de subir la deuxième expérience la plus traumatisante de sa vie, et Mac s'était tenu à ses côtés. Contrairement à la nuit du meurtre de Hugh et Wendy, quelqu'un avait été là pour prendre la situation en main, la protéger du tir de questions et des regards méfiants, et l'emmener au loin quand elle n'en pouvait plus. Mac avait partagé avec elle cette horrible expérience, il lui avait offert protection et réconfort, mais l'amour et le réconfort, ce n'était pas la même chose. Teresa ne savait absolument pas ce que Mac ressentait véritablement pour elle. Et pour l'instant, elle ne savait absolument pas ce qu'elle ressentait pour lui.

Mac redescendit, portant le jean de Kent, trop long d'au moins trois centimètres, et une chemise polo qui lui comprimait la poitrine. Il sourit en disant : « On dirait que je suis plus gros que Kent — j'espère que je ne vais pas abîmer sa chemise. » Il insista pour mettre lui-même ses vêtements dans le sèche-linge et ils revinrent tous deux s'installer dans la cuisine pour une deuxième tasse de café. Sierra eut droit à une autre barre de bœuf séché.

« Je ne devrais pas boire autant de café, je suis déjà un paquet de nerfs.

— C'est du déca. J'espère que tu ne m'en voudras pas — j'ai fouillé dans tes placards pour en trouver.

— Pas du tout. C'était très attentionné de ta part. »

Teresa prit conscience du ton guindé qu'elle employait, et lorsque Mac tendit une main pour la poser sur la sienne, elle sursauta tellement qu'elle faillit la retirer brusquement. Mac la retint avec fermeté et regarda Teri d'un air déterminé. « Je comprends que cette situation doit t'être désagréable, mais c'est mieux que tu ne restes pas seule, et tu n'as pas vraiment le choix, dit-il d'un ton neutre. Tu pourrais appeler Carmen, ou Sharon et Kent, bien sûr, mais ça t'obligerait à revenir sur tout ce qui s'est passé ce soir et tu n'as pas besoin de ça maintenant. Tu vas devoir me supporter encore quelque temps. Et puis, ma présence n'est peut-être pas si inutile : le shérif veut encore te parler, "s'entretenir" avec toi, mais j'ai peur que ça prenne la forme d'un interrogatoire et tant que je serai là, ça n'arrivera pas.

— Pas étonnant qu'il veuille m'interroger, fit Teri d'un ton morne. Je suis la suspecte idéale pour ce meurtre, tu ne crois pas ? La redoutable Teresa Farr.

— Tu sais bien que c'est stupide de penser ça. Les flics doivent en effet te considérer comme suspecte, bien que je ne voie pas quel mobile tu aurais eu pour tuer ton employé.

— Gus, dit Teresa. Il s'appelle Gus Gibbs et j'avais pour lui le plus grand respect. Il était gentil, honnête, amusant, plein d'attentions et... » Ses yeux se remplirent de larmes.

Mac lui adressa un sourire bienveillant. « Bien sûr, tu l'appelles par son nom. Ton salaud de père disait toujours "les employés", mais pas toi, ni ta mère.

L'une comme l'autre, vous vous êtes toujours sincèrement intéressées aux personnes qui travaillaient pour vous. Ma mère n'a jamais eu de meilleure amie que Marielle. Elle lui manque encore. »

Teresa rougit à la mention de sa mère. Mon Dieu, faites que Kent ait raison, pensa-t-elle. Faites que ce soit mon imagination qui m'ait joué des tours, qui m'ait fait croire que c'était Maman qui courait devant ma voiture. Faites que ce soit un adolescent qui s'amusait !

« Teri, à quoi penses-tu ? demanda Mac.

— À rien d'important. Je pensais simplement à ce soir et... » Elle hésita avant de continuer : « Je ne comprends pas comment je n'ai pas vu Éclipse courir dans la carrière lorsque je suis revenue du Club. Elle devait déjà y être.

— Est-ce que je suis arrivé tout de suite après toi ?

— Non, il s'est écoulé au moins vingt minutes.

— Alors c'est pendant cet intervalle que ta jument a été détachée. Ou alors elle l'était déjà, mais tu ne l'as pas vue parce qu'elle était derrière les écuries.

— C'est possible, fit tristement Teresa. Mais si j'étais passée par l'écurie au lieu de rentrer directement à la maison, j'aurais peut-être pu empêcher la mort de Gus.

— Et tu te serais peut-être fait assassiner toi aussi. Ça tombe bien que je puisse témoigner que tu étais réellement chez toi, que je t'ai accompagnée à l'écurie, et que j'étais là quand tu as trouvé Gus. Tu n'étais pas seule...

— Alors que je l'étais la première fois que j'ai découvert quelqu'un assassiné, fit-elle avec amertume. Je ne pense pas que la police puisse croire à une coïncidence. Même moi, j'aurais du mal à y croire. »

Sa gorge se noua, et Mac ne répondit rien. Puis, d'une main tremblante, elle leva sa tasse et but une gorgée de café. Au bout d'un moment, Mac demanda : « Teri, pourquoi as-tu décidé de revenir vivre ici ? Tu as cru que tout redeviendrait comme avant après l'arrestation de Byrnes ?

– Tu penses que j'avais la belle vie avant les meurtres ? Ma mère était profondément malheureuse, même quand j'étais encore toute petite. Je n'ai jamais aimé mon père, et plus il était strict avec moi, plus je me rebellais, à tel point qu'à l'époque du meurtre j'avais déjà une réputation de sale gosse. Ma famille ne savait pas quoi faire de moi. À vrai dire, je n'étais pas aussi indisciplinée que les gens l'imaginaient, mais je n'ai jamais essayé de les détromper. J'aimais bien être une cause d'irritation constante pour mon père.

– Personne ne s'y trompait, Teri. Pas moi, en tout cas. Tous ceux qui étaient proches de toi savaient que tu n'avais rien d'une tête brûlée incontrôlable.

– Et immorale, ne l'oublie pas.

– Incontrôlable impliquait immorale. » Mac sourit. « Et que tu sortes avec moi n'arrangeait rien ; tu passais pour une dévergondée, et moi pour un pervers qui fréquentait une fille de dix-sept ans. Mais je ne suis pas un pervers, pas plus que tu n'es immorale, que ce soit sur le plan sexuel ou dans la vie en général. Tu es l'une des personnes les plus droites que j'aie jamais rencontrées, et j'en ai rencontré beaucoup, depuis que je te connais. »

Teresa sentit ses joues s'empourprer. « Droite. Personne n'a jamais utilisé ce mot pour parler de moi.

– Parce que personne ne t'a connue comme je te connais », dit doucement Mac. Puis il sourit. « Tu te souviens de notre première rencontre, tu étais perchée sur ta fenêtre et tu m'as interpellé au sujet de la chanson de Billy Idol, *Sweet Sixteen* ?

— Tu n'imagines pas comme j'avais le trac. Je le faisais en partie parce que je savais que mon père n'était pas loin et qu'il allait m'entendre. Je voulais le mettre en colère. Mais c'était surtout parce que tu me plaisais. Je voulais que tu penses que j'étais pleine d'audace avec les hommes. Une femme avertie. » Teri partit d'un petit rire nerveux. « Une femme avertie ! Je n'avais encore jamais embrassé personne…

— C'est ce qui te rendait si attirante — tu faisais semblant d'avoir l'habitude de flirter, alors que je savais, par ma mère et par mes amis, que tu étais plutôt du genre timide avec les garçons ! » Elle rougit davantage, se rappelant comme elle avait voulu prendre une voix profonde, pour la rendre irrésistiblement sexy. Et elle avait battu des cils, rejeté ses longs cheveux noirs sur ses épaules nues. « Je crois que si je m'étais mis à grimper le long du treillis qui menait à ta chambre, tu te serais évanouie, Miss Farr. »

Teri éclata de rire. « Évidemment ! Je me suis préparée pendant un quart d'heure avant d'avoir le courage de t'appeler. Et même si tu réagissais exactement comme je le voulais — intéressé, attiré — au moins un peu — j'avais le cœur qui battait à cent à l'heure et toujours ce trac. Dire que, pour une fois, j'ai été soulagée d'entendre les pas de mon père dans le couloir et d'avoir une excuse pour m'éloigner de cette fenêtre. Ah çà ! pour une *femme fatale*[*] !

— Mais tu l'étais, même si tu ne t'en rendais pas compte. »

* En français dans le texte.

Ils échangèrent un sourire. Teresa jeta machinalement une autre barre à Sierra qui, sans aucun doute, paierait cet abus de maux d'estomac le lendemain. Puis Teri se leva, versa le reste de café dans leurs tasses, s'assit de nouveau. Brusquement, elle se sentit fatiguée comme jamais.

« Monte donc te coucher, Teri, fit Mac. Tu n'en peux plus. Je vais attendre encore un peu, au cas où le shérif ferait preuve de zèle. Tu as besoin de te reposer.

– Je sais, mais j'ai aussi besoin de répondre à la question que tu m'as posée tout à l'heure. » Teresa inspira profondément et, d'une voix lente, commença à expliquer : « Je suis revenue parce que mon frère et mon neveu vivent ici. Je n'ai pas d'autre famille, Mac, et je ne voulais pas rester loin d'eux simplement par peur de l'opinion des gens. Je crois aussi que je voulais montrer aux habitants de cette ville que je n'ai rien à cacher, aucune raison de fuir Point Pleasant. » Elle hésita, puis décida d'être totalement sincère avec Mac. « Et je me disais que, si ma mère était vivante, c'est ici qu'elle reviendrait, et…

– Et qu'elle ne pourrait pas compter sur Kent ?

– Kent l'aimait, mais pas autant que moi. Il est marié, il a une famille, alors que moi je suis seule, j'aurais pu m'occuper d'elle. Je voulais qu'elle revienne vers *moi*… du moins, je croyais le vouloir. Mais maintenant… »

Mac fronça les sourcils et se pencha vers elle : « Mais maintenant *quoi* ? »

Teresa se crispa. Le choc du meurtre de Gus, la gentillesse de Mac l'avaient amenée à baisser la garde, à trop parler. Mais elle n'en dirait pas plus. Elle n'allait pas raconter à Mac qu'un peu plus tôt dans la soirée, elle avait vu une femme qu'elle avait prise pour sa mère. Une femme aux yeux fous qui avait traversé la route en courant et qui venait peut-être de s'enfuir de l'écurie après avoir libéré le cheval qui ressemblait tant au sien jadis, Cassandre. Qui sait ? Gus était peut-être entré, il avait peut-être découvert Marielle en train de détacher Éclipse, il l'avait peut-être reconnue, il avait peut-être voulu l'aider, la garder, la « reprendre » — la dernière chose qu'une femme déséquilibrée comme Marielle aurait souhaitée. Alors, plutôt que d'être piégée, ou de devoir répondre des meurtres commis huit ans auparavant, Marielle avait…

Teri ferma les yeux. Marielle avait assassiné Gus.

CHAPITRE XIII

1

Une clochette. Très lointaine. Sa mère agitait une clochette, et lui faisait signe d'approcher – mais où ? vers qui ? Une mère triste et solitaire qui l'aimait tendrement et avait désespérément besoin de son enfant, ou bien une mère devenue une meurtrière, et qui voulait utiliser sa fille comme bouclier, ou pire encore…

Teresa se réveilla en sursaut, trempée de sueur. On sonna de nouveau et elle comprit qu'elle ne rêvait plus. C'était la sonnette de l'entrée. Elle jeta un coup d'œil à son réveille-matin. Sept heures et demie. Elle ne s'était couchée qu'à trois heures.

Sierra, déjà en bas, aboyait férocement derrière la porte fermée. Teri sauta hors du lit, enfila son peignoir. Elle s'approcha de la porte à contrecœur, s'attendant à voir le shérif. Mais c'était Josh Gibbs qui se tenait sur le seuil, l'air hagard, les yeux rougis.

« Oh ! Josh, entrez », fit Teresa, très émue. Elle ouvrit grand la porte, s'approcha de lui pour lui prendre le bras et le faire entrer. « Je n'ai pas pu vous parler hier soir. Je suis *tellement* désolée pour votre père. Je ne peux même pas vous dire à quel point je suis horrifiée. Je n'arrive pas à croire qu'on ait pu faire du mal à Gus... »

Teresa s'interrompit brusquement, se rendant compte que Josh gardait un visage de marbre. Elle lâcha son bras. « Voulez-vous une tasse de café ? demanda-t-elle.

— Je veux vous parler, dit-il d'un ton dénué d'émotion.

— Oui, bien sûr. » De manière absurde, Teresa se sentit soudain coupable, comme si c'était elle qui avait tué Gus. « Je suis désolée que nous n'ayons pas pu parler hier soir, mais c'était un tel capharnaüm, et nous étions tous tellement sous le choc et... »

Josh acquiesça machinalement d'un signe de tête. « Sous le choc, oui. » Sa gorge se serra. « Je crois que je boirais bien une tasse de café finalement.

— Il me faut dix petites minutes pour le préparer. Voulez-vous venir dans la cuisine ?

— Je vais rester là, madame. Dans le salon, avec la chienne. »

« Madame. » « La chienne. » Et non pas « Miss Farr » ou « Sierra ». Teresa comprit que l'univers de Josh s'était écroulé la nuit précédente. Pourtant, sa raideur la troubla. Elle renversa du marc sur le comptoir et hésita à rejoindre Josh au salon pendant que le café coulait, et elle resta dans la cuisine, faisant les cent pas jusqu'à ce que la dernière goutte soit passée. Quand enfin elle porta un plateau avec deux tasses pleines, du sucre et de la crème, elle s'agita plus qu'il ne fallait pour préparer chaque tasse. Ensuite, elle fut bien obligée de s'asseoir et de faire face à Josh.

« Vous vouliez me parler, se lança-t-elle. Je suppose que vous voulez savoir comment j'ai trouvé votre père... je veux dire, dans quelles circonstances. » Josh hocha la tête et Teresa commença son récit au moment où Mac avait frappé à sa porte pour lui dire qu'Éclipse errait dehors, paniquée. Puis elle raconta comment ils avaient rattrapé la jument, et ensuite découvert le corps de Gus dans le box. « Je ne sais absolument pas qui a fait sortir Éclipse et qui a pu... faire du mal à votre père », termina-t-elle d'une voix faible, se disant qu'elle s'exprimait comme s'il lui importait davantage de convaincre Josh de son innocence que d'essayer de lui apporter un peu de réconfort.

Il fixait sa tasse de café comme s'il pouvait lire une réponse tout au fond. Enfin, il se mit à parler, pour lui-même plutôt qu'à elle. « Un de mes amis vient d'acheter une nouvelle chaîne stéréo et je suis allé chez lui pour la voir. Il est venu me chercher parce que Papa m'a dit qu'il pourrait avoir besoin de la voiture plus tard.

— Pourquoi ? demanda Teri d'un ton brusque.

— Il ne me l'a pas dit. En fait, je n'ai même pas fait attention quand il a dit qu'il *pourrait avoir besoin* de la voiture. C'est le shérif, cette nuit, qui a relevé l'expression. Je ne crois pas que ce soit important. Papa a sûrement dit cela parce qu'il n'aimait pas se disputer avec moi, il voulait me faire comprendre que si je déménageais comme j'en avais l'intention, je ne pourrais plus utiliser la voiture aussi facilement que si je restais vivre avec lui. » Josh eut un semblant de sourire. « Il ne voulait pas vivre seul, après avoir vécu si longtemps avec moi et avec ma mère, même s'ils ne s'entendaient pas vraiment tous les deux. Mais vous savez tout ça.

— Non, Josh, je ne sais rien des relations de vos parents, dit prudemment Teresa, se souvenant de la réaction de Josh lorsqu'il avait entendu Gus lui parler de ses sentiments envers la jeune Marielle.

— Eh bien, il n'était pas heureux avec elle et il essayait de le cacher, mais il n'y arrivait pas. Maman lui en voulait beaucoup. Elle était amère. Blessée. » Josh regarda Teresa droit dans les yeux. « Et je la comprends. »

Teresa se sentit extrêmement gênée, comme si elle assistait malgré elle à une dispute entre Gus et sa femme Sarah. Elle ne voyait pas pourquoi Josh lui racontait cela. Peut-être n'avait-il aucune intention précise, se dit-elle. Peut-être, encore sous le choc, se contentait-il de parler pour parler.

Puis il se pencha en avant. « Vous croyez que l'individu qui est venu chez vous l'autre nuit et qui a déposé cette lampe de chevet a assassiné mon père ? »

Teri eut l'impression qu'il essayait de provoquer en elle une sorte d'aveu — sinon une réponse verbale, du moins une réaction physique qui trahirait le fait qu'elle savait ce qui était arrivé à Gus. Mais elle ne savait rien. Elle avait des doutes et des craintes, c'est tout.

À ce moment, alors que Josh, l'air profondément concentré, était toujours penché vers elle, Sierra se leva et commença à aboyer. Tous deux sursautèrent en entendant sonner à la porte. Teresa adressa à Josh un sourire nerveux. « Sierra est le plus rapide des systèmes d'alarme. » Elle se leva et se dirigea vers la porte. Pourvu, ne put-elle s'empêcher de penser, que ce ne soit pas le shérif. Je ne suis pas prête !

Mais c'était Kent, le visage tendu et fatigué. Il entra précipitamment, bousculant presque Teresa, et demanda : « Que diable se passe-t-il par ici ? Pourquoi ne m'as-tu pas appelé ? Gus Gibbs s'est fait *assassiner* ? Ici ? Dans ton *écurie* ? »

Teresa se sentit blêmir. Il s'avança vers Josh, toujours assis, très raide, sur le canapé. « Kent, le fils de Gus est ici. Calme-toi, s'il te plaît. Tu nous rends nerveux.

– Je vous rends nerveux ? explosa Kent. Et moi alors ?

– Et toi alors ? riposta Teresa. Ce n'est pas à toi que ça vient d'arriver. Tu es fou de rage parce que je ne t'ai pas appelé hier soir mais ce n'est vraiment pas le moment de penser à toi ! Tu ne m'as pas entendue dire que Josh est le fils de Gus, enfin ? »

Kent sembla aussitôt rentrer dans sa coquille. Son visage vira du blanc au rouge, il baissa les yeux, essayant de toute évidence de se calmer, puis il s'approcha de Josh, main tendue. « Josh, je suis désolé pour votre père. Je ne voulais pas débarquer ici comme... comme je ne sais pas trop quoi. Je suis simplement bouleversé au sujet de votre père et inquiet pour Teri. Et pour vous, bien sûr. »

Ces derniers mots, il aurait pu s'en abstenir, se dit Teresa, honteuse pour Kent, qui visiblement n'avait pas accordé une pensée à Josh. Josh néanmoins le remercia de cette feinte sollicitude avec un aplomb que Teresa n'aurait jamais su manifester dans la même situation, elle en était certaine.

« J'imagine que vous êtes en train de prendre les dispositions pour l'enterrement, fit Kent.

– Le médecin légiste ne rendra certainement pas le corps de mon père avant deux jours, au moins, répondit froidement Josh.

– Mon Dieu. Bien sûr. » Kent était cramoisi. « Je me disais juste que vous discutiez de ces dispositions avec Teri.

– Je peux m'occuper de l'enterrement de mon père tout seul, continua Josh du même ton froid et posé. Je suis venu poser des questions à Miss Farr concernant l'individu qui se trouvait devant chez elle l'autre nuit. » Il fixa Kent, qui blêmit. « La personne qui a déposé la lampe de chevet en forme de cheval. »

Aïe ! se dit Teresa en voyant l'expression de Kent. Elle avait délibérément omis de lui parler de son visiteur nocturne et de la réapparition de Snowflake. Kent était déjà assez perturbé depuis que Roscoe Byrnes avait déclaré qu'il n'avait pas tué Hugh et Wendy. « De quoi s'agit-il ? demanda Kent à Teri.

— Il y a eu un rôdeur, répondit Teresa du ton le plus naturel possible. Josh lui a fait peur et il s'est enfui.

— Un rôdeur ? répéta Kent, comme si elle venait de dire *un violeur*.

— Oui. Juste un voyeur, j'imagine.

— Qui portait un long manteau noir à capuche et a déposé une lampe de chevet à la porte de Teri », précisa Josh.

Bouche bée, Kent regarda Teresa. « Comme la personne que tu as cru voir hier soir ? Dont tu pensais que c'était *Maman* ? »

L'air accusateur, Josh la regarda à son tour. « Vous avez vu quelqu'un traîner dans les parages hier soir ? La même personne que celle qui était devant chez vous et qui a déposé la lampe ?

— Mais de quelle lampe parlez-vous, bon sang ! cria presque Kent. Teri, que se passe-t-il ? »

En réaction à toute cette agitation Sierra se mit à aboyer. Teresa leva les mains, désespérant de voir revenir le calme. « Ça suffit, tous les trois ! » Sierra se tut aussitôt, mais Kent ouvrit la bouche, prêt à la bombarder de nouvelles questions. « Kent, ça vaut pour toi aussi ! » Teri prit une profonde inspiration.

« J'ai aperçu quelqu'un dans la véranda avant-hier soir. On a déposé quelque chose. Une sorte de jouet, dit-elle sans plus de précisions. Et Josh, oui, j'ai vu quelqu'un hier soir en rentrant à la maison. Quelqu'un qui a traversé la route en courant et disparu dans les bois. C'était peut-être la même personne, peut-être pas. Je n'ai pas vraiment vu…

— Tu as vu quelqu'un avec un visage très pâle, de très grands yeux et de longs cheveux noirs, intervint Kent. Tu me l'as dit. Tu as dit que c'était *Maman* !

— D'accord, j'ai cru un instant qu'il s'agissait de Maman, admit Teresa. Mais comme tu me l'as toi-même fait remarquer, Kent, j'étais contrariée, je pensais à elle, et je n'ai fait qu'apercevoir…

— Mais vous avez *vu* quelqu'un. » Josh était debout à présent, et tout son corps tremblait. « Vous n'en avez rien dit au shérif cette nuit ! Que cherchez-vous à cacher ?

— Je ne cache rien, Josh. Cette nuit, j'étais tellement épuisée, bouleversée, je n'avais pas les idées claires. »

De rage, les poings de Josh se serrèrent. « Vous n'étiez pas trop épuisée ni trop bouleversée pour passer la moitié de la nuit avec ce type, celui qui était avec vous à l'écurie ! »

Kent se tourna d'un bond vers Teresa : « Quel type ?

— M… Mac.

— Mac MacKenzie ? cria Kent. Tu as passé la nuit avec Mac MacKenzie ? »

Un instant, Teresa sembla vouloir disparaître, face à ces deux hommes déchaînés, debout dans son salon, qui l'incendiaient du regard. Puis, lentement, elle sentit la colère monter en elle. Comment osaient-ils venir *chez elle* et la harceler ainsi, l'obliger à se justifier, en lui criant après ! Elle n'avait rien fait de mal. À vrai dire, elle avait subi un plus grand choc que Kent, un choc presque aussi traumatisant que celui subi par Josh, et tous deux semblaient déterminés à la faire se sentir coupable et gênée. Elle ne le supporterait pas une minute de plus.

Elle inspira profondément et regarda résolument Josh, puis Kent. « Vous me décevez tous les deux, fit-elle d'une voix assurée. Josh, je suis anéantie à la pensée de votre père et, en effet, j'ai vu quelqu'un s'enfuir d'ici hier soir ; je n'en ai pas parlé lorsque nous étions à l'écurie, mais j'avais bien l'intention de le mentionner au shérif aujourd'hui.

» Et, Kent, quant à Mac, il est venu ici hier parce qu'on s'était disputés à son Club. J'étais partie précipitamment mais il ne voulait pas en rester là. En arrivant près de la maison, il a vu Éclipse courir dehors. Il a frappé à la porte, pendant que j'étais au téléphone avec toi. Nous avons rattrapé Éclipse, et ensuite trouvé Gus. J'étais dans un état lamentable. Il est resté avec moi jusqu'à ce que je m'endorme, ce qui a pris du temps. Je ne te dois aucune explication pour la présence de Mac ici, mais je t'en ai donné une malgré tout et je te saurais gré de t'en tenir là et d'arrêter de te conduire comme Papa ! »

La dernière pique de Teresa atteignit Kent en plein cœur. Il parut d'abord abasourdi puis, ayant pris conscience de la justesse de la comparaison, légèrement honteux. Mais il ne dit rien. Il se contenta de fixer Teresa.

Quant à Josh, toute tension sembla l'abandonner. Ses poings se desserrèrent, la colère se retira de son visage, et ses épaules s'affaissèrent. « Je suis désolé, Miss Farr, dit-il d'une voix faible, comme s'il ne lui restait plus aucune énergie. Je ne sais pas ce qui m'a pris, mais ce n'est pas une excuse. Papa serait fâché contre moi, et il aurait raison.

– Ce n'est rien, Josh. » Teresa lui adressa un petit sourire. « Je comprends que vous soyez bouleversé.

– Bon… » Josh ne semblait pas savoir comment continuer. « Faut que j'y aille. Comme je l'ai dit, je ne peux prendre aucune disposition concernant l'enterrement tant que la police ne m'a pas donné son feu vert. Ils doivent faire une autopsie… » Il sembla sur le point de se trouver mal. « Faut que je m'occupe des chevaux et je voulais vous rappeler que Bobby Loomis et Susan Woodward ont une leçon prévue aujourd'hui, mais qu'on ne peut pas utiliser les écuries tant que les flics n'auront pas enlevé les scellés.

– Bien sûr », fit Teresa, se souvenant du moment où la maison des Farr était devenue une scène de crime. Elle avait dû attendre deux jours avant de pouvoir retourner chercher quelques affaires de toilette et quelques vêtements. « Je vais annuler ces leçons, et toutes celles prévues cette semaine. Et merci de vous occuper des chevaux aujourd'hui.

– Je ne peux pas rester là à rien faire en ruminant tout ça. J'ai toujours entendu Papa dire qu'il fallait s'occuper, dans les moments difficiles. Les flics m'ont demandé de m'en tenir au strict minimum pour les soins aux chevaux – ils ne veulent pas que je reste à l'écurie plus que nécessaire, mais si vous avez besoin de quoi que ce soit, je ne serai pas loin. »

À peine ces mots prononcés, il était déjà parti. Teresa regarda par la fenêtre et le vit filer à toute vitesse, traversant le terre-plein en direction de l'écurie où, elle le savait, il dépenserait le peu d'énergie qui lui restait à nourrir les chevaux et prendre soin d'eux, avant d'affronter le cottage où il avait sans doute, moins de vingt-quatre heures plus tôt, pris le petit déjeuner avec son père.

Teresa se tourna vers Kent. « Bon, tu as d'autres questions ? D'autres accusations, d'autres sujets de plainte…

– Teri, je suis désolé moi aussi, coupa Kent à sa manière habituelle. Il faut que tu comprennes le choc que j'ai eu ce matin quand quelqu'un m'a appelé et m'a interrogé sur le meurtre, alors que je n'avais eu aucune nouvelle de toi. Et puis j'arrive ici, et je découvre que tu étais avec Mac.

– Tu sembles plus ennuyé à cause de Mac que de Gus, Kent.

– Je n'ai pas confiance en lui, Teri. Tu ne m'as jamais expliqué pourquoi tu avais rompu vos fiançailles, mais je sais qu'il a fait quelque chose qui t'a blessée. Et depuis, il traite les femmes comme des jouets, et se débarrasse d'elles comme de vieux mouchoirs en papier…

– À mon tour de t'interrompre, fit Teri d'une voix cassante. Comment se fait-il que tu en saches si long au sujet de la vie amoureuse de Mac MacKenzie ?

– J'entends des choses ici et là. Tout le monde sait à quoi s'en tenir avec lui.

– De qui entends-tu ces choses ? Et comment se fait-il que *tout le monde* sauf moi sache tout au sujet de ces femmes qu'il est censé traiter de manière aussi cavalière ? Je parle souvent avec Carmen qui est au courant de *tout*, mais elle ne m'a jamais dit quoi que ce soit à ce sujet.

– À toi, elle ne dirait rien. Elle fait attention, elle ne veut pas te blesser.

— Je croyais que tu ne l'appréciais pas, pas plus que tu n'approuvais notre amitié, et que tu pensais qu'elle n'était qu'une mauvaise langue qui répétait tout ce qu'elle entendait.

— Je n'ai jamais dit qu'elle n'avait aucun tact. Si c'était le cas, elle n'aurait jamais pu être aussi amie avec Maman. Maman pensait le plus grand bien de Carmen, elle doit bien avoir des qualités.

— Bien sûr que oui. Et je crois que la raison pour laquelle tu ne l'apprécies pas, c'est que Sharon ne l'aime pas. Je ne sais pas ce que Sharon lui reproche, mais son animosité commence à devenir insupportable. » Teri s'interrompit un instant. « Et puis, nous ne parlions pas de Carmen. Nous parlions de Mac. Tout ce que j'ai à dire, c'est qu'il n'y a rien entre Mac et moi, et que si c'était le cas, ce serait *mon* problème. Je n'ai pas d'ordres à recevoir de mon grand frère, d'ordres qui, en plus, seraient influencés par de simples rumeurs. »

Kent plissa les yeux. Teri savait que le ton qu'elle avait employé le hérissait. Chez Farr Coal, il avait l'habitude d'être le patron, d'être obéi par les autres. Il n'aimait pas l'esprit rebelle de Teresa. Mais il savait qu'elle l'avait en elle, et qu'elle ne se laissait pas facilement intimider.

En un clin d'œil, il changea d'attitude. « Teri, je crois que Mac veut te récupérer. Peut-être se soucie-t-il sincèrement de toi. Plus probablement, il ne supporte pas que ce soit toi qui sois partie, toi qui l'aies plaqué, et ne me dis pas que vous avez rompu d'un commun accord. La décision venait de toi. J'ai une question. Tu as dit que vous vous étiez disputés à son Club et qu'il était venu ici pour arranger les choses avec toi. Es-tu revenue directement ici en quittant son Club, et est-il arrivé immédiatement après toi ?

— Je ne vois pas le rapport.

— Réponds-moi et je te laisse tranquille.

— Entendu. Non, je ne suis pas rentrée directement. Je me suis arrêtée à la station-service. Ça m'a pris un quart d'heure peut-être. Et Mac n'est pas arrivé aussitôt, ce que tu sais puisque cela faisait déjà dix minutes que j'étais avec toi au téléphone quand il a commencé à tambouriner à la porte.

— Alors réfléchis, Teri, dit lentement Kent, le visage grave. Mac a eu le temps, aussi bien avant qu'après ton arrivée, d'aller dans ton écurie et de lâcher Éclipse. C'était peut-être juste pour créer une situation qui vous réunirait tous les deux, qui lui permettrait de te venir en aide et de rentrer dans tes bonnes grâces, mais quelque chose a mal tourné. Gus l'a pris sur le fait. Peut-être se sont-ils battus et, dans le feu de l'instant… » Il leva les mains, son imagination créant l'image de Mac plongeant la fourche dans la poitrine de Gus. « Mac s'énerve facilement, Teri. Ça, tout le monde le sait — tout le monde peut-être sauf Gus, qui ne soupçonnait pas ce qu'il risquait en se mettant en travers du chemin de Mac MacKenzie. »

2

Teresa prit une douche, avala deux autres tasses de café, se força à manger un toast. Puis elle se rappela que la maison des Farr avait été vendue et que Kent avait pris des dispositions pour que les meubles soient déménagés le lendemain, ce qui voulait dire qu'elle devait s'y rendre le jour même, pour choisir ce qu'elle voulait garder. La pensée d'entrer dans cette maison lui donna la chair de poule, surtout après la mort de Gus. Rien, finalement, ne l'obligeait à y retourner. Elle ne voulait rien de cette maison.

Puis elle se souvint de l'horloge de parquet. Un cadeau du grand-père de sa mère à sa fiancée. Marielle en avait hérité à la mort de ses parents, et elle y tenait beaucoup. Elle avait eu l'intention de la récupérer, dès qu'elle aurait été en mesure d'avoir son propre foyer. Mais l'horloge n'avait plus bougé de la maison des Farr. Marielle l'avait aimée, cette horloge, et Teresa savait que sa mère aurait souhaité la voir dans sa maison de Farr Fields.

Teresa envisagea d'appeler Kent, pour qu'il demande aux déménageurs de lui apporter l'horloge. Mais d'autres affaires ayant appartenu à sa mère se trouvaient encore là-bas. Marielle avait quitté la maison précipitamment, et ensuite on l'avait fait interner. On avait expédié ses habits et des objets de première nécessité chez la tante Beulah en prévision du jour où Marielle sortirait, mais personne n'avait vraiment dû mettre de l'ordre dans les affaires de sa mère. Teresa voulait les voir, récupérer ce qui avait une valeur sentimentale pour elle. Elle devait se forcer à y aller, se dit-elle. Ça ne prendrait qu'une heure. Elle se contenterait de parcourir rapidement la maison et repartirait aussitôt. Ce n'était pas si terrible.

Pourtant, Teresa prit son temps. Elle chercha quatre cartons pour d'éventuels bibelots qu'elle aurait voulu récupérer de sa maison d'enfance. Ensuite, elle chercha la clé qu'elle n'avait pas utilisée depuis des années. Elle finit par la trouver, la fourra dans son sac et se dirigea vers la porte. Teri appréhendait tellement de devoir partir là-bas qu'elle faillit pousser un cri de soulagement en entendant la sonnerie du téléphone, qui lui donnait un répit.

« Allô ! fit-elle d'un ton plein d'entrain.

— Teri ? C'est toi ?

— Bien sûr que c'est moi, Mac.

— Tu avais l'air si joyeux. Je ne m'y attendais pas, après ce qui s'est passé cette nuit.

— Oh ! je ne suis pas aussi gaie que j'en ai l'air, reprit-elle d'une voix normale. Je m'apprêtais à retourner dans notre ancienne maison. Elle a enfin été vendue et Kent s'est arrangé pour que tout soit déménagé et mis au garde-meubles demain. Je suis censée y faire un tour aujourd'hui pour choisir ce que j'aimerais récupérer.

— Tu veux un peu de compagnie ? »

Teresa aurait aimé dire oui, mais elle avait peur que tout aille trop vite entre Mac et elle. Il avait été merveilleux la nuit précédente — rassurant, gentil, chaleureux mais sans exagérer. Il lui avait semblé que peut-être — mais seulement peut-être — ils pourraient avoir de nouveau leur chance, à condition d'avancer pas à pas, lentement et prudemment.

« Je crois que c'est quelque chose que je dois affronter toute seule, se contenta-t-elle de répondre.

— Pourquoi ?

— C'est simplement... » Elle aurait voulu faire preuve de tact, mais finit par dire honnêtement : « Je *veux* y aller seule, Mac. L'idée de revoir la maison ne me dit rien, mais cela fait huit ans que je n'y suis pas allée, et cette fois sera la dernière. J'ai *besoin* d'être seule, pour faire une sorte d'adieu à cet endroit où j'ai vécu la pire expérience de ma vie.

— Entendu, dit gentiment Mac. Je ne comprends pas tout à fait ce raisonnement, mais je sais qu'une fois que tu as décidé quelque chose, c'est inutile de discuter. Simplement, sois prudente.

— Prudente ? Que crois-tu donc qu'il puisse m'arriver ?

— Étant donné ce que tu m'as raconté hier soir — le message dans ta voiture, le fax, la lampe de chevet —, quelqu'un pourrait vouloir te donner une nouvelle frayeur.

— Personne ne sait que je vais là-bas, à part Kent et toi, alors je ne m'attends à aucune farce.

— Je n'appellerais pas ce qui est arrivé à Gus Gibbs une farce. »

Teresa eut l'impression de recevoir une gifle. « Je ne comparais évidemment pas le meurtre de Gus au message que j'ai reçu !

— Et maintenant je t'ai mise en colère. Je ne voulais pas dire que tu sous-estimais l'importance de ce meurtre. Simplement, ne reste pas trop longtemps dans cette maison. L'idée même que tu y retournes me déplaît.

— Merci de t'inquiéter pour moi, mais tout ira bien », dit Teresa avec froideur. Elle était déterminée à visiter chaque pièce de la maison, à prendre le temps d'examiner toutes les affaires de sa mère. *Seule.* « Je te rappelle plus tard, Mac. »

Elle raccrocha avant qu'il puisse ajouter un mot. Son comportement était puéril, elle le savait — elle ferait certainement mieux de ne pas se rendre seule dans cette maison, bien qu'elle n'ait pas l'impression de courir un danger physique — mais la critique implicite de Mac l'avait vexée. Elle ne voulait pas de son aide. Elle n'en avait pas besoin. Elle saurait se débrouiller seule.

Teresa rangea les cartons dans sa voiture. Un quart d'heure plus tard, elle se garait dans l'allée de son ancienne maison, Mourning Dove Lane. Elle resta un long moment à fixer les harmonieuses lignes de la grande maison géorgienne en briques. Du côté de la rue, elle était bordée par des haies bien taillées, et l'éclatant soleil de juillet frappait contre les fenêtres bien propres, aux châssis blancs fraîchement peints. La personne que Kent avait chargée d'entretenir la maison travaillait bien. Même la pelouse avait été récemment tondue et ratissée. Quiconque passerait devant cette grande et belle maison sans en connaître l'histoire penserait qu'une heureuse famille avait la chance d'y habiter.

Teresa sortit de la voiture, prit les cartons posés sur le siège arrière et, maladroitement, les empila. Elle arrivait tant bien que mal devant la porte, lorsqu'elle entendit quelqu'un lancer un « Oh là, vous ! salut ! ».

Teresa tourna la tête et vit une femme, petite et menue comme un oiseau, se diriger vers elle, presque en courant mais sur la pointe des pieds. Teri n'aurait pas été étonnée de la voir regarder derrière son épaule, comme si elle était poursuivie.

« Vous êtes de l'agence immobilière, ou bien la nouvelle propriétaire ? demanda la femme.

– Ni l'un ni l'autre. Je suis Teresa Farr. La maison appartenait à ma famille.

– Farr », répéta la femme. Son sourire se figea. « Oh ! Teresa Farr. Je n'avais pas compris. Mais bien sûr ! » Elle eut un petit rire nerveux, qui ressemblait tout à fait à un hennissement. « Je vis dans la maison d'à côté. Mon mari et moi, nous l'avons achetée il y a sept ans. Nos deux garçons étaient encore gamins. Maintenant, ils sont à l'université. »

Teresa se souvint que les voisins – ceux qui avaient appelé le 911 la nuit des meurtres – avaient mis leur maison en vente deux mois plus tard. Contrairement à celle des Farr, elle avait trouvé acquéreur en moins d'un an.

« Mon mari m'a dit de me mêler de mes affaires, mais moi je pense qu'il vaut mieux que je dise à quelqu'un que j'ai vu de la lumière dans cette maison les deux dernières nuits. Comme si, au premier étage, on passait d'une chambre à l'autre, en allumant pièce après pièce. Ce n'était pas le faisceau rapide d'une lampe de poche. La pièce restait allumée presque une heure. Mais je n'ai vu aucune voiture, ni personne approcher de la maison ou repartir. La nuit dernière je suis restée debout jusqu'à trois heures du matin pour guetter. Mon mari m'a dit que si ça recommençait cette nuit, je pourrais appeler l'agence et leur dire de s'en occuper. Mais il répète toujours qu'il faut éviter de s'impliquer. »

La peur s'insinua dans l'esprit de Teresa. Une lumière aperçue aux fenêtres de l'étage ? Les *deux* dernières nuits ? Un agent immobilier ne ferait pas visiter la maison la nuit, et les gens ne resteraient pas une heure dans chaque pièce. C'était plus que bizarre – c'était tout à fait inquiétant, même si ce n'était qu'un rôdeur curieux. Personne n'aurait dû avoir la clé, sinon Kent, elle-même et l'agence.

« Vous pensez sûrement que j'exagère ou que j'ai imaginé des choses, mais je sais ce que j'ai vu, dit la femme qui semblait sur la défensive, comme si Teri avait mis en doute ses paroles. Je suis insomniaque et je suis debout presque toutes les nuits, jusqu'à trois ou quatre heures du matin. Mon mari dit que ça me tuera de dormir aussi peu, mais je n'y peux rien.

» Quoi qu'il en soit, quand je me lève la nuit, je passe la plupart de mon temps à regarder par la fenêtre, fit la femme sur le ton de la confidence. On n'imagine pas tout ce qui peut se passer dans cette rue ! J'ai vu les plus bizarres allées et venues, des rendez-vous de minuit, des gens transporter des choses étranges dans leur maison, sous le couvert de l'obscurité. Je vous assure ! Oh ! les histoires que je pourrais raconter ! Mais je ne vais pas *tout* vous raconter. Je voulais juste que vous sachiez pour *votre* maison. Tout le reste, je le garde pour moi – c'est plus sûr, vous comprenez. »

La femme fit alors demi-tour, traversa nerveusement la pelouse, ouvrit furtivement la porte de sa propre maison et se glissa à l'intérieur comme si un danger la guettait. Voyant cela, la peur de Teri disparut aussitôt. C'était une insomniaque et une paranoïaque, pour le moins, se dit-elle. La pauvre femme restait nuit après nuit assise à imaginer qu'elle voyait des activités louches dans cette rue qui, d'après ce que Teresa savait, n'avait connu la violence qu'une seule fois. Cette femme avait certainement entendu parler du meurtre des Farr – puisqu'elle savait qui était Teresa – et elle avait sans aucun doute passé de nombreuses heures à inventer toutes sortes de choses sur la maison d'à côté.

Teri secoua la tête, comme pour se débarrasser du malaise que cette femme avait fait naître et, résolument, monta les deux marches du perron. Elle posa les cartons, mit la clé dans la serrure, ouvrit grand la porte et entra.

Un instant, elle se sentit submergée par l'impression d'être une intruse, comme si elle violait la solitude de la maison. La pensée la traversa, en un éclair : si la maison l'avait pu, elle l'aurait physiquement rejetée, éjectée même, l'aurait envoyée valser sur la pelouse ! Elle savait que l'idée était ridicule, mais la sensation perdura et Teri, retenant son souffle, resta toute raide sur le seuil, combattant le désir instinctif de retourner en courant vers sa voiture, de rouler aussi vite que possible sans un regard en arrière.

Elle ferma les yeux, inspira profondément, s'exhortant à se calmer, à penser de manière rationnelle et à reprendre le contrôle d'elle-même. Ce n'était qu'une maison — une structure inanimée de bois et de briques, sans âme et sans mémoire. C'était elle, Teresa, qui se sentait étrangère à ce lieu, et non pas la maison. La maison ne ressentait rien et le souvenir de ce qui s'était passé cette horrible nuit, huit ans auparavant, n'appartenait qu'à elle, Teresa.

Mais après avoir fait deux pas de plus dans la maison, elle sut que, même au bout de huit ans, l'aura de peur, de violence et de mort subsistait. Dans l'entrée, sous le lustre de cristal scintillant, Teri s'attarda à regarder la grande horloge avec ses chiffres de cuivre en relief, le dessin des phases de la lune, et le verre biseauté qui protégeait le balancier. Elle se souvint que, la nuit en question, l'horloge avait sonné trois fois, tandis qu'elle, Teresa, découvrait les corps de Hugh et de Wendy et, bienheureusement, interrompait l'assassin avant qu'il puisse tuer Celeste. L'horloge aurait pu devenir le symbole de tout ce qui s'était passé de terrible cette nuit-là, mais Teri désirait malgré tout la reprendre, elle l'avait aimée pendant tant d'années. Oui, elle souhaitait que les déménageurs l'apportent chez elle le lendemain.

Le regard de Teri se déplaça vers la gauche. Au-delà du vestibule en forme d'arche, s'étendait le vaste salon, avec sa moquette gris perle, son canapé ancien et ses fauteuils à oreillettes tapissés de tons doux, doré et rose, les tables en noyer bien ciré, et la grande cheminée avec son manteau de marbre. Wendy avait voulu remeubler cette pièce, comme elle l'avait fait pour la chambre, mais Hugh s'y était opposé, insistant sur le fait que ce salon avait de la classe, bien que Marielle en ait été la décoratrice. Un jour ou l'autre, Wendy aurait certainement fini par obtenir gain de cause, pensa Teresa.

Elle détourna le regard. Si quelque chose appartenant à Marielle se trouvait encore dans cette maison, Teresa savait qu'elle ne le découvrirait pas au rez-de-chaussée. Résolument, elle alla reprendre les cartons qu'elle avait posés dans la véranda. Mais il lui fut impossible de refermer la porte, de laisser dehors la chaleur et le réconfort de cette journée de juillet, banale et ensoleillée. Elle aurait eu l'impression de s'enfermer dans une crypte familiale, pensa-t-elle en frissonnant. Elle laisserait la porte entrouverte, tant pis si quelques mouches en profitaient pour entrer. Elle n'avait pas besoin de s'en préoccuper – elle repartirait le plus vite possible.

Teresa entreprit de monter l'escalier qui menait aux chambres. À mi-chemin, son esprit fut assailli par la vision d'une silhouette vêtue de noir, glissant sans bruit sur les marches pour redescendre. Roscoe Lee Byrnes ne semblait pas du genre à pouvoir se glisser sans bruit. Avec sa carrure plutôt forte, sa tête trop grosse et ses mains boudinées, il était difficile de l'imaginer se déplacer autrement que de façon lourde et lente.

Mais Byrnes ne pouvait être aussi gauche et lent qu'il en avait l'air, se rappela-t-elle. Il avait commis tous ses meurtres en pénétrant dans les maisons si discrètement et si rapidement qu'il avait été capable de prendre au moins vingt personnes par surprise. Vingt-deux, s'il avait effectivement tué son père et Wendy.

Une fois à l'étage, Teresa s'immobilisa de nouveau, ne sachant pas dans quelle chambre elle allait supporter d'entrer en premier. La sienne, décida-t-elle. Là, personne n'avait été assassiné ni blessé. Pour quelque mystérieuse raison, Teresa avait été épargnée. Ce qui lui avait valu d'être suspectée d'avoir agressé tous les occupants de la maison.

Elle entra dans la chambre qu'elle avait abandonnée huit ans plus tôt. Deux jours après les meurtres, elle était revenue avec Carmen prendre quelques vêtements. Complètement hébétée, elle avait erré dans la chambre, sans trop savoir ce dont elle avait besoin, ouvrant et refermant les tiroirs, regardant sans rien voir dans son armoire, et c'était Carmen qui avait rassemblé ce qu'il lui fallait pour les deux semaines à venir.

Après l'arrestation de Byrnes, lorsque Carmen avait invité Teresa à rester chez elle en attendant de partir pour l'université à l'automne, Carmen et elle étaient revenues une fois dans cette maison récupérer le reste de ses affaires. Depuis, Teri n'y avait plus mis les pieds. Sa chambre n'avait pas changé, avec sa commode et sa table de nuit en bois de cerisier, le couvre-lit vert pâle et deux ou trois posters de groupes rock, qui détonnaient avec les reproductions de Degas choisies par sa mère. Dieu sait comme Teresa avait pu aimer cette chambre, la considérer comme un refuge après le remariage de son père avec Wendy. À présent, elle ne représentait rien de plus pour elle qu'une chambre qu'elle aurait un jour vue en photo dans un magazine — un endroit dont elle se souvenait mais qui n'éveillait plus aucune émotion en elle.

Il en alla tout autrement avec la chambre de Hugh et Wendy. Incapable d'entrer, Teresa resta sur le seuil et fixa le lit dans lequel tous deux avaient reçu tant de coups de couteau qu'il avait fallu jeter non seulement le sommier et le matelas, mais aussi la moquette — cette horrible moquette rose vif. Quand la maison avait cessé d'être une scène de crime, la tante Beulah ayant déclaré qu'elle ne voulait pas entendre parler d'une maison dans laquelle des meurtres avaient été commis, Teresa et Kent avaient demandé à Carmen de les aider. Elle avait aussitôt appelé un service de nettoyage pour leur demander de faire disparaître toute trace de cette horrible nuit. Mais aucun détergent, aucun produit de nettoyage n'avait pu venir à bout de toutes les taches de sang. Le papier peint avait été arraché, et les murs repeints d'une innocente teinte coquille d'œuf.

Teresa avait pourtant l'impression de percevoir encore l'odeur cuivrée du sang — une telle quantité de sang — qu'elle avait sentie cette nuit-là, lorsqu'elle était lentement entrée dans cette chambre, et avait posé la main sur ce qui restait de l'abdomen de Wendy. Les policiers s'étaient demandé comment deux personnes avaient pu recevoir autant de coups de couteau sans qu'on les entende crier. Selon eux, lorsque le premier s'était fait agresser, l'autre aurait dû se réveiller.

À l'époque, Teresa avait pensé que, bien qu'enceinte, Wendy avait pris un de ces somnifères dont elle ne pouvait pas se passer. Le tueur avait dû d'abord frapper Hugh à la gorge, l'empêchant ainsi de crier, puis au cou et à la poitrine. Teri imaginait que c'était ensuite seulement qu'il s'était approché de Wendy, assommée par ses cachets, et l'avait poignardée, à plusieurs reprises, dans la région de l'utérus, où grandissait un fœtus, puis à la poitrine, avant de mutiler son joli visage vide de toute expression.

Teresa s'était abstenue d'exprimer sa théorie concernant l'ordre des meurtres, car elle ne voulait pas avoir l'air trop renseignée à ce sujet. Inutile de montrer qu'elle savait que Wendy dormirait d'un sommeil aussi profond et qu'il fallait donc tuer son père en premier. Plus tard, les rapports toxicologiques précisèrent que Wendy avait pris deux comprimés de son somnifère. Lorsque la police avait annoncé que Hugh Farr avait été assassiné le premier, alors que sa femme dormait encore de son sommeil forcé, Teresa fut soulagée de n'avoir rien dit.

Même si Teresa n'avait aimé ni l'un ni l'autre — elle les avait détestés, en fait —, elle ne pouvait s'empêcher d'être horrifiée, n'importe quel être humain l'aurait été, à la pensée de ces deux personnes reposant, inconscientes, vulnérables, endormies, attaquées et déchirées jusqu'à devenir exsangues, leur sang inondant la moquette et éclaboussant les murs. Son père avait blessé et humilié sa mère, tout comme Wendy avait blessé Jason en lui prenant sa fille, mais aucun des deux n'avait mérité de se faire assassiner, pensa Teresa, surprise de découvrir qu'elle avait les larmes aux yeux. Quelle sorte de monstre avait pu s'amuser ainsi à tuer deux personnes avec une rage aussi sauvage ?

Elle s'éloigna rapidement de la chambre, jeta un coup d'œil en direction de la lampe Tiffany qui était toujours là, sur la petite table près de la salle de bains, et nota mentalement de la prendre avant de quitter la maison. Puis elle se rendit dans la chambre de Celeste, au bout du couloir donnant sur l'avant de la maison. Ici aussi, la literie et la moquette avaient été enlevées, tout comme le coffre à jouets dans lequel l'enfant s'était cachée de l'assassin.

Le regard de Teresa se posa à l'endroit où la lampe de chevet, Snowflake, était branchée sur une prise murale. Pas de Snowflake dans la chambre. Elle aurait pu imaginer que Jason l'ait reprise pour l'enfant, ou que quelqu'un d'autre l'ait emportée en guise d'innocent *souvenir*[*], mais elle était persuadée que la personne qui l'avait déposée devant sa porte avait la volonté de provoquer de douloureuses évocations, et d'instiller la peur dans son esprit.

Bon, elle n'allait pas perdre plus de temps dans ces chambres qui ne contenaient rien pour elle. De plus, il y avait dans la maison une odeur désagréable, qu'elle trouvait presque nauséabonde, l'odeur des lieux non habités. Teresa aurait voulu ouvrir les fenêtres et laisser entrer l'air de cette journée d'été dans ce monument dédié à la tragédie. Mais la maison n'aimerait pas ça, se dit Teri. Huit ans auparavant, elle s'était refermée sur elle-même, s'accrochant à ses souvenirs de terreur et de carnage, et elle ne voulait pas être dérangée.

Teresa sursauta comme si elle se réveillait de l'un de ses cauchemars. « Tu as l'air aussi dingue que la femme d'à côté, Teri Farr, dit-elle tout haut, rassurée par le son d'une voix humaine, fût-ce la sienne. Je ferais mieux de me mettre au travail. »

Après le mariage de son père avec Wendy, Kent avait refusé d'habiter dans cette maison lorsque, toutes les trois semaines environ, il revenait de l'université pour voir Sharon. Il préférait rester dormir chez un ami, et Wendy avait fini par transformer sa chambre en débarras. Même à présent, la porte en était fermée. Teresa l'ouvrit, et l'odeur de renfermé l'assaillit. Il aurait fallu laisser la porte ouverte, et

* En français dans le texte.

aérer la maison plus souvent, se dit-elle, contrariée, martelant le sol de ses pieds sans même s'en rendre compte. Les employés de l'agence auraient dû savoir que ce type d'odeur rebuterait un acheteur potentiel. Mais, apparemment, elle n'avait pas dérangé le nouveau propriétaire, l'auteur de romans d'horreur. Elle était heureuse qu'il ait acheté la maison, mais le fait que, pour lui, une partie du « charme » de la maison tienne à sa sinistre histoire lui déplaisait profondément.

Teresa fut surprise du nombre de cartons que contenait cette chambre. Depuis que Wendy s'en servait de débarras, Teri n'avait jamais ouvert la porte de cette pièce, et elle ne se doutait pas de la quantité de choses stockées là. D'un pas décidé, elle s'approcha de la première rangée de cartons, et vit que chacun portait une étiquette. Elle reconnut aussitôt l'écriture ronde, presque enfantine de Wendy : ACTUALITÉS. Teresa ne résista pas à la tentation de l'ouvrir, et découvrit une collection de tabloïds et de magazines people avec des photos des fastueuses demeures de stars du cinéma. Voilà donc ce que Wendy jugeait digne d'être conservé, pensa Teresa, qui trouva cela à la fois ridicule et pitoyable. Un carton marqué VÊTEMENTS contenait un ensemble de hauts minuscules, de jeans taille basse — les vêtements qu'elle devait porter avant de se marier avec Hugh, et dont elle n'avait pas réussi à se défaire, même si elle avait été obligée d'adapter sa garde-robe à sa nouvelle position sociale.

Teresa avait déjà examiné une vingtaine de cartons lorsqu'elle en vit un marqué d'un seul *M*. Pour « Marielle », se dit Teresa. « Eh bien, Maman, Wendy t'a réduite à un *M*. Comme c'est mesquin, et comme ça lui ressemble ! »

Le carton contenait des livres. Marielle était une lectrice acharnée. Le fait qu'elle lise tout le temps énervait le père de Teri. Il demandait toujours à sa femme si elle n'avait rien de mieux à faire que de rester le nez collé sur un livre. Teresa parcourut des yeux les ouvrages cartonnés, qui allaient de Jane Austen à des romans policiers plus récents. Elle sortit le carton dans le couloir pour le rapporter chez elle.

Elle s'attendait à trouver au moins un autre carton rempli de livres. Mais rien. Et elle en voulut à Wendy de les avoir jetés ou donnés au Secours populaire, jouant certainement à fond le rôle de la grande dame, se conduisant comme si ces livres étaient les siens.

Elle vit un autre carton marqué *M*, rempli de coupures de journaux et d'articles photocopiés concernant des événements locaux. Teresa les feuilleta, et se rendit compte qu'il s'agissait des recherches que sa mère avait commencées pour le livre qu'elle rêvait d'écrire. Encouragée par son médecin, elle s'y était plongée avec une ferveur quasi obsessionnelle qui avait duré six mois environ. Teresa se souvint que cette ferveur excessive l'avait inquiétée, mais aussi soulagée tant Marielle avait semblé heureuse pour la première fois depuis des années. Hugh, en annonçant qu'il voulait divorcer, avait mis brutalement fin au projet et au bonheur de Marielle.

La mère de Teresa avait toujours voulu écrire, et elle avait toujours été fascinée par l'histoire de Point Pleasant. Les événements étranges qui s'étaient succédé là et dans tous les lieux sinistres alentour avaient donné à Point Pleasant la réputation d'être « hanté ». Marielle avait décidé de consacrer son livre à la ville.

Teresa choisit un article au hasard. Il s'agissait de l'histoire d'un chef shawnee, Cornstalk, qui avait tenté d'empêcher les Virginiens d'envahir les territoires de chasse de sa tribu. Ses troupes shawnee et mingo avaient mené ce qu'on appelait encore la bataille de Point Pleasant. Plus tard, en 1777, alors que Cornstalk était de passage au Fort Randolph, à Point Pleasant, le commandant du fort l'avait retenu prisonnier. Un milicien américain s'était fait tuer par les Indiens, et les soldats avaient exécuté Cornstalk et son fils Elinipsico. La légende disait que Cornstalk avait maudit toute la région, malédiction qui, pour beaucoup, était responsable des tragédies qui eurent lieu plus tard à Point Pleasant et dans les environs.

D'autres coupures mentionnaient l'effondrement du Silver Bridge en 1967, qui avait fait quarante-six victimes. Mais la plupart des documents avaient trait à « Mothman », le monstre que de nombreuses personnes affirmaient avoir vu, en 1966. Un monstre décrit comme mesurant environ deux mètres, ressemblant à un être humain avec des yeux de feu et censé avoir pris refuge dans l'un des bâtiments de la vaste zone déserte où l'on avait fabriqué, pendant la Deuxième Guerre mondiale, le TNT — trinitrotoluène —, et où d'autres explosifs étaient stockés dans des « igloos » de ciment. Cette zone était percée d'un réseau de tunnels souterrains, où le monstre pouvait se déplacer sans être vu — c'était en tout cas la croyance populaire.

Teresa se souvint à quel point ces histoires de Mothman amusaient sa mère. Comme elle aurait adoré le film *La Prophétie des ombres*, avec Richard Gere ! Mais c'était toute l'histoire de la région de Point Pleasant qui fascinait Marielle. Elle avait entraîné Carmen à visiter avec elle ce qu'on appelait alors la zone TNT, devenue la Réserve McClintic pour la Vie sauvage. Teresa se souvint aussi de plusieurs photos que Carmen avait prises de Marielle, debout devant l'un des « igloos » qui n'avait pas été refermé et que Marielle aimait explorer. Elle avait même insisté pour que Teresa, Kent et Sharon l'y accompagnent un jour et la réaction indifférente de Kent et Sharon l'avait tellement déçue que, plus tard, Teri et Mac l'avaient suppliée de leur montrer cet igloo, et fait semblant d'être enchantés, manifestant autant d'enthousiasme que s'ils visitaient la tombe de Toutankhamon. Ils avaient pris une pellicule entière de photos, faisant tous les trois des grimaces d'horreur à l'intérieur et aux alentours de l'igloo.

Teresa s'attaqua au troisième et dernier carton marqué *M*. Il contenait divers albums photo et vidéos, œuvres de sa mère. Même quand elle était déprimée, Marielle se forçait toujours à sortir la caméra lors des événements importants de la vie de ses enfants. Sur chaque bobine, Marielle avait noté le sujet, de son élégante écriture penchée : Kent apprenant à faire de la bicyclette ; Kent à la remise de son diplôme ; Teresa et Kent à cheval, lors d'une rare sortie en famille, à Disneyland ; le récital de l'école de danse de Teresa ; chaque anniversaire que Hugh avait autorisé Marielle à organiser pour les enfants.

Teresa chercha la vidéo de la fête donnée pour son seizième anniversaire, celle qu'elle préférait car, Hugh étant en déplacement, elle avait pu inviter plus de monde que d'habitude. Ils avaient dansé jusqu'au soir, et aussi bien Emma que Marielle avaient semblé détendues et heureuses. En l'absence d'Hugh, elles s'amusaient presque autant que les adolescents autour d'elles. Malheureusement, Teresa ne trouva pas cette cassette. Elle chercha de nouveau. « Zut, marmonna-t-elle. Évidemment, celle qui manque, c'est ma préférée. »

Teresa voulait embarquer les trois cartons. Elle ferait deux voyages pour se faciliter la tâche ; d'abord celui des vidéos et albums photo, et celui des coupures de journaux. Mais ce n'était pas cette corvée qui l'embêtait, c'était la sensation que la maison retenait son souffle, dans l'attente de *quelque chose*.

Teresa souleva les deux premiers cartons. Elle était presque arrivée à la porte de la chambre, lorsque, sur la droite, son regard accrocha une tache de couleur. Elle recula d'un pas et vit, tout près de la commode de Kent, une écharpe jaune vif et orange flamboyant. Elle tressaillit. Elle se souvenait de l'avoir offerte à sa mère pour son dernier anniversaire. Elle revoyait encore Marielle porter cette écharpe un jour où Teresa avait pu lui rendre visite chez la tante Beulah, peu de temps avant les meurtres.

Lentement, Teresa reposa les cartons, s'approcha et ramassa l'écharpe. Elle l'avait payée cher car elle était griffée, et le nom du couturier était cousu dans l'ourlet. Le tissu était doux et non pas raide comme une étoffe abandonnée qui aurait ramassé la poussière pendant des années. Les mains tremblantes, Teresa approcha l'écharpe de son visage pour la sentir.

Une odeur de santal, toute fraîche, s'échappa des plis soyeux de l'écharpe.

CHAPITRE XIV

1

Teresa sortit en courant, rata une marche du perron, vacilla et tomba dans les bras grands ouverts de Mac. « Ô mon Dieu ! hurla-t-elle, de peur et de surprise.

– Non, ce n'est que moi. » Mac la tint contre lui un instant, puis la relâcha. Ses yeux l'examinèrent si intensément qu'une ligne se forma entre ses sourcils. « Tu es toute blanche, dit-il. Qu'y a-t-il ? Que s'est-il passé ?

– L'écharpe de ma mère, j'ai trouvé… j'ai trouvé l'écharpe de ma mère !

– Eh bien, elle est restée dans cette maison. Tu disais qu'elle n'avait pas pris toutes ses affaires quand elle est partie.

– Non, tu ne comprends pas. » Teresa chercha à reprendre son souffle. « L'écharpe est parfaitement propre et elle sent le parfum de ma mère. Un parfum tout récent, Mac. L'une des dernières fois où j'ai vu ma mère, elle portait cette écharpe, et maintenant je la retrouve par terre dans la chambre de Kent. C'est là que les affaires de ma mère sont rangées, dans des cartons. Mais l'écharpe n'est pas restée sur ce plancher depuis huit ans, Mac. Crois-moi !

— D'accord, d'accord », fit Mac d'un ton apaisant, l'attirant de nouveau contre lui. Sans la moindre hésitation, elle se serra contre ce corps chaud et vigoureux. « Tu trembles, Teri.

— Bien sûr que je tremble. *L'écharpe*…

— Je veux la voir, cette écharpe. »

Teresa le repoussa. « Tu veux entrer dans cette maison ?

— C'est là que se trouve l'écharpe. Tu ne l'as pas prise avec toi, je présume.

— Non. Je l'ai laissée tomber et… j'ai couru comme une dératée. » Elle commençait à se sentir gênée. « J'ai eu un tel choc. Quand je suis arrivée, la voisine m'a dit qu'elle avait vu de la lumière à l'étage ces deux dernières nuits.

— Elle a appelé la police ?

— Non. Elle prétend que son mari ne veut pas d'ennuis. Et elle paraissait un peu bizarre, ajouta Teri à contrecœur. Elle m'a dit qu'elle a vu toutes sortes de choses suspectes se passer la nuit dans cette rue.

— Bon, fit Mac en souriant, pour le moment il fait grand jour, alors entrons et allons voir à l'intérieur.

— Attends. » Teresa fit un pas en arrière et le regarda. « Comment se fait-il que, ces derniers temps, tu apparais chaque fois qu'il se passe un truc inquiétant dans ma vie ? »

Le sourire de Mac disparut. « Tu m'accuses de quelque chose ?

— Non, tes apparitions fortuites m'intriguent, c'est tout. Que fais-tu ici ?

— Je t'ai dit que je n'aimais pas l'idée que tu viennes dans cette maison seule. Je m'inquiétais pour toi, alors j'ai décidé de venir m'assurer que tout allait bien. » Mac s'était exprimé d'une voix tranchante. « Ça ira comme ça ou bien me soupçonnes-tu encore ? Tu as l'air furieuse !

— Ce n'est pas contre toi que je suis furieuse, avoua Teresa. Tu avais raison, je n'aurais pas dû venir seule. Ce n'était pas tant à cette maison que je voulais dire adieu, mais au passé. Je voulais prouver que je n'avais pas peur. Mais j'ai juste réussi à prouver le contraire. Je suis désolée si je t'ai blessé. Et je ne suis pas sûre qu'on doive retourner à l'intérieur. »

Toute trace de colère disparut du visage de Mac. « Ça m'étonnerait que quelqu'un ait le culot de rester dans la maison pendant la journée, alors que l'agent immobilier risque de débarquer. Et puis, tu as dû trouver des affaires que tu veux garder.

— Oui, trois cartons. J'étais en train d'en porter deux, quand j'ai remarqué l'écharpe. »

Teresa insista pour laisser la porte de la maison ouverte pendant qu'ils pénétraient à l'intérieur. Mac lui prit la main, et elle se sentit rassurée. Avait-elle réellement cru que la maison ne voulait pas d'elle ? Qu'elle se sentait violée par Teri, qu'elle retenait son souffle ? Vraiment, c'était absurde. Complètement absurde. Elle serra plus fort la main de Mac.

« Jusqu'ici, rien de spécial », dit Mac d'un ton léger alors qu'ils atteignaient l'escalier. À cet instant précis, l'horloge sonna deux fois — deux coups qui résonnèrent très fort. Teresa se sentit mal. « On dirait que quelqu'un se charge de remonter l'horloge, dit Mac. Je sais bien que les agents immobiliers aiment montrer des maisons sous leur meilleur jour, mais ça, c'est peut-être exagéré.

— Tu as raison, dit Teresa d'une petite voix. Kent a engagé quelqu'un pour s'occuper de la maison. La pelouse a été tondue récemment. Cette personne remonte peut-être aussi la pendule.

– C'est possible. » Mac semblait préoccupé. « Et pourtant, il y a une couche de poussière sur les meubles, dans le salon. La personne en question prend peut-être la peine de remonter l'horloge, mais elle ne fait pas la poussière. Bizarre. » Il se tourna vers elle et lui sourit. « Bon, passons. Prête à retourner à l'étage ? »

Teresa essaya de rire, mais tout ce qu'elle parvint à émettre, ce fut un petit cri. Elle s'éclaircit la gorge. « À toi d'abord. »

Mais lorsqu'ils furent arrivés en haut, c'est elle qui prit la tête. Elle passa devant la chambre principale sans un regard, et s'arrêta si brusquement devant l'entrée de la chambre de Kent que Mac lui rentra dedans. « Vous n'avez pas marqué le stop, jeune dame », fit-il en plaisantant.

Teresa l'entendit à peine. « La voilà », dit-elle, montrant l'écharpe du doigt comme s'il s'agissait d'un serpent venimeux.

Mac ramassa l'écharpe et regarda les plis du tissu souple et brillant. « On dirait qu'elle est neuve.

– Mais elle n'est pas neuve, insista Teresa. C'est celle que j'ai offerte à Maman. Regarde dans le coin. Je ne suis pas une grande couturière, mais j'ai quand même réussi à broder un *M*. Regarde. »

Mac tourna l'écharpe jusqu'à ce qu'il trouve le *M* brodé d'un fil brun doré. « Tu vois ! s'écria Teresa d'un air triomphant. Et maintenant, sens l'écharpe. »

Mac l'approcha de son nez. « Santal, fit-il aussitôt.

– Je te l'avais dit. Le santal est l'un des composants du parfum que portait Maman. Et l'odeur n'est pas ancienne ni éventée, Mac. L'écharpe sent comme si quelqu'un l'avait portée il y a un jour ou deux.

— C'est vrai, commenta distraitement Mac, regardant les fenêtres.

— Qu'est-ce qu'il y a ? » demanda Teri.

Mac hésita, puis répondit : « J'essaie de me souvenir où j'ai senti exactement ce même parfum, au cours de ces quinze derniers jours. »

2

Emma MacKenzie marmonna, gémit, puis se réveilla en sursaut. Un instant, elle se sentit complètement perdue. Elle se redressa sur son canapé et passa en revue le petit salon autour d'elle, les jolis meubles, les sièges tapissés bordeaux et bleu marine. Elle regarda aussi le poste de télévision. Elle ne se souvenait pas de l'avoir allumé, mais elle voyait une femme avec de longs cheveux noirs, qui pleurait toutes les larmes de son corps, tandis qu'un homme se précipitait vers la porte, en disant : « Tout est fini ! »

« Monsieur Farr ? demanda Emma à l'homme apparu à l'écran. Où m'avez-vous emmenée ? Je veux rentrer chez moi. Marielle. Vous pleurez ? Marielle ? Il vous a encore fait mal. » Emma regarda de plus près. « Non, c'est Teresa. Teresa, mon petit ? » Emma s'approcha encore, jusqu'à se faire mal aux yeux. « Non, c'est Mme Norris. Madame Norris ? Non, ça ne peut pas être Mme Norris. Qu'est-ce qui m'arrive ? Qu'est-ce qui ne va pas ? Je veux rentrer à la maison, vous m'entendez ? Mon fils va me déposer chez moi. Où est donc Jedediah Abraham ? »

La pensée de son fils, qui insistait pour se faire appeler Mac, la ramena au jour où ils avaient visité cet appartement, et où elle avait affirmé qu'il convenait parfaitement, bien que Jedediah, lui, le jugeât trop petit. Elle n'avait rien voulu entendre. Ce n'était pas parce que son fils payait qu'elle voulait quelque chose de cher.

« Je suis chez moi, dit alors Emma, soulagée. Bien chez moi, et j'ai fait un petit somme. » Elle lança un regard menaçant à l'écran, qui n'était pas allumé. « Et pendant mon sommeil, j'ai rêvé de l'un de ces feuilletons à l'eau de rose complètement nuls dont Mme Beemer de l'appartement 5, près des poubelles, m'a parlé ce matin ! Vraiment, quelle drôle de femme ! »

Emma se leva et s'étira. Elle se sentait tellement fatiguée depuis quelque temps. Elle avait eu du mal à s'endormir la nuit précédente, mais elle en avait l'habitude. Dès qu'elle posait la tête sur l'oreiller, son esprit se remplissait de terribles angoisses concernant l'avenir et de sombres et tristes souvenirs du passé.

Le passé la travaillait beaucoup ces derniers temps. Toutes ces années pendant lesquelles elle avait travaillé chez les Farr, pour la chère Marielle qui la traitait comme une amie, et non comme une employée de maison, la douce Marielle qui avait été rejetée par cet homme odieux, Hugh, qui s'était brisée à force de tension et avait dû être placée dans un asile de fous. Bien sûr, ils ne l'appelaient pas comme ça, mais c'en était un, et Marielle avait été mortifiée.

Mais, de tous ses souvenirs, les pires étaient ceux de ce sinistre jour où Marielle — trop maigre, faible et épuisée — était apparue à la maison pour voir Teresa. Ce jour où elle, Emma, avait arrangé la rencontre secrète entre mère et fille près de l'épais massif de forsythias et de rhododendrons sur le côté de la maison. Elle les croyait toutes deux en sécurité, mais cette traînée de Wendy avait tout vu, et elle avait sournoisement téléphoné à Hugh, qui avait rappliqué, furieux. Il avait viré Emma, menacé Mac, et expédié Marielle dans ces limbes de mélancolie dont elle n'était jamais revenue.

Emma n'oublierait jamais Hugh Farr – hors de lui, le visage cramoisi – tandis que cette putain peinturlurée riait dans son fauteuil – riait ! Ils faisaient bien la paire tous les deux, mécréants, odieux, oiseaux de malheur pour leur famille.

Le souffle d'Emma s'accéléra et elle eut l'impression d'avoir un poids sur la poitrine. Elle se concentra pour ralentir sa respiration et se détendre, se répétant que cette tragique dernière journée chez les Farr s'était passée il y a bien longtemps. Dieu avait utilisé un instrument humain pour rendre sa justice. Dieu avait voulu que Hugh et Wendy soient supprimés. Il fut un temps où elle avait pensé qu'il aurait mieux valu que l'enfant de Wendy meure, lui aussi, mais Dieu ne l'avait peut-être pas voulu – et c'était pour cela que Teresa avait pu sauver Celeste.

À présent que cette fille s'était remise à parler, chantonnant devant tout le monde cette rengaine sur la mort et sur Teresa – les associant, comme si c'était Teresa qui avait apporté la Mort –, Emma savait que Celeste *aurait dû* mourir cette nuit-là. Le plan de Dieu avait simplement été interrompu. Celeste ressemblait à sa mère, tout comme Teresa ressemblait à Marielle. Celeste avait dupé la Mort, avec l'aide bien intentionnée de Teresa, mais elle aurait dû mourir, comme sa mère.

« Il est peut-être temps de réparer cette erreur », murmura Emma en se dirigeant, comme dans un rêve, vers sa chambre, où une photo encadrée de Marielle voisinait avec celles de Mac et ses deux sœurs. Emma plongea le regard dans celui de Marielle. La jeune femme souriait, mais ses yeux restaient tristes. Oui, il fallait que Marielle soit vengée, et sa fille protégée. C'était *juste*, et Emma savait qu'elle était la seule personne qui comprenait totalement la volonté de Dieu à ce sujet.

Elle se regarda dans le miroir, et remarqua que sa robe tombait d'une manière plus lâche qu'il y a deux semaines, qu'elle avait les yeux trop profondément enfoncés, entourés d'ombres presque noires. Ce n'était pas étonnant. Elle avait si peu dormi depuis une semaine. Elle eut alors l'impression qu'elle allait tomber comme une masse, s'effondrer sur le sol.

À contrecœur, Emma s'allongea sur son lit et, une fois de plus, dériva vers un mauvais sommeil hanté de cauchemars, hanté par Hugh et Wendy et Teresa et la pauvre Marielle, perdue.

3

Mac avait aidé Teresa à rassembler les cartons et à les mettre dans sa voiture. Ensuite, il lui avait demandé s'il pouvait l'inviter à dîner, et elle avait aussitôt accepté. Elle en avait fini de se dérober et de le tenir à distance. Plus tôt, lorsqu'elle s'était précipitée hors de la maison, elle aurait pu pleurer de soulagement quand Mac l'avait prise dans ses bras, et ce n'était pas seulement parce qu'elle était heureuse de voir quelqu'un. Seule la présence de Mac pouvait lui donner le courage de retourner à l'intérieur, le courage de toucher cette écharpe de nouveau. Il était pour elle un refuge dans un univers qui semblait s'effondrer, parce qu'elle était amoureuse de lui, et il lui suffisait de lire dans son regard pour savoir que lui aussi l'aimait.

De retour chez elle, Teri s'attarda un long moment sous la douche, avant de choisir une robe fourreau bleu marine sans manches, et comme seuls bijoux une chaîne et des boucles d'oreilles en or. Elle repensa à ce pauvre Gus. Le 4 × 4 des Gibbs n'était pas là quand elle était rentrée. Josh avait tenu à donner les soins aux chevaux, il était même prêt à donner des leçons malgré son chagrin, sûrement pour penser à autre chose qu'à son père, se dit Teresa. Mais, à présent, elle espérait qu'il était allé chez des amis.

Elle comptait annuler les leçons pour le restant de la semaine — elle ne voulait pas trop en demander à Josh — mais elle lui avait été très reconnaissante de prendre tout en charge ce jour-là, car elle aurait été incapable de retourner aux écuries après ce qui s'était passé. Elle espérait en avoir le courage dès le lendemain.

Teresa contempla les chevaux qui se promenaient paisiblement dans le champ. Aucun ne semblait nerveux, aucun n'avait refusé sa nourriture. Ils paraissaient tout à fait calmes, mâchant sans fin la bonne herbe de leur pâture. « Si seulement je pouvais être aussi sereine », soupira-t-elle.

Elle remarqua alors que son répondeur clignotait. Le premier message était de Josh :

« Miss Farr, vous n'étiez pas dans les parages, alors je n'ai pas pu vous dire que je ne me sentais pas le courage de rester là pour le moment. Ne vous inquiétez pas pour les chevaux. J'ai deux amis qui en savent presque autant que Papa et moi, et ils vont s'en occuper pour vous. Je leur ai tout montré, et ils prendront soin de ne pas déranger la scène de crime. Ils ne dormiront pas au cottage. J'espère que ça ne vous ennuie pas et je suis désolé de ne pas avoir pu vous en parler d'abord, mais il faut que je m'éloigne un peu. Je serai de retour le 6 juillet au plus tard. Si vous voulez me mettre à la porte, je le comprendrai. »

« Oh non ! » gémit Teri. Elle ne faisait confiance qu'à Gus et à Josh pour s'occuper des chevaux, mais il était normal que Josh désire s'éloigner. Elle se demandait même comment il avait supporté de retourner à l'écurie après avoir vu son père traversé par la fourche. L'image la fit trembler, *elle* – alors comment imaginer l'effet produit sur Josh. Elle regretta sa première réaction égoïste. C'était certainement mieux pour Josh de fuir le lieu qui avait été la scène de l'assassinat de son père. Les personnes qui allaient travailler à sa place étaient ses amis. Il n'aurait jamais confié les chevaux qu'il aimait à des tire-au-flanc. Ils allaient sûrement arriver d'ici une heure pour les rentrer et les nourrir. Elle saurait bien assez vite si elle pouvait leur faire confiance.

Néanmoins, Teresa pressentit que Josh ne resterait pas à Farr Fields et elle ne pourrait lui en vouloir. Il allait falloir recruter d'autres palefreniers, mais elle aurait du mal à remplacer la famille Gibbs.

Le deuxième message avait été laissé par le shérif, qui disait être passé deux fois dans la journée, sans la trouver. Il lui rappelait qu'il voulait l'interroger plus en détail au sujet du meurtre de Gus Gibbs et espérait pouvoir la joindre le lendemain. L'idée d'un entretien avec la police l'emplit d'une terreur irrationnelle – après tout, elle n'avait rien fait et ne savait absolument pas qui aurait pu vouloir tuer Gus. Pourtant, à l'époque du meurtre de son père et de Wendy, elle était tout aussi innocente, et la police l'avait harcelée jusqu'à ce qu'elle n'arrive pratiquement plus à parler tellement elle était traumatisée. Mais il était peu probable qu'elle subisse le même type d'interrogatoire à présent, se dit-elle. Ce genre de chose n'arrive pas deux fois.

Bien sûr que si, pensa-t-elle, l'humeur sombre.

Elle venait d'effacer les messages, lorsque le téléphone sonna : « Salut, Teri, fit Carmen. Tu tiens le coup ?

— Après la mort de Gus ? Plus ou moins.

— Mon Dieu, Teri, je n'arrive pas à croire qu'on ait pu assassiner ce pauvre homme. Les journaux du soir parlent d'un acte criminel, et j'ai bien dû entendre huit personnes aujourd'hui raconter qu'il avait été frappé avec une sorte de râteau.

— C'est vrai. Une fourche de métal avec des dents coupantes comme des lames de rasoir, qu'il utilisait pour nettoyer les stalles. C'était horrible, Carmen. Bien sûr, c'est moi qui l'ai trouvé.

— Évidemment. Tu sembles avoir hérité d'un don plutôt rare — la faculté de découvrir des cadavres. Y a-t-il la moindre possibilité qu'il s'agisse d'un accident ?

— Je ne crois pas. Il n'est pas tombé le visage contre la fourche. Il a été acculé contre le mur, la fourche enfoncée dans la poitrine. » Teri perçut le sursaut d'horreur de Carmen. « La police a envoyé le corps au médecin légiste de Charleston pour une autopsie, bien que la cause de la mort soit évidente.

— Question de procédure. C'était pareil pour Hugh et Wendy. » Carmen se reprit. « Désolée de te rappeler cela. Pourquoi ne m'as-tu pas appelée cette nuit ? Parce que Mac était là ? Il est cité dans l'article, lui aussi, comme étant l'une des personnes ayant trouvé Gus.

— Oui. J'étais allée le voir au Club pour lui dire quelque chose, nous avons fini par nous disputer et je l'ai giflé…

— Tu l'as *giflé* !

— Oui. J'étais en colère. Je suis sortie du Club et il m'a suivie. Lorsqu'il est arrivé à la maison, il m'a dit qu'Éclipse courait dehors, sous la pluie. Il m'a aidée à la rattraper et à la ramener à l'écurie. C'est à ce moment-là qu'on a trouvé Gus.

— Oh ! c'est horrible. Et la jument, ça va ?

— Oui, oui. Je ne sais vraiment pas qui a pu la faire sortir, mais ma théorie est que Gus a surpris cette personne et s'est fait agresser. Je ne crois pas que quelqu'un soit venu ici dans l'intention d'assassiner Gus Gibbs. Il n'avait pas un seul ennemi au monde.

— C'est ce que tu crois, du moins, Teri. Tu étais assez proche de lui, mais nous ne connaissons jamais tout des gens. »

Elle a raison, se dit Teresa qui avait appris la veille seulement que Gus et sa mère s'étaient fréquentés. Rien ne lui aurait permis de l'imaginer. Et pourtant, toutes ces années après, Gus pensait toujours à Marielle.

« La police a-t-elle la moindre piste ? demanda Carmen.

— Si elle en a une, elle ne m'en a pas informée, répondit sèchement Teresa. Mais le shérif a laissé un message sur mon répondeur. Il veut me parler au sujet du meurtre. Il n'a pas pu m'interroger comme il le voulait la nuit dernière. Mac l'a interrompu quand il a vu que j'allais m'évanouir, tellement j'étais épuisée et sous le choc.

— J'en conclus que je dois me réjouir de la présence de Mac.

— Il a été formidable, Carmen. Je ne sais pas comment j'aurais fait sans lui.

— Tant mieux. A-t-il passé le reste de la nuit avec toi ?

– Seulement quelques heures, jusqu'à ce que je m'endorme.

– Bon. » Carmen eut l'air soulagée. « Eh bien, au moins il a été là quand tu as eu besoin de lui. J'ai essayé de t'appeler vers midi pour voir si tu avais besoin de compagnie, mais ça ne répondait pas.

– Je suis retournée dans notre ancienne maison. Elle a été vendue et Kent m'a dit de prendre ce que je voulais avant que les déménageurs emportent tout au garde-meubles.

– Quelle bonne nouvelle ! C'est gentil que Kent te le propose. » Elle s'interrompit. « Teri, tu aurais dû m'appeler, au lieu d'y aller seule.

– Tu travaillais. Je ne voulais pas te forcer à quitter ton magasin.

– Ils peuvent se débrouiller une heure ou deux sans moi ! » De nouveau, elle s'interrompit. « Teri, ça t'a fait quel effet de retourner dans cette maison ?

– C'était sinistre, répondit sincèrement Teri. Je n'ai trouvé que trois cartons contenant des affaires de Maman. Quelques livres, des vidéos qu'elle avait faites pour nos anniversaires ou en d'autres occasions, et ses notes de recherches pour le livre qu'elle voulait écrire sur Point Pleasant et tous ces événements surnaturels qui se sont passés dans la région, tu sais, la malédiction de Cornstalk et Mothman.

– Mothman ! » Carmen eut un petit rire. « Mon Dieu, j'avais complètement oublié ce projet ! Je l'avais accompagnée dans la zone TNT et on est retournées se balader dans les environs deux ou trois fois. L'endroit la fascinait. Un jour, j'ai marché sur un serpent et j'ai failli tomber dans les pommes. Je laissais à désirer, comme assistante de recherche. Inutile de te dire combien Hugh désapprouvait cette entreprise.

— J'étais contente qu'il y ait quelque chose qui l'enthousiasme autant, mais je m'en veux de ne pas m'y être intéressée davantage. Elle était heureuse quand elle travaillait sur ce livre. En tout cas, la maison m'a vraiment fait un drôle d'effet aujourd'hui. Je me suis sentie mal à l'aise. » Teresa ne savait pas pourquoi elle hésitait à parler de l'écharpe à Carmen. Était-ce parce qu'elle savait que son amie poserait une centaine de questions, ou bien parce qu'elle refusait de reconnaître qu'elle avait peur qu'une Marielle déséquilibrée ne soit revenue à Point Pleasant ? « Je suis sortie précipitamment de la maison et Mac était là, poursuivit-elle rapidement. Je lui avais dit que j'y allais. Il passait m'aider à porter les cartons.

— Ah oui ? Il passait t'aider à porter des *cartons* ? De mieux en mieux ! Ce garçon est vraiment plein d'attentions. »

Teresa leva les yeux au ciel. « Tu peux imaginer ce que tu veux. Il a bel et bien porté des cartons.

— Et ?

— Et quoi ?

— Teri, je te connais trop bien.

— Bon, d'accord, admit Teri, quelque peu exaspérée. Il m'emmène au restaurant ce soir. Au restaurant, c'est tout.

— Depuis quand Mac MacKenzie se contente-t-il d'aller *au restaurant, c'est tout* avec une femme ?

— J'espère qu'il s'en contente quand sa partenaire est mineure, fit Teresa d'un ton léger. Aller au restaurant n'engage à rien. À… rien du tout !

— Me voilà rassurée, Teresa. Je m'inquiétais. » Carmen s'interrompit et Teri s'arma de patience en vue d'un sermon. Mais au lieu de ça, Carmen reprit d'une voix légère : « Tu es une grande fille, Teri. Si c'est ce que tu veux, aller au restaurant avec lui, si c'est ce qu'il te faut en ce moment, ce n'est pas moi qui vais t'en empêcher. »

Plutôt abasourdie, Teri murmura : « Eh bien, merci.

— Mais je vais te demander un service.

— Je savais qu'il y avait anguille sous roche, dit Teri d'un ton amusé.

— Demain, c'est le 4 juillet. Tu as l'habitude d'aller au parc avec Kent et Sharon, pour le concert et le feu d'artifice ?

— Oui.

— Bon. Cette année, le père de Sharon, Gabe, les accompagne lui aussi, et il m'a demandé de venir. Tu crois que ça pose un problème ? »

Teresa ferma une seconde les yeux avant de répondre : « Gabe t'a demandé de venir ? Pas Sharon ?

— Sharon ne me demanderait jamais rien, sinon peut-être de me coucher en travers de la route pour mieux m'écraser.

— Tu exagères. » Mais à peine, se dit Teresa. « Évidemment, ça ne me pose aucun problème, à *moi*. Seulement Gabe sait-il que, pour Sharon, ce feu d'artifice est une soirée réservée à la famille ? Je ne me souviens pas d'une seule fois où quelqu'un d'extérieur nous ait accompagnés. »

Il y eut un long silence. Puis Carmen demanda : « Teri, peux-tu garder un secret, un secret très important ?

— Un secret ? Oui, je suppose, si c'est pour toi, répondit-elle prudemment.

— Gabe m'a demandé de l'épouser !

— Quoi ! s'écria Teresa, Gabriel t'a demandé, à toi, d'être sa femme ?

— Teri, ta réaction n'est pas très flatteuse, dit sèchement Carmen.

— Oh ! ce n'est pas par rapport à *toi*. Tu es merveilleuse, Carmen. Tu es belle, intelligente, drôle et… Simplement, je ne savais pas que tu sortais avec Gabe O'Brien. Depuis quand vous fréquentez-vous ?

— Presque un an, alors ne t'imagine pas que c'est un coup de tête de ma part.

— Mais pourquoi n'as-tu rien dit ?

— Tu sais comment Sharon aurait réagi. Elle veut que son père se conduise comme s'il était mort en même temps que sa mère. »

Teresa dut reconnaître que Sharon était aussi possessive avec son père qu'avec son fils. « Pour Sharon je comprends, mais pour moi ?

— Je ne voulais pas t'obliger à lui cacher quelque chose. Après tout, c'est ta belle-sœur. J'espère qu'elle acceptera la nouvelle avec un minimum de bonne grâce, mais je ne voulais pas te mettre dans l'embarras.

— Seigneur, tu devrais être conseillère du Président, dit Teresa en riant. Cela dit, j'apprécie que tu te sois souciée de mon amitié avec Sharon. Amitié fragile, depuis quelque temps.

— C'est ce que j'ai cru comprendre. Elle est passée voir Gabe, elle était dans tous ses états, à cause de toi et des leçons d'équitation.

— Comme si je ne le savais pas ! Et ça énerve plutôt Kent qu'elle se précipite chez Papa au moindre problème. Quand vous serez mariés, elle comprendra peut-être qu'elle n'est pas le seul centre d'intérêt de Gabe, ça la fera peut-être un peu grandir. » Teresa s'interrompit. « Alors, dis-moi : vous avez prévu de vous marier quand, et quand comptez-vous l'annoncer à Sharon ?

— C'est là que je voulais en venir. Nous voulons nous marier en septembre — Gabe a des vacances à prendre et on aimerait passer notre lune de miel en Nouvelle-Angleterre, avant qu'il fasse froid. Il serait donc temps de l'annoncer à la famille. Je refuse de faire comme si nous avions honte, ou peur de la réaction de quiconque. Je veux que cette annonce soit l'occasion d'une petite fête intime, alors je me demandais si, après le feu d'artifice, tu ne pourrais pas inviter tout le monde à passer chez toi. Je m'occuperai des gâteaux et du champagne, et nous annoncerons la nouvelle. »

Un instant, Teresa se sentit presque offusquée. Carmen ne jetait pas l'idée en l'air, elle avait déjà tout planifié. Teri n'avait plus qu'à être d'accord.

« Carmen, je ne suis pas certaine que ce soit une bonne idée, dit-elle d'un ton neutre. Sharon va être bouleversée. Ce n'est peut-être pas très honnête de lui annoncer ça en public.

– Mais justement, Teri. Je sais que ça ne va pas lui plaire mais, devant les autres, elle n'osera pas piquer de crise.

– Sharon ne pique pas de crise.

– C'est mal la connaître, fit Carmen d'un ton cassant. Elle se fiche bien du bonheur de Gabe ! Tout ce qui compte, c'est son bonheur à *elle*. Elle a toujours été comme ça. Ça ne m'étonnerait pas qu'elle se soit retrouvée enceinte juste pour mettre le grappin sur Kent.

– Carmen, Kent l'aimait !

– Hugh ne voulait pas qu'il l'épouse. Je suis certaine qu'il a essayé de convaincre Kent de la laisser tomber, mais Kent aurait eu plus de scrupules à le faire si Sharon attendait un enfant de lui. Et Sharon le savait bien. »

À vrai dire, Teresa avait déjà pensé à ça, mais elle n'en était pas fière, et elle n'aimait pas l'entendre dans la bouche de son amie. « Carmen, le fait que Sharon soit enceinte a peut-être accéléré leur mariage — mais Kent l'aurait épousée de toute manière.

— Maintenant je t'ai énervée, fit Carmen d'un ton penaud. Je suis désolée. La situation de Sharon et Kent ne me regarde pas. C'est à Gabe que je pense, maintenant. Gabe et moi. Oh ! Teri, je l'aime tellement. J'ai aimé mon premier mari, mais pas comme j'aime Gabe. C'est comme si, avant, mon univers était en noir et blanc. Depuis que je suis tombée amoureuse de Gabe, il est en couleurs — des couleurs magnifiques — et en trois dimensions, par-dessus le marché ! »

L'accès de mauvaise humeur de Teresa ne dura pas. Carmen s'exprimait comme une adolescente, c'était charmant, touchant même. Et elle semblait tellement sincère. Elle aime vraiment cet homme, se dit Teresa. Elle est seule depuis si longtemps et son mari, avant de mourir, a été malade pendant des années. Elle mérite une belle histoire d'amour, authentique et merveilleuse.

« Entendu, se laissa fléchir Teri. Même si je crains que l'effet ne soit inverse à celui prévu.

— On verra bien, j'aurai au moins essayé de faciliter les choses pour Gabe. S'il doit affronter Sharon seul, et lui annoncer la nouvelle… eh bien, je ne veux même pas y penser. De plus, j'aimerais que ce soit une sorte de célébration ! C'est une nouvelle qui mérite bien d'être célébrée !

— Oui, je comprends. Mais pourquoi chez moi ?

— Sharon refuserait de venir chez moi après le feu d'artifice. Et ta maison est bien plus jolie que la mienne, sur cette colline avec toutes les lumières qu'on aperçoit au loin. La nuit, on se croirait presque dans un conte de fées.

– C'est peut-être un peu exagéré, mais merci. Tu veux que je prépare quelque chose ? Des gâteaux ?

– Non ! s'écria Carmen d'une voix horrifiée, ce qui fit sourire Teri. Je veux dire, pas question de t'obliger à rester à la maison pour travailler, et de te priver des festivités, poursuivit-elle d'un ton sérieux, comme si elle n'avait pas compris que Teresa plaisantait. Je passerai tout apporter en fin d'après-midi et on mettra ça dans ton frigo – si tu veux bien retrouver Kent et Sharon chez eux, ils ne se douteront de rien. Je vous rejoindrai plus tard au parc. Et je ferai comme si je venais te rejoindre *toi*, Teri. Il ne faut pas que Sharon se doute de quoi que ce soit. »

Teresa ne put s'empêcher d'éclater de rire. « Carmen, on croirait deux agents de la CIA en train de planifier une mission secrète.

– Eh bien, c'est presque ça, dit Carmen. À cette différence près que la CIA n'a encore jamais affronté quelqu'un d'aussi difficile que Sharon ! »

CHAPITRE XV

1

Teresa venait de raccrocher lorsque Mac arriva. Elle le reçut presque timidement. Elle se sentait un peu comme une jeune fille à son premier rendez-vous avec un garçon qu'elle aurait tout juste rencontré. Elle savait que c'était ridicule – elle connaissait Mac depuis son adolescence – mais ils s'étaient tellement éloignés l'un de l'autre depuis qu'elle avait rompu leurs fiançailles que c'était vraiment comme s'ils repartaient de zéro.

« Tu es magnifique, fit Mac avec un sourire appréciateur.

– J'ai cette robe depuis des années. Elle n'a rien d'extraordinaire, dit précipitamment Teresa, ne voulant pas qu'il s'imagine qu'elle avait fait un effort particulier pour la soirée. Je ne porte pratiquement plus de robes maintenant.

– Eh bien, tu devrais. Tu as des jambes superbes, dit Mac, son audace tempérée par un sourire presque enfantin. Je meurs de faim. Pas toi ?

– Je n'ai rien avalé de la journée. J'ai oublié – tu te rends compte, moi, avec mon appétit de bûcheron !

J'espère que tu as choisi un restaurant où on ne lésine pas sur les portions ! »

Un quart d'heure plus tard, ils se garaient devant une maison transformée en restaurant, nichée à l'ombre d'une colline de verdure.

« Gloria's Lighthouse Café, annonça Mac.

— J'en ai entendu parler mais je n'étais encore jamais venue.

— Alors, attends-toi à être surprise. »

Ils entrèrent, se retrouvèrent face à un long comptoir, tournèrent à gauche, montèrent deux marches qui menaient à l'accueillante salle de restaurant, avec son parquet étincelant, sa grande cheminée de briques et son four à bois. Des tableaux, dont certains avaient été peints par les propriétaires, étaient accrochés aux murs d'un vert patiné, et des ventilateurs lumineux tournoyaient doucement au-dessus des tables. Teresa en choisit une face aux longues fenêtres d'où elle pouvait observer le ciel passer d'un bleu vif aux teintes jaune pâle, corail et enfin violette.

Teresa et Mac commandèrent tous deux un steak avec des pommes de terre cuites au four, de la salade et des petits pains. Teresa était heureuse que le restaurant ne soit pas encore bondé. Il n'y avait que deux couples, installés loin d'eux, et qui conversaient tranquillement.

Teresa tripotait nerveusement sa serviette et fut soulagée de voir leurs boissons arriver. Elle se faisait vraiment l'effet d'être à un tout premier rendez-vous amoureux.

« Tu te souviens de la dernière fois où nous avons dîné au restaurant ensemble ? demanda Mac d'une voix basse et mélancolique.

— Non.

— Moi non plus ! » Teresa regarda Mac, puis se mit à rire. Il lui répondit par un sourire. « Tu t'attendais à une longue et romantique description de ce dîner, n'est-ce pas ?

— Oui.

— Désolé, mais s'il s'est passé quelque chose d'important la dernière fois que nous sommes allés au restaurant, je ne m'en souviens pas. Je ne vais pas te jouer du violon. »

Malgré la plaisanterie de Mac, Teresa se sentait toujours mal à l'aise et elle aurait voulu penser à quelque sujet intéressant et agréable qui aurait détourné leur esprit à tous les deux de ce qui ressemblait dangereusement à un rendez-vous amoureux. Elle but un peu d'eau, se creusa les méninges et ne put faire mieux qu'un « Ton Club ouvre dans une heure et demie je crois ? Qui s'en occupe quand tu n'es pas là ?

— J'ai un excellent second. Il est ambitieux, mais il ne peut pas monter plus haut chez moi, à moins d'acheter l'établissement. J'imagine que, dans un an, il voudra partir, tenter sa chance dans une plus grande ville.

— Tu comptes franchiser le Club Rendezvous ?

— Dans deux ou trois ans peut-être. Ça dépendra des circonstances économiques.

— Bien sûr ! » Le petit rire de Teresa sonna faux. « J'avais espéré agrandir Farr Fields — acheter plus de terrain, faire construire une deuxième écurie — mais, après ce qui vient d'arriver, je ne sais même pas si je pourrai maintenir à flot ce qui existe déjà ! » Elle prit conscience d'avoir l'air incroyablement égocentrique. « Je ne parle pas de la… mort de Gus. Je ne me pardonnerai jamais de l'avoir mis en danger.

— Pourquoi dis-tu cela ? »

Teresa regarda Mac, surprise. « As-tu oublié ce qui s'est passé il y a huit ans ? La moitié de la ville n'a pas oublié, même quand Roscoe Lee Byrnes s'en tenait à ses aveux. Maintenant qu'il s'est rétracté, les vieux soupçons à mon sujet vont refaire surface. Je t'ai parlé du message, du fax, de la lampe de chevet — on me harcèle, alors tous ceux qui sont liés à moi sont en danger. Sharon a certainement eu raison de retirer Daniel de sa leçon hier.

— Tu te prends pour une sorte de Typhoid Mary*, qui porte la poisse à son entourage ?

— On dirait bien.

— Cette malédiction que tu incarnes s'est interrompue pendant huit ans ! Il y a eu Wendy, ton père et Celeste. Rien pendant des années. Et maintenant, Gus.

— Tu sembles oublier ma mère, dit tranquillement Teresa. Ma mère… a disparu.

— Elle a disparu parce qu'elle a été assassinée ? » Mac s'interrompit, puis reprit d'un ton insistant : « Ou bien, disparue seulement *provisoirement* ? » Teresa détourna les yeux. « Tu penses vraiment que ta mère est vivante, et qu'elle est revenue ? »

La question était l'une de celles auxquelles Teri ne voulait pas répondre. Un instant elle fixa Mac, son visage honnête — un visage qu'elle aimait — et elle comprit qu'elle ne pourrait pas lui mentir. « Je ne peux pas croire que ma mère, vivante, serait restée si longtemps sans se manifester. Elle savait à quel point Kent et moi nous l'aimions. Elle n'aurait pas été aussi cruelle. »

Après quelques secondes de silence, Teri reprit : « Du moins, dans son état normal. Mais elle n'allait pas bien, ni physiquement ni mentalement. On l'a laissée sortir de l'hôpital psychiatrique, mais c'était

* Typhoid Mary : surnom donné à Mary Mallon, une Irlandaise émigrée en 1884 aux États-Unis, « porteuse saine » de la typhoïde, qui travaillait comme cuisinière et aurait contaminé quarante-sept personnes.

peut-être une erreur. La dernière fois que je l'ai vue – le jour où Papa nous a surprises – elle était si maigre, et désespérée. Pour être sincère, elle n'avait peut-être pas toute sa tête. Elle m'a demandé de m'enfuir avec elle.

– Elle t'a demandé ça ? » Mac paraissait abasourdi. « Tu ne me l'as jamais dit. »

La serveuse apporta leurs entrées. Mac attendit qu'elle s'éloigne pour répéter sa question.

« J'avais promis à ta mère de ne rien te dire, souviens-toi. Quoi qu'il en soit, Maman n'arrêtait pas de répéter : "Je ne m'en sortirai pas tant que je resterai dans cette ville. Je ne m'en sortirai pas sans toi, il faut que tu t'éloignes de ton père et de Wendy. J'ai peur de ce qu'ils pourraient te faire."

– Que voulait-elle dire par là ?

– Je ne sais pas. Après tout, j'allais partir à l'université en septembre – il ne me restait plus que le printemps et l'été à supporter – et Papa comme Wendy n'attendaient que mon départ. Si Papa s'est battu pour obtenir ma garde, c'est uniquement pour faire du mal à Maman. » Teresa soupira. « Elle avait peut-être peur qu'il ne me batte. Avec le recul, je suis certaine qu'il l'a frappée plus d'une fois. Et il m'a frappée, moi, le jour où Maman est venue à la maison.

– Elle s'inquiétait pour toi, et était désespérée de devoir se séparer de toi, résuma Mac. Te rends-tu compte du mobile puissant que ça lui donnait pour tuer Hugh et Wendy ?

– Oui, murmura Teresa. J'y ai tout de suite pensé. Mais ça n'explique pas pourquoi elle aurait agressé Celeste.

– Tu disais qu'elle n'allait pas bien. Elle a peut-être eu une sorte de crise.

— La personne que j'ai croisée dans le couloir — celle qui m'a blessée au bras — n'était absolument pas en crise. Elle était au contraire d'un calme effrayant. »

Mac fronça les sourcils. « Ça non plus, tu ne me l'as jamais dit.

— Il y a beaucoup de choses que je n'ai pas pu dire pendant toutes ces années. Mais maintenant, je crois que je t'ai tout raconté. » Mac se tut, et Teresa poursuivit : « Le problème, c'est que je n'ai jamais été persuadée que ma mère n'avait pas tué Papa et Wendy. Maman a disparu après les meurtres, mais si elle est morte, on n'a jamais trouvé son corps. Depuis que Roscoe Byrnes est revenu sur ses aveux, et que le soupçon retombe sur moi, j'ai des visions : je vois ma mère traverser la route devant ma voiture — s'enfuyant de l'écurie où Gus Gibbs vient de se faire assassiner. Et aujourd'hui, je retrouve l'écharpe de Maman dans notre ancienne maison, une écharpe de toute évidence récemment portée.

— Attends un peu, Teresa. Cette écharpe est probablement bien celle de ta mère, et elle a été portée récemment, mais il n'y a aucune preuve que ce soit par *elle*. Ensuite, je comprends que ta mère ait préféré disparaître si elle a commis ces meurtres huit ans plus tôt, mais pourquoi aurait-elle tué Gus ?

— Elle a pu se trouver dans l'écurie avec Éclipse, qui ressemble exactement au cheval qu'elle avait dans sa jeunesse, quand Gus est entré. Il l'aura reconnue et elle aura paniqué puisqu'elle ne comptait se montrer que si on m'arrêtait et qu'on me jugeait pour les meurtres de Papa et de Wendy. Voilà pourquoi elle a attrapé la fourche et frappé Gus avant de s'enfuir. Je suis sûre qu'elle n'avait pas l'intention de le tuer.

— Pourtant, si elle voulait que sa présence dans les parages reste un secret, il fallait bien le tuer.

N'oublie pas que Gus a été disposé d'une certaine manière, Teri. La paille avait gardé la trace creusée par les talons de Gus qu'on a tiré jusqu'au coin de la stalle. Tu ne semblais pas l'avoir remarqué, alors je n'ai rien dit la nuit dernière, mais c'est quelque chose que tu dois savoir.

— Mon Dieu ! Comment ai-je pu ne pas le remarquer !

— Calme-toi, Teri. Tu as eu un choc en découvrant Gus, et je t'ai éloignée de là. Tu étais sur le banc lorsque la police en a parlé. Tout était déjà assez horrible, sans que tu aies besoin d'imaginer quelqu'un traîner Gus dans un coin, où il était bien caché à moins qu'on n'ouvre en grand la porte du box.

— Alors, Maman ne voulait pas qu'on le découvre tout de suite. Elle pensait peut-être que si on le trouvait plus tard, quelqu'un d'autre serait soupçonné. Josh par exemple, dont elle savait sûrement qu'il rentrerait un peu plus tard. »

Un instant, Mac ferma les yeux, puis lui adressa un regard plein de compassion. « Teri, tu te rends compte de ce que tu dis ? D'abord tu dis que ta mère n'est pas bien, qu'elle n'a pas toute sa tête, ensuite tu lui attribues un comportement extrêmement prémédité. Ça n'a pas de sens. »

Teresa baissa les yeux et soupira. « Tu as raison, Mac. Rien de tout cela n'a de sens. J'essaie seulement de trouver des réponses, si illogiques soient-elles, parce que je me sens acculée. J'ai tellement peur, pour moi, pour ma mère.

— Je sais. » La voix de Mac était tendre, compréhensive. « Et je sais aussi combien ça te coûte de reconnaître ta peur. Tu n'as jamais voulu qu'on puisse penser que tu avais peur de quoi que ce soit. C'est pourquoi j'ai pris la liberté de t'apporter ce qui pourrait se révéler un cadeau très utile.

— Un cadeau ? s'étonna Teresa, tandis que Mac cherchait dans sa poche. Pas un *revolver* !

— Chut ! Bien sûr que non, je ne me trimballe pas avec un revolver dans la poche de mon pantalon, même s'il me semble que tu pourrais bien avoir une arme.

— Eh bien, je n'en ai pas. Quant à acheter un revolver, alors que je suis soupçonnée d'avoir assassiné trois personnes, ce n'est peut-être pas la meilleure idée.

— J'ai une longueur d'avance sur toi. Je t'ai acheté ça. » Mac lui tendit un petit tube doré.

« Du rouge à lèvres ? Tu crois que du rouge à lèvres peut m'aider ?

— Il est spécial. » Mac sourit. « C'est du poivre en spray. C'est parfaitement légal, pas besoin d'un permis pour l'acheter ou l'avoir sur toi, et pas besoin de le cacher, comme un pistolet à impulsion électrique par exemple.

— Qui s'amuserait à se balader avec un pistolet électrique ? demanda Teresa.

— Je ne sais pas. C'est bien là le problème : ou bien tu te trimbales avec ça au vu de tous, ou bien tu le caches mais on risque de t'arrêter pour port d'arme dissimulée. Quoi qu'il en soit, ce spray brûle les yeux, les membranes muqueuses et les veines des yeux enflent, l'agresseur ne voit plus rien et, en plus, il a de la peine à respirer. Ce petit tube suffit à neutraliser un individu d'un mètre quatre-vingts. »

Teresa le prit avec précaution et dévissa le bouchon pour examiner la petite pompe blanche. « Je n'ai qu'à vaporiser une fois ?

— Il vaut mieux trois ou quatre fois pour être sûr. Et souviens-toi, il faut que ton agresseur soit tout près.

Tu ne peux pas le neutraliser avec ça s'il est à l'autre bout d'une pièce. » Teresa regarda le tube d'un air dubitatif et Mac poursuivit : « Écoute, Teri, je sais que ce n'est pas l'arme la plus dangereuse que tu puisses avoir sur toi, mais comme tu l'as dit, tu ne possèdes pas de revolver et le moment n'est vraiment pas choisi pour en acheter un. Garde ce tube avec toi, tout le temps. C'est petit, ça tient dans la poche d'un jean. Même d'un jean serré ! » Elle lui fit une grimace et il sourit. « Je veux que tu me promettes de l'avoir toujours sur toi. »

Teresa regarda de nouveau le tube d'un air peu convaincu, puis elle attrapa son sac. « Cette robe n'a aucune poche, je le mets dans mon sac pour ce soir. Mais dorénavant, je ne porterai que des habits avec au moins une poche.

— Promis ?

— Promis. »

On leur servit alors les plats, et les yeux de Teresa s'agrandirent en voyant la taille du steak, la pomme de terre au four, l'épi de maïs auquel elle ne s'attendait pas, et les petits pains, qui étaient tout sauf petits. Pendant que la serveuse disposait les diverses assiettes, en leur demandant s'ils désiraient autre chose, Teresa rangea le petit objet dans son sac. Elle comptait bien tenir sa promesse à Mac et ne jamais se séparer de ce tube qui, déjà, la rassurait.

2

« Demain, diète ! gémit Teresa tandis qu'ils montaient les marches de la véranda. Mais c'était absolument délicieux.

— J'ai remarqué qu'après avoir déclaré que tu ne pourrais jamais manger tout ça, tu as liquidé ton assiette, dit Mac d'un ton sérieux.

— Personne ne m'a jamais accusée d'avoir un appétit d'oiseau. »

Mac lui adressa le sourire nonchalant qu'elle aimait tant. « Encore une chose que j'apprécie chez toi, Teri Farr.

— Que je mange autant ?

— Que tu ne fasses pas semblant, même quand il ne s'agit que de ton appétit. Bien sûr, mince comme tu es, tu n'as pas à t'en soucier. Tu es grande et fine comme ta mère. Cinq repas par jour n'y changeraient rien. » Il s'interrompit, puis dit lentement, tout près de la joue de Teresa : « Tu as toujours été très belle, Teri. Toujours. »

Lorsqu'ils étaient arrivés devant chez elle après le restaurant, Teri avait eu l'intention de dire au revoir à Mac sur le pas de sa porte et de se coucher à une heure raisonnable — *seule*. Mais après que Mac l'avait prise dans ses bras et embrassée comme s'il n'avait embrassé personne depuis des années, la détermination de Teresa fléchit. Elle voulait — désespérément — qu'il l'embrasse au moins une fois encore. Et pas là, sous l'éclairage trop fort de la véranda. Josh n'était pas chez lui, mais le rôdeur traînait peut-être encore dans les parages. Elle n'aimait pas se sentir exposée.

« Entrons, murmura-t-elle, les lèvres de Mac sur sa nuque. Mac, arrête ! Je n'arrive pas à mettre la clé dans la serrure. »

Il prit le trousseau de clés de Teri, mit celle qu'elle avait séparée des autres dans la serrure, et ouvrit grand la porte. Sierra se précipita sur eux, aboyant furieusement. « Hé, ma belle, moi aussi je suis heureuse de te voir », fit Teresa en se penchant pour caresser la chienne.

Mais Sierra continua à grogner, haleter et aboyer, au lieu de se calmer comme elle le faisait d'habitude lorsque sa maîtresse rentrait. Teresa, brusquement, se rendit compte qu'il y avait un autre bruit dans la pièce. Un son provenant de la télévision qu'elle était certaine de ne pas avoir laissée allumée en partant.

« La télé, dit-elle en allant voir. Mac, regarde. »

Elle sentit qu'il s'approchait, debout derrière elle tandis qu'elle fixait les images sur l'écran. Ce n'était pas le programme habituel du mercredi soir. Elle se voyait elle-même, vêtue de son plus beau jean et d'un haut en lamé, riant, faisant le clown, entourée de nombreuses personnes, puis se penchant pour souffler des bougies sur un gâteau.

C'était la cassette manquante, celle de la fête donnée pour son seizième anniversaire.

CHAPITRE XVI

1

« Elle t'a peut-être échappé cet après-midi, cette cassette, dit Mac avec un calme forcé.

– Non ! répondit sèchement Teresa. J'y tenais beaucoup, cet anniversaire a sûrement été pour moi le plus heureux de tous. Je la cherchais justement quand j'ai vu l'écharpe !

– D'accord, d'accord ! Ne te mets pas dans cet état, dit patiemment Mac. Le problème n'est pas tant la cassette que le fait qu'elle soit en train de passer sur ta télé. Tu ne la regardais pas quand je suis arrivé et, quand bien même, elle serait terminée à l'heure qu'il est. Les cassettes VCR ne se rembobinent pas toutes seules quand elles arrivent au bout. Je vais vérifier les portes. Ne bouge pas. »

Mac retourna vers la porte d'entrée et examina soigneusement la serrure. « Rien à signaler », dit-il, plus pour lui-même, avant de se diriger vers la porte donnant sur l'arrière de la maison. Pendant ce temps, Teresa se regardait sur l'écran – seize ans, heureuse, et encore insouciante. Elle vit une jeune Teresa s'emparer d'un appareil photo et le braquer sur sa mère qui, un peu gênée, sourit et mit les mains devant son joli visage. Puis elle avait visé Emma, grande et sèche, son épaisse chevelure tirée en arrière. Emma, qui avait toujours détesté qu'on la prenne en photo, avait fui la pièce comme si Teri dirigeait sur elle un lance-flammes, ce qui avait provoqué de la part de la jeune adolescente et de ses amis des accès de fous rires, tandis que Teri criait : « Désolée, Emma. Ne pars pas comme ça. »

Mac revint dans le salon, se plaça entre la télévision et Teresa, s'empara de la télécommande et appuya sur STOP. Puis il mit la main sur l'épaule de Teri. « On a peut-être essayé de forcer la serrure de la porte arrière, mais je n'en suis pas sûr. Je ne suis pas spécialiste. Ça sera plus prudent de changer les serrures.

– Génial, fit Teresa, ennuyée. Demain, c'est le 4 juillet. Je ne trouverai personne pour ça.

– Peut-être pas un serrurier professionnel mais moi je sais poser une serrure. La quincaillerie sera ouverte demain. J'irai acheter ce qu'il faut le matin et, à midi, tu seras en sécurité chez toi. Je vais faire le tour de la maison pour vérifier que personne n'est resté caché ici.

– Ce sera la deuxième fois que tu inspectes une maison aujourd'hui, dit Teresa. Tu devrais envisager une carrière de détective privé.

– Pister les gens, se planquer, éplucher des relevés bancaires… Très peu pour moi, dit Mac sur le ton de la plaisanterie. Je préfère traquer les intrus dans les maisons et les rouer de coups.

– Je t'accompagne, mais je ne battrai personne. Je suis bien trop déprimée. »

Ils inspectèrent chaque pièce, chaque placard, avec Sierra qui se traînait derrière eux. Rien ne semblait manquer ni avoir été dérangé, et personne ne se cachait dans la maison. Ils retournèrent au salon et Teresa retira la vidéo du magnétoscope, puis s'affala sur le canapé d'un air abattu. Elle regarda l'étiquette de la cassette :

Les Seize Ans de Teresa.
« Sweet Sixteen. »

L'écriture de sa mère sur cette cassette qu'elle avait réalisée — une cassette que Teri n'avait pas regardée depuis dix ans... Une cassette qui avait disparu de son carton.

« D'où peut-elle donc venir ? demanda-t-elle à Mac, d'une voix presque gémissante. Qui l'a apportée ici ?

— Je ne sais pas, mais je sais que nous devrions appeler la police. » Teresa le regarda d'un air affolé. « Teri, quelqu'un s'est introduit dans ta maison. Sans rien prendre...

— Au contraire, en laissant quelque chose.

— Peu importe. Quelqu'un s'est introduit par effraction. Il faut que tu le signales. Je serai là pour affronter la police avec toi. Je ne te quitterai pas. »

Je ne te quitterai pas. Ces mots tout simples bouleversèrent Teresa. Voulait-il dire qu'il ne la quitterait pas ce soir-là, le temps d'affronter la police, ou bien qu'il ne la quitterait plus jamais ? Ou bien les deux ? Elle était trop fatiguée pour analyser les moindres mots prononcés par Mac. Pour le moment, elle était tout juste capable de se concentrer sur la situation présente, et elle était heureuse qu'il ne l'abandonne pas.

Un jeune agent fut envoyé sur place. Teresa le reconnut vaguement comme étant l'un de ceux présents la nuit précédente, après la découverte du corps de Gus. Il prit beaucoup de notes, hocha la tête à de nombreuses reprises, reconnut qu'entrer par effraction dans le seul but de laisser une cassette vidéo était en effet très étrange, et vérifia toutes les portes, comme l'avait fait Mac. Teri lui parla alors du rôdeur qui avait déposé la lampe de chevet sur le perron. Il ne sembla pas particulièrement impressionné, jusqu'au moment où Teri précisa qu'elle avait vu quelqu'un lui ressemblant traverser la route en courant la nuit du meurtre de Gus Gibbs. Il lui demanda alors une description complète puis, l'air dubitatif, voulut savoir pourquoi elle avait omis de parler de ce rôdeur la veille.

« J'étais trop bouleversée et je n'y ai absolument pas pensé, répondit-elle assez piteusement. D'après ce que j'ai pu voir, cette personne ne venait pas de l'écurie, mais de la maison. J'avais l'intention d'en parler au shérif dans la journée, mais je ne l'ai pas vu. Nous avons rendez-vous demain. »

Mac prit les devants. « Étant donné qu'un individu en manteau noir rôde dans les parages, dépose des objets devant la porte de Miss Farr, et s'est échappé de sa propriété la nuit du meurtre de M. Gibbs, ne croyez-vous pas qu'elle devrait bénéficier d'une protection de la police ?

– La police municipale patrouille dans le coin quatre fois par jour, et la police d'État deux fois, répondit l'agent. Je sais que ça paraît peu, mais nous manquons d'hommes en ce moment – un agent est en congé maladie, un autre en vacances – et il nous est impossible d'assurer la surveillance vingt-quatre heures sur vingt-quatre. Quant à vous, Miss Farr, je vous conseille vivement d'aller chez des amis. »

Après son départ, Teresa regarda Mac. « Une voiture de patrouille toutes les quatre heures, ça doit épouvanter même les plus téméraires ! »

Mac rit. « C'est peu, mais c'est mieux que rien. Et au moins, l'effraction a été signalée.

— Ce qui devrait en dissuader plus d'un de recommencer !

— Ne fais pas ta mauvaise tête, la taquina Mac. On a fait ce qu'il fallait.

— Ça me sera d'un grand réconfort la prochaine fois qu'on entrera ici par effraction pour nous tuer, Sierra et moi.

— Personne n'en aura l'occasion, dit Mac, car tu ne vas pas rester seule tant que cette affaire ne sera pas résolue.

— Mac, je ne peux pas partir comme l'a suggéré ce policier. Les amis de Josh viendront nourrir les chevaux, mais ils ne dorment pas sur place et je ne vais pas m'enfuir en laissant les chevaux sans protection.

— Tu ne peux pas payer les amis de Josh pour qu'ils restent surveiller les chevaux ?

— L'écurie est sous scellés — on ne doit pas y entrer. Et puis, je ne connais pas ces types, je n'ai aucun moyen de les joindre et je ne sais pas où est Josh. »

Teresa prit une profonde inspiration. « Je ne peux absolument pas laisser les chevaux, Mac. Certains sont à moi, mais pas tous, d'autres m'ont été confiés en pension. J'y suis très attachée, tu sais, et puis il m'a fallu trois ans pour faire démarrer cette entreprise et je ne peux pas tout laisser tomber comme ça. La sécurité des chevaux est sous ma responsabilité et tu auras beau me dire que je suis puérile, imprudente et complètement stupide, je ne les abandonnerai pas !

— Je ne te dirai rien de ce genre, répondit tranquillement Mac. Je sais que tu ne laisserais jamais les chevaux, surtout après ce qui s'est passé. » Teresa remarqua qu'il avait évité de mentionner le meurtre de Gus. « Mais ce soir, il faut absolument que tu partes d'ici. Tu reviendras quand nous aurons remplacé tes serrures, Teri. J'exige donc, mesdames, que vous prépariez vos affaires et que vous veniez passer la nuit chez moi.

— Chez *toi* !

— Oui, Teresa, j'ai un appartement au-dessus du Club, un appartement charmant. »

Passer la nuit avec Mac ? Chaque parcelle de raison en elle lui intimait de dire non. Chaque parcelle d'émotion la poussait à accepter cette proposition.

« Mac, je ne sais pas si c'est vraiment une bonne idée, dit-elle, sans conviction.

— Écoute, Teri, veux-tu réellement dormir dans une maison où quelqu'un a forcé ta serrure pour te laisser une cassette vidéo ?

— Bien sûr que non !

— Bon, alors je te propose une solution, rien d'autre. Rien ne t'empêche de prendre une chambre d'hôtel, mais ça te coûtera cher. Chez moi, ça ne te coûtera rien. De plus, les deux meilleurs hôtels du coin n'accepteraient pas Sierra.

— Tu m'acceptes avec Sierra ? Parce que je ne vais pas la laisser seule ici, pour affronter Dieu sait qui, ou quoi…

— J'ai dit *mesdames*…, je ne vois que deux dames dans cette pièce, toi et cette jeune créature avec un court pelage brun et les oreilles dressées — plutôt grandes, les oreilles. » Teresa sourit. « Teri, je sais bien que tu ne partirais jamais sans Sierra. Je vais appeler un type que je connais, une sorte de videur qui travaille non officiellement pour le Club, et lui demander de garder les écuries cette nuit. Il peut planter une tente à l'extérieur, il fait chaud cette nuit. Il surveillera tes chevaux.

— Tu crois qu'il ferait ça ? demanda Teri, dubitative.

— Avec un peu d'argent à la clé, j'en suis sûr. Il préviendra la police de sa présence. Maintenant, va chercher tes affaires. Plus tôt nous partirons d'ici, mieux ce sera. Sincèrement, je ne suis pas à l'aise, moi non plus, de savoir que quelqu'un était là dix minutes avant qu'on arrive. Cette personne a forcément attendu de voir ma voiture s'engager dans l'allée, vu que la cassette venait juste de commencer. » Teri n'avait pas pensé à ça. « Dépêche-toi, dit Mac, et n'oublie pas qu'il ne s'agit que d'une nuit. Tu ne pars pas en croisière.

— Dommage ! » marmonna Teresa à l'intention de Sierra, qui la suivit tandis qu'elle rassemblait quelques affaires, une chemise de nuit, des sous-vêtements, des objets de toilette. « Je commence à me sentir aussi mal dans cette maison que dans celle de Mourning Dove Lane. »

2

« De la bière, du pop-corn, et *The African Queen* en DVD, dit Gabriel. Qu'est-ce qu'un homme pourrait vouloir de plus ?

— Moi, j'espère. » Carmen s'assit à ses côtés sur le canapé, et déposa un bol de pop-corn tout chaud sur ses genoux. « À partir de demain soir, nous ne serons pas obligés de rester enfermés chez l'un ou chez l'autre. Quand on voudra voir un film, on pourra aller au cinéma.

— J'aime assez regarder un film à la maison. On peut l'arrêter quand une envie nous prend… » Gabe se pencha en avant et embrassa le cou de Carmen. « Si tu vois ce que je veux dire…

– C'est tellement subtil, je ne suis pas sûre d'avoir compris, fit Carmen avec un petit rire. Mais si l'envie nous en prenait, comme vous dites, cher ami, il faudra patienter un peu car le pop-corn n'attend pas. »

Gabe plongea sa grande main dans le bol. « Ça sent divinement bon. » Il en mit une pleine poignée dans sa bouche. « Et *c'est* divinement bon, confirma-t-il entre deux bouchées de grains moelleux et dorés.

– Tant mieux. Et j'ai pensé aussi à t'acheter de la bière. » Carmen soupira. « Gabe, sais-tu à quel point tous ces trucs sont caloriques ?

– Tu insinues que je devrais perdre du poids ?

– Pas du tout. Tu es parfait comme ça. Mais moi, je ne peux boire qu'une seule bière, et manger un dixième de ce pop-corn, si je veux garder ma silhouette de jeune fille. À vrai dire, je l'ai déjà perdue, mais il s'agit de limiter les dégâts.

– Perdu ta silhouette ? Avec tous tes régimes et l'exercice que tu fais ?

– Quand j'étais mannequin, j'étais plus mince.

– Sûrement trop. Tu es déjà trop mince. Je veux dire, tu as une silhouette de rêve, mais il me semble que tu as perdu quelques kilos ces quinze derniers jours. Je me trompe ? »

Carmen passa la main sur sa taille très fine et soupira. « Non, tu ne te trompes pas. J'ai perdu presque trois kilos. Je me suis fait du souci.

– À quel sujet ?

– À notre sujet, idiot ! J'ai peur que tu ne remettes encore l'annonce de nos fiançailles.

– Pas question. On l'annonce toujours demain soir ? Tu n'as pas changé d'avis ?

— Oh non ! dit vivement Carmen. J'ai parlé à Teri tout à l'heure. J'apporterai tout chez elle demain après-midi — elle a proposé de faire des gâteaux, mais c'est la pire des cuisinières, la pauvre — et elle ira rejoindre Kent, Sharon et Daniel chez eux. Toi aussi, j'imagine. » Gabe acquiesça. « Vous irez donc tous les cinq au concert ensemble. Je vous y retrouverai un peu plus tard, comme si de rien n'était. Ensuite nous irons tous chez Teri et nous annoncerons la nouvelle. Ça te va comme ça ?

— Parfait. »

Carmen le fixa. « Pas très enthousiaste, ta réaction.

— Chérie, tu vas t'épuiser à analyser sans cesse la moindre de mes intonations. Je serai incroyablement soulagé de pouvoir annoncer la nouvelle. Je t'assure.

— J'espérais que tu serais un peu plus que *soulagé*. » La voix de Carmen trahissait sa déception. « J'espérais que tu serais heureux.

— Je serai très heureux. Évidemment. C'est juste que je suis moins démonstratif que toi, Carmen. » Il lui sourit, mais elle n'était pas certaine que ce sourire soit sincère. « Quand vas-tu arrêter de t'inquiéter ? Je ne crois pas avoir jamais rencontré quelqu'un qui s'inquiète autant que toi.

— Ah non ? Et Sharon, alors ? Tu ne trouves pas qu'elle s'inquiète beaucoup pour Daniel ? »

À peine eut-elle prononcé ces mots qu'elle sut qu'elle avait commis une erreur. Le sourire de Gabe disparut, ses sourcils se froncèrent. Il ne supportait aucune critique concernant sa fille, même sous-entendue.

« C'est vrai, je ne peux pas comprendre, poursuivit-elle d'un ton désinvolte, dans une tentative désespérée de se dénigrer avec humour. Ma mère s'est enfuie avec un autre homme quand j'avais treize ans et même avant ça, elle s'occupait le moins possible de moi. C'était pareil pour mon père. Et je n'ai pas eu d'enfant, ce qui a été une grande déception, mais si j'avais eu un enfant, il aurait perdu son père très jeune, alors ça valait peut-être mieux comme ça. »

Carmen avait parlé tellement vite, dans l'espoir de faire oublier sa maladresse, qu'elle s'était presque essoufflée. Elle fut soulagée d'entendre Gabe lui demander, de manière quelque peu abrupte : « Tu connaissais Marielle. C'était une bonne mère, elle ?

– Oh ! elle faisait de son mieux et, étant donné ses problèmes psychologiques, elle s'en tirait très bien. Les enfants l'adoraient, surtout Teri, mais la dépression de Marielle les affectait beaucoup ! C'est merveilleux que Sharon ait une conception aussi saine de la vie – Daniel a de la chance, termina Carmen, sans grande conviction.

– C'est une excellente mère, dit Gabe d'un ton sans appel. Daniel est tout pour elle. Daniel et Kent. »

Et toi, pensa tristement Carmen. L'univers de Sharon tourne autour de vous trois, et elle ne va pas *te* rendre la vie plus facile qu'à son mari et son fils.

« Et si on regardait ce film ? dit Gabe, prenant sa bière.

– D'accord. J'adore *The African Queen.* »

Carmen appuya sur la télécommande et le DVD commença. Elle regarda le profil grave de Gabe, but une gorgée de sa propre bière, et se dit qu'elle n'allait pas se limiter à un seul verre.

3

Teresa prit de la nourriture et des friandises pour chiens en prévision de la soirée et du petit déjeuner le lendemain, et ils se mirent en route pour le Club Rendezvous. Sierra, surexcitée par tous ces imprévus survenant dans le cours de son existence d'habitude si paisible, se levait sans cesse sur le siège arrière, et enfonçait sa tête dans la nuque de Teri, avec force halètements enthousiastes.

« Tu pardonneras à Sierra son exubérance, dit Teri. Cela fait des années que nous n'avons pas découché.

— C'est bon à savoir. »

Teresa se rendit compte qu'elle s'était exprimée comme si elle voulait assurer à Mac que cela faisait longtemps qu'elle n'avait pas passé la nuit avec un autre homme. C'était la vérité, mais elle ne tenait pas du tout à ce que Mac soit au courant de son absence de vie amoureuse. « Il faut dire que je ne l'emmène pas partout avec moi », ajouta-t-elle, d'un ton presque de défi.

Le parking du Club était à demi plein. « Pas mal pour un soir de semaine ! » commenta Mac en souriant. Il se gara dans le parking privé derrière le grand bâtiment. « Ces dames préfèrent-elles l'entrée publique ou privée ?

— Privée », répondit aussitôt Teresa, prenant les sacs en papier contenant leurs affaires. Sierra, qui eut peur de rester dans la voiture, sauta sur le siège avant. Teresa fit tomber les sacs en essayant d'attraper sa laisse. « Zut alors ! » s'exclama-t-elle.

Mac avait déjà fait le tour de la voiture pour l'aider. « Teri, tu n'as jamais envisagé d'utiliser un sac de voyage ?

— Je n'ai pas voulu perdre de temps à fouiller dans le fond de mon placard. » Sierra, folle de joie de cette aventure nocturne, sauta, tournoya et tira sur la laisse que Teri retenait fermement. « Et puis les sacs en papier sont une denrée rare aujourd'hui. Il faut les demander spécialement, sinon on vous donne une de ces choses en plastique dans laquelle on ne peut rien mettre.

– Je vais donc faire extrêmement attention à ces deux sacs en *papier.* » Mac les retint d'un seul bras tandis qu'il déverrouillait une première porte donnant sur un escalier. Sierra s'engagea la première et, lorsqu'ils furent arrivés en haut, Mac ouvrit une deuxième porte. « Bienvenue dans ma tanière », fit-il avec un grand geste de son bras libre.

Teresa et Sierra entrèrent dans un petit couloir, traversèrent l'étroite cuisine équipée de placards en contreplaqué et d'appareils électroménagers en Inox, avant d'arriver dans une salle à manger et un salon, tous deux meublés dans les tons ocre. Des tapis tressés brun clair et marron recouvraient le sol de granit, et des stores beiges aux lattes verticales étaient suspendus à chaque fenêtre.

« Waouh ! s'exclama Teresa, contemplant autour d'elle les meubles modernes aux angles durs – un mélange de verre, d'Inox, de cuir et de daim couleur chocolat. Nous n'avions pas prévu l'aménagement de ton quartier général, à l'époque.

– Parce que nous pensions nous marier et vivre dans une maison assez grande pour deux enfants, au moins ! » Teresa tressaillit à ce souvenir. À dix-neuf ans, fiancée à Mac, elle se voyait mariée et mère de famille à vingt-six ans. « Ça ne te plaît pas, fit Mac d'un ton neutre.

– D'une manière générale, je n'adore pas le style trop épuré, mais je trouve que ça te correspond assez.

– Je ne sais pas si je dois prendre ça pour un compliment, dit-il sèchement. Le mot "épuré" s'applique-t-il également à mes capacités intellectuelles ?

— Non, je pensais simplement que ça correspondait bien à un célibataire qui sort beaucoup. »

Mac eut un petit rire dur. « Qui sort beaucoup ? À Point Pleasant !

— Je t'en prie, Mac, répondit Teresa, exaspérée. Ton appartement a beaucoup de classe et il est d'un goût très sûr. Peu importe ce que je pense ! »

Mac soupira. « Tu es énervée. Tu prends toujours ce ton quand tu es énervée. » Teresa le foudroya du regard mais il se dirigeait déjà vers une autre pièce. « Je mets tes *bagages* dans la chambre.

— Mac...

— Ne t'inquiète pas. Je vais dormir dans le salon. Le canapé se transforme en lit. »

Teresa s'approcha du canapé-lit recouvert de daim. Sierra, toujours craintive dans un nouvel environnement, la suivait de très près. Bientôt, Mac revint chargé des deux bols en métal et du sachet de nourriture pour chiens que Teresa avait apportés pour ce court séjour. « Que dirais-tu d'un Perrier pour Sierra et d'un verre de vin blanc pour nous ? demanda-t-il, se dirigeant vers la cuisine.

— Elle ne voudra plus jamais en boire, mais c'est une bonne idée. Et un verre de vin pour moi serait parfait. »

Teresa prit un exemplaire du magazine *Time* posé sur la grande table basse en verre, en feuilleta nerveusement les pages, le remit à sa place et commença à caresser Sierra derrière les oreilles. Mais dès que la chienne entendit le bruit de croquettes heurtant son bol, elle fila dans la cuisine. Traîtresse ! pensa Teri. Elle s'en voulait d'être tellement nerveuse qu'elle avait besoin de s'occuper les mains en caressant son chien.

Mac revint avec deux verres et une bouteille de vin blanc. « Si je me souviens bien, tu n'aimes pas le vin blanc sec. Tu le préfères plutôt doux.

— Oui, mais épargne-moi, s'il te plaît, un exposé pontifiant sur les vins, répondit Teri d'un voix cassante.

— Loin de moi cette idée. » Mac remplit son verre et le lui tendit. S'il remarqua que la main de Teri tremblait, il n'en dit rien. Puis il leva son verre. « À des temps meilleurs ! » proposa-t-il sans attendre qu'elle lève le sien. Elle comprit qu'il avait bel et bien remarqué le tremblement de ses mains.

Mac sirota une gorgée et elle l'imita, savourant le vin frais coulant au fond de sa bouche et dans sa gorge, atrocement sèche. « Que c'est bon, s'exclama-t-elle.

— On dirait. » Mac esquissa un sourire. « Je pensais bien qu'il te plairait. Ça t'aidera à te détendre.

— Tu trouves que j'ai besoin de me détendre ? demanda Teresa, agacée. La vidéo était pourtant un agréable cadeau de bienvenue. » Elle fronça les sourcils. « Mac, je n'y avais pas encore pensé, mais l'individu qui est entré chez moi savait qu'il lui faudrait affronter Sierra. Même s'il ignorait que j'avais un chien, il l'aura entendu aboyer.

— Tu as raison. »

Le ton trop neutre de Mac la fit bondir. « C'est pour ça que tu ne crois pas qu'on s'est introduit dans ma maison ! Parce que, sinon, Sierra se serait attaquée à lui et il en resterait des traces. Tu me soupçonnes d'avoir mis la cassette moi-même !

— Teri, calme-toi ! On a signalé l'effraction à la police, et si j'ai d'abord pensé que tu avais pu mettre cette cassette toi-même, ça n'explique pas comment elle passait toujours quand nous sommes arrivés.

Quant à Sierra… oui, je me demande pourquoi elle n'a pas réglé son compte à cet intrus. »

Teresa soupira. « Moi, je crois le savoir. Parce qu'elle ne l'a jamais fait. Elle aboie, elle grogne, elle montre les dents comme le font pratiquement *tous* les chiens en présence d'un inconnu, mais elle n'a jamais mordu personne.

— Un inconnu n'aurait pas pu le savoir.

— Non. Et peut-être que ce type avait pris ses précautions au cas où il aurait eu affaire à un *vrai* chien méchant. Du poivre en bombe par exemple, comme celle que tu m'as achetée. Seulement il s'est vite rendu compte que Sierra n'allait pas le mordre. Cela dit, elle était anormalement agitée quand on est rentrés. Et pourtant, toi, elle te connaît. C'est ce qui s'est produit plus tôt dans la soirée qui l'a rendue comme ça.

— Teri, je sais que ce n'est pas toi qui as mis la cassette dans l'après-midi, et que tu ne l'avais même pas. Tu crois que je t'aurais invitée à passer la nuit ici si je pensais que tu étais en sécurité chez toi ? » Teresa déjà fronçait les sourcils. « D'accord, j'ai mérité un tel regard. Et bien sûr, j'aurais sauté sur l'occasion pour que tu passes la nuit avec moi, mais dans ce cas, je ne te proposerais pas de dormir dans ma chambre, avec ta chienne, et de prendre, moi, le canapé. Parce que c'est comme ça qu'on va s'organiser pour cette nuit, et pas autrement. Cela devrait te convaincre de mes bonnes intentions. »

Teresa but une nouvelle gorgée de vin et dit doucement : « Les mots te viennent facilement, Mac. »

Il se raidit et lui lança un regard offusqué. « Ce qui signifie ?

— Ce qui signifie que tu m'as fait des tas de promesses quand j'étais jeune. Quand on était fiancés, tu m'as fait la promesse de m'aimer toujours et d'être fidèle. Promesses que tu n'as pas tenues.

— J'ai tenu celle de t'aimer toujours. Quant à être fidèle... je l'ai été.

— La rouquine que je t'ai vu embrasser passionnément serait d'accord avec toi ?

— Si elle était honnête, elle te dirait que je n'ai pas couché avec elle. J'ai seulement failli. »

Teresa sentit les larmes lui monter aux yeux. Elle prit une gorgée de vin et parvint à demander d'un ton normal : « Un mois avant notre mariage. Pourquoi, Mac ? Juste au moment où on allait enfin vivre ensemble ?

— Quand tu nous as surpris, tu as été furieuse, tu m'as balancé les pires horreurs, tu as rompu nos fiançailles, mais tu ne m'as jamais demandé *pourquoi*.

— Je te le demande maintenant. »

Mac se leva brusquement et s'approcha des fenêtres, les stores toujours ouverts sur la nuit. « Toutes ces années, j'y ai beaucoup réfléchi. Je ne me l'explique toujours pas vraiment mais je crois que je me suis senti piégé. »

Teresa tressaillit comme si elle avait été giflée. « Piégé ? Par moi ?

— Par ma vie entière. Lorsque mon père est parti, je suis devenu l'homme de la famille. J'avais onze ans. Il y avait ma mère qui était sur le point de s'effondrer, et mes sœurs jumelles de deux ans. J'ai pris tous les petits boulots que je pouvais trouver, et Maman a travaillé dans cette supérette, ce qui l'a complètement démolie nerveusement, jusqu'au moment où ta mère, Dieu merci, l'a engagée pour tenir sa maison. J'ai continué mes études, je me suis occupé de Maman et des filles, j'ai travaillé. J'étais sorti avec des filles, mais je n'avais pas de temps à leur consacrer, quelques soirées au cinéma, rien de plus. À vingt ans, je suis tombé amoureux de toi et on ne s'est plus quittés. Dès que tu as eu dix-neuf ans, nous nous sommes fiancés.

» Juste avant notre mariage, je commençais à mieux gagner ma vie, à découvrir le plaisir d'avoir un peu de temps libre et… des femmes autour de moi qui désiraient ma compagnie. J'ai été tenté. Je me disais : "C'est trop tôt pour me laisser enchaîner." Quant à la rouquine — Delores — elle n'était rien pour moi. Mais tu nous as vus ensemble et ça t'a suffi. Je ne t'en ai pas voulu. Une part de moi s'est même sentie soulagée, honteusement soulagée. Ça a duré presque un an. J'ai en quelque sorte jeté ma gourme, puis je me suis rendu compte que la vie sans toi n'avait pas de sens. J'aurais donné n'importe quoi pour que tu reviennes. C'était trop tard et je me suis fait une raison. Mais pas un instant je n'ai cessé de le regretter.

— Tu ne te conduisais pas comme si tu avais des regrets, dit amèrement Teresa. J'entends sans arrêt des histoires sur Mac MacKenzie, le Don Juan du coin.

— Je n'ai pas vécu dans la solitude, ni en célibataire. Je suis un homme normal, Teri. Tu aurais voulu que je m'enferme dans ma tour d'ivoire en me languissant de toi pendant toutes ces années ? Il me semblait impossible d'avoir un jour une deuxième chance avec toi. Ça ne veut pas dire que j'avais cessé de t'aimer.

— De m'aimer ? murmura Teresa.

— Oui, de t'*aimer*. Ne prétends pas que tu ne le savais pas !

— Comment veux-tu que je le sache ? Je ne pensais pas que tu m'accordais encore la moindre pensée. Cela fait des années que je suis revenue à Point

Pleasant et tu n'es jamais venu me voir, tu ne m'as jamais appelée. Qu'est-ce que j'étais censée penser ?

— Je croyais que *tu* ne voulais plus entendre parler de moi. Je respectais tes désirs. Nous ne nous sommes pas vraiment quittés en bons termes, si tu te souviens bien. Tu m'as dit que tu ne voulais plus jamais me voir.

— Je t'en voulais.

— Et tu ne m'en veux plus ? Depuis combien de temps ?

— Depuis environ cinq minutes. Depuis que tu m'as expliqué comment tu te sentais à l'époque, reconnut Teresa. Je ne dis pas qu'à vingt ans, j'aurais accepté de bonne grâce tes justifications, et même si j'avais été plus âgée il m'aurait fallu du temps pour ne pas me sentir complètement dupée et rejetée. Mais maintenant…

— Maintenant ?

— Maintenant j'ai besoin d'un autre verre de vin. » Teresa se leva du canapé. « Je vais me servir. »

Sierra la suivit dans l'étroite cuisine ultra-moderne. Un instant, Teri appuya le front contre la porte en acier inoxydable du réfrigérateur, ne sachant plus où elle en était. Son monde s'était en quelque sorte écroulé le jour où elle avait surpris Mac en flagrant délit. Elle s'était imaginé qu'il lui avait été infidèle depuis des mois, pas seulement avec Delores — la propriétaire du bar dont il s'occupait à l'époque — mais aussi avec d'autres femmes.

Teresa ne lui avait jamais posé de questions. Quoi qu'il dise, elle ne l'aurait pas cru. À présent, elle comprenait qu'elle ne lui avait pas laissé la moindre chance. Non pas qu'il aurait su en tirer profit à l'époque. Il avait mis du temps à comprendre à quel point leur amour était précieux et devait se mériter, ce n'était pas un objet qu'on pouvait rejeter et reprendre deux ou trois ans plus tard. Lorsqu'il en avait pris conscience, pourtant, il n'avait pas cherché à la recontacter, il avait respecté sa volonté. Pendant toutes ces années, il s'était tenu à distance, croyant que c'était ce qu'elle voulait. Mac s'était montré respectueux de ses sentiments.

Elle remplit son verre et revint sans se presser dans le salon. Mac se tenait devant une fenêtre, regardant dehors. Il baissa les stores et se retourna. Il la voyait à présent sous l'éclairage doux de l'ampoule incandescente d'une lampe qui projetait de larges ombres. « Tu en as mis du temps.

– Je ne me suis pas pressée, répondit calmement Teri. J'avais besoin de réfléchir.

– À quoi ? À nous ?

– À ton avis ? » Teresa posa son verra sur la table basse. Avant même qu'elle puisse se rasseoir sur le canapé, Mac avait traversé la pièce et l'avait prise dans ses bras. « Mac, je…

– Tu… ? » murmura-t-il. Elle sentit son souffle chaud dans son cou, ses bras qui l'attiraient plus près encore.

« Je ne suis pas sûre que ce soit une bonne idée. Cela fait moins d'une semaine qu'on se revoit. Ça me semble tellement…

– Bien. » Les lèvres de Mac s'attardèrent plus bas sur son cou. « Tout a toujours été *bien* entre nous, Teri.

– Le sexe, peut-être. Mais je ne veux pas que ça. J'ai besoin…

– De quoi as-tu besoin, Teresa ? »

Mac écarta l'encolure échancrée de sa robe et embrassa lentement sa clavicule. Une vague de chaleur envahit Teri, mais elle se força à dire : « J'aimerais retrouver ce que nous avions – de l'amour.

— On n'aura pas la même chose qu'à l'époque. » Mac arrêta de l'embrasser et lui lança un long regard intense, sincère. « Ça sera mieux, Teri. Mieux, parce que nous avons mûri, que nous avons plus d'expérience, et que nous savons ce que nous voulons tous les deux.

— C'est-à-dire ? » demanda Teresa, serrée contre lui, sentant la chaleur irradier tout son corps, l'obligeant à mettre ses bras autour du cou de Mac et à l'enlacer très fort. Elle aurait voulu retenir ce moment, ne jamais laisser échapper la force de Mac, sa bonté, son charme et son irrésistible sensualité.

« De l'amour, Teri », dit-il ou, plutôt, murmura-t-il.

Teresa sentit ses dernières résistances s'écrouler. Pour rien au monde elle n'aurait pu lui mentir en cet instant. Inclinant la tête en arrière pour qu'il puisse l'embrasser, elle dit doucement : « Oui, Mac. De l'amour. »

CHAPITRE XVII

1

Le lendemain, Mac raccompagna Teresa et Sierra chez elles. Il était en train d'installer une nouvelle serrure lorsque Carmen arriva. Teresa attendait une réaction de sa part, convaincue qu'elle comprendrait au premier coup d'œil qu'ils venaient de passer la nuit ensemble. Mais Carmen ne sembla rien remarquer. L'annonce de ses fiançailles la préoccupait bien trop.

Elle l'aida à transporter dans la cuisine un gâteau renversé à l'ananas sur lit d'amandes, un bavarois, des biscuits recouverts de sucre glace et un plateau de petits-fours. Carmen avait également apporté deux bouteilles d'un bon champagne et des jus de fruits.

« Carmen, il y a là de quoi nourrir vingt personnes, dit Teresa en riant.

– J'aimerais que ce soit une fête pour tous. »

Teresa examina attentivement Carmen. Elle était très élégante, avec un jean serré et un petit haut tricoté beige clair qui mettait en valeur sa taille fine et ses magnifiques cheveux bruns lui arrivant à l'épaule. Mais son teint était pâle et ses grands yeux bleu-gris étaient cernés d'ombres mauves. Elle avait certainement très mal dormi cette nuit, ce que Teresa pouvait tout à fait comprendre. Ce mariage à venir était très important pour elle, et elle allait affronter une adversaire maniant une arme redoutable : la jalousie et les exigences d'une fille possessive.

Teresa subitement serra Carmen dans ses bras. « Ne t'en fais pas, Carmen, dit-elle doucement. Ne t'attends pas à ce que Sharon pousse des cris de joie ce soir. Au mieux, elle ne dira rien. Au pire, tu auras droit à une remarque désagréable. Mais si Gabe t'aime sincèrement, et je suis sûre que c'est le cas, il fera en sorte que Sharon accepte que tu deviennes son épouse. »

Un instant, l'inquiétude sembla s'effacer dans les yeux de Carmen, et elle sourit. « Tu me referas ce petit discours d'encouragement juste avant l'annonce ?

– Toute la journée si tu veux, si tu me laisses juste le temps de répondre aux questions du shérif.

– J'avais complètement oublié ! s'exclama Carmen. Veux-tu que je t'accompagne ?

– Non, je te remercie. Je préfère l'affronter seule. »

Lorsque Teresa revint de son entretien avec le shérif, elle regretta d'avoir été si présomptueuse. Le shérif lui avait fait recommencer trois fois son récit des événements de la nuit du meurtre de Gus. Il avait voulu savoir pourquoi elle n'avait pas mentionné plus tôt l'individu qui avait déposé la lampe de chevet à sa porte, et qui devait être le même que celui qui avait couru devant sa voiture moins d'une heure avant qu'elle découvre Gus dans le box.

Bien que Teresa ait répondu sincèrement à toutes ces questions, ses réponses avaient sonné creux et semblé évasives, même à ses propres oreilles. Elle était entrée dans le bureau du shérif pleine de confiance en elle, la tête haute. En partant, elle se sentait exactement comme l'adolescente effrayée et effondrée qu'il interrogeait sans relâche, huit ans plus tôt.

« Je vois que ça ne s'est pas bien passé, avait dit Mac lorsqu'elle était rentrée. Il a utilisé les grands moyens ?

— Il a failli. S'il avait pu m'interroger hier, ça ne se serait pas aussi mal passé. En l'évitant, j'ai aggravé la situation. »

Mac l'embrassa sur le front. « Eh bien, au moins, comme ça c'est fait.

— Mais c'est pas fini. Ils ne savent toujours pas qui a tué Gus. Si ce que dit Roscoe Byrnes est vrai, ils n'en savent pas plus pour Papa et Wendy, et ça refait de moi le suspect numéro un, dit Teresa tristement, d'autant que quelqu'un d'autre se fait assassiner sous mon nez.

— Et quelle raison aurais-tu eue pour assassiner Gus Gibbs, d'après le shérif ?

— Je crois qu'il pense simplement que je suis folle. Une tueuse pathologique. »

Mac fronça les sourcils. « Une tueuse pathologique qui attend huit ans pour recommencer ? Qui reste sur les lieux du crime, prête à se faire arrêter ? Désolé, ma chérie, mais je n'y crois pas.

— Tu n'es pas le shérif.

— Et toi tu n'es pas mise en examen, que je sache ? » Teresa secoua la tête. « Alors arrête de faire cette tête.

— Je ne suis pas sûre d'en être capable.

— Il le faut bien, au moins pour Daniel. Ce soir, c'est le feu d'artifice. Qu'est-ce qu'il va penser s'il te voit arriver dans cet état ? »

Teresa soupira. « Je n'y pensais plus du tout. Tu as raison. Il faut que je me reprenne.

— Bien sûr que j'ai raison. J'ai toujours raison. » Avec un sourire malicieux, Mac l'embrassa de nouveau et la serra dans ses bras. « Tu n'as rien remarqué depuis que tu es rentrée ? Les déménageurs de Kent sont venus apporter l'horloge et la lampe Tiffany. Je leur ai dit de poser la lampe dans ta chambre. L'horloge, ne sachant pas où tu avais prévu de l'installer, je leur ai dit de la laisser là. Si ça ne te convient pas, on pourra la déplacer nous-mêmes. »

Teresa se leva et s'approcha de l'horloge. Elle paraissait soudain tellement plus imposante — imposante mais toujours magnifique, avec ses motifs gravés et les phases de la lune. Mac n'avait pas remonté le mécanisme. L'horloge avait un air figé, ses aiguilles n'avançaient pas, son balancier n'oscillait pas, le carillon ne sonnait pas.

« Tu veux qu'on la remonte maintenant ? demanda Mac.

— Non. Je crois que je préfère attendre un peu. Jusqu'à demain peut-être. » Demain, lorsqu'elle aurait commencé à oublier les yeux gris du shérif, si inquisiteurs, et sa voix dure, intraitable, réveillant les souvenirs douloureux attachés à cette horloge somptueuse, qui pendant tant d'années était restée dans la maison de cauchemar, Mourning Dove Lane.

« Entendu, fit Mac d'un air dégagé, bien qu'elle fût certaine qu'il avait senti son appréhension à l'idée de remettre le mécanisme en route. Les amis de Josh sont venus, ils ont nourri les chevaux, mais je parie que tu veux faire un tour et vérifier qu'ils vont bien. Je vais t'accompagner. Ensuite, j'irai chercher Maman qui veut assister au concert et au feu d'artifice, et toi, tu dois te préparer pour aller chez Kent. Je vais te laisser seule ici, mais pour deux heures seulement, et il fera encore jour dehors.

– Tout ira bien, le rassura Teresa. J'ai un féroce chien de garde, un téléphone sans fil, du poivre en spray, et si ça peut te rassurer, j'accrocherai une hache à ma ceinture. »

Mac hocha la tête en souriant. « Je te dispense de la hache. Si tu te promènes avec ça, le shérif sera obligé de t'arrêter ! »

2

« On pensait que tu n'arriverais *jamais*, Tante Teri, s'écria Daniel, qui s'était précipité à sa rencontre. Ça fait *des heures* qu'on attend !

– Il me semble pourtant que je suis pile à l'heure », répondit Teresa, jetant un coup d'œil à sa montre.

Sharon apparut derrière son fils. « Bien sûr. C'est lui qui est prêt depuis une éternité ! Il ne veut pas nous croire, quand on lui dit qu'un feu d'artifice ne peut pas commencer avant qu'il fasse nuit. »

Teresa entra. La dernière fois qu'elle avait parlé à sa belle-sœur, Sharon était furieuse contre elle parce qu'elle avait parlé à Kent de la leçon écourtée. Sharon semblait persuadée que Teresa avait délibérément cherché à semer la zizanie entre elle et son mari. Teri avait presque redouté de la revoir, elle imaginait devoir affronter la colère non dissipée de Sharon, mais la jeune femme se montra accueillante, souriante et chaleureuse. Teresa se demanda si elle était pardonnée, ou si Sharon prenait sur elle afin de ne pas s'aliéner davantage Kent.

« J'ai vu la voiture de ton père dans l'allée, dit Teresa.

– Il est arrivé il y a vingt minutes, répondit Sharon, en la faisant entrer dans le salon. J'ai l'impression qu'il est aussi impatient que Daniel d'assister au feu d'artifice. En tout cas, il n'arrête pas de faire les cent pas ! » Nous voilà bien, pensa Teresa, Gabriel O'Brien est aussi inquiet que Carmen à l'idée d'annoncer son mariage. « Papa, Teri est là ! s'écria Sharon comme si on n'attendait plus qu'elle pour commencer la soirée.

– Teri ! Teresa ! Tu es resplendissante », s'exclama Gabe d'une voix tonitruante, l'étreignant de toute son imposante carrure. Teresa le connaissait depuis des années, mais jamais encore il ne l'avait serrée ainsi dans ses bras. « Jolie comme un cœur. Sharon et toi, vous allez faire de l'ombre à toutes les filles de Point Pleasant. Vous pouvez me croire ! »

Kent et Sharon lancèrent un regard méfiant à cet homme séduisant et imposant, dont la voix était plus forte que d'habitude, et le teint plus coloré. Teresa aurait aimé lui dire de mettre un bémol, de se conduire de manière plus naturelle, mais c'était impossible à faire discrètement. Même Daniel semblait déconcerté par le comportement de son grand-père.

« Ça me fait plaisir de vous revoir, fit Teresa. Cela fait un bail…

– Un bail, oui ! Voyons… depuis Noël ?

– Oui, ici même. Je crois me souvenir que nous avions bu un peu trop d'eggnog et que nous avons donné une version mémorable de *Good King Wenceslas.* » Mon Dieu, se dit Teri, comme on devait être ridicules ! « C'était épouvantable, tu te souviens, Sharon ?

– J'ai entendu pire. » Le sourire de Sharon était complètement figé. « Vous m'avez l'air de très bonne humeur, tous les deux.

– C'est le 4 juillet, fit Daniel de sa petite voix flûtée. Ils ont hâte de voir le feu d'artifice.

— Et le concert, intervint Kent. Ça commence par un concert. »

Le sourire de Daniel vacilla et il regarda d'un air inquiet son grand-père et Teresa : « Et vous allez chanter *King Wen'slas* ? »

Tout le monde éclata de rire et la tension se dissipa. Teresa en aurait embrassé son neveu ! Mais elle appréhendait les quelques heures à venir. À minuit, Sharon ne rirait plus, pensa-t-elle avec tristesse. Pourvu que cette soirée ne tourne pas au désastre ! Gabe sembla avoir entendu cette prière muette et, profitant d'un instant où personne ne le regardait, il s'approcha de Teri, lui prit la main et la serra.

Avec Daniel, il n'était pas question de traîner et, dix minutes plus tard, ils étaient prêts à partir — Kent, Sharon et Gabe dans une voiture, Daniel insistant pour monter dans celle de sa tante. Teresa se demanda pourquoi il tenait tant à se retrouver seul avec elle, jusqu'au moment où le petit garçon demanda : « Comment va Cesar ? Je ne lui manque pas trop ?

— Oh si, tu lui manques beaucoup, fit Teri. Il a passé un si bon moment avec toi lundi.

— Est-ce qu'il était fâché que Maman me fasse partir plus tôt ? »

Teresa savait qu'elle devait choisir ses mots avec prudence. « Non, Daniel, il a compris. Beaucoup d'enfants ne restent qu'une demi-heure pour leur première leçon. Tu sais, lorsque tu montes à cheval, tu utilises certains muscles des jambes qui ne te servent pas pour marcher ou courir, alors il vaut mieux commencer doucement pour éviter d'avoir mal. Et Cesar ne voudrait pas que tu aies mal aux jambes à cause de lui. Il aurait peur que tu ne reviennes plus jamais.

— Mais je n'ai pas eu mal aux jambes, lui affirma Daniel avec ferveur. Je t'assure !

— Alors tu vois, ta maman a eu raison de te ramener plus tôt à la maison.

— Peut-être, mais moi je voulais rester et Papa était furieux. Ils se sont disputés. J'aurais pas dû écouter, mais j'ai écouté quand même. Ils se sont disputés très fort. »

Teri se retint juste à temps de demander : « À quel propos ? » Il aurait été indiscret et maladroit d'interroger Daniel au sujet de ses parents. Et puis, Daniel en parlerait à Sharon et Sharon exploserait de nouveau. « Tous les couples se disputent, dit-elle d'un ton léger. Il n'y a pas de quoi s'inquiéter, Daniel. Mais pour en revenir à Cesar, il a passé beaucoup de temps cette semaine à l'écurie avec sa petite amie Cléopâtre. Les chevaux sont en congé le 4 juillet, alors il sera encore plus heureux quand il te reverra. »

Teresa avait cru qu'ils étaient partis un peu tôt, mais lorsqu'ils arrivèrent, elle constata que les rues étaient déjà bondées, les gens flânaient d'un stand à l'autre, s'arrêtaient pour discuter. Bientôt, tout le monde se retrouverait à Riverfront Park, en bordure de l'Ohio. Heureusement Kent et elle étaient convenus de se rejoindre sur la douzième des majestueuses marches qui menaient à la poste.

Teri finit par voir une place où se garer. Elle prit fermement la main de Daniel dans la sienne, et ils s'amusèrent à se frayer un chemin dans la foule vers le lieu de rendez-vous. Lorsqu'ils arrivèrent, ils virent Kent appuyé nonchalamment à la rampe de cuivre de l'escalier, tandis que Sharon faisait les cent pas sur le trottoir. « Teri, pour l'amour de Dieu, où donc étiez-vous passés ! s'écria-t-elle en se précipitant vers eux dès qu'elle les aperçut.

— J'ai eu du mal à me garer, Sharon. » Teri leva les yeux et croisa le regard de Kent, manifestement agacé. Gabe, debout à côté de lui, scrutait nerveusement la foule. Teri savait qu'il cherchait Carmen. « Daniel dit qu'il aimerait un verre de Kool-Aid avant d'aller s'installer pour le concert.

— Je ne sais pas s'il peut boire le Kool-Aid qu'on vend dans ces stands, fit Sharon d'un air soucieux. On ne sait jamais s'ils respectent l'hygiène. Daniel, tu ne préfères pas attendre d'être rentré pour boire quelque chose ?

— Maman, ça va durer des heures et des heures ! Cet après-midi, Papa a dit que je pourrais avoir du Kool-Aid. »

Kent les rejoignit, Daniel retira la main qu'il avait donnée à Teri et la mit dans celle de son père. « J'ose espérer qu'ils ne servent pas du Kool-Aid empoisonné, dit Kent à Sharon.

— Je n'ai pas dit qu'il était empoisonné. J'ai dit que l'hygiène laissait peut-être à désirer… », se justifia Sharon en voyant Kent lui tourner le dos et se diriger vers une buvette avec Daniel.

Gabe s'approcha et Teri le regarda presque désespérément. « Quelle foule, n'est-ce pas, Gabriel ? »

Il acquiesça. « Un temps splendide. Ni trop chaud ni trop humide.

— Et j'ai gagné mon pari ! dit Teresa à Sharon. Tu me dois dix dollars.

— Quoi ? répondit Sharon avec irritation.

— On a fait un pari, dimanche. Tu te souviens ? J'ai dit qu'on aurait un temps splendide, et tu as affirmé le contraire. »

Sharon la regarda, l'air un peu étonné. « Oh oui ! bien sûr. » Elle commença à fouiller dans son grand sac. « Je sais que mon porte-monnaie est quelque part là-dedans.

– Sharon, je plaisantais. Garde tes sous pour les frais d'université de Daniel !

– L'université… Ce moment-là va arriver bien trop vite, fit Sharon d'un ton complètement déprimé. J'espère qu'il ne choisira pas un établissement trop loin d'ici…

– Sharon, il a sept ans ! protesta Gabe d'un ton léger. Tu ne crois que c'est un peu tôt pour t'inquiéter de ça ?

– Salut tout le monde ! » On aurait dit que Carmen venait de se matérialiser, toute souriante, la voix une pointe trop aiguë. Mais elle était superbe, et paraissait beaucoup plus jeune que son âge, avec son jean griffé et un vaporeux chemisier pêche et rose. De longues boucles d'oreilles en or miroitaient sous ses cheveux soyeux et ajoutaient une touche de gaieté dans sa mise. « Alors, on s'amuse bien ?

– Comme des fous ! répondit Teresa d'un ton mordant. Nous nous lamentions sur le départ de Daniel à l'université. » Sharon lui lança un regard assassin et Teri se souvint qu'elle devait veiller à ce que chacun soit heureux et serein. Ce n'était pas le moment d'ironiser. « Je plaisantais, Sharon. Je ne voulais pas te vexer. »

Sharon parut se calmer et regarda de nouveau Teri, ce qui l'empêcha de remarquer le sourire furtif que Gabe adressait à Carmen. Vraiment, pensa Teri, Gabe et Carmen se conduisent comme des gamins de quatorze ans. Comment peuvent-ils craindre à ce point la réaction de Sharon !

C'était pourtant le cas. Gabe accordait une grande importance à ce que pensait sa fille, et le bonheur futur de Carmen semblait entièrement reposer sur Gabe.

Carmen essayait de faire la conversation à Sharon lorsque Mac approcha d'un pas nonchalant, sa mère Emma dans son sillage. « Ça alors, vous ici ! dit-il en plaisantant. Maman, tu te souviens de Teresa, n'est-ce pas ? »

Emma regarda son fils comme s'il avait perdu la tête. « Jedediah Abraham, je t'ai dit qu'elle était venue me voir. Tu ne m'écoutes donc pas ?

– Jedediah, tu n'écoutes donc pas ? reprit Teri, souriant de voir Mac rougir. Comment allez-vous, Emma ?

– Bien, très bien, répondit Emma avec énergie, mais elle avait les yeux cernés et son sourire était forcé. J'attendais cette soirée avec impatience. Jedediah est gentil de m'amener, moi, au lieu de l'une de ses jeunes amies. »

Teri le regarda, sourcils froncés, et il rougit encore plus. « Maman, je n'ai plus de jeunes amies, comme tu dis. » Emma le regarda d'un air interrogatif. « Je t'expliquerai plus tard.

– Maintenant elle doit imaginer que tu es gay », murmura Teresa à Mac, tandis qu'Emma fixait toujours son fils, déconcertée. Puis Kent s'approcha d'eux, l'air renfrogné. « Super, toute la bande est réunie. Mac, dit Kent d'un ton cassant.

– Kent, fit à son tour Mac. Comment vont les affaires ?

– Bien. Et les tiennes ?

– Très bien.

– Bon. »

Un instant, Teresa ferma les yeux. On aurait dit deux hommes des cavernes grognant l'un devant l'autre. La soirée s'annonce joyeuse, se dit-elle. « Si on allait s'asseoir pour le concert avant que toutes les places soient prises ? suggéra-t-elle, se dirigeant avec détermination vers l'entrée de Riverfront Park. J'ai hâte que ça commence. »

Ils prirent place dans l'arène aussi vaste qu'un stade, et Teresa commença à se détendre. Le soir tombait, donnant au ciel de magnifiques teintes améthyste et cobalt, striées d'orange profond par le soleil couchant. L'Ohio, étincelant, s'étendait paisiblement devant eux.

Teresa se laissa bercer par les premiers accords d'un rock *soft* merveilleusement joué à la guitare par un musicien de la région dont elle aurait écouté la voix toute la nuit. Elle attendait ce moment avec impatience chaque année, et n'avait jamais compris pourquoi il restait amateur. Les autres aussi se détendaient – à l'exception de Carmen, assise à côté de Teresa, qui battait nerveusement la mesure sur sa cuisse. Teri finit par poser sa main sur celle de Carmen. Son amie lui fit un bref sourire, se contrôla pendant trois minutes, puis ses doigts se remirent à tambouriner.

Daniel parut apprécier la musique mais, lorsque le concert se termina, il ne tenait plus en place : le feu d'artifice allait bientôt commencer. Il tendit la main pour prendre celle de Teri, puis réfléchit et finalement prit celle de sa mère, et ils se mirent en route pour le Tu-Endie-Wei State Park, d'une superficie de près de deux hectares, situé au confluent des rivières Ohio et Kanawha. L'emplacement de la bataille de Point Pleasant, qui s'était déroulée en 1774 entre la milice de Virginie et les autochtones sous le commandement du chef Cornstalk – ce même chef shawnee connu pour avoir lancé une malédiction sur la région avant d'être tué en 1777 –, était commémoré par un obélisque de granit, haut de vingt-cinq mètres. Des enfants jouaient sur les marches qui menaient à la stèle, mais Sharon serrait fort la main de son fils, l'empêchant de se joindre à eux.

Si Teresa ne s'était pas autant souciée de la manière dont la soirée tournerait pour son amie, elle aurait pu s'amuser des efforts de Carmen et Gabe pour paraître désinvoltes. Carmen ne regardait pratiquement jamais son fiancé, se tenait aussi près que possible de Teresa, ne parlait que pour dire des banalités et riait trop fort. Gabe, lui, se concentrait sur Sharon et ne semblait voir qu'elle.

Brusquement, Gabe lança d'une voix forte : « Daniel, tu vois Mansion House, là-bas ? »

Daniel regarda dans la direction indiquée par son grand-père et répondit : « On dirait une vieille cabane en bois.

— Eh bien, il s'agit de Mansion House, insista Gabe. Walter Newman l'a construite en 1796.

— C'était un ami à toi, Walter Newman ? » demanda Daniel.

Teresa entendit le rire vite réprimé de Kent. Gabe parut à la fois offensé et amusé. « Je ne suis pas tout à fait aussi vieux que ça, Daniel. » Gabe employa ensuite le ton que prennent les adultes lorsqu'ils veulent éveiller l'intérêt d'un enfant. « Mansion House est la plus ancienne maison de rondins de la vallée Kanawha. Au départ, c'était une taverne. Maintenant, c'est un musée. Je t'y emmènerai un de ces jours.

— D'accord, répondit distraitement Daniel, qui n'avait visiblement aucune envie de visiter un musée. C'est maintenant le feu d'artifice ?

— Dans quelques minutes ! »

Tout le monde se retourna pour regarder Mac. Il avait presque couru pour les rattraper, traînant sa mère par le bras. Emma semblait essoufflée et contrariée. Elle se libéra et dit : « Pour l'amour de Dieu, Jedediah Abraham, qu'est-ce qui te prend ? La dernière fois que je t'ai vu dans un état pareil pour un feu d'artifice, tu avais dix ans.

– Désolé, Maman, s'excusa Mac. J'aimerais juste qu'on aille au petit mur d'enceinte, comme on le faisait autrefois. Tu pourrais t'asseoir et reprendre ton souffle. »

Lorsqu'ils trouvèrent enfin un endroit qui convenait à tous, Teri était aussi essoufflée qu'Emma. Je m'en souviendrai de ce 4 juillet, se dit-elle, incroyablement triste. Déjà, chaque membre de ce groupe incertain semblait fatigué, légèrement en sueur, irritable et mal à l'aise. Sauf Daniel, qui se fichait royalement d'adultes n'arrêtant pas de parler d'un musée et rouspétant parce qu'on marchait trop vite.

Teresa écrasa un moustique qui venait de lui piquer le bras, le troisième en deux minutes. Brusquement, une première fusée explosa en gerbes d'étincelles rouges, blanches et bleu vif. On poussa des « oh » et des « ah » d'admiration. Teresa se sentit mieux. Un moment de répit, se dit-elle, soulagée.

Tandis que les éclats du feu d'artifice illuminaient le ciel nocturne, Teresa contempla la foule autour d'elle. Elle n'en revint pas de découvrir Josh Gibbs, à quelques mètres de là, le bras posé sur les épaules d'une mince jeune fille blonde. Tout souriant devant le feu d'artifice, il se pencha, elle lui murmura quelque chose à l'oreille, il rit puis lui donna un long baiser. Il semblait heureux et insouciant, rien n'aurait pu laisser penser que son père s'était fait sauvagement assassiner quelques jours auparavant. La colère envahit Teresa. Josh n'avait pas le droit de s'amuser comme cela alors que le pauvre Gus…

Elle se reprit. Les gens réagissent différemment au choc et au chagrin. Ce n'est pas parce qu'elle avait été folle de désespoir lorsque Marielle avait disparu, et inconsolable en comprenant qu'elle ne reviendrait pas, qu'il fallait que Josh se conduise de la même manière pour prouver son amour pour son père.

Teresa détourna vivement les yeux du jeune homme, n'aimant pas le chemin emprunté par ses pensées. Si souvent, dans le passé, on l'avait mal jugée, elle n'avait pas le droit de juger à son tour. Josh avait aimé Gus, elle en était certaine.

Une gerbe explosa avec une telle force que le sol trembla. Carmen poussa un grand cri de surprise, avant de vite placer la main devant sa bouche en s'apercevant que des gens se retournaient pour la regarder. La discrétion n'avait jamais été son fort, mais cette fois, la nervosité aidant, elle avait vraiment crié fort. Teri lui adressa un sourire rassurant. Un deuxième feu d'artifice suivit, dans une débauche de vert et d'orange et c'est à la faveur de toute cette lumière que Teri aperçut Jason, Fay et Celeste Warner.

Ce fut un nouveau choc pour Teri. Depuis les meurtres, elle n'avait jamais vu les Warner assister aux célébrations du 4 juillet. Celeste, habillée comme une adolescente d'aujourd'hui, en jean et tee-shirt, se tenait entre Fay et Jason. Ils l'encadraient de si près que Teresa eut la vision fugitive de deux rottweilers chargés de la protéger. Personne ne risquait de s'approcher de la jeune fille, se dit Teresa, soulagée. Celeste était peut-être sur le chemin de la guérison, mais il fallait absolument qu'elle se sente en sécurité. Après tout, elle pensait encore que quelqu'un voulait la tuer. Et moi avec, se dit Teri. Et elle pourrait bien avoir raison.

Brusquement, le shérif apparut devant Teresa. Elle tressaillit et eut un mouvement de recul dont elle se voulut aussitôt. Il ne fallait pas qu'il s'imagine qu'elle le craignait. Elle fit un effort pour paraître calme et réussit à dire d'un ton naturel : « Bonjour, shérif. Le spectacle vous plaît ?

— Beaucoup », répondit-il, jetant un coup d'œil à Mac qui, de manière presque imperceptible, s'était rapproché de Teri, comme pour la protéger, exactement comme Jason et Fay protégeaient Celeste. « Et à vous, Miss Farr ?

— J'aime les feux d'artifice. Je viens chaque année. » Elle se dit qu'elle devait avoir l'air trop joyeuse, presque puérile. « Vous connaissez certainement mon frère et sa femme, et leur fils », poursuivit-elle, faisant un geste en direction de Kent, qui foudroyait le shérif du regard. Sharon, elle, attira Daniel tout contre elle comme si le shérif risquait de lui enlever son enfant. « Et le père de Sharon, Gabriel.

— Gabe », fit le shérif, touchant le bord de son chapeau. Gabe hocha la tête et détourna le regard. Puis Carmen lança un éclatant « Hello, shérif. Des siècles que je ne vous ai pas vu au magasin !

— Bonjour, Miss Norris. Pas trop mon truc les courses, à part à Noël. Vous avez déjà reçu des articles pour décembre ? »

Carmen eut un petit rire strident. « Oh ! c'est encore un peu tôt ! Il faudra attendre début novembre. Je ferai mes vitrines aux alentours de Thanksgiving. Les vacances sont tellement rapprochées, vous savez.

— Oui, je sais. » Les yeux gris et froids du shérif se tournèrent de nouveau vers Teresa. « Vous n'avez pas eu de problèmes chez vous aujourd'hui ?

— Non, Dieu merci. » Teresa se répéta qu'elle ne devait pas se laisser effrayer. Mais elle avait beau essayer de cacher sa frayeur, elle savait que le shérif pouvait presque sentir l'odeur de peur qui émanait d'elle. « Pouvez-vous me dire quand l'écurie ne sera plus considérée comme une scène de crime ? J'ai plusieurs chevaux en pension, vous savez. Leurs propriétaires vont vouloir les monter. Je n'ai laissé entrer personne pour le moment, à part les deux garçons qui nourrissent les chevaux. J'ai fait très attention. »

Le shérif eut un petit sourire dubitatif devant ces propos qu'elle avait énoncés presque à bout de souffle. « Demain, vous pourrez reprendre le travail comme d'habitude, dit-il. Mais j'apprécierais que vous ne quittiez pas la ville.

— Je n'ai pas l'intention de la quitter, répondit vivement Teri, je suis bien trop occupée. »

Le shérif fit un signe de tête et s'éloigna. Teresa, un instant, crut qu'elle allait avoir un vertige, et se demanda quand elle viendrait enfin à bout de cette peur absurde des forces de l'ordre.

Puis elle jeta de nouveau un coup d'œil vers Celeste Warner, qui regardait dans sa direction avec de grands yeux épouvantés. Teresa avait cru que la jeune fille passait un bon moment devant le feu d'artifice — deux minutes plus tôt, elle l'avait vue applaudir et sourire — mais à présent elle paraissait absolument terrorisée. Teresa ne put détacher son regard des yeux de Celeste — des yeux qui avaient vu l'assassin de Marielle, qui avait vu quelqu'un plonger un couteau dans son propre ventre. Malgré la chaleur de cette soirée, Teresa frissonna. Le souvenir de ces minutes où elle s'était avancée dans le couloir sombre, cognée au tueur, avant de trouver le petit corps tailladé de Celeste, fondit sur elle, comme si tout cela s'était passé la veille.

Et elle sut que la peur ne la quitterait plus.

CHAPITRE XVIII

1

Celeste Warner se pelotonna sur la banquette arrière, toute tremblante. Sa grand-mère, qui avait jacassé sans arrêt le temps de retourner à la voiture, lui demanda pourquoi elle restait silencieuse. Celeste, craignant que sa voix trahisse son bouleversement, se contenta de hausser les épaules, et Grandma se remit à parler d'un débit rapide et régulier comme chaque fois qu'elle était enthousiasmée par quelque chose. Elle avait apprécié le feu d'artifice, auquel elle n'avait plus assisté depuis que Celeste avait perdu la parole.

Je n'aurais pas dû me remettre à parler, se reprocha Celeste, désespérée. Si je n'avais rien dit, je serais en sécurité. Et j'aurais fait en sorte que Teri le soit, elle aussi. Je suis intelligente, bien plus qu'ils l'imaginent. J'aurais échafaudé un plan pour nous protéger toutes les deux, Teri et moi. Si seulement je ne m'étais pas remise à parler !

À présent, elle avait vu la Mort. En assistant au feu d'artifice, alors qu'elle regardait autour d'elle, c'était la Mort qu'elle avait vue. Non, pas la Mort, la *personne* qui avait tué sa mère. Toutes ces années, elle avait su qu'une personne avait tué sa mère et essayé de la tuer, elle. Elle l'avait su mais elle n'avait pas voulu croire qu'un être humain fût capable d'une telle cruauté, alors elle l'avait transformé en Chose — la Mort. Mais elle n'était plus une gamine. Elle était pratiquement adulte à présent. Et ce soir-là, dans le parc, elle avait vu l'être humain qui avait assassiné sa mère. Elle ne pouvait plus faire semblant.

Celeste avait essayé de détourner les yeux, sans y parvenir. Elle s'était efforcée de regarder de nouveau le feu d'artifice, mais elle ne semblait plus avoir le moindre contrôle sur son propre corps. Impossible de se détourner, impossible de regarder ailleurs. Et leurs regards s'étaient croisés. Sans pouvoir se détacher l'un de l'autre. Puis, finalement, les deux autres yeux s'étaient légèrement plissés, et Celeste avait eu l'impression qu'un vent glacé lui enserrait le cœur. Lorsqu'elle avait enfin réussi à détourner son regard, pour revenir aux éclats aveuglants du feu d'artifice dans le ciel, il était trop tard. Celeste savait que la Mort l'observait.

« Ma chérie, tu as perdu ta langue ? » Fay tourna la tête vers l'arrière de la voiture et regarda avec inquiétude Celeste complètement recroquevillée. « Celeste, mon petit, que se passe-t-il ? Mon Dieu, que se passe-t-il ?

— Il faut qu'on parte d'ici, lâcha Celeste d'une voix à peine audible. Il faut qu'on quitte la ville ce soir.

— Qu'est-ce que tu racontes ? demanda Fay, sourcils froncés.

— Il faut qu'on parte ! cria Celeste. J'ai vu la personne qui a tué Maman ! »

Jason se rangea brusquement sur le bas-côté, ignorant le klaxon de la voiture qui le suivait. Fay fut projetée contre sa portière et protesta, mais Jason ne fit pas attention à elle et se tourna vers l'arrière pour faire face à sa fille. « Tu as vu cette personne ce soir ? » Celeste acquiesça, des larmes coulant le long de ses joues. « Qui était-ce ? »

Celeste secoua violemment la tête. « Non. Je ne peux pas… je ne peux pas…

— Il faut me le dire, insista Jason. Qui était-ce ?

— Non… non… peux pas… » Sa voix était de plus en plus faible. « Non… peux pas…

— Tu ne peux pas quoi ? Parler ? » Jason criait à présent, et Celeste se mit à trembler. « Je suis désolé. Je ne voulais pas te faire peur, mon cœur, mais il faut que tu me dises qui tu as vu.

— Partir… il faut partir.

— Celeste…

— Partir ! fit Celeste en une sorte de cri chuchoté. Nous devons partir. » Soudain ses yeux lancèrent un éclair, elle sembla se retirer en elle-même, et son visage commença à blêmir.

« Jason ? demanda craintivement Fay. Jason, que faut-il faire ? »

Jason regarda sa mère terrifiée, puis Celeste, qui, retournée loin du monde réel, paraissait s'être de nouveau ensevelie dans un refuge de silence et de passivité complète. « D'accord, ma chérie. N'aie pas peur. Demain matin, nous serons loin d'ici, la rassura Jason. Dis-moi seulement une chose. La personne qui a tué ta maman t'a-t-elle vue ? » Celeste fit un léger signe de tête pour acquiescer. Jason hésita : « Penses-tu que cette personne a compris que tu t'es souvenue ? »

Celeste se mit à trembler de manière incontrôlable, revoyant ces yeux — ces yeux qui savaient —

fixés sur elle. De nouveau, elle fit un signe de tête. Oui. *Oui !*

2

« Maman ne se sent pas bien, murmura Mac à l'oreille de Teri. Je dois la raccompagner chez elle avant de vous rejoindre chez toi pour cette petite soirée.

– Oh non ! » Teresa se sentit complètement désespérée. Carmen et Gabe allaient annoncer la grande nouvelle et Sharon allait mal réagir. C'était *obligé*. Elle était capable de faire une scène. Teresa avait compté sur la présence de Mac pour apaiser la situation. « Mac, j'ai besoin de toi ! laissa-t-elle échapper.

– J'arrive tout de suite après avoir déposé Maman chez elle. Tu as vu dans quel état elle est ? Quelque chose vient de lui arriver. Je crois qu'elle va s'évanouir si je ne la ramène pas. »

Teri jeta un coup d'œil rapide en direction d'Emma, qui en effet semblait très mal. Elle se tenait toute droite, livide et raide, comme si elle concentrait toutes ses forces pour tenir le coup. « Tu as raison. Ramène-la chez elle, fit Teresa. Et si tu ne peux pas venir ce soir, je comprendrai.

– Je viendrai sans faute, la rassura Mac. Essaie simplement d'empêcher Carmen et Gabe de dire quoi que ce soit avant mon arrivée. »

Il prit le bras de sa mère et doucement l'éloigna du groupe. Sharon les regarda. « Emma ne se sent pas bien, expliqua Teri, bien que Sharon n'ait pas posé de question. Mac va la raccompagner chez elle et ensuite il… » Teri se rendit compte qu'elle avait failli dire : *Ensuite il viendra chez moi pour la fête*. Personne n'avait encore mis sa belle-sœur au courant et elle ne pouvait plus retarder le moment de lui en parler. « Sharon, j'ai acheté quelques gâteaux et du champagne. Et du jus de fruits pour Daniel, bien sûr. J'ai pensé que nous pourrions tous nous retrouver à la maison après le feu d'artifice. »

Comme Sharon ne répondait pas, Teresa la regarda plus attentivement. Son visage était devenu blanc comme un linge, ce qui faisait ressortir ses taches de rousseur, et ses yeux semblaient prêts à jaillir de leurs orbites. Teresa ne l'avait jamais vue dans un tel état et elle se sentit aussitôt profondément inquiète : « Sharon ? Tu vas bien ? »

Étrange et anxieux, le regard de Sharon se fixa sur Teresa et elle demanda agressivement : « Qu'est-ce que vous mijotez ?

— Je ne vois pas ce que tu veux dire, répondit Teresa, d'un ton peu convaincu, il fallait l'admettre. J'avais simplement envie d'essayer d'oublier tout ce qui s'est passé cette semaine. Et je suis sûre que Kent aimerait fêter la vente de notre maison. Alors j'ai pensé que ce serait sympa d'improviser une petite fête, termina-t-elle plutôt lamentablement.

— Une *fête* ? répéta Sharon.

— Eh bien, oui. Une sorte de mini-soirée, notre 4 juillet à nous. Rien de spécial, pas de…

— C'est un sacré mensonge, coupa Sharon d'une voix dure et menaçante. Il y a quelque chose qui ne va pas, ce soir. Ça fait des heures que je le sens. Et maintenant tu me sors cette fête absurde qui forcerait Daniel à veiller jusqu'à minuit, et tu sais très bien que je ne peux pas autoriser une chose pareille ! » Kent et Gabe s'étaient rapprochés d'elle. Kent paraissait abasourdi, et Gabe plein d'appréhension. « C'est une espèce de complot, je le sais !

— Un complot ? » Teresa essaya de rire, sans y parvenir. « Je ne vois pas de quoi tu parles.

— Bien sûr que si ! » De livide, le visage de Sharon était devenu écarlate. « Teresa, tu n'as jamais su mentir. Je veux savoir ce qui se trame et si tu ne me le dis pas…

— Carmen et moi allons annoncer nos fiançailles », fit alors Gabe.

Carmen ouvrit grand la bouche et murmura : « Non, Gabe. »

Mais Gabe s'empressa de continuer. « Cela fait des mois que nous sortons ensemble. Au printemps, j'ai demandé à Carmen de m'épouser et nous allons nous marier en septembre. Nous avons toujours retardé le moment de t'en parler, sachant que tu n'apprécierais pas que je me remarie. C'est pour ça que nous avons, Carmen et moi, demandé à Teresa d'organiser cette petite réunion chez elle. Nous pensions te le dire là-bas, mais ce n'était pas une bonne idée. Teresa n'y est pour rien. Alors je vais le dire tout simplement, Sharon. Je vais épouser Carmen. »

Sharon eut l'air de quelqu'un qui reçoit un coup terrible, physique. Elle chancela, tangua comme si elle allait s'évanouir. Kent voulut la rattraper mais elle se dégagea. Elle cloua Carmen du regard, d'une manière effrayante, paupières presque fermées, et hurla : « Espèce de putain !

— Sharon ! » cria Gabe, mais Teri se dit qu'il avait l'air plus inquiet que fâché.

Sharon déjà continuait : « Cela fait des mois que je soupçonnais quelque chose. Papa n'était pas comme d'habitude. J'ai d'abord cru qu'il était malade. C'est pour ça que j'étais aussi nerveuse, comme vous me l'avez tous fait remarquer avec tant de délicatesse. J'ai fini par comprendre qu'il s'agissait d'une femme.

Tout semblait concorder. Son attitude, le fait de venir nous voir de moins en moins souvent, Daniel et moi — j'ai compris que les choses étaient sérieuses.

» Pendant une semaine, j'ai pensé que c'était peut-être toi, Carmen, mais je me suis dit que Papa ne pouvait pas être assez bête pour sortir avec *toi* ! Il y a des années, ma mère a assisté à une réunion dans la salle de conférences d'un motel, à quinze kilomètres d'ici. En sortant, alors qu'elle montait dans sa voiture, elle t'a vue sortir d'une chambre. Tes cheveux d'habitude si parfaitement arrangés étaient décoiffés, et tu avais sur le visage cette écœurante expression énamourée. Tu es montée dans ta voiture et tu as démarré. Maman était curieuse, alors elle a attendu un peu. Cinq minutes plus tard, Hugh Farr est sorti de la même chambre. Lui et toi, vous aviez une liaison, c'était évident.

» Elle me l'a raconté et j'ai promis de ne jamais en parler, pas même à Kent. Mais Maman comprendrait que je dévoile *maintenant* ce secret, alors que Papa te fréquente, toi, Carmen ! Il est trop bon, trop naïf pour imaginer quelle sorte de femme tu es vraiment, c'est à moi de le protéger. Tu m'entends, Carmen ? Je ferai *n'importe quoi* pour empêcher mon père d'être avec toi ! »

Gabe, qui jusqu'à présent avait porté Daniel sur ses épaules, fit descendre l'enfant, qui regardait sa mère avec de grands yeux abasourdis. « Sharon, ça suffit ! lança Gabe à sa fille. Je ne vais pas tolérer ça, surtout ici, en public. Mon Dieu ! Qu'en penserait ta mère ?

— Oui, en effet, qu'en penserait-elle, Papa ? » Sharon recula pour s'éloigner d'eux, les larmes commençant à jaillir et à couler sur son visage. « Que penserait-elle, en voyant que tu couches avec une autre femme ? Que tu as l'intention d'*épouser* une autre femme, sans même parler de Carmen Norris ! Carmen *Norris* ! C'est écœurant ! C'est un blasphème !

– Sharon, arrête ! implora Kent. Tu te conduis comme une folle.

– Je vous déteste ! cria Sharon à son père et à Kent. Je vous déteste *tous les deux*. Quant à toi, Carmen… »

Avant que personne ne puisse se rendre compte de ce qui se passait, Sharon s'était retournée et mise à courir, se frayant un chemin à travers le petit groupe de gens dont la curiosité avait été plus forte que les bonnes manières. Un instant, les quatre adultes restèrent sans réaction. Puis Kent se lança à la poursuite de sa femme, gêné et freiné par le troupeau de badauds, essayant de ne heurter personne. Il trébucha, faillit tomber, reprit sa course.

Gabe, plus lent à réagir, le suivit environ quinze secondes plus tard, abandonnant Daniel. Le petit garçon éclata en sanglots, l'air effrayé, et Teresa se précipita vers lui, le souleva et le serra très fort. « Ce n'est rien, Daniel. Ta maman est simplement contrariée. Tout ira bien. »

Mais Daniel n'était pas prêt à se laisser réconforter, pas plus que Carmen, figée comme une statue, l'air complètement sonné. Elle qui avait tout préparé si soigneusement, pensa subitement Teri. Elle qui aime tant Gabe, et le voit filer sans un mot, ne pensant qu'à sa fille. « Carmen », fit-elle, s'approchant d'elle tout en portant Daniel, et lui touchant le bras. Carmen sursauta et regarda Teri comme si elle ne la reconnaissait pas. « Carmen, tu ne t'attendais pas à ce que Sharon le prenne…

– Le prenne bien ? » Le regard abasourdi de Carmen s'attarda sur le visage de Teresa. Puis, brusquement, elle éclata d'un rire sonore. « Tu parles d'un euphémisme ! Elle l'a mal pris, oui. Tu as entendu tous les mensonges qu'elle a vomis ? Elle se fiche complètement de blesser les autres. Elle est horrible !

– Oh ! Carmen, s'il te plaît. » Teresa se sentait impuissante, son neveu pleurant à chaudes larmes sur son épaule et son amie en face d'elle, avec l'air hébété d'une personne dont l'univers vient tout juste de s'effondrer. « Donne-lui un peu de temps, Carmen. Elle s'y fera. »

Carmen rit encore quelques instants, puis s'arrêta aussi brusquement qu'elle avait commencé. Les larmes lui montèrent aux yeux. « Du temps ? Le temps ne la fera pas changer d'avis, Teri. Tu le sais bien. Elle m'a toujours détestée.

– Je ne sais pas si elle te déteste, Carmen, mais Gabe t'aime, lui. Il va se marier avec toi même si Sharon continue d'agir comme une folle. Et c'est bien ce qu'elle a fait, ce soir. Mon Dieu, elle s'est même enfuie en abandonnant Daniel !

– Ma maman est folle et elle ne veut plus de moi ! » Le petit garçon se mit à pleurnicher plus fort encore et Teresa s'en voulut d'avoir parlé de manière aussi inconsidérée. Elle le berça comme s'il était encore un bébé et regarda Carmen, en pleurs elle aussi. Elle aurait voulu se trouver à des milliers de kilomètres de cette scène grotesque. Mais c'est un vœu stupide, se réprimanda-t-elle. « Allons, Carmen. Il faut partir d'ici. Kent et Gabe l'ont peut-être rattrapée. »

Carmen ne semblait pas vouloir venir, mais Teresa finit par la décider. Elle se mit en route d'un pas traînant, les épaules tombantes – elle qui marchait toujours si droite, si fière. Elles retrouvèrent les deux hommes près d'une place de parking vide. « Elle a pris notre voiture, dit Kent, éberlué. Nous l'avons vue démarrer et s'enfuir comme si les limitations de vitesse, ça n'existait pas. Par là, vers le nord.

— Vers la maison, dit Teresa. Je suis sûre qu'elle est simplement rentrée.

— Bon, voilà ce que nous allons faire, intervint Gabe. Teri, je te serais reconnaissant de bien vouloir nous raccompagner, Kent et moi, chez eux. Si Sharon n'est pas là, il pourra prendre sa voiture, et moi la mienne, et nous partirons tous les deux à sa recherche. Toi tu emmèneras Daniel chez toi.

— Daniel *et* Carmen », précisa Teri en adressant un regard appuyé à Gabe. Il ne se souciait absolument pas de sa fiancée, dont la pâleur était pourtant inquiétante.

« Merci, Teri, mais j'ai besoin d'être seule, dit Carmen d'une voix étrange, distante. Je veux rentrer chez moi. » Elle fit un petit sourire à Teresa et prit la main de Gabe, qu'elle porta à ses lèvres. « S'il te plaît, appelle-moi un peu plus tard, Gabe.

— D'accord, répondit-il distraitement.

— Sérieusement. Je t'en prie, appelle-moi.

— Carmen, j'ai dit que j'allais le faire », répliqua-t-il d'un ton cassant, l'air absent, l'esprit de toute évidence préoccupé par une seule personne — sa fille.

Carmen le regarda, les yeux vides de toute joie, de tout espoir. Elle laissa retomber la main de Gabe et s'éloigna, l'allure défaite.

« Gabe, je crois que tu aurais pu être un peu plus gentil avec Carmen, ne put s'empêcher de commenter Teresa. Elle est profondément bouleversée. »

Gabe fixa Teresa comme s'il ne comprenait pas,

puis finit par réagir : « Comment ? Oh ! je suis certain que Carmen comprend. »

Oui, moi aussi je suis certaine qu'elle a compris ! pensa Teresa, soudain presque autant en colère contre Gabe qu'elle l'était contre Sharon. Pendant ce temps, Kent restait là, tel un petit garçon attendant qu'on lui dise ce qu'il doit faire. « Kent, est-ce que Daniel peut passer toute la nuit chez moi ? » demanda sèchement Teresa.

Kent sembla revenir un peu sur terre. « Danny, tu veux bien aller chez Tante Teri ? » L'enfant renifla avec force et acquiesça d'un signe de tête. « Entendu. On oubliera donc l'école pour demain. » Daniel renifla de nouveau, l'air un tout petit peu moins désespéré. « Je crois que, de toute manière, tu as bien besoin d'un jour de repos, poursuivit Kent. Teri, cela te dérangerait d'avoir de la compagnie pour la journée de demain, en plus de cette nuit ?

— Ça me ferait très plaisir ! » répondit Teresa avec plus d'enthousiasme qu'elle n'en ressentait. Elle aimait beaucoup son neveu, mais se demandait comment elle réussirait à se débrouiller avec lui si Sharon et Kent ne parvenaient pas à se réconcilier dans la soirée. Elle essaierait de se souvenir du temps où elle s'occupait de Celeste, lorsque Wendy disparaissait pour l'une de ses virées shopping qui duraient toute la journée.

Teresa, Kent, Gabe et Daniel se mirent en route pour la maison de Kent, qu'ils trouvèrent déserte. Kent s'installa résolument au volant de son 4 × 4, Gabe monta dans sa vieille limousine, et tous deux partirent à la recherche de Sharon.

Sharon, pensa Teresa avec horreur, Sharon qui s'était enfuie comme une folle dans la nuit, exactement comme Marielle huit ans plus tôt.

3

Emma ne dit pratiquement pas un mot durant tout le trajet jusqu'à son appartement. Mac ne cessait de la regarder, inquiet. « Maman, que se passe-t-il ? Tu crois que tu es malade ?

— Non, Jedediah, répondit-elle d'une voix tremblante. Je suis simplement fatiguée. J'en ai trop fait ces derniers temps, je n'ai pas bien dormi, et ce soir, c'était épuisant pour moi — courir comme ça pour rattraper Teresa. Vraiment, mon fils, tu aurais mieux fait d'aller au feu d'artifice avec elle.

— Je voulais y aller avec *toi.* » Mac était sincère. « Je croyais juste qu'on pouvait suivre le mouvement, avec Teri et les autres.

— Mon petit, les autres ne voulaient pas de nous. À part Teresa, je veux dire. Et peut-être Carmen, même si je ne l'avais jamais vue aussi angoissée. Elle qui se contrôle toujours si bien, qui est tellement sûre d'elle. Tout le contraire de la pauvre Marielle. »

Mac soupira. « Je vais te révéler un secret, Maman. Carmen et Gabriel O'Brien sont fiancés. »

Emma le regarda de ses grands yeux verts, abasourdie. « Carmen et M. O'Brien ? Mon Dieu, en voilà deux que je n'aurais jamais imaginés ensemble !

— Je sais. Moi aussi j'ai été surpris. Et Teri. Carmen lui en a parlé seulement hier. Carmen et Gabe savaient que Sharon ne sauterait pas de joie — c'est le moins qu'on puisse dire —, alors ils avaient décidé de l'annoncer en famille ce soir, lors d'une petite réunion chez Teri. Voilà pourquoi Carmen et Gabe étaient sur des charbons ardents. Et je crois que Sharon a senti qu'il se préparait quelque chose. Nous étions invités à cette soirée pour assister à cette révélation, nous aussi. Carmen doit s'imaginer que, plus on sera nombreux, moins Sharon risque de faire une scène, mais rien n'est moins sûr. C'est aussi pour ça que j'essayais de rester près de Teri. Elle redoute ce moment presque autant que Carmen, et je lui avais dit que nous serions là pour la soutenir moralement.

— Tu lui as dit que *tu* serais là. C'est sur toi qu'elle compte. De plus, je ne peux vraiment pas y aller.

— Pourquoi pas ? »

Emma baissa les yeux. « Je… Je ne m'en sens pas le courage. J'ai l'habitude de me coucher tôt. Et Carmen…

— Qu'y a-t-il, avec Carmen ?

— Oh ! c'est sûrement très égoïste de ma part, mais je supporte mal de la voir se préparer à une nouvelle vie, alors que la pauvre Marielle est peut-être morte.

— Maman, nous ne savons pas si elle est morte. Cela dit, si tu ne te sens pas bien, j'annule pour ce soir. Ils n'ont pas besoin de moi.

— Tu dois y aller, Jedediah. Teresa compte sur toi. Je te demande juste de me déposer chez moi. J'irai droit au lit et toi, tu iras chez Teresa. »

Mac secoua la tête. « Je ne vais pas te laisser comme ça, Maman. Tu n'as vraiment pas l'air bien.

— Mais si ! Je suis seulement fatiguée.

— Je devrais au moins rester un moment avec toi.

— Jedediah, si tu fais ça, je ne pourrai pas aller me coucher, et c'est de sommeil que j'ai besoin. » Emma posa la main sur sa cuisse. « Une bonne nuit de sommeil, et je me porterai comme un charme demain, dit-elle d'un ton rassurant. Crois-moi. »

À contrecœur, Mac avait accepté. Il l'avait accompagnée à sa porte, et elle lui avait donné un baiser sur la joue comme une jeune fille timide à son premier rendez-vous avant de disparaître à l'intérieur de l'appartement. Lorsqu'il avait vu une lumière s'allumer dans son salon, il était retourné à sa voiture et, lentement, avait quitté le parking.

Il avait déjà fait la moitié du chemin pour se rendre chez Teresa lorsqu'il fut envahi par le sentiment que sa mère, en dépit de ses protestations, n'allait pas bien du tout. Elle n'était pas dans son état normal. Sa voix avait été un peu fluette et laborieuse, comme si elle avait du mal à respirer.

Je n'aurais pas dû faire allusion à la soirée chez Teri, se dit-il, furieux contre lui-même. Maman ne veut jamais être un fardeau et je lui ai donné l'impression qu'elle m'empêchait d'être avec la femme que j'aime. Et c'est la dernière chose au monde qu'elle voudrait, quel que soit l'état dans lequel elle pourrait se sentir. Je n'aurais pas dû la laisser, malgré son insistance.

Mac fit demi-tour. Lorsqu'il se gara de nouveau sur le parking de la résidence, il remarqua aussitôt que la voiture de sa mère n'était plus là et il se précipita vers la porte. Elle était fermée à clé. Il frappa et tapa jusqu'au moment où le voisin ouvrit la sienne.

« Eh, c'est quoi, ce raffut ? demanda le vieil homme d'un ton revêche.

— Je suis le fils d'Emma MacKenzie. Je viens de la déposer chez elle il y a un quart d'heure. Je l'ai raccompagnée, elle est entrée, mais elle ne se sentait pas bien. Je suis revenu voir comment elle allait, mais elle n'ouvre pas. Elle s'est peut-être évanouie.

— Évanouie, mon œil ! rétorqua le voisin. Emma est sortie il y a dix minutes. Mes rideaux étaient encore ouverts et je l'ai vue passer devant ma fenêtre comme une gamine de seize ans. J'ai entrouvert la porte et je l'ai vue monter dans sa voiture. » Il fit un grand sourire. « Si vous voulez mon avis, mon garçon, votre maman avait un rendez-vous galant et elle ne voulait pas que vous le sachiez. Rentrez chez vous et occupez-vous de vos affaires. Ce n'est pas parce qu'on a dépassé la soixantaine qu'on n'a plus de vie ! »

Mac resta sans réaction, bouche bée, se demandant où diable sa mère avait pu partir si précipitamment.

4

Aussitôt rentrés chez eux, les Warner se lancèrent dans une activité fiévreuse. Fay s'était précipitée sur le téléphone pour appeler la police, mais Celeste était devenue hystérique et Jason avait intimé à sa mère de raccrocher, tout en maintenant contre lui sa fille qui se débattait. « Maman, Celeste ne supportera pas qu'on reste là à attendre que la police arrive et la bombarde de questions. De toute manière, elle ne peut pas répondre. On va rassembler quelques affaires et partir d'ici aussi vite que possible. On appellera la police demain… » Il regarda Celeste « … quand on sera loin, très loin d'ici. »

Celeste hocha énergiquement la tête et, lorsque Fay vit à quel point sa petite-fille semblait soulagée, elle se rangea à cette décision. « Entendu. Mon petit cœur, Grandma va nous chercher quelques vêtements de rechange. Nous serons prêts en moins de deux. » L'angoisse se lut subitement sur son visage. « Jason, où irons-nous ?

— Peut-être à Charleston. Ou Columbus. Laisse-moi réfléchir une minute. Le temps de préparer mon sac. » Il regarda Celeste. « Tu restes ici sur le canapé ? Ou tu préfères monter à l'étage avec ta grand-mère ? »

Celeste s'enfonça profondément dans l'un des coins du canapé et attrapa un coussin, qu'elle serra contre elle comme pour se protéger, ainsi qu'elle l'avait fait jadis avec son ours en peluche Yogi. Elle ne voulait pas rester seule, mais elle ne voulait pas non plus quitter du regard les deux portes, à l'avant et à l'arrière de la maison. Elle aurait voulu dire à son père qu'il fallait qu'il surveille les portes, mais sa gorge était si serrée qu'aucun mot ne pouvait en sortir. De plus, Grandma et lui se dépêchaient. Tout se passerait bien. Tout se passerait très bien, se dit-elle tandis que Fay montait l'escalier en courant, marmonnant des paroles incompréhensibles. Papa n'était pas comme Hugh. Papa prendrait soin d'elles.

Celeste regarda le réveil posé au-dessus du poste de télévision. Dix minutes venaient de s'écouler. Soudain, elle se sentit comme électrisée. Teri ! Elle devait prévenir Teri !

Le téléphone se trouvait sur une table tout près du canapé. Elle se tourna de ce côté, prit le récepteur et composa le numéro de Teri, qu'elle avait mémorisé deux jours plus tôt.

Elle dut attendre la troisième sonnerie pour que Teresa décroche tout essoufflée : « Allô ?

— Teri, réussit à dire Celeste d'une voix éraillée.

— Qui est là ?... Celeste ? C'est toi ? » Celeste comprit qu'elle avait regardé l'écran d'identification et essaya en vain de parler. « Celeste, que se passe-t-il ? »

Une nouvelle tentative. Celeste parvint à dire « tuer », ou du moins, elle espéra que le son sorti de sa gorge ressemblait au mot « tuer ». Elle fut incapable d'en dire plus.

« Tuer ? C'est ce que tu viens de dire ? Celeste ? » Teri semblait complètement affolée. « Celeste ? »

Celeste raccrocha. Un instant plus tard, le téléphone sonna. Celeste reconnut le numéro de Teri, décrocha et, cette fois encore, fut incapable de parler. Mais il fallait que Teri comprenne que quelque chose n'allait pas. Son appel, le fait qu'elle n'arrive pas à parler, le mot *tuer* si laborieusement prononcé.

Fay Warner descendit en vitesse, portant un fourre-tout et une valise, et elle cria presque : « Repose ce téléphone ! » Prise au dépourvu, Celeste raccrocha violemment. Fay ferma les yeux. « Je suis désolée, ma chérie. Je ne sais pas ce qui m'a pris. Qui appelais-tu ? Mais tu ne peux pas répondre ! »

Fay ouvrit de grands yeux terrifiés. Des mèches s'échappaient de son chignon en torsade et son visage était presque blafard. Celeste se tassa plus profondément au bout du canapé, se disant que sa grand-mère ressemblait à une de ces créatures sauvages dans les films d'horreur. « J'ai dû oublier plein de choses, ma chérie, mais on pourra toujours acheter ce qui nous manque. » Fay laissa tomber les sacs et cria : « Jason ! Jason, tu es prêt ? »

Le père de Celeste sortit de sa chambre, portant un sac marron d'où dépassait un morceau de coton bleu. Une chemise, se dit Celeste. « Fin prêt, dit-il, un peu essoufflé. Dieu merci, j'ai de l'essence, et j'ai pris de l'argent au distributeur tout à l'heure. »

Fay se précipita vers lui. « L'argent ! Tu en as assez ? Sûrement pas ! Tu as ta carte de crédit ?

— J'en ai deux. Ça devrait suffire. Je vais mettre les affaires dans la voiture, fit-il en se dirigeant vers la porte de la cuisine qui donnait sur une allée privée, à l'arrière de la maison. Occupe-toi de Celeste. Tu as pensé à lui prendre une veste ? » Il ouvrit la porte et disparut dans l'obscurité. « Et n'oublie pas tes médicaments pour la tension, Maman.

– Oh ! je les avais bel et bien oubliés ! » Fay se baissait pour ouvrir le placard jouxtant l'évier où elle rangeait ses médicaments lorsque le téléphone sonna de nouveau. « Jason Warner, tu viens de me sauver la vie ! Où est passé ce flacon de comprimés... »

Fay et Celeste se raidirent toutes deux en entendant une exclamation, un cri de douleur, extrêmement bref et suivi d'un bruit sourd. Les yeux affolés de Fay croisèrent ceux de Celeste, et elle se précipita vers la porte de la cuisine restée ouverte. « Jason ? demanda-t-elle d'une voix tremblante. Ja... »

Et la Chose – la Mort – était là, s'arrêtant un instant sur le seuil, clignant des yeux devant la lumière crue de la cuisine, le regard fixé sur Celeste. La Mort fit un bond en avant, mais Fay lui barra le passage, hurlant d'une voix stridente : « Non ! Dehors ! Celeste, *sauve-toi* ! *Non !* »

Celeste resta figée sur le canapé pendant ce qui sembla un temps interminable – assez longtemps pour voir le couteau transpercer le cou de sa grand-mère. Fay mit ses mains sur la blessure, essayant de stopper le sang, poussant encore de petits cris étranglés, tandis que le couteau s'abattait de nouveau, encore et encore. Et...

Galvanisée par la terreur pure, Celeste sauta du canapé, fila vers la porte principale, fit glisser le verrou et ouvrit tout grand. Elle entendit la Mort émettre un son inhumain, une manifestation de sa fureur, qui se mélangeait aux chevrotements de plus en plus faibles de sa grand-mère. Celeste s'enfuit dans la nuit, évitant la lumière des vieux lampadaires qui bordaient le trottoir devant sa maison, cherchant désespérément le refuge de l'obscurité. Elle se faufila à travers les hauts buissons qui entouraient la maison voisine et tomba, heurtant le sol froid et recouvert de feuillages, tandis que la Mort se précipitait hors de chez elle, respirant si fort que Celeste pouvait l'entendre malgré la distance. À moins que ce ne soit sa propre respiration.

À plat ventre, elle se glissa entre les buissons et la maison, baissant la tête pour ne pas faire bouger les feuilles, retenant son souffle jusqu'à sentir ses poumons sur le point d'exploser. Elle rampa vers l'avant de la maison, se disant que l'assassin se dirigerait certainement vers l'arrière, où les buissons étaient plus épais.

Ensuite, rassemblant tout son courage, Celeste se décida à traverser la pelouse sombre, puis la rue résidentielle peu fréquentée, et se retrouva derrière la haie entourant la maison d'en face.

Elle essaya de voir à travers les branches et le feuillage, et aperçut une silhouette – vêtue d'une sorte de long manteau gonflé par le vent – sortir de chez Fay et jeter un coup d'œil de chaque côté de la rue. Lorsque la véranda de la maison d'à côté s'éclaira et qu'un homme se montra sur le seuil, la silhouette disparut de nouveau à l'intérieur. Mais Celeste savait que la silhouette réapparaîtrait dès que l'homme rentrerait à son tour, elle scruterait la rue dans l'espoir de la voir, et déduirait peut-être que l'endroit où Celeste irait se réfugier le plus naturellement serait les épais buissons juste en face.

Celeste réfléchissait désespérément. Où devait-elle aller ? Frapper chez les voisins ? Elle était incapable de parler. Ils croiraient à une blague et ne la laisseraient pas entrer, mais le raffut ne manquerait pas d'alerter le tueur. La police ? Le commissariat se trouvait en centre-ville, se rappela Celeste, complètement démoralisée. Elle ne savait pas à quelle distance exactement, mais elle savait qu'en voiture il fallait au moins un quart d'heure, même lorsqu'il n'y avait pas beaucoup de circulation.

La maison de Teri ! Son père l'y avait emmenée quelques jours plus tôt. C'était si près. Trop près, avait marmonné Grandma, ne pensant pas que Celeste pouvait l'entendre. Celeste savait que la propriété de Teresa se trouvait près de cet endroit mystérieux qu'on appelait l'Agence pour l'Organisation de la Défense qui, d'après Grandma, était le théâtre de Dieu sait quelles activités secrètes — activités sans aucun doute liées à de sombres expériences menées par le gouvernement. Papa s'était toujours moqué de Grandma et avait dit à Celeste, quand elle avait environ cinq ans, que c'était là que vivait le Père Noël. Quoi qu'il en soit, Celeste se souvenait d'avoir remarqué le mur d'enceinte de cette Agence en se rendant chez Teri — la partie nord, avait précisé son père. Celeste savait que, pour se diriger vers le nord, il fallait tourner à droite en sortant de chez elle. C'est là qu'elle devait aller. Le nord signifiait Teri, et Teri signifiait la sécurité.

Bientôt, Celeste quitta le refuge des buissons et courut rejoindre la rue perpendiculaire à la sienne. Elle gardait la tête baissée, se déplaçant aussi rapidement et aussi silencieusement que possible pour ne pas alerter d'éventuels chiens dormant dans les cours arrière des maisons.

Elle atteignit enfin une route étroite bordée de chaque côté par des bois. Elle s'engouffra sous les arbres, et se mit à naviguer de l'un à l'autre, tremblante, en sueur, terrorisée, et pourtant l'esprit assez clair pour faire attention où elle mettait les pieds. Elle savait qu'il y avait par là ce que son père appelait « la faille », une sorte de ravin où les arbres avaient poussé. Il faut que je sois prudente, se dit-elle.

Celeste ne savait pas exactement jusqu'où elle avait couru quand elle s'affala par terre et roula derrière un buisson, manquant d'air, les poumons en feu. Une douleur la transperça, comme celle d'un couteau s'enfonçant sans pitié sous ses côtes. Elle posa une main sur l'endroit douloureux, sachant que la douleur n'était pas causée par un vrai couteau, sachant que, provisoirement, elle avait échappé à la Mort. Alors, seulement, elle prit conscience qu'elle ne reverrait jamais sa grand-mère et son père.

Mais Celeste ne versa aucune larme. Elle n'avait plus ni voix ni larmes. Il ne lui restait que la volonté de survivre.

CHAPITRE XIX

1

Teresa gara la voiture dans l'allée. Daniel s'était arrêté de pleurer quelques instants plus tôt. Elle lui tendit la télécommande de la porte de son garage. « Appuie sur ce bouton pour faire monter la porte », lui dit-elle. Daniel, le front plissé par la concentration, appuya. La porte s'ouvrit, la lumière s'alluma, et l'enfant sourit. Lorsqu'ils furent à l'intérieur, Teresa lui dit d'appuyer sur l'autre bouton, et la porte se referma derrière eux avec un grand « bang ».

« C'était super, Tante Teri. À la maison, Maman ne me laisse jamais toucher la commande.

– Eh bien, c'est fête ! » Ta mère est Dieu sait où, dans Dieu sait quel état, voilà ce qu'on célèbre, se dit tristement Teresa. Mais son rôle était d'essayer d'apaiser Daniel, encore traumatisé par le récent comportement de sa mère. « Entrons, allons voir Sierra.

– On pourra aller voir Cesar après ? » demanda Daniel.

Teresa se représenta le sombre et vaste terrain entre sa maison et l'écurie, si faiblement éclairée du crépuscule à l'aube. Elle aussi avait été bouleversée par l'explosion de Sharon. Sans compter que le souvenir de Gus gisant, assassiné, dans le box d'Éclipse, était encore très présent dans son esprit. Elle avait jeté un coup d'œil aux chevaux avant de partir, et tout allait bien. À présent, la dernière chose qu'elle voulait, c'était se rendre à l'écurie dans le silence de la nuit. « Nous irons faire une visite à Cesar demain matin, fit-elle d'un ton joyeux. Souviens-toi, tu es dispensé d'école demain. Et puis, Cesar dort déjà, tu sais. »

La réponse sembla satisfaire Daniel, qui sortit de la voiture et se précipita vers la porte intérieure de la maison. Sierra les avait entendus et sautait et aboyait, tout excitée, de l'autre côté de la porte. Le téléphone se mit à sonner. Teresa courut pour répondre, et faillit tomber à cause de Sierra. Sharon avait peut-être été retrouvée.

Teresa décrocha et prononça un « Allô ? » essoufflé.

Une respiration laborieuse. Puis : « Teri ? »

La voix était éraillée, mais c'était sans doute possible une voix féminine. Teresa regarda l'écran d'identification de l'appelant et vit *Warner Jason*. Jason Warner ? « Qui est là ? » Pas de réponse. « Celeste, c'est toi ? » demanda Teri, la voix rendue aiguë par la peur. « Celeste, que se passe-t-il ? »

Silence pendant un instant. Puis une sorte de grincement : « Tuer.

– Tuer ! C'est ce que tu viens de dire ? Celeste ? *Celeste !* »

On avait raccroché. Daniel, qui s'était assis par terre pour caresser Sierra, leva les yeux, inquiet : « Qu'est-ce que c'est ?

– Je ne sais pas vraiment », répondit-elle distraitement, composant le numéro qui venait de s'afficher. Quelqu'un décrocha. Puis elle entendit une voix de femme en arrière-plan : « Repose ce téléphone ! »

La ligne fut de nouveau coupée. Teri recomposa le numéro. Cette fois, personne ne décrocha.

Mon Dieu ! D'abord Sharon, maintenant Celeste, se dit Teresa, le cœur battant. Pourquoi appelait-elle, pour ne finalement rien dire ? Parce que le choc et la terreur lui avaient coupé la parole, comme la première fois, cette épouvantable première fois ?

Teresa attrapa ses clés pour se rendre chez les Warner. Puis elle regarda Daniel, qui s'était relevé, et se tenait là, si petit, les yeux écarquillés, et tout pâle. Il avait déjà eu très peur à cause de sa mère, elle ne pouvait pas l'effrayer encore avec Celeste. Elle ne pouvait pas non plus le laisser seul chez elle, ni l'emmener chez les Warner.

Elle prit une profonde inspiration : « Je crois que quelqu'un s'amuse à me faire une blague au téléphone. Ce n'est pas très gentil, mais il n'y a pas de quoi avoir peur. Si on buvait quelque chose ? » Teresa essayait de parler d'un ton normal. « J'ai du jus de pomme, du jus d'orange, du Coca et du lait…

— Un Coca-Cola, répondit vivement Daniel d'un air très digne. Je meurs de soif.

— Va pour un Coca ! » fit Teri, essayant de dissimuler son sourire, et heureuse d'avoir acheté du Coca sans caféine. Au moins, il n'empêcherait pas Daniel de dormir. Si un enfant avait jamais eu besoin d'une bonne nuit de sommeil réparateur, c'était bien son neveu. Sierra les suivit tous deux dans la cuisine, restant près de Daniel, qui paraissait enchanté. Avant de préparer leurs boissons, Teri chercha dans un des tiroirs de la cuisine et trouva le récepteur qui permettait de capter la fréquence de la police. S'il se passait quelque chose chez les Warner, elle en entendrait parler sur ce récepteur. Daniel se mit à rire en écoutant les voix des flics qui grésillaient. Teresa fut soulagée de voir que Daniel prenait cela comme un jeu.

En ouvrant le réfrigérateur, elle aperçut tous les gâteaux apportés par Carmen un peu plus tôt. Elle aurait tout donné pour que la réunion soit derrière eux, les fiançailles annoncées, et que Sharon ait eu le bon goût de ne pas faire de scène. Mais elle n'avait pas pu s'en empêcher. Une scène horrible. Teresa se rendait compte à présent que cela faisait des mois que Sharon était au plus mal – ses sautes d'humeur, ses accès de colère, son excessive possessivité. J'aurais dû reconnaître les signes d'une dépression, se reprocha Teresa. Ma mère est passée par là. J'ai déjà assisté au même processus. Simplement, je n'ai pas *voulu* y assister de nouveau.

« Tu veux un gâteau, Daniel ? Ce n'est pas moi qui les ai faits, alors tu ne crains rien.

– Un gâteau à quoi ?

– Voyons voir – il y a chocolat et fraise.

– D'accord.

– Lequel ?

– Les deux, fit Daniel avec assurance. Je meurs aussi de faim. »

Sharon n'aurait pas apprécié que son fils ait droit à du Coca et deux gâteaux juste avant de se coucher, se dit Teresa, mais tout ce qui importait pour l'instant, c'était que l'enfant se sente bien et oublie ses frayeurs. Si du Coca et des gâteaux suffisaient, elle était heureuse de pouvoir les lui donner.

Daniel voulut se jeter sur les gâteaux, mais Teresa le força d'abord à se laver les mains et aussi son visage taché de larmes. Puis elle s'installa auprès de lui, s'émerveillant de la faculté de récupération des enfants, tandis qu'il engloutissait ses gâteaux et buvait d'un coup son grand verre de Coca. Il la regarda avec un sourire satisfait. « J'ai terminé toute mon assiette. Toi, tu n'as presque rien mangé, Tante Teri. »

Teri jeta un coup d'œil à son gâteau au chocolat. On aurait dit qu'il avait été grignoté par une souris. « Je n'ai pas très faim. »

Le sourire de Daniel disparut. « À cause de Maman ?

– Eh bien… » Elle hésita. « Oui, Daniel, je me fais du souci pour ta maman. Mais je suis sûre que ton papa et ton grand-père vont la retrouver. »

Daniel baissa les yeux sur son assiette remplie de miettes. « Maman n'est plus comme avant, dit-il calmement. Elle pleure, elle crie. Elle se dispute avec Papa. J'essaie qu'elle soit plus heureuse, mais je n'y arrive pas. »

Teri savait exactement ce que Daniel ressentait. Elle aussi, elle avait fait des efforts désespérés pour apaiser les angoisses de Marielle, la faire rire, voir la tristesse quitter son beau visage. Mais elle n'y était parvenue qu'à de très fugitifs instants, des instants dont le souvenir était à la fois précieux et malheureux parce qu'ils avaient été trop rares.

« Parfois, on ne peut pas aider les autres à se sentir heureux, même si on essaie très fort », dit-elle à Daniel, lui parlant comme à un adulte. Il sembla apprécier qu'elle le traite ainsi et l'écouta attentivement. « Tu ne dois pas t'en vouloir si ta maman est triste. Les choses qui l'inquiètent, tu ne peux pas les changer, mon chéri, mais il existe des médicaments qui peuvent l'aider.

– C'est vrai ? » demanda Daniel. Son visage s'éclaira. « Tu veux dire que Maman pourrait aller mieux ?

– Oui, Daniel. Je suis sûre que tout ça n'est qu'un mauvais moment à passer. »

Teresa sourit, souhaitant qu'elle n'était pas en train de lui donner de faux espoirs, car elle était loin d'être certaine que Sharon puisse jamais guérir de sa dépression.

2

Gabriel et Kent s'étaient mis d'accord pour prendre chacun une direction opposée : Kent irait vers le nord, et Gabe vers le sud. Kent était parti en trombe, avait rejoint la route principale, et semblait savoir exactement où il allait. Gabe avait pris place dans sa propre voiture, garée au bout de l'allée, et était resté assis, le moteur en route.

Pourquoi avait-il accepté d'aller vers le sud ? L'énervement, pensa-t-il. Sharon s'était enfuie *depuis* l'extrême sud de la ville. Elle n'aurait pas risqué de retrouver le flot de voitures qui quittaient l'emplacement du feu d'artifice et de se trouver coincée dans des embouteillages.

Mais ça ne servait à rien d'essayer de raisonner. Sharon elle-même ne devait pas en avoir la force. Il n'avait jamais vu sa fille dans un tel état – et la voir ainsi avait été presque insupportable pour lui. Il avait perdu la mère de Sharon, l'amour de sa vie. À présent, il courait le risque de perdre sa fille, qu'il aimait plus que tout au monde, même Daniel. Même Carmen.

Gabe se sentit coupable à la pensée de Carmen. Elle avait paru tellement découragée lorsqu'elle avait quitté le groupe après la fuite de Sharon. Prête à s'effondrer. Son visage, si animé d'habitude – ce regard si vivant –, s'était vidé de toute couleur. Il avait manqué de tact avec elle, mais il était encore sous le choc de la réaction de sa fille. Une réaction violente, féroce, pleine de haine pour Carmen et de mépris pour lui. Elle avait traité sa liaison avec Carmen de *blasphème*. Quelque chose n'allait pas.

À moins, bien sûr, que Carmen ait réellement été la maîtresse de Hugh Farr, ainsi que le prétendait Sharon. L'idée de Carmen s'envoyant en l'air avec Hugh donna la nausée à Gabe. Sharon disait tenir cette histoire d'Helen, sa mère, mais Helen avait pu se tromper. C'était impossible autrement, car Sharon n'aurait jamais inventé un mensonge aussi ignoble, à moins d'être malade, d'avoir perdu la raison. Mais si elle était effectivement malade, qu'avait-elle, et depuis quand ? Depuis que lui, Gabe, avait commencé à fréquenter Carmen. Il en prenait conscience à présent, même si, pendant des mois, il avait tout fait pour ne pas l'admettre. Et voilà ce que cet aveuglement avait provoqué. Voilà ce qui, par sa faute, arrivait à Sharon, sa fille adorée, sa vie.

Presque inconsciemment, Gabe avait pris la direction du nord, comme Kent, mais il tourna à droite avant d'atteindre la route qui menait à la propriété de Teri. Le tournant qu'il avait pris aboutissait au cimetière, celui où sa femme était enterrée. Il arrêta sa voiture, sortit une lampe de poche du compartiment à gants, et se dirigea vers la pierre tombale d'Helen O'Brien, morte d'un anévrisme cérébral à la veille de son cinquantième anniversaire. Elle aurait dû vivre jusqu'à quatre-vingts ans, se dit Gabe, désespéré comme chaque fois qu'il pensait à elle. Elle aurait dû vivre pour voir le petit-fils qu'elle adorait grandir, devenir adulte. Helen avait été si douce, si aimante, tranquille et timide, dévouée corps et âme à son foyer et à sa famille.

Tellement différente de la femme exubérante, désinvolte et charmeuse qu'était Carmen, qui n'avait jamais eu d'enfant, était veuve depuis si longtemps que c'était presque comme si elle ne s'était jamais mariée, et n'avait jamais compris à quel point Sharon était un être sensible. Sharon a *besoin* d'être protégée, se dit-il. Sharon n'est pas forte comme Teresa Farr. Et il ne *voulait* pas que Sharon ressemble à Teresa Farr.

Teresa ne s'était jamais cachée de ses relations conflictuelles avec Hugh. Et Gabe avait beau détester Hugh, il trouvait que Teresa avait supporté le meurtre de son père un peu trop courageusement, comme si elle se fichait bien qu'il se soit fait massacrer, ce qui était une réaction tout à fait anormale, pensa Gabe, intentant en pensée un procès à la jeune femme que Carmen semblait tant admirer, alors qu'elle n'avait que du mépris pour Sharon. Non, Carmen n'avait jamais apprécié ni compris Sharon, l'amour et le respect qu'elle avait pour ses parents. Sharon qui se rendait sur la tombe de sa mère chaque semaine pour y déposer des fleurs fraîches, qui venait là dès qu'elle se sentait seule, blessée ou contrariée.

Mais pas ce soir-là, découvrit Gabe, terriblement déçu de ne trouver devant la simple pierre tombale de granit gris que les fleurs laissées le dimanche précédent par Sharon, des fleurs qui, à présent, penchaient tristement, sous la clarté de la lune. La tombe d'Helen O'Brien était abandonnée à sa paisible solitude au sein de cette belle nuit veloutée de juillet.

3

Celeste s'était roulée en boule sur le tapis de pelouse et de mauvaises herbes qui bordait la route.

Elle resta dans cette position le temps que son souffle reprenne un rythme normal et que sa douleur sous les côtes se soit atténuée au point de n'être plus qu'un élancement sourd. Elle pensait avoir réussi à semer l'individu qui la poursuivait, mais la fuite n'était pas sa seule préoccupation. Il faut que je puisse aller chez Teri, se disait-elle, je ne suis pas la seule personne que la Mort cherche ce soir.

La nuit était chaude, mais Celeste avait froid. Elle passa les mains sur son tee-shirt et se rendit compte qu'il était trempé de sueur. Ce qui n'était pas étonnant, vu la manière dont elle venait de courir. Et quelle importance, des vêtements mouillés, quand sa vie était en jeu ? Mais cette moiteur était gênante. Celeste chercha dans la poche de son jean l'élastique qu'elle avait mis là avant de partir pour le feu d'artifice. Elle y glissa ses longs cheveux humides pour se faire une queue-de-cheval, exposant ainsi sa nuque chaude au souffle de la très légère brise qui s'était levée pendant sa fuite. Sentir l'air sur son cou fut une sensation merveilleuse et elle faillit laisser échapper un soupir de soulagement, avant de se souvenir qu'il lui fallait être aussi silencieuse que possible.

Même si elle se sentait provisoirement à l'abri du tueur, elle savait qu'il lui fallait parcourir un long chemin à pied avant d'arriver chez Teri. Cette fois-ci, elle partit au pas de course au lieu de courir. Dans les lointains, elle entendait de temps en temps le bruit d'un feu d'artifice que des gens tiraient dans leur jardin. Papa s'était toujours plaint de cela, disant que les feux d'artifice étaient dangereux et que les gens qui les maniaient ainsi n'avaient pas de permis et ne disposaient pas, en cas d'urgence, de véhicules de secours.

Papa.

Celeste sentit enfin les larmes prêtes à jaillir. Mais elle parvint à les réprimer. Pas question de baisser la garde. Elle devait faire attention à chaque pas. Il n'y avait ni Lune ni étoiles pour la guider, le seul éclairage provenait des lueurs des feux d'artifice amateurs. Il ne fallait absolument pas qu'elle trébuche et se torde la cheville. Elle devait avancer vite mais avec prudence. Être *prudente.* Grandma le lui répétait si souvent que Celeste, pendant toutes ses années de mutisme, aurait voulu crier chaque fois qu'elle l'entendait ! Maintenant Grandma ne le lui dirait plus jamais. Cette fois encore les larmes furent prêtes à jaillir. Cette fois encore, Celeste les refoula. Pas maintenant, se dit-elle. Plus tard.

En espérant que ce temps lui soit donné.

4

« Gabe ?

– Carmen.

– Tu avais dit que tu m'appellerais. Ça fait deux heures que j'attends. Avez-vous retrouvé Sharon ? »

Gabe s'installa dans son vieux fauteuil inclinable tout usé, tenant d'une main une canette de bière et de l'autre le téléphone. Il avait chaud et froid en même temps. Il se sentait aussi écrasé de fatigue, tout en ayant l'impression qu'il ne trouverait plus jamais le sommeil – du moins pas avant de s'effondrer de soulagement ou de désespoir.

« Non. Kent a envoyé Daniel chez Teri pour la nuit, et il court toujours les rues à sa recherche. Il croit qu'elle se réfugiera peut-être chez moi, alors il m'a dit de rester là et d'attendre. Je ne crois pas qu'elle viendra ici, mais j'attends encore quelques minutes.

Pas plus. *Il faut* que je reparte à la recherche de ma fille.

— Oh ! Gabe, je suis tellement désolée. Tu sembles épuisé.

— Je le suis.

— Alors tu ne dois pas ressortir. Reste à la maison, je t'en prie, et repose-toi », supplia Carmen.

Gabe sentit l'irritation le gagner. Carmen pensait-elle vraiment que dormir suffisamment était plus important que de trouver Sharon ? Pouvait-elle croire qu'il existait une chose plus importante pour lui que retrouver sa fille ?

« Carmen, je ne peux pas me reposer tant qu'on n'aura pas retrouvé Sharon, dit-il avec une patience forcée. Je ne vais pas tomber dans les pommes parce que je passe une nuit blanche. Je ne suis pas un vieillard gâteux, tu sais.

— Bien sûr que non ! Ce n'est pas ce que je voulais dire… » Carmen changea de sujet. « Je suis tellement désolée de la manière dont Sharon a réagi à la nouvelle.

— Nous savions qu'elle le prendrait mal.

— Le prendre mal et piquer une crise, ce n'est pas vraiment la même chose », fit Carmen d'un ton acerbe. Gabe imagina aussitôt ses paupières palpiter, comme chaque fois qu'elle pensait que son franc-parler naturel l'avait menée trop loin. « Je veux dire, Sharon était tellement à cran, je savais qu'elle le prendrait mal mais je ne m'attendais pas à ce qu'elle se conduise comme une…

— Hystérique. Folle furieuse. Cinglée, coupa sèchement Gabe. Je sais ce que tu penses de Sharon !

— Gabe ! Je…

— Tu n'as jamais aimé Sharon, continua Gabe, très énervé. Tu penses qu'elle est une sale gosse, ou pire encore, maintenant. Tu penses certainement qu'elle est aussi atteinte que ta chère amie Marielle Farr !

— Pourquoi crois-tu que je pense qu'elle ressemble à la mère de Teri ? »

À cause de son comportement de ce soir, pensa Gabe. À cause de son comportement depuis *des mois*. Parce qu'il est clair que quelque chose ne tourne pas rond chez elle.

Mais Gabe ne dirait rien de tout cela à Carmen. C'était une chose de l'admettre à ses propres yeux. C'en était une autre de l'admettre devant une étrangère. *Étrangère ?* Le mot s'était imposé à lui. Il était censé épouser Carmen dans deux mois. Le matin même, il lui avait dit combien il l'aimait, quelle femme merveilleuse elle était, et combien il était impatient de pouvoir la présenter en tant que « son épouse ». Et maintenant, il pensait à elle comme à une étrangère ?

« Carmen, il faut que je te pose une question. Ce que Sharon a dit de toi et Hugh Farr…

— C'est un foutu mensonge ! Elle est folle ! » cria Carmen. Gabe l'entendit respirer profondément. « Je veux dire, ce n'est pas vrai, et c'est *l'idée* qui est folle, pas Sharon. »

Après un instant de silence, Gabe dit : « Bien sûr.

— Pardonne-moi d'avoir réagi aussi violemment. De toute évidence, Sharon y croit. Helen a dû me confondre avec une autre femme. Au moins, maintenant, nous savons pourquoi Sharon m'a toujours détestée.

— En effet. »

Le silence se prolongea. Puis Carmen reprit : « Tu devrais te reposer encore une heure et laisser faire Kent.

— Non. J'y retourne dès qu'on a raccroché. C'est mon devoir de la retrouver, pas celui de Kent.

— Mais il est son mari — son plus proche parent.

— Légalement, peut-être, mais c'est de moi qu'elle se sent la plus proche, pas de *lui* !

— Et c'est ça que tu veux, n'est-ce pas ? explosa Carmen. Quand elle a un problème avec Kent, tu ne l'encourages jamais à discuter avec lui pour trouver une solution. Tu l'encourages, au contraire, à se tourner vers toi, tu prends son parti, tu lui donnes raison, et elle t'a remonté contre Kent. Tu m'as dit ne plus l'aimer.

— Tu m'as dit la même chose ! s'énerva Gabe.

— J'ai dit qu'il avait changé. Pas étonnant. Son père se fait assassiner, les soupçons retombent non seulement sur sa sœur mais sur lui, et là-dessus il est obligé d'épouser ta fille de toute urgence… »

Gabe se raidit, son visage s'empourpra. « … en fin de compte, tu n'as jamais laissé partir Sharon. Tu as attisé le feu dans leur mariage — le feu de la colère, pas de la passion. Je crois que tu l'as fait en espérant qu'elle le quitte, et qu'elle revienne vivre chez toi avec Daniel ! »

De contrarié, Gabe devint furieux. « Je n'ai jamais entendu pareille ânerie ! Jamais je n'aurais cru que tu puisses dire une chose pareille ! C'est ce que tu as toujours pensé de ma fille ? »

Carmen garda le silence. Gabe l'entendait respirer avec difficulté. Il l'imagina, luttant pour se ressaisir, elle toujours si maîtresse d'elle-même, une qualité qu'il avait tant admirée et aimée. « Gabe, j'ai dépassé les bornes, vraiment. Pardonne-moi, s'il te plaît. Je me fais du souci pour Sharon moi aussi. Je suis inquiète…

— Ce qui t'inquiète, c'est que l'attitude de Sharon

puisse me faire changer d'avis au sujet de notre mariage. » Gabe eut l'impression d'y voir très clair. Sharon en savait plus que ce qu'elle avait dit sur Carmen, même si elle s'était trompée en affirmant que Hugh et Carmen avaient eu une liaison. Si Sharon avait réagi si violemment, c'est qu'elle avait peur du mal qu'un mariage avec Carmen lui ferait, à lui, son père qu'elle aimait tant. « Je pense que tu as dit les choses exactement comme tu les ressens, Carmen, même si tu te trompes complètement.

— Gabe, *je t'en prie*, sois raisonnable, supplia Carmen, désespérée. C'est vrai, j'ai peur que sa réaction remette notre mariage en cause. Ne le prends pas mal, mais elle peut se montrer tellement manipulatrice.

— Merci, docteur Norris. Je croyais que le manipulateur, c'était moi, qui tentais de faire échouer son mariage, pour qu'elle puisse rentrer chez Papa, répondit Gabe d'un ton glacial.

— Oh ! Gabe, je suis désolée. Je suis tellement bouleversée que je dis n'importe quoi ce soir. Je ne voulais pas vous critiquer, ni toi ni elle…

— Mais tu l'as fait. Et ce n'était pas seulement sous l'effet de la colère – tu as exprimé le fond de ta pensée. Maintenant, je sais enfin ce que tu penses. Alors écoute bien, Carmen. Tu peux dire tout ce que tu veux à mon sujet, mais je ne permettrai pas que tu critiques ma fille ! » Gabe regarda le petit portrait à l'huile de son épouse, Helen, accroché au mur – Helen, avec ses yeux, son sourire si doux – et sa décision fut prise, rapide et définitive. « Carmen, je crois que nous devrions oublier ce mariage pour l'instant.

— Gabe, *non* ! cria Carmen, folle d'angoisse.

— Si, rétorqua froidement Gabe. J'ai bien peur

qu'il en soit ainsi, je dois d'abord m'occuper de ma fille. »

Mais lorsqu'il raccrocha, Gabriel O'Brien sut que son mariage avec Carmen n'était pas seulement différé.

Il était annulé.

CHAPITRE XX

1

Teresa, plongée dans ses pensées, passait en revue tous les événements de la soirée, et ne remarqua pas tout de suite que Daniel s'était arrêté de parler. Puis elle se rendit compte que ses paupières se refermaient et qu'il commençait à s'affaisser sur sa chaise. Elle jeta un coup d'œil à la pendule de la cuisine.

« Daniel, il est minuit ! Il faut aller au lit ! » L'enfant sursauta, puis essaya d'ouvrir grand les yeux et de se redresser. Mais aucune de ces deux tentatives ne réussit.

« Je vais rester debout toute la nuit, dit-il agressivement. Tu ne peux pas me forcer à aller me coucher.

– Oh si, je peux.

– Peux pas, peux pas… » Les paupières de Daniel retombaient de nouveau. « Non ! »

Teresa regarda le petit garçon têtu, qui se tenait si droit sur sa chaise. Pas question de le porter jusqu'à l'étage pour le mettre au lit. Puis elle eut une inspiration de génie.

« Daniel, si tu vas te coucher maintenant comme un gentil garçon, je te laisserai monter Cesar demain. » Teri détestait s'abaisser à une telle manœuvre — elle était certaine que les psychologues pour enfants la critiqueraient — mais au point où elle en était, tout ce qui importait, c'était que ce petit garçon épuisé dorme un peu. « Alors, Daniel ? Tu peux rester debout toute la nuit, ou bien aller dormir et, demain matin au réveil, faire une promenade avec Cesar. Que préfères-tu ? »

Daniel, les yeux pleins de fatigue, la regarda d'un air de défi, mais son amour pour le poney eut raison de sa volonté de montrer à Teri qui était le plus fort. « Eh bien, j'ai peut-être un peu sommeil. » Teresa ne put retenir un sourire. L'enfant n'allait pas capituler sans tenter de faire croire qu'il s'agissait de sa propre décision, et non pas d'un ordre de Teri. « Je serai plus en forme pour faire du cheval demain si je fais un petit somme.

— Tu as tout à fait raison.

— Je crois que je vais aller me coucher.

— Il me semble que tu as pris la bonne décision, dit gravement Teri. Tu veux faire ton petit somme dans la chambre d'amis ou dans la mienne ? »

Daniel fit semblant de réfléchir. Puis il demanda : « Sierra dort avec toi ?

— Oui, mais il y a bien assez de place pour tous les trois. J'ai un très grand lit.

— Alors si Sierra est là, je crois que je vais dormir dans ton lit. Mais c'est pas parce que j'ai peur d'être tout seul. C'est juste que j'aimerais bien dormir avec Sierra. Maman ne veut pas que j'aie un chien. Tu ne lui diras pas que j'ai dormi dans le même lit que Sierra ?

— Bien sûr que non. » Teresa était sincère. Elle était prête à tout ou presque pour que Daniel passe le plus agréablement possible cette étrange nuit. Et Sharon n'y verrait sûrement pas d'inconvénient, du moment que Daniel était en sécurité.

Dix minutes plus tard, elle avait bordé Daniel dans son lit. D'un geste, elle avait indiqué à Sierra qu'elle pouvait l'y rejoindre et la chienne, à présent, était couchée contre Daniel, qui avait posé son petit bras sur elle. Ses yeux se fermaient déjà, et sa respiration se fit plus profonde et régulière. Elle l'embrassa sur le front, et fit un nouveau signe à Sierra, lui intimant de ne pas bouger. Puis elle sortit de la chambre sur la pointe des pieds. D'habitude, Sierra ne voulait jamais quitter sa maîtresse, mais elle s'était prise d'une telle passion pour Daniel, qui ne se lassait pas de lui frotter les oreilles exactement comme elle l'aimait, qu'elle ne broncha pas, prête à rester avec lui.

Teri ferma doucement la porte pour qu'aucun bruit ne dérange le petit garçon qui s'était finalement rendu au sommeil. Elle redescendit au rez-de-chaussée et fit ce qu'elle avait à faire.

C'est-à-dire marcher de long en large et s'inquiéter.

Mac avait dit qu'il viendrait aussitôt qu'il aurait déposé sa mère. « Où donc peut-il être ? » demanda Teresa dans le vide. Emma était-elle malade ? Avait-il été obligé de rester avec elle ? Il aurait appelé pour me prévenir, se dit-elle.

À moins qu'il ait eu un accident de voiture. Qu'il soit dans une ambulance, ou même à l'hôpital, inconscient peut-être, ou *mourant*. Elle se précipita vers le téléphone, le cœur battant à tout rompre. Des scènes sanglantes, tragiques lui traversèrent l'esprit — Mac gisant, blessé, en sang, murmurant peut-être son nom, rendant peut-être son dernier souffle, sans qu'elle soit à ses côtés, pour lui tenir la main, lui répéter, comme elle l'avait fait la nuit dernière, qu'elle l'aimait, n'avait jamais cessé de l'aimer.

Hier soir, il lui avait donné son numéro de portable et elle le connaissait déjà par cœur. Teresa composa frénétiquement le numéro. La messagerie s'enclencha au bout de deux sonneries. Elle laissa un message — à la fois confus et irrité, agrémenté de quelques jurons, simplement parce qu'elle venait de se faire si peur — puis le temps alloué pour son message prit brusquement fin.

Elle ne pouvait pas croire que Mac l'évite délibérément. Pas après la nuit qu'ils avaient passée ensemble. Pas après lui avoir promis de ne pas lui faire faux bond ce soir. Il savait que ce serait pour elle un moment difficile, qui risquait de tourner au désastre. Il était parti sans avoir assisté à la scène de Sharon. Il n'était même pas au courant de sa disparition.

Teresa savait qu'il était inutile d'appeler au Club. Elle essaya son appartement, tomba sur le répondeur. Ensuite, en dernier recours, elle chercha le numéro d'Emma et appela chez elle. Rien. Pas même de répondeur. Emma avait souhaité rentrer chez elle parce qu'elle ne se sentait pas bien. C'était du moins ce que Mac avait dit à Teresa.

« Et s'il me l'a dit, c'est que c'est vrai », s'admonesta Teresa. S'il n'avait pas voulu assister à la « fête » chez Teri, il aurait simplement refusé de venir. Il l'aurait fait très gentiment, il se serait confondu en excuses, mais il aurait refusé. Il ne l'aurait pas laissée attendre comme ça, à se demander où il pouvait bien être, passé minuit, alors qu'il était censé être avec elle.

Retournant à son premier scénario d'accident de voiture, elle appela le service des urgences à l'hôpital. Quelqu'un répondit, puis la mit aussitôt sur attente. Elle attendit. Une éternité. Jusqu'au moment où elle faillit lancer l'appareil par la fenêtre. Elle savait que le service des urgences était toujours très occupé la nuit du 4 juillet — trop d'amateurs essayaient de tirer leurs propres feux d'artifice et se retrouvaient brûlés, avec un doigt en moins, ou pire. Elle se souvenait d'un très beau garçon au lycée, qui s'était brûlé au visage en voulant tirer un pétard. Teresa avait appris qu'il ne sortait presque plus de chez lui.

Elle secoua la tête comme pour essayer de chasser cette horrible vision. Elle n'avait plus pensé à cette histoire depuis des années. Et il fallait que ce souvenir lui revienne maintenant, se dit-elle, éprouvant un ressentiment tout à fait irrationnel – alors qu'elle était malade d'inquiétude au sujet de Mac et d'Emma, les imaginant gisant dans une voiture dévorée par les flammes.

Teresa décida de réessayer l'hôpital dans quelques minutes. En attendant, elle appellerait Kent pour avoir des nouvelles de Sharon. Elle composa le numéro de portable de son frère qui aussitôt s'écria : « Sharon ! Où es-tu ?

– C'est Teri, pas Sharon, ce que tu saurais si tu avais regardé l'écran. Tu ne l'as pas retrouvée alors ?

– Non, bon sang !

– Et Gabe non plus ?

– Je viens de lui parler. Il est rentré chez lui, il va attendre une heure ou deux. Sharon ira peut-être là-bas.

– Bonne idée. Elle ne viendra sûrement pas chez moi. »

Kent se mit à parler d'un ton coupable, vaincu : « Cela fait des mois que je sais que Sharon est mal. Elle avait pressenti que Gabe fréquentait quelqu'un et ça ne lui plaisait pas. Et moi j'étais souvent absent – je travaille douze heures par jour, même le samedi –, pourtant je suis presque certain que Sharon croit que j'ai une maîtresse. Pour ne rien arranger, on vient d'apprendre qu'elle ne peut plus avoir d'enfants. Elle en voulait trois, parce qu'elle a souffert d'être fille unique. Tu comprends maintenant pourquoi elle s'accroche autant à Daniel.

— Oh ! Kent, je ne savais pas.

— Sharon ne voulait pas que ça se sache. Je crois qu'elle l'aurait mieux supporté si le problème venait de moi, seulement ça vient d'elle. Pour moi, ça n'a pas d'importance. Des milliers d'enfants dans le monde ont besoin d'un foyer. Mais Sharon ne veut même pas entendre parler d'adoption. Elle trouve que c'est comme annoncer à tout le monde qu'elle est une ratée. » Kent était à bout, Teri l'imagina affaissé derrière le volant de son véhicule. « Aller voir les flics ne servira à rien. Elle n'a disparu que depuis quelques heures. Mais je vais continuer à la chercher, sans renoncer, Teri, car j'ai peur que cette nuit soit le point de rupture pour ma femme.

— Non, Kent, fit Teresa avec conviction. Sharon n'est pas comme notre mère. Elle est bien plus forte qu'elle n'en a l'air.

— Je l'espère, dit Kent d'un ton peu convaincu. Comment va Daniel ?

— Il dort profondément, avec Sierra tout contre lui.

— Oh ! génial, Sharon apprécierait. Un chien au lit avec notre fils.

— Sierra a pris un bain il y a moins d'une semaine. Et Daniel l'adore. De plus, Sharon n'a pas besoin de l'apprendre.

— Tu as raison. Teri, il vaut mieux que je raccroche. Sharon essaie peut-être de me joindre.

— D'accord. Bonne chance, et appelle-moi dès que tu le peux. » Teresa, d'une manière un peu gauche, ajouta : « Je t'aime, grand frère. »

Teresa ne pouvait pas le voir, mais elle comprit à sa voix qu'il avait esquissé un sourire. « Je t'aime,

Teri. Et je suis désolé d'avoir mis le feu à ta poupée Barbie quand j'avais onze ans.

– Ne t'en fais pas. J'en ai acheté une autre. Il faut que tu essaies de retrouver ta femme maintenant. »

Teresa raccrocha et se dirigea vers la cuisine. Elle avait envie d'un verre de vin. D'habitude, elle ne buvait guère plus qu'un cocktail ou deux verres de vin par semaine, mais il fallait reconnaître que ces derniers jours avaient été particulièrement stressants. L'alcool ne faisait pas disparaître les problèmes, mais l'aidait à se sentir légèrement plus détendue. Elle but une gorgée de vin blanc, un peu âpre et bien frais, et sursauta lorsque le récepteur radio grésilla.

Teresa ne prêta pas vraiment attention à la voix chargée d'indiquer leur destination aux patrouilles. « Mount Vernon Avenue. Première équipe disponible. »

Mount Vernon, se dit Teri. Elle écouta un peu plus attentivement. Un policier répondit : « Unité 3. Que se passe-t-il ?

– Appel d'un tiers, signalement d'un trouble. Possibilité de querelle domestique au 4021 Mount Vernon. L'appelant a entendu des cris, et vu ce qui semblait être une jeune fille s'enfuir en courant de la maison. L'appelant croit également avoir vu un corps étendu près d'une voiture à l'arrière de la maison. »

Le verre de vin de Teri lui tomba des mains. 4-0-2-1 Mount Vernon. L'adresse de Jason et Celeste Warner.

2

Les mains tremblantes, Teri fouilla dans un tiroir à la recherche d'un annuaire. Elle chercha l'adresse de Jason Warner et crut défaillir en lisant : 4021

Mount Vernon. Elle ne s'était pas trompée. Puis elle regarda le numéro de téléphone et le composa fébrilement. Elle laissa sonner dix fois. Sa peur augmentait à chaque sonnerie résonnant dans le vide, et elle finit par raccrocher.

Il y avait des dizaines de raisons pouvant expliquer que les Warner ne répondent pas ce soir, se dit-elle. Fay avait décidé que Celeste devait se coucher aussitôt en rentrant du feu d'artifice, et elle avait débranché pour être sûre que la sonnerie ne la réveille pas. Ou bien, tout simplement, les Warner n'avaient pas envie de répondre…

Mais leur voisin avait appelé la police pour signaler un problème, des cris, un corps étendu derrière la maison. Celeste, peut-être. Lorsqu'elle était venue à l'écurie, elle avait dit à Teri que quelqu'un cherchait toujours à la tuer. Elle avait peut-être raison.

Mais la voix de la radio avait dit qu'une personne – une jeune fille apparemment – s'était enfuie en courant de la maison. Mon Dieu, faites que ce soit bien Celeste, pria Teri. Celeste, qui avait dû essayer de l'appeler plus tôt dans la soirée, au moment où elle arrivait, avec Daniel. Celeste dont le dernier mot à Teri avait été : « Tuer ».

Teresa inspira profondément, essaya de se calmer. La voix au téléphone était si râpeuse, c'était peut-être un autre mot. Et la voix n'était peut-être même pas celle de Celeste. C'était peut-être juste une autre mauvaise plaisanterie.

Sauf que l'écran d'identification avait bien indiqué que l'appel provenait de la maison des Warner. Sauf que la police avait été envoyée là-bas parce qu'« un tiers » avait entendu des cris. *Des cris !* « Vraiment, aucune raison de s'inquiéter, marmonna Teri, sarcastique. C'est tout simplement un ensemble de coïncidences. La famille Warner va très bien. »

Teresa essaya d'appeler de nouveau, et de nouveau personne ne répondit. Elle raccrocha. Elle était tellement inquiète que son front se couvrit de sueur. Une seule nuit, d'après son souvenir, avait été pire que la présente, et elle ne voulait surtout pas y penser.

Sans réfléchir vraiment à ce qu'elle faisait, elle se pencha et commença à ramasser les morceaux du verre à vin qu'elle avait laissé tomber par terre. Ce n'est qu'en voyant une goutte de sang tomber sur le sol qu'elle s'aperçut qu'un éclat lui avait percé le doigt. Elle le regarda, ôta le petit bout de verre, puis jura silencieusement lorsqu'elle vit encore un peu de sang tomber, s'échappant d'une deuxième minuscule entaille. Vraiment, elle avait été bien maladroite, se dit-elle. Maladroite, hébétée presque. Elle ne ressentait aucune douleur – simplement, elle ne pouvait pas supporter la vue du sang. Pas ce soir.

Un rouleau d'essuie-tout se trouvait opportunément à sa portée. Elle en arracha un bout, le serra autour de l'index et du majeur de sa main droite, mais n'eut pas la patience d'attendre plus d'une minute. Elle retourna près du téléphone et composa de nouveau le numéro des Warner. Toujours pas de réponse. Frustrée, elle soupira. En reposant le combiné, elle vit du sang sur le clavier. Du sang par terre, du sang sur le téléphone. Du sang dans la maison des Warner. Elle en était certaine.

Teri sentit le besoin urgent de s'assurer que son neveu, au moins, était en sécurité. Elle prit un autre bout d'essuie-tout, au cas où son doigt continuerait à saigner, et monta les marches quatre à quatre. Elle avait laissé le couloir allumé, et la porte légèrement entrouverte pour que Daniel n'ait pas peur dans le noir, comme la petite Celeste. Elle se glissa sur la pointe des pieds dans la chambre. Sierra leva la tête, mais Teri mit un doigt sur ses lèvres et la chienne parut comprendre le message. Quelqu'un a fait ce même geste devant moi, dans un couloir obscur, pensa Teresa en frissonnant, et, moi aussi, j'ai gardé le silence.

Daniel était couché du côté gauche, sa main droite posée sur l'épaule de Sierra. La chienne dormait d'habitude au pied du lit lorsque Teresa était là, mais elle semblait avoir décidé de tenir compagnie à Daniel. Les chiens sentent tellement de choses auxquelles les humains n'accordent aucune attention. Sierra avait compris que Daniel était effrayé et bouleversé. À présent son visage paraissait pourtant détendu et paisible, il dormait la bouche légèrement ouverte, ses cheveux blond platine dégagés de son front, humides de sueur malgré la température fraîche de la chambre.

Alors que Teri le regardait, il marmonna « Maman », puis « ce n'est pas un vrai chien ». Sa jambe eut un sursaut spasmodique, et il se retourna sur le dos. Même dans son sommeil, il s'inquiétait de ce que *Maman* allait dire ! pensa Teresa, émue. Kent avait dû se sentir tellement écrasé par la charge de son entreprise – charge qui lui était tombée dessus alors qu'il était jeune et sans expérience – qu'il s'était persuadé que les problèmes de Sharon « se résoudraient tout seuls ». Il était temps d'assumer ses responsabilités envers son fils. Sharon, dans son état actuel, ne pourrait qu'avoir une influence néfaste sur le petit garçon. Kent allait prendre toute la mesure du problème mais il ferait en sorte de le résoudre avec *douceur*. Sharon ne serait pas traitée comme l'avait été Marielle, parce que Kent, Dieu merci, n'était pas Hugh Farr.

Teri se pencha et posa un léger baiser sur le front de Daniel, une familiarité que l'enfant, lorsqu'il était éveillé, ne tolérait de personne sinon de son père, sa mère et son grand-père. « Je t'ai eu ! » chuchota Teri en souriant. Puis, d'un geste, elle envoya un baiser à Sierra, dont le regard ambré allait de Teri à Daniel, puis de Daniel à Teri – les deux humains dont elle avait la garde. En silence, Teri sortit de la chambre, laissant la porte ouverte de quelques centimètres.

En descendant l'escalier, elle entendit de nouveaux feux d'artifice au loin. D'habitude, elle prenait ses jumelles et, de la véranda, tentait de localiser les retardataires solitaires qui prolongeaient le spectacle. Mais ce soir, elle ne voulait qu'une chose, se blottir dans un fauteuil, prendre un livre et tout oublier. Elle retourna dans la cuisine, jeta un coup d'œil à la pagaille que Daniel et elle avaient laissée, ramassa les derniers bris du verre cassé, et passa même l'aspirateur à cet endroit pour être sûre que Daniel ne se blesse pas s'il descendait pieds nus. Enfin, elle éteignit le récepteur radio. Elle avait atteint le seuil de mauvaises nouvelles qu'elle pouvait supporter d'apprendre en une nuit.

Elle revint au salon. Elle aurait dû téléphoner à Carmen pour prendre de ses nouvelles, mais elle n'avait pas besoin de l'appeler pour savoir qu'elle avait été mise à rude épreuve ce soir. De plus, elle avait peut-être pris un somnifère et Teri la tirerait du bienheureux oubli procuré par le sommeil.

Teri fit les cent pas dans son salon. Pour une fois, la pièce était dans un état impeccable, pensa-t-elle avec ironie. Elle aimait que sa maison soit bien rangée, mais pas à ce point. Chaque cendrier était à sa place, chaque table ou tablette semblait défier le moindre atome de poussière d'oser se poser sur sa surface. Ce soir, Teri avait attendu des invités. Si tout s'était bien passé, des assiettes en porcelaine et des flûtes à champagne seraient abandonnées ici et là dans toute la pièce, et Teri ne redouterait rien d'autre que d'affronter le ménage du lendemain matin. À présent, elle se disait que nettoyer aurait été une vraie joie, si seulement la nouvelle annoncée par Carmen et Gabe n'avait pas provoqué la tempête du siècle.

Teri abandonna *Les Raisins de la colère* au profit du magazine *People*. Elle se laissa aller dans le fauteuil inclinable qui était toujours pour elle un refuge, doux comme une caresse. Mais pas ce soir. Le dossier semblait trop raide, et elle eut l'impression de sentir une bosse sur le coussin du siège. Alors qu'elle se levait pour vérifier, elle entendit frapper à la porte.

Elle aurait pu pleurer de soulagement. Mac, enfin. Eh bien, il allait l'entendre ! Elle allait lui demander pourquoi il ne l'avait pas appelée. Pourquoi il n'avait pas répondu sur son portable. Et où diable il était passé !

Malgré sa fatigue et sa colère, Teri prit un peigne aux dents très larges dans un petit tiroir de la table près de l'entrée et le passa sur ses cheveux, puis le remit en vitesse dans le tiroir. Elle ne voulait pas qu'il la surprenne en train de se pomponner. Qu'il la voie donc dans cet état, il ne méritait pas mieux. Il n'aurait *jamais* dû la laisser attendre si longtemps. Mais il était là maintenant, se dit-elle, sentant son humeur s'alléger un peu. Daniel avait Sierra pour le protéger, et elle, elle avait Mac. Ce cher Mac, si beau, si drôle, si aimant, et parfois si distrait.

Mais lorsqu'elle ouvrit grand la porte, ce fut pour trouver Carmen, debout sur le perron. Elle portait un vieux jean, presque en lambeaux, un tee-shirt gris qui paraissait froissé et humide de sueur comme si elle l'avait porté pour accomplir de durs travaux, et un grand coupe-vent bleu marine. Ses cheveux bruns étaient tout emmêlés, et son visage aussi blanc qu'un parchemin, à part de vilaines taches noires, là où ses larmes avaient fait couler mascara et eyeliner, jusqu'en dessous de ses pommettes.

Madeline, pensa une seconde Teri. Carmen ressemble à la Madeline d'outre-tombe de Poe, dans *La Chute de la Maison Usher.*

« Carmen ? demanda-t-elle d'une toute petite voix. Qu'est-il arrivé ? Ils ont retrouvé Sharon ? »

Carmen, d'un signe de tête, répondit que non.

« Où est Gabe ? »

Carmen se mit à trembler, puis elle se jeta dans les bras de Teresa. « Gabe m'a quittée, fit-elle d'une voix grinçante. L'épouser était pour moi le dernier, le plus beau rêve de ma vie et il l'a détruit en quelques instants, d'un seul coup de fil dévastateur. »

3

Jason Warner ouvrit lentement les yeux. Pendant dix secondes, dans la confusion la plus totale, il fixa le ciel sombre. Puis, comme un tisonnier brûlant, la douleur le transperça dans la région de l'estomac. Il posa la main à cet endroit, appuya – ce geste lui arracha un cri de souffrance – et retira vite la main, qu'il mit devant ses yeux. Même dans l'obscurité, il pouvait distinguer le sombre liquide qui coulait sur son poignet et se frayait un chemin entre ses doigts. Du sang. Beaucoup de sang, énormément de sang.

Il essaya de s'asseoir pour évaluer l'étendue de ses blessures, mais le plus petit mouvement lui donnait l'impression que d'énormes, de terribles mains creusaient dans ses entrailles. Cette image lui donna aussitôt envie de vomir, mais il utilisa le peu de forces qui lui restait pour surmonter cette nausée. D'instinct, il savait que vomir le tuerait. Il était possible de mourir de douleur. Il savait que ce n'était pas juste une façon de parler.

Jason tourna légèrement la tête vers la droite et aperçut un des pneus de sa voiture — la voiture qui aurait offert protection et évasion s'ils étaient rentrés à la maison et repartis cinq minutes plus tôt. Il savait qu'une valise, un fourre-tout et un sac marin étaient éparpillés autour de lui, lâchés, lorsque quelque chose, *quelqu'un*, vêtu d'un long manteau sombre avec une capuche s'était jeté sur lui en brandissant un couteau. La longue lame argentée avait un instant étincelé sous l'éclairage du porche, lueur maléfique, avant d'être plongée en lui, guidée par une main puissante, la main d'un individu qui avait émis, tout bas, un cri de triomphe animal, tandis que le couteau pénétrait sous sa peau, dans ses muscles, et faisait jaillir le sang sur le tissu de sa chemise.

Le couteau avait été retourné dans la chair. Le choc et la douleur avaient arraché à Jason une sorte de gémissement hébété, puis il était tombé sur le sol. Son agresseur l'avait remis sur le dos, avait retiré le couteau, provoquant une nouvelle vague de souffrance pratiquement insupportable. Puis il s'était précipité vers la maison, la porte de la cuisine.

De nouveau, Jason essaya de regarder droit devant lui. Il inspira aussi profondément que possible, leva le menton et tendit le cou. La porte de la cuisine était toujours grande ouverte, et une vive lumière s'échappait de la petite pièce que sa mère gardait immaculée. Sauf que plus jamais elle ne s'en soucierait. Jason gémit lorsqu'il vit Fay affalée tout près de la porte, sa main resserrée sur son cou, le côté gauche de son visage, sa main gauche, son bras et son torse baignant dans une tache criarde de sang écarlate. Il put même voir ses yeux bleus, ouverts, fixant le vide.

Et Celeste ? Il inhala assez d'air pour prononcer son nom mais elle n'aurait pas pu l'entendre, à moins de se trouver tout près de la porte elle aussi. S'était-elle échappée ? Ou bien gisait-elle quelque part dans la maison, morte, ou presque morte, comme des années plus tôt.

L'encadrement de porte se mit à bouger, puis à tournoyer. Il savait qu'il était sur le point de s'évanouir. Il ferma les yeux pour ne plus avoir à supporter le monde qui tournait autour de lui mais il pouvait encore entendre – non pas les explosions de feux d'artifice, mais un son qui ressemblait à une sirène. Il essaya d'ouvrir les yeux, mais l'effort était trop grand. De nouveau il inspira le plus profondément possible, attendant que la mort vienne l'étreindre. Brusquement, une lumière blanche brilla à travers le voile de ses paupières. Jason se demanda s'il s'agissait de ce tunnel dont parlent ceux qui reviennent de la mort.

Sa question trouva une réponse lorsqu'il entendit quelqu'un crier : « Il est là, et il vit encore. » Puis quelqu'un toucha doucement son épaule et une voix profonde et masculine dit : « Pas d'agitation, mon gars. Je suis un flic et les urgences arrivent. Tout ira bien, maintenant. »

CHAPITRE XXI

1

Celeste avait couru le long du grillage qui entourait l'Agence pour l'Organisation de la Défense, puis avait atteint une pente. Elle en avait déjà parcouru une bonne partie lorsqu'un de ses tennis glissa sur les herbes rendues humides par la rosée. Elle tomba, roula sur elle-même et atterrit dans un champ. Elle fut d'abord terrifiée à l'idée de s'être cassé une jambe ou foulé la cheville. Elle s'assit, regardant tout autour d'elle, essayant de reprendre souffle. Puis elle se releva, et s'aperçut qu'elle sentait simplement une légère douleur au genou. Lentement, elle rampa jusqu'au bout du champ, où les broussailles étaient plus hautes. Puis elle traversa une étroite route en terre, respira profondément et faillit fondre en larmes en découvrant les mots peints en vert sombre sur un grand panneau blanc :

FARR FIELDS.

Elle n'était pas catholique, mais elle fit un signe de croix et adressa une prière silencieuse au ciel obscur. Elle y était arrivée. Elle avait trop chaud, elle était sale, épuisée, mais elle était arrivée à bon port.

Celeste se précipita vers les arbres bordant la route et s'engagea sur le terrain dégagé où les magnifiques chevaux passaient leurs jours à brouter, absorber le soleil et où, de temps en temps, on les emmenait en promenade, ou même galoper. Accroupie derrière l'un des poteaux près du manège, Celeste regarda avec envie la grande et superbe écurie. Elle courut jusqu'à un angle du bâtiment et sentit un désir presque irrépressible d'entrer, de caresser les chevaux — qui, elle le savait, n'avaient pas reçu assez d'attentions depuis le meurtre de Gus Gibbs, meurtre que tout le monde avait essayé de lui cacher. Elle aurait aimé ramper jusqu'à une motte de foin et s'endormir tranquillement pour la nuit. Il serait bien temps, le lendemain matin, de penser à Papa et Grandma. Elle aurait tout le restant de sa vie pour penser à eux.

Mais ils sont morts, se dit Celeste. Si douloureux que cela soit, je sais qu'ils sont morts. Alors que Teri, elle, est toujours vivante — je le sais, je le sens ! Et elle le demeurera, si je peux l'aider comme elle m'a jadis aidée.

2

Teri guida une Carmen en larmes jusqu'au canapé, et s'assit à côté d'elle. Elle prit conscience alors qu'elle n'avait jamais vu Carmen pleurer. Quelques larmes vite réprimées lui montaient parfois aux yeux lorsqu'elle parlait de Marielle, depuis sa disparition, mais le plus souvent Carmen se montrait optimiste, pleine d'allant. Elle disait toujours à Teri de ne jamais perdre l'espoir, sous aucun prétexte, mais ses larmes ce soir-là étaient le signe qu'elle avait perdu tout espoir en ce qui la concernait.

Beaucoup de gens pensaient que la maîtrise de Carmen trahissait son manque d'intérêt pour les autres. Comme ils se trompaient, pensa Teresa. Carmen s'était souciée de Marielle. Et celui ou celle qui l'aurait vue en ces instants n'aurait pu dire qu'elle ne souffrait pas le martyre à cause de Gabe… Gabe ? Teri se rendit compte qu'elle ne savait pas exactement ce qui s'était passé entre Carmen et Gabe. Sans chercher à la ménager, elle lui posa la question, tout comme Carmen l'avait fait lorsque Teri avait rompu avec Mac.

« Tu veux savoir s'il m'a plaquée ? réussit à dire Carmen, avec un petit sourire sarcastique. Pas exactement. Il souhaite reporter le mariage, attendre que sa fille soit tirée d'affaire. »

Teri se pencha légèrement en arrière et regarda son amie en souriant. « Voyons, Carmen, il ne t'a pas larguée. Il veut juste différer la date du mariage…

– Tu ne le connais pas aussi bien que moi et tu ne l'as pas entendu au téléphone. » Carmen émit une sorte de gémissement, qui ressemblait à celui d'un animal mourant. « Il ne va pas m'épouser, Teri. Gabe O'Brien ne veut plus de moi.

– Ce n'est pas possible, Carmen. Ressaisis-toi, et tâche de raisonner un peu. Il y a quelques heures, il t'aimait tellement qu'il voulait passer le restant de sa vie avec toi. Tu crois qu'il va renoncer à toi pour un simple caprice de sa fille ?

– Sincèrement, oui. Il ne voit pas ça comme un caprice. Il s'imagine que Sharon est en train de faire une dépression nerveuse. Il l'a même comparée à ta mère, Teri. » Teresa grimaça. « Mon Dieu, je n'aurais pas dû dire ça. Je suis désolée. Tout à l'heure, au téléphone, j'ai dû dire au moins cinq choses que je regrette, mais c'est sorti tout seul et il ne me le pardonnera jamais.

— Tu n'en sais rien, Carmen. Gabe a réagi sous le coup de l'émotion, et toi aussi. Dès qu'ils auront retrouvé Sharon — et ils vont la retrouver très bientôt, j'en suis certaine — il va repenser à tout ça plus calmement et prendre conscience de ce qui s'est passé. Il ne veut pas te perdre, Carmen. »

Après un moment de silence, Carmen dit d'un ton dur : « Sharon lui a dit que j'avais eu une liaison avec ton père. »

Teresa se sentit rougir comme une enfant. Elle ne savait pas pourquoi cette accusation la perturbait tant. C'était ridicule. Grotesque ! Absurde ! Au moins quatre synonymes défilèrent dans son esprit. Et pourtant, elle avait l'impression de se raccrocher à un fétu de paille, à des mots faciles qui ne tiraient pas à conséquence. Teri se demanda pourquoi elle se sentait si mal.

Parce que l'idée écœurante que Carmen et son père aient pu être amants, et pas seulement amants occasionnels, paraissait tout à fait plausible, se dit-elle à sa grande surprise. Parce que la trahison — jusqu'alors inimaginable — de Marielle par Carmen, censée être sa meilleure amie, devenait possible. Teri se souvint de brefs regards, de petits gestes, de sourires complices, qui s'éteignaient comme une lampe, dès qu'ils étaient surpris.

Carmen la dévisagea bizarrement. Teri s'empressa de dire : « Gabe ne croit pas que tu avais une liaison avec mon père. Si, au téléphone, il a semblé le penser, c'est qu'il était énervé. Dès qu'il se sera calmé, Carmen, il se souviendra que tu supportais à peine la présence de mon père, alors... être sa maîtresse !

Il faut juste que tu sois patiente. Ce malentendu va s'éclaircir.

— Comme j'aimerais que tu aies raison. » Toute vie sembla soudain se retirer de Carmen. Elle s'effondra sur le canapé, les mains nouées, le regard dans le vide. Elle avait l'air d'une morte et Teresa eut brusquement peur pour elle. Et peur d'elle, fut-elle obligée d'admettre. La femme qu'elle connaissait et aimait depuis des années était presque devenue une inconnue. Au moins, elle ne la regardait plus de cet air inquisiteur, trop pénétrant, qui semblait la percer à jour, se dit Teri, soulagée. C'était la première fois qu'elle voyait cette expression dans les yeux de Carmen.

« Carmen, je crois qu'il te faut un verre pour te calmer un peu. Je te proposerais bien un tranquillisant, mais je n'en ai pas.

— Je préfère un verre, répondit Carmen d'une voix sans timbre. Mais pas de champagne. Seigneur, pas de champagne.

— Je ne pensais pas à du champagne. J'ai de la bière. J'ai aussi de la tequila et un mélange tout prêt pour margaritas. Ça te dit ? Tu as toujours aimé les margaritas.

— Moi ? fit Carmen d'un air absent. C'est vraiment idiot, mais on dirait que je ne me souviens plus de ce que j'aimais ou n'aimais pas. » Elle jeta un coup d'œil en direction de Teri. « Oui, je prendrais bien une margarita.

— Très bien. Moi aussi. » Teresa se leva. « Reste tranquillement sur le canapé, j'apporte les boissons dans deux minutes. »

Lentement, Carmen se pencha en arrière, changeant plusieurs fois de position, comme si elle essayait de coordonner des parties de corps différents.

« Je t'accompagne à la cuisine, si ça ne te dérange pas. Je ne veux pas rester assise ici toute seule. » Elle regarda autour d'elle. « Où est passée Sierra ? Elle ne te lâche pas d'habitude.

– Ce soir, c'est particulier », fit Teresa d'un ton léger, en se dirigeant vers la cuisine. Carmen, traînant les pieds, la suivit. « Daniel est là et il a voulu dormir avec Sierra.

– Sharon sera furieuse.

– Sharon ne l'apprendra pas, si je peux l'empêcher. J'avais peur que Sierra ne veuille jamais dormir avec quelqu'un d'autre que moi, mais en fait elle s'est blottie tout contre Daniel », continua Teresa, qui se rendait compte qu'elle parlait plus fort et plus vite que d'ordinaire, et se demandait si Carmen allait le remarquer. « Ce qu'elle ne fait même pas avec moi. Je crois qu'elle a compris que Daniel avait besoin d'un maximum de réconfort. Le pauvre petit a été complètement retourné par la scène de sa mère ce soir.

– Pas étonnant. On ne parlera que de ça en ville demain. Ça devrait plaire à Sharon. Elle qui a toujours voulu être le centre d'attraction. »

Les mots de Carmen étaient amers, mais sa voix était neutre. Elle aurait pu parler d'une personne qu'elle ne connaissait pas.

« J'en doute. » Teresa se mit sur la pointe des pieds pour atteindre une bouteille de tequila sur l'étagère du haut, à côté d'une bouteille de scotch et d'une autre de bourbon. « Je suis certaine que, demain, elle le regrettera.

– Elle serait sûrement ravie de savoir qu'on s'inquiète autant pour elle et qu'on la recherche comme ça, poursuivit Carmen d'une voix détachée comme si elle n'avait pas entendu Teri. Tu crois qu'elle va venir ici ?

— Ça m'étonnerait. La seule raison qui pourrait l'inciter à venir, c'est de penser que Daniel est avec moi et, si elle vient le chercher, je ne la laisserai pas l'emmener. Pas si elle est seule. Si Kent est avec elle… mais Kent ne voudra pas qu'on réveille Daniel. Toi comme moi, je doute que nous voyions Sharon ce soir. »

Teresa prit le mélange spécial margaritas dans le réfrigérateur. Elle mit de la tequila et la préparation bien fraîche dans le mixeur et le retourna, espérant que le bruit ne réveillerait pas Daniel. Elle était en train de verser les boissons dans de grands verres lorsque Carmen demanda : « Où est Mac ? Il participe aux recherches, lui aussi ?

— Je n'arrive pas à le joindre, lui non plus. Il a dit qu'Emma ne se sentait pas bien, qu'il allait la déposer chez elle avant de venir ici, mais il n'est toujours pas arrivé. J'ai essayé son portable, son fixe, et même chez Emma, mais ça ne répond nulle part.

— Donc Daniel et toi vous êtes tout seuls ?

— Oui. » Teri hésita, subitement frappée par une forte odeur de santal. « Carmen, tu viens juste de te parfumer ? demanda-t-elle avant de pivoter.

— Oui », répondit tranquillement Carmen en braquant un revolver .22 sur le front de Teresa.

3

Celeste se préparait à traverser en courant le champ et le terre-plein pour gagner l'entrée principale de la maison de Teri lorsqu'elle vit quelqu'un monter les marches de la véranda. Instinctivement, elle se baissa, s'aplatit le plus possible sur le gazon bien tondu. Elle tenta désespérément d'apercevoir de qui il s'agissait, mais l'individu, portant un jean pratiquement en lambeaux, marchait tête baissée, ses mains disparaissant à l'intérieur d'un immense coupe-vent. Ni l'accoutrement ni la démarche du visiteur de Teri ne semblaient familiers à Celeste, et elle ne distinguait pas assez nettement le visage pour le reconnaître.

En fait, elle n'aurait même pas su dire s'il s'agissait d'un homme ou d'une femme. Elle savait que ce n'était pas Mac — il était plus grand. Elle l'avait vu un samedi où son père l'avait emmenée chez Bennigan, et il lui avait fait un clin d'œil. Puis elle l'avait revu avec Teri au feu d'artifice. Lorsque Celeste vivait chez les Farr, Teri et Mac étaient deux amoureux, mais Teri lui avait dit que c'était un grand secret qu'elle ne devait jamais révéler, et elle ne l'avait jamais fait. De toute manière, elle savait que la personne qui s'était traînée jusqu'à la porte de Teri n'était pas Mac. Peut-être était-ce Josh, le jeune homme qu'elle avait rencontré à l'écurie l'autre jour, se dit-elle, soudain inquiète. Le fils de Gus Gibbs, celui qui s'était fait assassiner. Des mauvaises langues racontaient que Josh avait tué son père, mais Celeste n'y croyait pas, et pas seulement parce qu'il était gentil. Si ce visiteur était Josh, tout se passerait bien.

Et sinon, c'était peut-être Kent, continua Celeste, priant pour que ce fût le cas. D'après son souvenir, il était plus grand, plus fort que cet individu, mais elle était encore une enfant la dernière fois qu'elle l'avait vu. Kent, Dieu merci, ne ferait pas de mal à Teri. Il l'aimait, même s'il n'en aurait rien laissé paraître.

Ou bien c'était peut-être la femme de Kent ! Celeste l'avait rencontrée, longtemps auparavant. Hugh ne l'aimait pas. Hugh n'aimait personne, sauf Maman, pensa-t-elle avec amertume. Il était toujours méchant avec la petite amie de Kent, et un jour, elle s'était précipitée hors de la maison en pleurs. Celeste ne se souvenait plus de son nom. Mais les noms n'avaient pas d'importance. Celeste ne s'en souciait pas.

Elle avait peur. Peur de savoir qui était venu voir Teri, et pourquoi. Le cœur serré, Celeste vit Teri ouvrir la porte. L'individu se jeta dans les bras de Teri et Teri l'enlaça, et le fit aussitôt entrer, refermant la porte derrière eux.

Oh ! s'il vous plaît, faites qu'il ne s'agisse pas de la personne à laquelle je pense, supplia Celeste. *S'il vous plaît.*

Celeste attendit de reprendre son souffle et de récupérer quelques forces avant de se relever et de s'approcher de la maison. Lorsqu'elle approchait d'une fenêtre, elle se levait juste assez pour regarder à l'intérieur, même si la pièce était éteinte. Elle finit par atteindre une fenêtre d'où s'échappait une lumière chaleureuse. Elle se mit sur la pointe des pieds, et lorsque ses yeux furent au niveau du rebord de la fenêtre, elle vit une cuisine. Et dans la cuisine, elle vit Teri, debout, tenant deux grands verres emplis d'un liquide verdâtre.

Teri et la femme que Celeste avait vue au feu d'artifice – la femme qui avait poussé un grand cri lorsque le bruit d'une explosion l'avait fait sursauter, tout comme elle avait crié huit ans auparavant, lorsqu'elle avait ouvert la porte de la chambre de Maman et vu une petite fille de huit ans qui se tenait là. La femme dans le parc dont le regard s'était posé sur Celeste, qui avait été comme hypnotisée, depuis qu'elle avait entendu ce cri. Après toutes ces années, elles s'étaient vues, et elles avaient compris – Celeste avait compris qu'elle se trouvait en présence de la personne qui avait tué sa mère et Hugh, et la femme avait compris que Celeste l'avait reconnue.

À présent, cette femme était assise devant la table de la cuisine, pointant un revolver sur la tête de Teri.

4

Les margaritas débordèrent de chaque verre, mais Teri ne les lâcha pas. « Carmen, qu'est-ce que tu fais ? » demanda-t-elle d'une voix calme qui lui sembla appartenir à quelqu'un d'autre.

D'un air dédaigneux, Carmen répondit : « À ton avis ?

— À mon avis... » Teresa ferma les yeux un instant, puis regarda Carmen avec gravité. « Repose ce revolver, tu pourrais blesser quelqu'un. »

Carmen éclata de rire, un rire déchirant. Il doit lui écorcher la gorge, pensa Teresa. « Sans blague ! » Son rire cessa brusquement. « Mais mon intention est bien de blesser quelqu'un. »

Teresa fixait la femme qu'elle croyait son amie. « Carmen, tu es surmenée, le magasin, Sharon et Gabe et... » Teri s'interrompit, incapable de penser à d'autres causes de stress dans la vie de Carmen. « Tu es profondément bouleversée parce que Sharon t'a humiliée, mais souviens-toi qu'on est à Point Pleasant, en Virginie-Occidentale. Les gens vont en parler pendant une semaine, puis ils passeront à autre chose. Gabe et Kent ont compris maintenant que Sharon avait besoin d'être soignée et ils vont s'assurer qu'elle soit bien suivie. Dès que Gabe sera rassuré au sujet de sa fille, il ne demandera pas mieux que de trouver une nouvelle date pour le mariage, si tu veux encore de lui.

— Tu n'es jamais à court de mots, Teri. Tout ce que tu viens de dire ou presque est complètement faux, mais ça sonne bien. Et c'est ce qui compte. L'illusion, l'apparence. La force, la sincérité, la dévotion, l'amour — eh bien, à part dans les livres et les chansons, ça ne compte pratiquement pas. J'ai payé le prix fort pour l'apprendre.

— Dans ton enfance ? »

La bouche de Carmen se tordit en un mauvais sourire. « Belle manœuvre dilatoire, Teri. Oui, j'ai commencé à apprendre les réalités de la vie dans l'enfance. Et je n'ai pas arrêté d'apprendre depuis. La leçon se termine cette nuit.

— Ma mère disait qu'il y avait une profonde tristesse en toi — simplement, tu savais mieux la cacher qu'elle la sienne. Elle pensait que c'était sans doute la tristesse qui vous rapprochait.

— Oh ! la sage Marielle. » Carmen leva les yeux au ciel. « Teri, tu croyais vraiment que j'aurais choisi une personne déprimée, pathologiquement timide comme Marielle Farr pour meilleure amie ! Mon Dieu !

— Tu ne…

— "Je ne" quoi ? Je ne l'aimais pas ? Sa détresse ne me touchait pas ? La réponse est non, dans les deux cas. J'ai cherché l'amitié de ta mère pour m'approcher de ton père. Hugh Farr — un des hommes les plus riches de tout l'État ! Le reste du pays a beau s'imaginer qu'il n'y a que des chômeurs en Virginie-Occidentale, ils se trompent dans les grandes largeurs !

— Donc Sharon avait raison. Tu as bien eu une liaison avec mon père. » Teresa hocha la tête. « J'ignore pourquoi, mais ça ne m'étonne pas. Je devrais être abasourdie, pourtant quelque chose que j'ai dû enfouir tout au fond de moi m'avait fait comprendre que Papa et toi étiez complices.

— Complices. Sacrément complices. J'avais pris l'habitude de passer souvent chez vous, je venais dîner, je passais le soir prendre un verre avec Marielle et son infatigable mari, et très vite, entre lui et moi, a commencé ce qu'en plaisantant on appelait la liaison du siècle ! Il ne se lassait jamais de moi et crois-moi, en matière de sexe, Hugh Farr était insatiable.

— Je ne tiens pas à entendre les détails, fit Teresa, écœurée. Tu te fichais de ma mère, d'accord, mais ton mari ? Je croyais que tu aimais John. Pendant des années, tu es restée à la maison pour prendre soin de lui.

— Justement. » On aurait dit que Carmen avait craché ce mot. « Lorsque j'étais jeune, belle, alors que j'aurais dû sortir m'amuser. Au lieu de ça, j'étais coincée avec *lui*. Pendant les cinq premières années de notre mariage, John était en bonne santé, bel homme, charmant, avec un solide compte en banque. Et du jour au lendemain — elle fit claquer ses doigts —, mon cher époux s'est retrouvé avec un carcinome malin. Veux-tu que je te fasse une description ? Des tumeurs se développent dans l'appendice, le rectum, l'intestin grêle, la trachée. Elles se développent lentement et provoquent de très fortes douleurs abdominales, une perte de poids, de la constipation, des diarrhées, des saignements de l'appareil digestif, et encore, ce ne sont que les symptômes les moins déplaisants. Pour couronner le tout, j'ai découvert que John n'avait pratiquement pas d'assurance maladie. Il était loin d'être vraiment riche, et on a dépensé tout ce qu'on avait pour essayer de le sauver. Bien entendu, le salaud n'avait *pas* d'assurance vie.

— Oh. Je... je comprends.

— Comment pourrais-tu comprendre ? explosa Carmen. Tu n'as jamais traversé d'épreuves ! » Teresa la fixa sans broncher. « Ma mère m'a abandonnée sans un regard en arrière. Mon père se fichait complètement de moi. La carrière de mannequin m'est passée sous le nez parce qu'il me manquait *cinq* centimètres — ces cinq centimètres que tu as, toi, sans même les apprécier. Puis j'ai épousé un homme qui est devenu un invalide repoussant — et crois-moi, sa maladie était vraiment repoussante. Rien de tout ça n'était juste, Teri, mais je ne suis pas du genre à encaisser sans rien dire, à supporter les choses sans réagir. Je les *arrange*. C'est tout ce que j'ai essayé de faire — corriger un destin qui avait déraillé.

» Cela faisait deux ans que j'étais la maîtresse de Hugh, et je commençais à désespérer, poursuivit Carmen, parlant à présent d'une manière tout à fait normale, comme si elle s'adressait à une simple connaissance. J'ai senti que Hugh changeait — il se lassait vite, tu sais. De plus, mon mari survivait. L'oncologue parlait de miracle. » Carmen eut un petit rire dur, discordant. « Alors une nuit, j'ai donné à John un peu trop de morphine — suffisamment pour bloquer son système respiratoire. Même son médecin n'a pas eu le moindre soupçon. Il n'y a pas eu d'autopsie.

— On était tous tellement tristes pour toi, murmura Teresa. Et toi, tu jubilais à l'idée d'avoir commis un meurtre sans te faire prendre.

— J'ai rendu service à John — j'ai mis fin à ses souffrances. » Carmen sourit, puis soupira. « Je savais qu'il faudrait être patiente pour avoir Hugh. Agir avec précaution, ce qui était facile puisque tout le monde savait que Marielle souffrait de troubles psychologiques. Avec Hugh, nous avions échafaudé toutes sortes de plans pendant deux ans. C'était très simple. » Teresa tressaillit, mais essaya de le cacher à Carmen. « Marielle prenait beaucoup de médicaments. Hugh prétendait qu'elle ne regardait même pas ce qu'elle prenait, il aurait pu faire des mélanges, la droguer, et faire croire ensuite qu'elle avait cherché à te blesser – blesser une victime endormie. Ça ne te rappelle rien ?

– Papa t'a donc donné une idée pour que tu commettes son propre meurtre, dit froidement Teresa. J'aimerais être capable d'apprécier l'ironie de la situation, mais je ne peux pas.

– Non ? Eh bien moi, si. Pendant huit ans, j'ai pu l'apprécier. » Carmen inspira profondément. « En faisant croire que Marielle avait mis ta vie en danger, on savait que personne ne blâmerait Hugh de la placer dans une clinique, ni ensuite de divorcer d'elle – pour le bien de ses enfants, bien sûr. Pour vous libérer tous les deux du souvenir de votre dangereuse mère.

» Le moment venu, Hugh aurait pu m'épouser sans que personne n'y trouve à redire. Après tout, j'aurais été, depuis des années, une amie de la famille. Bon sang, tout aurait été *parfait* sans cette écervelée, cette idiote de petite pute, Wendy Warner ! fit Carmen, la voix mauvaise. Mon Dieu, je ne supporte toujours pas de prononcer son nom, même maintenant ! Tu ne sais pas comme ça m'a fait du bien de lui donner tous ces coups de couteau…

– Carmen ! » La voix de Teri cingla l'air. La main de Carmen oscillait dangereusement, son doigt pressant légèrement la détente. Le cœur battant, Teresa murmura : « Carmen, moi aussi je détestais Wendy. Mais elle est morte. Ni toi ni moi ne sommes obligées de penser encore à elle. Ne pense plus à elle. Il faut juste…

— Me calmer et arrêter de crier ? Je risque de perdre le contrôle de ce revolver ! Tu as raison, Teri. Il faut que je garde le contrôle. » Carmen se leva. « Je veux que tu te retournes et que tu poses ces verres sur le comptoir. Ne tente rien, comme on dit dans les films, j'ai ce revolver derrière ta tête. Lorsque tu auras posé les verres, tourne-toi de nouveau vers moi. »

Lentement, Teri se retourna et posa les verres. Se retrouvant un instant face à la fenêtre, il lui sembla apercevoir des cheveux blonds, un front pâle et des yeux bleus, mais la vision disparut aussitôt. Un reflet, se dit-elle. Mais le reflet de qui ? Ni d'elle ni de Carmen.

« Je t'ai dit de poser les verres et de te retourner, s'impatienta Carmen. Tu vas rester à fixer cette fenêtre toute la nuit ? Tu fais tes prières ? » se mit-elle à ricaner, et pendant un instant Teri crut que Carmen allait se déconcentrer et qu'elle pourrait plonger sur l'arme. Mais le ricanement cessa aussi brusquement qu'il avait commencé.

Teri s'était retournée, et faisait face à cette femme qui semblait avoir vieilli de vingt ans depuis le début de la soirée. Au feu d'artifice, elle avait paru si jolie, rajeunie, les yeux brillants, rougissante comme une adolescente. À présent, avec son air ravagé, ses yeux fous et son teint grisâtre, elle n'était plus qu'une parodie de cette charmante femme.

« Et maintenant ? » demanda Teri.

Carmen sourit. « Maintenant, tu montes et tu vas chercher Daniel. »

CHAPITRE XXII

1

Celeste ne connaissait pas la femme qui pointait une arme sur Teri. Elle ne se rappelait pas l'avoir vue à l'époque où sa mère était mariée à Hugh. Mais elle était pratiquement certaine de l'avoir aperçue chez Bennigan, le jour où elle avait senti le parfum qui l'avait poussée de nouveau à parler, et bien sûr, elle l'avait vue ce soir au parc. C'était une femme plus âgée que Teri, mais plus jeune que Grandma – du moins, elle paraissait plus jeune tout à l'heure, au feu d'artifice. À présent elle semblait encore plus vieille que Grandma – fatiguée, et si bizarre qu'elle aurait pu sortir le soir d'Halloween sans se déguiser. Quelqu'un avait prononcé son nom. Carla ? Carlene ? Cameron ?

Carmen !

Celeste laissa échapper un « *Oui !* » silencieux. Puis elle plaqua une main sur sa bouche, se félicitant, pour une fois, d'avoir perdu la voix. Sinon, on l'aurait entendue. Déjà, il lui semblait que Teri l'avait vue, lorsqu'elle s'était retournée pour poser les verres sur le comptoir. Son regard s'était posé droit sur la fenêtre et Celeste, qui n'avait pas eu le temps de se baisser, l'avait vue froncer les sourcils. Puis Teri s'était de nouveau tournée. Celeste avait relevé la tête, juste assez pour voir que *Carmen* était en train de parler. Et que son revolver était toujours braqué sur Teri.

La sueur coulait en de fines rigoles le long des bras de Celeste. Un quatrième moustique la piqua plusieurs fois au cou, et les piqûres qu'elle avait déjà sur les mains et sur les bras la démangeaient de manière presque insupportable. Elle pensa avec envie au produit antimoustique dont Grandma avait inondé la maison avant qu'ils partent tous les trois pour le feu d'artifice. Elle s'était esquivée à chaque pulvérisation. À présent, elle aurait été heureuse d'en mettre sur chaque centimètre de peau exposée. Et pourtant, les moustiques étaient les derniers de ses soucis.

Celeste savait que la plupart des filles de son âge avaient des téléphones portables. Papa lui en aurait bien offert un, mais une personne qui ne peut pas parler n'en a guère l'usage. La veille ou l'avant-veille, il avait dit en passant qu'il lui en offrirait un. Si seulement elle l'avait eu déjà ! Mais ils n'avaient pas eu le temps d'aller l'acheter. Et puis, elle se retrouvait de nouveau incapable de parler. Qui aurait-elle pu appeler ? Elle connaissait son propre numéro, celui de Teri, et le 911. Certainement pas le 911. Elle avait vu le shérif rire avec Carmen. Ils étaient amis. Il ne voudrait jamais croire que son amie puisse pointer une arme sur Teresa Farr, même si Celeste arrivait à lui expliquer ce qui se passait. Il aurait pensé qu'elle lui jouait un tour.

Mac. Mac pouvait aider Teri. Petite déjà, Celeste pensait que Mac pouvait accomplir n'importe quel exploit ou presque. Elle n'avait jamais avoué à Teri qu'elle avait le béguin pour Mac, mais il lui semblait que Teri l'avait compris. Elle n'aurait pas été jalouse de toute manière, et même à huit ans, Celeste savait que les jeunes hommes comme Mac ne tombent pas fous amoureux des petites filles. Sa maman lui avait parlé des sinistres individus qui aimaient les petites filles, mais Mac était tout sauf sinistre.

Oui, Mac pourrait sauver la situation, se dit Celeste. Mais il n'était pas là. Si seulement elle arrivait à lui envoyer une sorte de message mental, il viendrait. C'était idiot, elle en convenait, mais elle se fichait bien d'avoir l'air idiote dans un moment pareil. Ce qui importait, c'était de sauver la vie de Teri.

Celeste, solennellement, ferma les yeux et se représenta sa belle lampe de chevet, Snowflake. Tu es magique, mystique, dit-elle à l'invisible Snowflake. Tu m'as déjà aidée une fois. Aide-moi de nouveau. Où que tu sois, aide-moi et aide Teri.

Celeste ouvrit les yeux, rougissant dans l'obscurité, parce qu'elle savait qu'à seize ans, une fille normale n'implore pas une lampe de chevet pour qu'elle accomplisse des miracles. Si quelqu'un l'avait entendue exprimer cette prière à voix haute, on l'aurait enfermée chez les fous pour toujours.

Mais Teri comprendrait. Et peut-être, si Celeste n'était pas aussi folle qu'on aurait pu le croire, peut-être que Snowflake, cette fois encore, viendrait au secours de Celeste et Teri.

2

Teresa se sentit brusquement les jambes en coton. Aller chercher Daniel ? « Carmen, tu n'as pas l'intention de tuer un enfant, quand même ? »

Carmen regarda Teri comme si elle était idiote. « Eh bien, ce ne serait pas la première fois, il me semble. Tu ne te souviens pas de Celeste ? Hugh m'a plaquée, il a plaqué ta mère et a épousé Wendy en un temps record, me laissant un prix de consolation — le magasin, Trinkets & Treasures, où je pouvais m'échiner à travailler jusqu'à la fin de mes jours. Mais j'ai rongé mon frein. Jusqu'à ce que je lise dans le journal que Wendy était enceinte — ils organisaient même une fête pour annoncer la nouvelle — et ça, je n'ai pas pu le supporter. Je suis entrée dans la maison, je l'ai tué, j'ai tué Wendy, et toi, je t'ai laissée avec à peine une égratignure sur le bras.

— Pour que les soupçons se dirigent vers moi.

— Exactement. La seule chose qui n'a pas marché, c'est que je n'ai pas pu tuer la progéniture de Wendy. Et c'est *toi* qui as tout gâché.

— Et je m'en félicite.

— Oui, bien sûr. » Carmen eut un sourire à glacer le sang. « Mais contrairement aux chats, les petites filles n'ont pas neuf vies.

— Celeste ? » La voix de Teresa se mit à trembler. « Sur la fréquence radio de la police j'ai entendu un appel à se rendre chez les Warner. Un voisin a signalé une agression. Tu es allée là-bas ! Tu as *tué* Celeste !

— À vrai dire, pas tout à fait. J'ai eu son père et sa grand-mère, mais cette petite anguille m'a échappé. Enfin, pour le moment.

— Tu as tué Jason et Fay Warner ? demanda Teri, horrifiée. Pourquoi ?

— C'était la fille que je voulais. Elle m'a reconnue dans le parc tout à l'heure. Je ne sais pas comment, mais après toutes ces années, elle a compris que c'était moi qui avais tué sa mère. Et moi j'ai compris que je devais la faire taire avant qu'elle puisse en parler à quelqu'un — du moins, quelqu'un qui la croirait. Mais en fait, en ce qui concerne Gabe, ce n'était pas Celeste que je devais craindre. Ma réelle Némésis se trouvait être Sharon. »

Carmen inclina la tête, et son regard se fit lointain, songeur. « J'aimais sincèrement Gabe. Je n'aimais pas ton père, c'était une véritable brute. Je voulais ce qu'il pouvait me donner. Mais mes sentiments pour Gabe n'avaient rien à voir avec l'argent ou la position sociale. Je le voulais lui, simplement lui. Mais une fois de plus, j'ai été perdante. Sharon ne voulait pas que j'aie son père, et pour lui, c'était Sharon qui passait en premier, pas moi. En fin de compte, ce n'est pas Celeste qui a gâché ma vie avec Gabe — c'est Sharon. Gabe m'a laissée tomber pour cette sale gamine égocentrique, cette enfant gâtée. »

Carmen s'interrompit, regardant légèrement au-delà de Teri, comme si sa conscience s'échappait momentanément de son corps. Puis elle retrouva toute sa présence d'esprit. « Tu sais maintenant que je suis mauvaise perdante. J'ai d'abord pensé tuer Sharon, mais je ne sais pas où elle est. Puis j'ai pensé tuer Gabe, mais il est quelque part dans la nature à la recherche de Sharon. Alors j'ai imaginé un bien meilleur plan — bien plus efficace. Je vais prendre la seule chose qu'ils aiment autant l'un que l'autre : Daniel. » Carmen inclina de nouveau la tête et sourit comme une petite fille. « Maintenant, allons chercher l'enfant. Ensemble. »

3

Carmen alluma dans le couloir pour permettre à Teri d'avancer jusqu'à la chambre, mais elle lui donna l'ordre de ne pas allumer la pièce, de peur de faire sursauter l'enfant et la chienne. « Dis-lui de s'habiller, ou bien habille-le s'il ne sait pas le faire tout seul.

— Pourquoi doit-il s'habiller ?

— Parce qu'on s'en va. N'importe qui peut arriver ici, à tout moment.

— Donc tu ne vas pas nous tirer dessus ici ? demanda Teri.

— Ce serait plus simple, mais beaucoup moins amusant pour moi. Et moins effrayant pour le gosse. Quant à toi… j'ai une autre raison de ne pas vouloir te tuer ici. Maintenant, va le réveiller et rappelle-toi que je reste juste là avec ce revolver dirigé droit sur le gamin. Mais fais en sorte qu'il ne me voie pas. Je ne veux pas qu'il pique une crise. »

Parcourue de frissons glacés malgré son jean et son chemisier à manches longues, Teresa ouvrit silencieusement la porte de la chambre. La lumière du couloir lui permit de voir Sierra, qui immédiatement leva la tête, ses longues oreilles se dressant tout droit, en alerte. Teresa mit un doigt sur ses lèvres, un signe dont Sierra savait qu'il signifiait « Chut », et se dirigea à pas feutrés vers le lit. Daniel était couché en position fœtale, ses cheveux blonds tout ébouriffés, son petit visage rond et vulnérable.

Teresa eut l'impression qu'on lui écrasait le cœur. Elle était censée réveiller cet enfant innocent et l'emmener en pleine nuit, sous la menace d'un revolver. Impossible. Mais comment s'en sortir autrement ? Si elle refusait, Carmen tirerait sur eux dans la chambre. Carmen prend plaisir à tuer les gens dans leur chambre, pensa Teresa avec un profond mépris. La garce. De plus, si Carmen était déterminée à mettre cette exécution en scène, cela pourrait lui donner une occasion d'agir, de sauver Daniel. Faites qu'il me vienne une idée de génie, supplia-t-elle en silence.

« Daniel ? » murmura Teresa. Elle tendit la main et la posa doucement sur le bras du petit garçon. « Daniel, mon chéri, il faut te réveiller. »

L'enfant marmonna d'un ton grognon et serra plus fort Sierra. Les yeux ambrés de la chienne fixaient d'un air inquisiteur l'encadrement de la porte. Elle a senti une présence menaçante, pensa Teresa. Elle n'aboie pas parce que, sous le parfum, elle a reconnu une odeur familière – celle de Carmen – mais elle sait que quelque chose ne va pas.

Teresa essaya de nouveau : « Daniel, il faut que tu te réveilles. » Elle lui tapota le bras. « Il faut que tu te réveilles *tout de suite*. »

Daniel se frotta les yeux. « Maman est rentrée ?

– Pas encore, malheureusement, mais il faut qu'on parte quelque part.

– Où ?

– C'est un secret. Nous allons jouer à un jeu, Daniel.

– Un jeu ? J'ai trop sommeil pour jouer à un jeu.

– Je sais qu'il est tard, mais ce jeu vaut la peine que tu te réveilles. Il faut que tu t'habilles, et ensuite on se mettra en route.

– En route pour où ?

– Ça fait partie du secret. Tu veux que je t'aide à t'habiller ?

– Non, répondit vivement Daniel. Je suis grand. Attends dehors », fit-il avec une dignité compassée.

Teresa se retira. Avant que Carmen puisse protester, elle lui dit : « Il ne va pas se servir du téléphone parce qu'il ne se doute de rien. Si j'insiste pour rester dans la chambre, il sera de mauvaise humeur et il mettra plus de temps. Tu peux sûrement te contenir pendant cinq minutes, Carmen. Après tout, tu as tout le reste de la nuit pour nous tuer, Daniel et moi. »

Les deux femmes attendirent dans le couloir, écoutant Daniel se plaindre à Sierra de certaines personnes qui d'abord vous envoient au lit, puis vous réveillent en disant qu'il faut s'habiller et sortir, en pleine nuit. Teresa se sentit brusquement prise d'une rage folle à la pensée de Sharon. Sans elle, la terrible scène de tout à l'heure ne serait pas arrivée, Carmen certainement n'aurait pas craqué, on ne lui aurait pas confié Daniel, et Daniel ne serait pas la cible de Carmen, dont la colère était dirigée autant contre elle que contre l'enfant. Avoir les deux à sa merci était une aubaine pour Carmen.

« Carmen, contente-toi de moi, fit Teresa en désespoir de cause. Daniel ne t'a même pas vue. Il ne représente aucun danger pour toi.

– Je veux qu'il meure.

– Pour faire du mal à Gabe, l'homme que tu prétends aimer *sincèrement.* Ce n'est pas ce que j'appelle de l'amour, Carmen.

– La ferme ! coupa Carmen. Tu ne sais rien de l'amour.

– Dis plutôt que je ne sais rien de ce que *toi* tu appelles l'amour. » Teresa jeta un coup d'œil dans la chambre, et vit Daniel aux prises avec ses chaussettes, qu'il avait d'abord enfilées à l'envers et était maintenant en train d'essayer de remettre convenablement. « Tu prétends vouloir tuer Daniel pour te venger de Gabe et Sharon. Et moi, pourquoi veux-tu me tuer ? Sûrement pas pour te venger de *mon* père.

– Non. Lui, je m'en suis occupée directement. De plus, le débarrasser de toi aurait été lui rendre service.

– Merci, dit Teresa sans émotion apparente.

— Tu sais que c'est la vérité. » Carmen soupira. « Les raisons pour lesquelles je veux te tuer sont plus complexes que pour Daniel. Elles concernent essentiellement qui tu es et ce que tu es.

— Comme c'est fascinant. Et si tu m'expliquais ? »

Le visage blême et strié de traces noires de Carmen se renfrogna. « Combien de temps lui faut-il encore, à ce gamin, pour s'habiller ?

— Une minute. Dis-moi pourquoi tu veux me tuer.

— Oh ! Teri, ce que tu peux être assommante parfois. » Carmen ne répondit pas tout de suite. « Tu as grandi avec tout ce que je n'ai pas eu : l'argent, la considération sociale, une mère qui t'adorait.

— Mais tu dois bien t'être rendu compte qu'avoir une famille fortunée, *considérée*, pour reprendre ton expression, par la société, n'est pas une garantie de bonheur. J'étais en fait très malheureuse, et Maman aussi.

— Oh oui, la chère Marielle. Belle, en bonne santé, les fées s'étaient penchées sur son berceau mais elle n'en avait absolument pas conscience, sauf en ce qui concerne ses deux enfants, tellement privilégiés et si ingrats. Elle ne manquait de rien, mais tout ce qu'elle savait faire, c'était se laisser aller, pauvre créature si fragile et si triste ! Je l'aurais détestée, même si elle n'avait pas représenté un obstacle entre Hugh et moi.

— Ma mère était une femme merveilleuse, douce et aimante, riposta Teresa, dents serrées, sachant qu'il était ridicule de discuter avec cette femme démente qui voyait le monde à travers le miroir déformant de son esprit. Je veux savoir si tu as fait du mal à ma mère…

— Je suis prêt, Tante Teri. » La voix de Daniel semblait fatiguée et résignée. « Est-ce que Sierra peut venir avec nous en mission secrète ?

— Non, mon chéri. » Teresa s'efforça de prendre un ton léger. « Elle ferait trop de bruit. Viens vite et ferme la porte derrière toi. Elle va geindre pendant quelques minutes, ensuite elle se calmera et se rendormira. Dépêche-toi. »

Daniel sortit à toute allure de la chambre, et referma la porte au nez de Sierra. Elle se mit aussitôt à aboyer. Daniel leva les yeux sur Teri, lui fit un grand sourire, révélant sa dent manquante. Puis il aperçut Carmen — ses vêtements sales et son maquillage qui avait coulé de manière grotesque — et poussa un cri. Sierra réagit aussitôt en se jetant contre la porte.

« Avance », ordonna Carmen, pointant l'arme sur Teresa. Daniel laissa échapper un gémissement.

« Daniel, il faut faire exactement ce que dit la dame, insista tranquillement Teri. Je sais que ça paraît bizarre, mais tu comprendras plus tard. »

Carmen éclata d'un rire éraillé, et Teresa aurait voulu la gifler, revolver ou pas. Mais elle garda son calme et prit fermement la main de Daniel. Lentement, ils descendirent l'escalier, Carmen derrière eux, les suivant de très près. Elle leur ordonna de passer par la cuisine puis de sortir par la porte arrière. « Et maintenant ? demanda Teresa tandis qu'ils empruntaient l'étroit sentier pavé, bordé de chaque côté par de hauts arbustes, à l'arrière de la maison.

— J'ai garé ma voiture sur cette petite route isolée, au nord de ta propriété, dit Carmen. On sort par l'arrière pour éviter le fichu éclairage dément de ta véranda, on marche jusqu'à ma voiture, et on roule jusqu'à l'un des endroits préférés de ta mère — la réserve naturelle McClintic, plus connue sous le nom de zone TNT. Tu t'en souviens, j'imagine, Teri ?

– La zone TNT ! » répéta Daniel d'un ton peu rassuré. Il se retourna pour regarder Carmen. « C'est sinistre là-bas. Cet endroit me fait peur.

– Je le sais, qu'il te fait peur. Ton grand-père me l'a dit. Mais nous y allons quand même. »

La voix de Daniel s'était mise à trembler. « Mais il y a un monstre qui s'appelle Mothman qui vit là-bas et des tunnels cachés et des huttes avec des choses qui explosent et Timmy Rollins dit qu'il y a même des cachettes pour les vampires et… »

Carmen l'interrompit d'un rire amer. « Tu as raison, Daniel. Dans la zone TNT, on trouve toutes ces horribles choses. Absolument toutes. » Le regard dur, elle lui adressa un étrange petit sourire en coin. « On va bien s'amuser là-bas tous les trois, cette nuit. »

CHAPITRE XXIII

1

Celeste attendit que les voix de Carmen et de Teri se soient perdues dans l'obscurité – cinq minutes au moins, lui sembla-t-il – et sortit en rampant des buissons derrière la maison de Teri. Elle resta accroupie au cas où l'un des trois se retournerait et l'apercevrait – de la lumière brillait toujours à la fenêtre de la cuisine. Elle courut vers la porte, espérant de toutes ses forces qu'elle ne s'était pas bloquée lorsque Carmen l'avait claquée derrière elle. La poignée tourna sans difficulté dans la main de Celeste. Elle ouvrit juste ce qu'il fallait, se glissa à l'intérieur, referma la porte derrière elle, et poussa le verrou. À cet instant seulement elle prit conscience qu'elle retenait son souffle.

Une fois dans la cuisine, elle ne fit aucun bruit pour écouter s'il se passait autre chose dans la maison. Lorsque des voix surgirent du récepteur radio, elle ouvrit involontairement la bouche pour un cri silencieux. Elle était toujours muette, pensa-t-elle avec désespoir. Elle était toujours incapable d'appeler quelqu'un à l'aide.

Et cette horrible Carmen – cette *meurtrière* – avait dit qu'elle conduisait Teri et Daniel à la zone TNT. Celeste en avait entendu parler. Grandma refusait d'y aller, et lorsqu'un jour elle avait demandé à son père de l'y emmener, il lui avait expliqué que c'était un immense endroit vraiment effrayant, où même *lui* ne voulait pas se rendre. Ce qui, pour Celeste, avait réglé la question. Grandma avait essayé de la persuader qu'à part la maison, tous les autres lieux étaient effrayants, mais si c'était Papa qui le disait et ne voulait pas y aller, alors elle savait que ça devait être vrai.

À présent, Carmen armée de son revolver emmenait Teri et Daniel dans cet endroit où même Papa aurait eu peur d'aller. Celeste savait ce que Carmen allait leur faire. La même chose qu'à Maman et Hugh, il y a si longtemps, la même chose qu'à Grandma et Papa, il y a si peu de temps.

La tête lui tourna soudain et elle s'assit sur une chaise de la cuisine, essayant de contrôler son souffle, et de retenir les larmes qui coulaient sur son visage. Mais elle ne supporta pas de rester assise et se releva.

Elle avait à peine fait deux pas qu'elle s'arrêta, leva la tête et plissa le nez, comme un animal nocturne essayant de percevoir l'odeur du danger. Mais elle ne sentit qu'une chose – cette même odeur qu'elle avait détectée chez Bennigan une semaine plus tôt, celle du parfum que portait Carmen lorsqu'elle avait tué Maman.

S'armant de courage, Celeste sortit de la cuisine pour gagner la salle à manger, puis le salon, où n'était restée allumée qu'une seule lampe, à côté d'un fauteuil inclinable. De l'étage venait le bruit d'un chien qui tour à tour aboyait et gémissait, tout en grattant frénétiquement contre la porte. Sierra, se dit Celeste.

La gentille chienne de Teri, qui aboyait mais ne mordait jamais, était enfermée dans une chambre, désespérée, se demandant où étaient passés Teri et le petit garçon. Celeste n'allait pas la laisser dans cet état.

Celeste hésita à peine avant de se précipiter à l'étage et de courir en direction de la chambre tout au fond du couloir. Elle ouvrit la porte et la chienne se projeta en avant, aboyant et grognant comme si elle était sur le point de tuer Celeste. Dans un instant de panique, Celeste recula, puis ouvrit les bras devant la chienne au lieu de se braquer. Si seulement je pouvais parler, se dit Celeste. Si seulement je pouvais apaiser la chienne avec des intonations douces. Pour remplacer le son de sa voix, Celeste s'agenouilla et sourit, puis tendit la main. La chienne grogna encore un peu, la regarda avec méfiance, puis s'approcha furtivement et renifla la main de Celeste. Bientôt, Sierra enfouit sa tête contre Celeste, qui la caressa derrière les oreilles pour la réconforter.

Celeste n'aimait pas être au premier, avec la sensation d'être coupée du reste de la maison. Lorsqu'elle se releva et commença à redescendre l'escalier, elle fut rassurée que Sierra la suive. Toutes deux s'arrêtèrent en arrivant dans le salon. Le regard de Celeste s'attarda sur chaque recoin obscur, puis sur Sierra, qui se tenait aussi figée qu'une statue de pierre, les poils de son échine hérissés. Elle se sent bien avec moi, se dit Celeste, mais elle est prête à affronter le danger.

Danger qui sembla se concrétiser lorsqu'on frappa à la porte. D'instinct, Celeste se jeta à terre. Sierra courut vers la porte dans une nouvelle frénésie d'aboiements et de grognements.

Puis ce fut avec le poing qu'on tapa sur la porte. Une voix d'homme cria : « Teri ? Tu es réveillée ? » Sierra faisait toujours un boucan monstre, on aurait cru entendre un doberman. « Sierra, c'est moi : Mac. Teri ? Sierra, va chercher Teri ! »

Mac ? Celeste plissa le front. Mac, l'amoureux de Teri ? Était-ce possible que Mac MacKenzie apparaisse juste au bon moment ? Son vœu adressé à Snowflake se serait-il réalisé ?

« Teri ! cria de nouveau Mac, qui à présent sonnait en même temps qu'il frappait. Teri, je suis désolé de ne pas avoir appelé. Laisse-moi t'expliquer… »

Lorsque Celeste ouvrit grand la porte, il fit un bond. Ébahi, il regarda la jeune fille qui se tenait dans la faible lumière du salon.

« Celeste ? » Elle acquiesça d'un signe de tête. « Celeste, que fais-tu ici ? »

Celeste mit un doigt sur sa gorge et secoua la tête. Mac fronça les sourcils. Elle tapota sur sa bouche et de nouveau secoua la tête. De nouveau Mac fronça les sourcils. Pendant ce temps, Sierra sautait tout autour d'eux, aboyant, gémissant, poussant de petits cris aigus, comme si elle essayait d'expliquer la situation. Finalement, Celeste ouvrit la bouche, la montra du doigt, puis leva les mains en signe d'impuissance.

« Mon Dieu, tu ne peux pas parler ! » cria Mac comme si elle était sourde. Elle acquiesça. « Que se passe-t-il ? Que fais-tu ici ? Où est Teri ? »

Celeste secoua la tête une nouvelle fois. Elle lui fit signe d'entrer, puis se précipita vers la table basse près du fauteuil inclinable. Elle prit un bloc-notes et commença à écrire.

2

Carmen les suivant de près, Teresa et Daniel traversèrent péniblement l'arrière du domaine de Teri, puis atteignirent le chemin étroit et défoncé où Carmen avait laissé sa voiture. Elle donna l'ordre à Teri de conduire et s'installa, elle, sur la banquette arrière, serrant si fort Daniel qu'il finit par pousser un léger cri de protestation. « Silence, petit », siffla Carmen. Puis, à Teri : « J'ai le revolver en main. Si tu tentes *quoi que ce soit*, tu m'entends, *quoi que ce soit*, je te tire dessus puis je tire sur le gamin. Compris ?

– Oui, compris, fit Teri d'un ton neutre. Je ferai exactement ce que tu dis. Simplement, épargne Daniel.

– Ça dépendra de toi. Si je dois lui faire éclater la cervelle dans cette voiture, ce sera ta faute. »

Daniel poussa un gémissement et Teri, un instant, ferma les yeux. Comment était-ce possible ? Comment Carmen – son amie – avait-elle pu si subitement devenir un tel monstre ?

Mais son tempérament n'avait pas brusquement changé ce soir. Depuis des années, quelque chose de sombre, de laid, d'implacable s'était lové sous son visage agréable, ses yeux magnifiques, son attitude chaleureuse et protectrice. Teri se demanda pourquoi elle ne s'en était jamais rendu compte. Et Marielle ? Et Gabe ? Aucun d'eux n'avait vu ce qui se cachait en elle. Daniel poussait de sourds vagissements et, deux fois, Carmen lui dit de la fermer, la seconde fois avec une violence qui effraya Teri. Si Daniel ne se taisait pas, Carmen allait perdre le contrôle d'elle-même et le tuer, se dit Teri. Il fallait qu'elle trouve le moyen de la distraire. « J'imagine que c'est notre dernière nuit sur terre, fit-elle d'un ton presque désinvolte, alors peut-être accepteras-tu de répondre à quelques questions pour moi ? Ce serait plutôt chic. »

Carmen eut un rire grinçant. « *Chic.* Tu en as de drôles ! D'accord, du moment que tu te concentres sur la conduite. Tu connais toujours la route pour la zone TNT, j'espère ?

— Malheureusement oui. » Teresa était arrivée au bout du chemin défoncé. Machinalement, elle mit le clignotant, tourna et s'engagea sur la route principale. « Premièrement, j'aimerais savoir comment tu as pu entrer chez nous cette nuit-là, il y a huit ans. Papa avait fait changer les serrures après le divorce.

— Mais il a été obligé de donner un jeu de clés à la femme de ménage, parce qu'elle venait très tôt. Je passais là toutes les semaines pour te voir, en général quand Wendy n'était pas à la maison. Emma laissait toujours son sac dans la buanderie. Un matin, j'ai tout simplement retiré la clé de l'anneau, j'ai fait un double, et je suis repassée dans l'après-midi. J'avais une excuse toute prête pour cette deuxième visite de la journée, mais je n'en ai pas eu besoin. La porte du fond était rarement fermée à clé pendant la journée, je suis entrée sans faire de bruit et j'ai remis la clé d'Emma. Personne ne s'est rendu compte de rien.

— Sauf que la police a soupçonné Emma parce qu'elle possédait une clé de la maison — une clé dont Mac, tout aussi bien qu'Emma, aurait pu se servir.

— Plus les pistes étaient brouillées, mieux c'était ! Et rien ne leur est arrivé, ni à l'un ni à l'autre.

— Ce qui t'aurait été bien égal.

— Évidemment. Comme ton père le disait toujours, ils n'étaient que des employés, et tout le monde se fiche de ce qui peut arriver à des employés. »

Teresa jeta un coup d'œil au compteur. La dernière chose qu'elle voulait, c'était se faire arrêter par la police. Carmen abattrait ses deux otages avant même qu'un flic puisse approcher de la portière.

« Je sais que le soir de mon anniversaire, au Club Rendezvous, tu as fait semblant d'aller aux toilettes, alors qu'en fait tu es sortie en catimini laisser ce message dans ma voiture. C'est sûrement pour ça que tu as insisté pour qu'on aille là-bas. C'est sûrement toi aussi qui m'as m'envoyé le fax le lendemain matin. Pourquoi as-tu ressenti d'un seul coup le besoin de me tourmenter ?

– Si tu es assez maligne pour deviner que je t'ai entraînée au Club de Mac pour pouvoir te laisser le message et la coupure de journal, tu devrais l'être assez pour comprendre pourquoi. Mais on ne dirait pas. Pense à Celeste. Celeste, après huit ans de silence absolu, a commencé à jacasser, juste après que je suis passée devant leur table chez Bennigan. J'ai tout de suite eu peur qu'elle m'ait reconnue. Et même si elle ne m'avait pas vraiment reconnue, la pensée que j'étais celle qui avait tué sa mère avait dû commencer à s'insinuer dans son esprit. Elle m'avait regardée droit dans les yeux juste avant que je la poignarde. Cela faisait une éternité que j'essayais de me débarrasser d'elle, mais Fay et Jason la protégeaient tellement que je n'en ai jamais eu la possibilité.

» Les années passant, je me suis dit que je pouvais l'oublier. Et voilà qu'elle se remet à parler ! La majorité des gens la croyaient complètement cinglée, il y avait peu de chances qu'on la prenne au sérieux, mais on ne sait jamais et il fallait que j'oriente de nouveau les soupçons vers toi, comme j'en avais eu l'intention au départ. La première étape consistait à te déstabiliser, que tu aies peur de ce que pourrait raconter Celeste, et te conduises comme si tu te sentais menacée. Après tout, tout le monde n'avait pas cru Roscoe Lee Byrnes coupable de l'assassinat de Hugh et Wendy. »

De nouveau, Carmen se mit à rire. « Et juste à ce moment-là — le lendemain même — ce fils de pute rétracte ses aveux ! Un sacré coup de veine ! La justice n'est pas de ce monde. Je l'ai toujours su, j'en avais enfin la preuve. Si la justice avait existé, Roscoe serait parti tranquillement dans cette bienheureuse nuit qu'on appelle la mort, et toi, tu aurais été disculpée à jamais d'avoir tué Hugh et Wendy. Mais il n'y a pas de justice. Tu le vois bien, Teri ? Il-n'y-a-pas-de-justice !

— Il semble que tu aies raison. » Teresa garda un ton neutre. Elle savait que manifester du mépris pour Carmen pourrait être une erreur fatale. « Et la nuit où un individu vêtu d'un manteau comme le tien a déposé Snowflake devant ma porte ? Ça ne pouvait pas être toi, Carmen : on était au téléphone, toutes les deux. »

Teresa jeta un coup d'œil dans le rétroviseur, le temps d'apercevoir le sourire de Carmen. « J'avais gardé la clé de votre ancienne maison, j'y suis passée des dizaines de fois. Il y a longtemps que j'avais pris cette lampe de chevet. Je ne savais pas pourquoi — peut-être simplement parce qu'elle venait de chez Trinkets & Treasures, le magasin que Hugh m'a si généreusement offert comme cadeau de rupture.

» Il y a un mois, j'ai surpris un adolescent en train de voler dans le magasin. Il était terrifié. Il m'a suppliée. C'était son troisième délit. J'ai fini par lui dire que je n'avertirais pas la police s'il promettait de me rendre service. J'ai fait en sorte qu'il comprenne que je parlais sérieusement — il ne s'en sortirait pas comme ça. Et j'ai fini par exiger mon dû. Je lui ai prêté le manteau, donné la lampe, et je lui ai indiqué à quel moment exactement il devait la déposer devant chez toi. Je lui ai dit de s'assurer que tu aies une vision fugitive de lui : la capuche, le maquillage, la perruque – juste de quoi te donner une nouvelle petite frayeur. Et je savais qu'il n'oserait en parler à personne – on aurait pu le dénoncer à la police, et moi j'avais une vidéo de surveillance le montrant en train de chaparder. Si je plongeais, il plongeait avec moi.

» C'était une très bonne idée, poursuivit Carmen, l'air satisfait. Je t'ai appelée au moment où il devait arriver chez toi. Si tu avais eu le moindre doute à mon sujet jusque-là, tu ne pourrais pas me soupçonner d'avoir déposé la lampe : je ne pouvais pas être en deux endroits à la fois. Tout a marché à la perfection.

– Et moi, je n'ai même pas pensé que si tu avais été aussi inquiète que tu le prétendais, tu aurais appelé la police pour qu'elle passe chez moi, au lieu de rester au téléphone à crier, fit Teresa. J'ai été stupide.

– Oui, répondit Carmen, d'un ton légèrement amusé. Stupide.

– Tu as aussi subtilisé la cassette vidéo de mon seizième anniversaire dans la maison de Papa, tu as réussi à entrer chez moi, et tu as mis la cassette juste avant que je rentre avec Mac.

– Tu m'avais dit que tu allais au restaurant avec lui. Sierra n'a pas trop protesté quand je suis entrée : elle me connaît. Mais tu as tardé. J'ai attendu jusqu'au moment où j'ai vu les phares de la voiture de Mac approcher de la maison, j'ai mis la cassette et je suis ressortie par l'arrière.

– Intelligent de ta part. Tu as aussi laissé traîner l'écharpe de Maman dans l'ancienne maison, n'est-ce pas ? La voisine est bel et bien paranoïaque, mais elle avait raison quand elle disait avoir vu de la lumière à l'étage.

– J'ai été une des premières à apprendre que la maison était vendue. L'agent immobilier était passé à Trinkets & Treasures, tout content d'annoncer la nouvelle. J'ai parié sur le fait que tu ne résisterais pas à la tentation de retourner une dernière fois dans cette maison pour farfouiller dans les affaires de Marielle. J'avais toujours mon double de la clé d'Emma. Cette nuit-là, j'ai déposé l'écharpe. J'y suis retournée la nuit suivante pour vérifier qu'elle sentait toujours cette odeur si caractéristique, si trompeusement récente.

– Oh oui, elle la sentait encore. Tu seras heureuse d'apprendre que j'ai été absolument terrifiée. » Teresa s'interrompit. « Mais j'ai vu Maman porter cette écharpe quelques jours seulement avant sa disparition. Elle n'a pas fait exprès de la laisser traîner pour que tu t'en serves pour une de tes machinations secrètes. Quand as-tu pris l'écharpe à Maman, Carmen ? »

Leurs regards se croisèrent dans le rétroviseur. « Le jour où elle est venue te voir, Teri. Le dernier jour de sa vie. » De nouveau, Carmen adressa à Teresa ce petit sourire en coin. « Nous voilà enfin arrivés. Voyons voir ce qui vous attend tous les deux, Daniel et toi. »

3

Pendant que Celeste écrivait, Mac regardait pardessus son épaule, faisant tinter nerveusement de la monnaie dans sa poche et criant « Carmen a fait quoi ? » et « Elle les a emmenés où ? » à en faire hurler Celeste, si elle avait pu. Lorsqu'elle eut terminé, elle lui tendit le papier qu'il prit d'une main tremblante, le lut de nouveau et s'écria « Ô mon Dieu ! » avant de se précipiter vers le téléphone.

Son anxiété se communiqua à Sierra, qui se remit à aboyer furieusement. Celeste savait que Mac essayait de parler à la police, alors elle attira la chienne dans la cuisine, prit l'un des petits gâteaux à la fraise restés sur un plateau, le réduisit en miettes qu'elle jeta dans l'écuelle de la chienne. Sierra s'arrêta aussitôt d'aboyer et se jeta dessus comme si elle n'avait rien mangé depuis une semaine. Une fois l'écuelle vidée, Celeste et Sierra retournèrent dans le salon, où Mac venait juste de raccrocher.

« La police se dirige vers la zone TNT, mais une fois là-bas, ils ne sauront pas où aller. La zone s'étend sur des centaines d'hectares. As-tu une idée de l'endroit où Carmen a pu emmener Teri et Daniel ? » Mac continuait de crier comme si elle était sourde, et Celeste mit les mains sur ses oreilles et fit la grimace, tout en secouant la tête. « Aucune idée ? » hurla Mac.

Celeste renonça à lui faire comprendre qu'elle entendait tout à fait normalement. De nouveau elle secoua la tête, d'un air triste. Mac marmonna : « Bon sang. » Puis il s'écria : « Celeste, j'ai une bonne nouvelle pour toi. La police vient de me dire que ton père est vivant ! » Les yeux de Celeste s'écarquillèrent. « C'est vrai. Ton père a reçu des coups de couteau, mais la blessure n'a pas été fatale. Un voisin a appelé le 911 et les urgences sont arrivées immédiatement. Ton papa est en chirurgie, mais ils pensent qu'il va s'en tirer. » Le visage de Celeste rayonna. Puis Mac ajouta doucement : « Ta grand-mère n'a pas eu autant de chance. Je suis vraiment désolé. »

Celeste baissa la tête. Mac se pencha, prit son visage entre ses mains, le releva un peu et l'embrassa doucement sur le front. « Tout le monde te recherchait, mon petit. J'ai dit à la police où tu étais, et ils arrivent. » Celeste hocha la tête et montra Sierra du doigt. « Ils l'emmèneront elle aussi. Cours chercher une de ses laisses. Je crois que Teri les accroche dans la cuisine. »

Lorsque Celeste revint avec une laisse fermement attachée au collier de Sierra, Mac regarda par la fenêtre. « C'est la police. Tout ira bien, Celeste. »

Cinq minutes plus tard, un agent escortait gentiment Celeste et une exubérante Sierra jusqu'à une voiture de police. Mac se pencha vers l'intérieur au moment où l'agent allait refermer la portière. « Je suis désolé d'être obligé de te quitter, Celeste, mais je veux aider la police à rechercher Teri. Tu as été incroyablement courageuse. Je suis très fier de toi. Teri le serait elle aussi. Et je veux que tu te souviennes d'une chose, Celeste. Teri t'aime beaucoup et elle a une immense foi en toi. Elle serait heureuse que tu saches ce qu'elle ressent pour toi, quoi qu'il arrive. »

Mac ferma la portière, laissant une Celeste à la fois souriante et en pleurs. Elle n'avait pas été capable de sauver Grandma, mais Papa était vivant, et peut-être, seulement peut-être, Teri survivrait à cette horrible nuit, elle aussi.

4

À deux heures et demie du matin, il n'y avait pratiquement personne sur la route. Mac savait que la police le précédait, bien qu'il n'ait vu aucune voiture. Il s'était souvenu que les parents de Marielle possédaient une propriété proche de l'entrée de ce qu'on appelait maintenant la Réserve naturelle McClintic, et qu'ils lui avaient légué cette propriété. C'était peut-être là que Carmen avait emmené Teri et Daniel. Mac l'espérait, du moins, c'était facile à trouver et il n'avait pas d'autre idée. Il avait donné les indications à la police.

Tout en conduisant, Mac essayait d'assimiler le fait que Carmen avait bien tué Hugh et Wendy Farr, donné un coup de couteau à Celeste, fait semblant d'être la grande amie de Teri, blessé Jason et pris en otage Teri et Daniel. Mac la connaissait depuis l'époque où il tondait la pelouse des Farr, quand elle était l'amie de Marielle. Ils avaient simplement échangé quelques paroles de temps en temps, mais elle s'était toujours montrée agréable avec lui. Elle avait fait preuve de tant de gentillesse envers Teri, et elle avait toujours paru tellement *normale* qu'il ne parvenait toujours pas à croire l'histoire de Celeste. Quelqu'un avait certainement kidnappé Teri et Daniel, mais Celeste avait pu se tromper sur l'identité du ravisseur. Elle avait subi un traumatisme, et avait dû vivre avec pendant si longtemps. Peut-être était-elle de nouveau traumatisée. Peut-être avait-elle basé son accusation sur de vieilles histoires embrouillées ou sur d'anciens malentendus. *Il fallait* qu'elle se trompe.

Pourtant, quelque chose le poussait à croire Celeste. L'attirante, la dynamique, l'amusante et charmante Carmen Norris était une tueuse au sang froid.

À cinq ou six kilomètres au nord de Point Pleasant, Mac tourna pour rejoindre l'entrée de la Réserve. Ses phares transpercèrent une nuit exceptionnellement sombre, révélant une route pavée bordée de champs de maïs et de soja. Au-delà de ces champs, il distingua la silhouette de la propriété de Marielle et des projecteurs sur les toits des voitures de patrouille. Il se gara sur le parking, sauta de sa Lexus et, sans même couper le moteur, se rua sur le policier le plus proche.

« Vous avez trouvé quelqu'un ? » demanda-t-il, anxieux.

Le jeune agent secoua la tête. « La maison est bien verrouillée, monsieur MacKenzie. Nous avons fouillé tout autour et nous n'avons trouvé aucun signe de passage récent — pas même des traces de pneus. J'ai bien peur qu'il n'y ait personne ici.

— Cela ne m'étonne qu'à moitié, fit Mac, découragé. Cet endroit est trop accessible, trop près de la route, trop visible. Carmen aura emmené… » Mac dut s'interrompre, incapable de prononcer le nom de « Teri ». Il reprit « … l'aura emmenée, avec le petit garçon, dans un endroit plus isolé.

— Il y a plus de huit cents hectares ici. »

Plus de huit cents hectares. Mac savait que la zone était immense, mais cette précision lui fit perdre tout espoir. Comment pourraient-ils jamais trouver Teri dans un endroit aussi vaste, alors qu'ils disposaient de si peu de temps ?

Mac ferma les yeux, essayant de se souvenir de tout ce qu'il savait au sujet de cette zone. Pendant la Deuxième Guerre mondiale, deux centrales électriques avaient été construites pour alimenter en énergie l'usine d'explosifs. L'une des centrales — située en face de la propriété de Marielle — avait été détruite. Mac savait qu'il existait un dédale de tunnels souterrains à cet endroit. Après la guerre, certains des bâtiments avaient été vendus à des entreprises pharmaceutiques qui s'en servaient comme entrepôts pour leurs produits.

Entrepôts. Le mot résonna dans l'esprit de Mac. Ces produits n'avaient pas été les seuls à être stockés dans la zone. Pendant la guerre, les industriels avaient entreposé des explosifs dans des « igloos », des dômes d'acier et de béton recouverts de terre et d'herbe pour rester invisibles aux avions de reconnaissance. L'histoire de la zone avait intrigué Marielle. Emma lui avait souvent raconté qu'elle avait essayé de la convaincre de l'accompagner sur le site, à l'époque où elle faisait des recherches pour le livre qu'elle espérait écrire, mais la mère de Mac avait bien trop peur de cet endroit. « Rien ni personne ne pourrait me forcer à aller là-bas ! disait Emma. J'ai bien peur que les seules personnes qui supportent d'accompagner Marielle soient Teresa et Carmen. Surtout Carmen. Elle aime ce lieu presque autant que Marielle. »

Mais Teresa et Carmen n'étaient pas les seules personnes à y avoir accompagné Marielle. *Lui* aussi y était allé, avec Teri, qui voulait faire plaisir à sa mère. Ils s'étaient rendus à un igloo précis — celui que Marielle préférait car il n'avait pas été refermé. Elle s'était fait prendre en photo devant par Carmen. Il la fascinait. L'intérieur aussi, les murs recouverts de graffitis, les noms de filles dites « faciles » avec leur numéro de téléphone, de très suggestives invitations à « aller en enfer » adressées à certaines personnalités impopulaires de la ville… Mac fronça les sourcils, désespéré. Si seulement il pouvait se souvenir de l'emplacement de cet igloo…

5

Teresa s'était engagée depuis peu dans la zone TNT lorsque Carmen lui donna l'ordre de tourner à gauche. Ils roulèrent quelques mètres avant d'atteindre une poutre de fer barrant la route. Carmen lui dit de couper le moteur et de sortir. « Et souviens-toi, je tiens Daniel et je ne le lâcherai pas », ajouta-t-elle.

Tandis que Carmen s'extrayait de la voiture, Teri sortit dans la chaude obscurité, et écouta le coassement des grenouilles dans les mares tout autour, et le hululement d'une chouette. Elle n'avait jamais aimé ce lieu, non pas à cause de Mothman, ce monstre dont elle avait toujours pensé qu'il était l'invention ridicule d'esprits futiles, mais parce qu'on y avait fabriqué la mort industrielle – la mort sous forme d'explosifs. Certains d'entre eux étaient toujours là, cachés, en attente. Cette pensée lui donna froid dans le dos.

« Tu frissonnes, commenta Carmen juste derrière elle. Pourtant il ne fait pas froid. Tu as peur ?

– Oui. Qui n'aurait pas peur ?

– Bravo. Pas de feinte bravade. Je déteste quand les gens essayent de se montrer courageux en face de la mort. À moins qu'ils se fichent de mourir.

– Gus ne se fichait pas de mourir, dit Teresa avec froideur. Il s'est montré trop courageux, lui ?

– Gus a fait l'erreur d'entrer dans l'écurie au moment où je détachais Éclipse. » Carmen rit de nouveau. « Il a cru que j'étais Marielle. Il était fou de joie ! Tu savais que ta mère et lui s'étaient fréquentés à un moment ? Ça n'a pas été très loin. Va comprendre – ta mère avait Hugh Farr, mais l'homme qu'elle voulait, c'était Gus Gibbs ! Enfin bref, dès l'instant où Gus m'a vue, c'en était fait de lui. La fourche se trouvait là, comme si elle m'attendait, et j'ai délivré Gus de tous ses malheurs.

— Et après avoir détaché Éclipse, tu t'es enfuie de l'écurie, et tu t'es jetée devant ma voiture.

— Ça, ce n'était pas prévu, mais si tu avais vu ta tête ! Et puis tu t'es mise à courir sous la pluie en gémissant "Maman !" C'était impayable !

— Heureuse de t'avoir procuré ce plaisir. » Teresa commença à se retourner, mais Carmen lui lança un rude « Non ! ». Teri obéit. Elle resta immobile, silencieuse sur le chemin de terre, et laissa les sons nocturnes de la zone déserte venir jusqu'à elle, sachant que bientôt elle n'entendrait plus rien. « Je peux te poser une dernière question ? risqua-t-elle.

— Pose toujours. » On aurait dit que Carmen commençait à se fatiguer. La soirée a été longue pour elle, pensa Teresa avec un humour quelque peu macabre.

« Qu'est-il arrivé à ma mère ?

— Ma pauvre, je pensais que tu avais fini par le deviner. Après la grande scène chez vous, lorsque Hugh l'a surprise et qu'elle a réussi à s'enfuir, elle s'est réfugiée chez moi. Chez *moi* ! Elle pleurait, gémissait, n'en finissait pas avec ses plaintes désespérées qui m'ont toujours rendue dingue. J'ai craqué. Je ne pouvais plus supporter ça, surtout juste après avoir découvert que Wendy était enceinte.

» J'ai joué la comédie. J'ai été parfaite. Je l'ai réconfortée, puis je lui ai dit que j'allais la raccompagner chez sa tante Beulah. Seulement, nous ne sommes jamais arrivées chez Beulah. Je l'ai conduite tout droit ici, tout droit à cet igloo, là devant nous. C'était déjà le soir. Je n'avais pas besoin d'avoir peur qu'on nous voie. Malgré sa fatigue, elle n'a pas pu résister à l'envie de sortir jeter un coup d'œil à cet igloo qu'elle aimait tant. Elle s'est promenée autour, parlant toute seule, et je l'ai poignardée. Plusieurs fois.

C'était si bon de mettre enfin un terme à ses éternels apitoiements ! Quel plaisir ! »

L'estomac de Teri se serra. Un instant, le paysage sombre et solitaire tournoya, et il lui sembla qu'elle allait vomir. Elle inspira profondément. « Qu'as-tu fait de son corps ?

– Je l'ai enterré par ici.

– Où ?

– Ça n'a pas d'importance. Même si tu pouvais chercher, tu ne la trouverais jamais, tu peux me croire. De toute manière, il ne doit plus rester grand-chose d'elle. Et pourtant, tu vas bientôt la rejoindre. C'est pour ça que je voulais te tuer ici, Teri. Tu es comme elle – une femme qui possède tout, même l'amour. Tu as tout ce que j'aurais dû avoir, exactement comme ta mère. Mais je ne lui ai pas permis de tout garder, et toi non plus, je ne te le permettrai pas. Je te hais autant que je l'ai toujours haïe. Et ne me dis pas que je ne vais pas m'en tirer cette fois. Cela fait des années que je me prépare à ça. J'ai de l'argent caché, et des faux papiers. Je vais quitter cet endroit paumé et tout recommencer de zéro, après t'avoir tuée et avoir tué ce pleurnicheur de rejeton de Sharon. »

Teri faillit se retourner d'un bond, elle aurait voulu se jeter sur cette femme, lui arracher les yeux, la jeter à terre, frapper sa tête contre une pierre, faire quelque chose de violent, n'importe quoi, pour venger sa mère. Si elle avait été seule, elle l'aurait fait, sachant qu'elle n'avait rien à perdre. Mais Carmen tenait toujours Daniel, qui pleurait doucement, désespérément, obstinément. Le pauvre petit Daniel, qui allait mourir parce qu'on l'avait envoyé passer la nuit chez sa tante Teri. Teri ferma de nouveau les yeux, se disant qu'elle ne pouvait tout simplement pas supporter ce qui était en train de se passer. Elle souhaitait presque que Carmen lève son arme et lui tire une balle dans la tête.

Presque. Mais il y avait Daniel, elle ne pouvait pas baisser les bras.

Elle ouvrit les yeux et, d'une voix incroyablement calme, demanda : « Que veux-tu que nous fassions maintenant, Carmen ?

– Je veux que tu marches jusqu'à l'igloo. Tu peux contourner la barrière. Je l'ai fait cent fois. Et c'est ce qu'a fait ta mère. »

Maman a donc fait cela, se dit Teri en avançant lentement sur l'herbe humide de rosée qui continuait la route. Elle entendait Carmen et Daniel à la remorque derrière elle. Sa mère avait avancé jusqu'à cet igloo avec Carmen. Teresa se souvint de la photo prise par Carmen, celle sur laquelle Marielle, debout à côté de l'igloo, riait. Elle n'imaginait pas que ce serait là qu'elle mourrait.

Teresa arriva devant l'entrée de l'igloo. Elle hésita puis saisit la poutrelle et tira fort. La porte bougea lentement, en grinçant, puis s'ouvrit.

Une odeur de moisi la prit à la gorge. L'obscurité totale qui régnait à l'intérieur semblait l'attendre, prête à l'attirer et l'entraîner dans l'oubli. Ce serait si facile d'entrer, de se laisser dévorer par l'obscurité, de laisser Carmen tirer sur elle. Teresa fit un pas en avant, se sentant comme tirée, agrippée par la force qui attendait là.

Une lumière s'alluma. Carmen avait apporté une lampe de poche. Bien entendu. Elle avait tout prévu, pensa Teri. Surtout que ce n'était pas la première fois pour elle – elle avait déjà interprété cette scène, huit ans plus tôt, avec Marielle Farr.

Marielle, pensa Teri. Marielle seule. Non pas Marielle *et* un autre otage, que Carmen était obligée de maîtriser, tout en orientant la lampe. La lampe, pas le revolver ! Elle ne pouvait pas tenir à la fois Daniel, une lampe, *et* une arme. Carmen devenait soudain vulnérable.

Teresa plongea la main dans sa poche, la referma autour du vaporisateur de poivre, et se jeta sur Carmen tout en retirant le bouchon du tube. Leurs corps se heurtèrent, Teri pulvérisa un jet de poivre liquide dans les grands yeux bleus de Carmen. Une fois. Deux fois. Trois fois.

Carmen laissa échapper un petit cri aigu, puis toutes deux tombèrent brutalement. Daniel recula, poussant des cris stridents, mais Teri pouvait à peine les entendre. « Sauve-toi, lui hurla-t-elle. Cours ! » Cherchant fébrilement le revolver, elle ne put voir s'il obéissait. Teresa palpait et fouillait, Carmen se débattait et jurait, mais ses yeux débordaient de larmes et elle fut obligée d'y porter ses mains, ce qui l'empêcha d'empoigner Teresa. Au bout d'un temps qui lui parut une éternité, Teri sentit sous ses doigts du métal froid, mais ce n'était que la lampe de poche. Elle la laissa tomber, cherchant désespérément l'arme. L'arme, bon sang. Où était-elle ?

Soudain, le monde parut éclater d'une brillante lumière. Vaguement consciente de bruits se mêlant à leur lutte, Teri leva les yeux. Des voitures. Des phares. Des gyrophares rouges balayant d'une lumière crue l'obscurité de la paisible étendue déserte qui les entourait. C'était un rêve. Teri savait qu'elle rêvait. Carmen émit un cri animal, frustré, puis une douleur perça la tempe de Teri. Carmen a réussi à me tuer, exactement comme elle a tué Maman.

[illegible]

[illegible]

Pendant [illegible] Carmen l'avait [illegible] les parents [illegible] entre les mains. Elle [illegible] elle [illegible] avec une précision [illegible] Elle avait tout oublié, mais cette nuit resterait gravée à jamais dans sa mémoire.

Et pire encore, elle ne pourrait en effacer Carmen Norris. Terrible souvenir, car au moment où Carmen l'avait frappée à la tête, Tori était restée, à peine consciente, sur la pente. L'un des policiers avait alors tiré sur Carmen, juste avant de s'évanouir, Tori

ÉPILOGUE

Sous un soleil éclatant Teri se tenait debout devant la porte de l'écurie. Elle respira profondément et regarda Sierra qui cabriolait à la poursuite d'un papillon. Comment croire qu'il y avait tout juste une semaine que Carmen était venue lui apporter gâteaux et champagne pour la soirée de fiançailles ? Tout juste une semaine que Teri et Daniel avaient failli mourir des mains de Carmen ?

Pendant les deux jours qui avaient suivi l'instant où Carmen l'avait assommée comme une furie avec son revolver, les pensées de Teri avaient été confuses, et ses souvenirs lacunaires. Elle s'était rendu compte que Mac était inquiet, et Kent aussi, mais elle était incapable de se concentrer. Puis, le troisième matin, elle s'était réveillée l'esprit tout à fait clair, et les événements de cette horrible nuit lui étaient apparus avec une précision douloureuse. Elle aurait voulu oublier, mais cette nuit resterait gravée à jamais dans sa mémoire.

Et pire encore, elle ne pourrait en effacer Carmen Norris. Terrible souvenir car, au moment où Carmen l'avait frappée à la tête, Teri avait roulé, à peine consciente, sur la pente. L'un des policiers avait alors tiré sur Carmen. Juste avant de s'évanouir, Teri avait senti quelque chose de chaud, humide et collant lui éclabousser le visage. Tout ce que Mac avait bien voulu lui dire, c'était que le flic avait atteint Carmen à la tête, et que ça n'avait pas été beau à voir. Mais elle n'avait sûrement pas souffert, lui avait répété Mac. Elle avait dû mourir sur le coup.

Teri regardait à présent la Lexus de Mac s'engager sur le chemin de la colline. Il se gara à côté de l'écurie. Celeste jaillit de la voiture et courut vers Teri, ses cheveux blonds au vent, toute souriante. Elle serra fougueusement Teri contre elle, se pencha pour caresser une Sierra débordant d'enthousiasme, puis se jeta de nouveau dans les bras de Teri. « Oh ! Teri, tout le monde me disait que tu allais bien, mais j'avais besoin de le voir moi-même. Tu as l'air en pleine forme. Tu as bien quelques bleus, mais tu es toujours la plus belle femme au monde.

— Je suis d'accord », fit Mac en s'approchant de Teri. Ses cheveux bouclés brillaient sous le soleil et son regard chercha le sien, un regard chaleureux, protecteur, aimant. Teresa s'arracha à Celeste, se dirigea vers Mac, et l'étreignit très fort. « Eh bien, tu as encore une sacrée poigne, Teri ! fit-il en riant. Je suis là maintenant, je ne repars pas.

— Je n'arrête pas de penser à la soirée du 4 juillet, où tu es parti avec ta mère et où tu n'es jamais revenu. »

Mac eut l'air contrit, mais il se dépêcha de se défendre : « Je me suis excusé. Je t'ai expliqué.

— Oui, tu m'as raconté que lorsque tu étais retourné dans l'appartement de ta mère sans la trouver, tu avais couru aux urgences. Et c'était bien là qu'elle était, parce qu'elle avait senti les premiers signes d'une attaque et elle ne voulait pas que tu le saches. Une fausse alerte, Dieu merci. Ensuite lorsque tu es sorti de ta voiture, ton téléphone portable est tombé de ta poche, tu as dû sans faire exprès l'expédier d'un coup de pied sous la voiture voisine. Tu as voulu me téléphoner d'une cabine, mais aucune n'était libre, et quand tu as enfin pu appeler, c'est *ma* ligne qui était occupée.

– Et tu oublies un épisode, ces affreuses réceptionnistes de l'hôpital qui ne voulaient pas me laisser téléphoner du standard ?

– C'est une histoire invraisemblable – tellement invraisemblable que je la crois, et tu es pardonné. Mais si tu avais été là…

– Tu n'aurais peut-être pas frôlé… je ne veux même pas prononcer ce mot. » Il regarda en direction de Celeste. « Je n'ai pas été à la hauteur, mais tu avais un ange gardien. »

Teri sourit à la jeune fille. « Celeste, tu m'as sauvé la vie, et celle de Daniel.

– À peine, fit Celeste en rougissant. Je ne pouvais même pas parler. J'ai cru que ça allait être comme la première fois, que j'allais être incapable de parler pendant des années. Et puis quand j'ai appris que Papa s'en sortirait… j'ai retrouvé ma voix. » Son regard s'assombrit. « Mais je suis si triste pour Grandma. Sans moi, elle serait encore vivante.

– Elle est morte en te protégeant, Celeste. Je ne connaissais pas très bien ta grand-mère, mais je sais à quel point tu comptais pour elle, et si elle devait mourir maintenant, et pas dans vingt ans, elle aurait voulu mourir en prenant soin de la petite fille qui était ce qu'elle aimait le plus au monde. » Les yeux de Celeste se remplirent de larmes et Teri poursuivit rapidement : « J'ai demandé à Mac qu'il t'amène ici pour une raison précise. Allons dans l'écurie. J'ai une surprise pour toi.

— Tu vas me laisser monter Éclipse ? demanda Celeste, tout heureuse à cette idée.

— Tu verras bien », répondit mystérieusement Teri.

À l'intérieur de l'écurie, la lumière du soleil entrait à flots par les lucarnes. Pourtant, Teresa alluma deux des néons, afin que chaque cheval soit clairement visible. Celeste se promena parmi les stalles, saluant Bonaparte, Conquistador, Fantasia et Sir Lancelot. Juste avant d'arriver à Éclipse, elle s'arrêta brusquement et resta bouche bée. Un morgan au pelage blanc cassé, à l'encolure fine, à l'étroite et gracieuse tête et aux yeux d'un noir profond se mit à hennir, puis posa son naseau dans la main que Celeste lui tendait. « Je te présente Snowflake, fit Teri. Elle est à toi. »

La bouche de Celeste était toujours entrouverte. Son regard rencontra celui de Teri. Puis, d'une toute petite voix, elle demanda : « Elle est à moi ? Vraiment à moi ?

— Oui, Celeste. Je sais que sa robe n'est pas tout à fait blanche, comme celle de ton premier Snowflake, mais c'est une teinte très claire, avec seulement deux ou trois taches sombres. J'espère que tu n'es pas déçue.

— Dé… déçue ? » Celeste s'éloigna du cheval, se jeta de nouveau dans les bras de Teri et s'écria : « Oh ! merci, Teri. Merci, merci…

— Bon, fit Teresa en riant. Elle te plaît alors !

— Jamais je n'aurais imaginé avoir une jument comme elle ! Je n'arrive pas à y croire ! Papa non plus ne va pas y croire. Il te paiera…

— Il n'en est pas question, coupa fermement Teri. Snowflake est *mon* cadeau pour toi. » Elle baissa les yeux et vit que ceux de Celeste débordaient de larmes. « Maintenant, occupe-toi un peu de Snowflake qui se languit déjà. »

Celeste retourna donc à Snowflake, la caressant, lui parlant, faisant couler des larmes sur le naseau de la jument. Sierra qui, dans les moments de joie, ne savait pas se refréner, ne quittait pas Celeste, la queue battant frénétiquement.

« C'est un beau cadeau que tu fais à Celeste, dit Mac. Tu as dû casser ta tirelire.

– Mes affaires marchent du tonnerre. J'ai le plaisir de t'informer que j'ai deux nouveaux élèves depuis que tout le monde *sait* que je n'ai tué personne. » Elle poursuivit d'un ton plus grave : « Pas même Carmen.

– Elle méritait ce qui lui est arrivé, tout comme Byrnes, dit Mac.

– Et comment va ta mère ?

– La semaine dernière elle a failli craquer. La rétractation des aveux de Byrnes et le fait que Celeste se soit remise à parler, c'était trop d'émotions pour elle. Elle n'arrivait pas à dormir, et quand elle dormait, elle faisait des cauchemars. Elle n'arrêtait pas de confondre ta mère et Hugh avec Carmen et Hugh. Inconsciemment, elle savait pour leur liaison – je crois qu'elle avait même assisté à une sorte de scène de rupture chez vous, mais elle n'était pas certaine de ce qu'elle avait vu. Au fond, elle avait toujours su, et depuis des années ça la dévorait. Elle va aller mieux maintenant. Ma mère est une battante.

– Si seulement la mienne l'avait été. Je ne peux même pas l'enterrer convenablement. Nous ne savons absolument pas où Carmen l'a cachée. La police a creusé tout autour de l'igloo et n'a rien trouvé, et on n'aura jamais l'autorisation de retourner la moitié de la zone pour la chercher.

— Mais tu as dit que tu ferais mettre une stèle ici, à Farr Fields — quelque chose de discret, comme elle l'aurait voulu. On fera une petite cérémonie. Avec tout le monde, Maman et moi, Kent, Daniel et Sharon.

— Pour Sharon, il faudra qu'elle soit sortie de sa maison de "convalescence", comme Kent insiste pour l'appeler, fit Teri. Ce n'est pas plus mal que Sharon ait craqué. Cela faisait longtemps qu'elle avait besoin d'aide. Kent était tout simplement terrifié à l'idée qu'elle prenne le même chemin que notre mère.

— Et il ne voulait pas que ça ternisse son image publique », dit Mac d'un ton acerbe. Teri lui lança un regard sévère. « Compris. J'ai promis d'essayer de ressusciter mon amitié pour Kent. » Mac s'interrompit. « D'autant plus qu'il va bientôt être mon beau-frère. »

Teresa haussa un sourcil. « Oh ! tu crois ?

— Pas toi ?

— Je ne sais pas. Est-ce ta manière de me demander en mariage ? Si c'est le cas, il me semble qu'elle manque un peu de panache. »

Aussitôt, Mac mit un genou à terre, prit dans sa poche un écrin, l'ouvrit, et fit apparaître un solitaire étincelant sur son anneau de platine. « Teresa Lynn Farr, me ferez-vous l'honneur de m'épouser ? »

Alors que Teresa faisait semblant de réfléchir, Celeste se précipita vers elle, les yeux brillants. Teri enlaça la jeune fille et dit : « La réponse est oui, à une condition.

— Laquelle ? demanda Mac.

— Que Celeste accepte d'être ma demoiselle d'honneur.

— Oh ! Teri, vraiment ! s'écria Celeste. Cette journée est de plus en plus merveilleuse. Oui, je serai ta demoiselle d'honneur. Je t'en prie, épouse Mac ! Tu dois l'épouser, Teri, tu le dois vraiment ! »

Teri plongea son regard dans le regard de Mac — des yeux noisette qu'elle aimait depuis l'âge de seize ans. « Oui, je crois que tu as raison. »

DU MÊME AUTEUR

Aux Éditions de La Table Ronde

MORTEL SECRET, 2009, Folio Policier n° 592.

PERDUES DE VUE, 2008, Folio Policier n° 554.

LE CRIME DES ROSES, 2006, Folio Policier n° 522.

LES SECRETS SONT ÉTERNELS, 2005, Folio Policier n° 475.

SI ELLE DEVAIT MOURIR, 2004, Folio Policier n° 424.

DEPUIS QUE TU ES PARTIE, 2003, Folio Policier n° 348.

NE FERME PAS LES YEUX, 2002, Folio Policier, n° 320.

SIX DE CŒUR, 2001, J'ai Lu 2003 et Folio Policier n° 534.

PAPA EST MORT, TOURTERELLE, 2000, Éditions de La Seine, 2002, Folio Policier n° 483.

TU ES SI JOLIE CE SOIR, 1999, J'ai Lu, 2000 et Éditions de La Seine, 2002, Folio Policier n° 494.

PRÉSUMÉE COUPABLE, 1993, Folio Policier n° 386.

NOIR COMME LE SOUVENIR, 1991, J'ai Lu, 2000 et Folio Policier n° 535.

Aux Éditions Toucan Noir

CEUX QUI SE CACHENT, 2009.

Composition Nord Compo
Impression Novoprint
le 15 juin 2010
Dépôt légal : juin 2010

ISBN 978-2-07-042893-9./Imprimé en Espagne.

171969